孙亚胜◎ 主编

吴川民间故事选

中山大學出版社
SUN YAT-SEN UNIVERSITY PRESS

·广州·

版权所有　翻印必究

图书在版编目（CIP）数据

吴川民间故事选/孙亚胜主编. —广州：中山大学出版社，2018.1
　　ISBN 978-7-306-06232-1

　　Ⅰ. ①吴…　Ⅱ. ①孙…　Ⅲ. ①民间故事—作品集—吴川　Ⅳ. ①I277.3

中国版本图书馆 CIP 数据核字（2017）第 282331 号

出版人：	徐　劲
策划编辑：	熊锡源
责任编辑：	熊锡源
封面设计：	林绵华
书名题字：	黎中球
内文插图：	梁浩福　李君贤　黎中球　欧景钦　孙春夏
责任校对：	林彩云
责任技编：	何雅涛
出版发行：	中山大学出版社
电　　话：	编辑部 020-84110771，84111997，84110779，84113349
	发行部 020-84111998，84111981，84111160
地　　址：	广州市新港西路 135 号
邮　　编：	510275　　传　真：020-84036565
网　　址：	http://www.zsup.com.cn　E-mail:zdcbs@mail.sysu.edu.cn
印 刷 者：	佛山市浩文彩色印刷有限公司
规　　格：	889 mm×1194 mm　1/32　15.75 印张　395 千字
版次印次：	2018 年 1 月第 1 版　2018 年 1 月第 1 次印刷
定　　价：	48.00 元

如发现本书因印装质量影响阅读，请与出版社发行部联系调换

本书编委会合影

后排左起：王维洲、李亚挺、袁帝童、孙亚胜、麦新荣

前排左起：张志达、梁 周、黎中球、梁浩福

《吴川民间故事选》编委会

总 顾 问：吴国崧
顾　　问：黄汉翔　孙　明　陈康德　陈真鑫　李日光
主　　任：梁　周
主　　编：孙亚胜
副 主 编：麦新荣　袁帝童　王维洲　李亚挺
编　　委：（以姓氏笔画为序）
　　　　　王维洲　孙亚胜　麦新荣　李亚挺
　　　　　张志达　袁帝童　梁　周　梁浩福
　　　　　黎中球

序

王 杰[①]

"做囝儿"（孩提）的时候，晚上常常到"大话馆"听大人讲"大话"。其中劏狗六爹的"古仔"最吸引人，主人公离我的家只有三四里地，听起来挺亲切，特别入神，至今仍记忆犹新：有一次，六爹赶路，遇上一洼水，他急中生智，捡来"土地公"作垫脚石，一踩便跨了过去，路人傻眼惊叫："六爹，你怎么践踏'土地公'，亵渎神灵？"六爹呵呵答道："人无神力，寸步难行。"……

民间故事来源于民间，取材于民间，流播于民间，亦教益升华于民间。曾几何时，《安徒生童话》《格林童话》《一千零一夜》（天方夜谭）等外国童话和洋人故事风靡全球，尤其近现代中国，在凡"洋"皆好心态的吸引下，书店内的"白雪公主""小红帽""阿里巴巴和四十大盗"等故事，从不同的译本到千姿百态的图集画册，琳琅满目。究其根本，《安徒生童话》是作者安徒生（H. C. Anderson，1805—1875）对丹麦民间故事的再加工，《格林童话》为19世纪初德国的雅克布·格林（1785—

[①] 王杰，中国现代文化学会副会长、广东省广府文化研究会会长、广东省社会科学院研究员、博士。

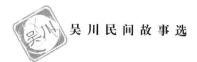

1863）和威廉·格林（1786—1863）这对格林兄弟对普鲁士民间故事的润色与汇编，至于《一千零一夜》，则是连作者和编者都不知姓甚名谁的阿拉伯民间故事集。同样是民间故事，这些来自西欧、北欧和阿拉伯地区的掌故就可以漂洋过海，穿越不同语言和文化，成为全球耳熟能详的经典。根据研究，上述的三种民间传闻在早期流传过程中，亦不乏土气、酸涩、草根味，甚至"很黄、很暴力"，但在一次又一次的修正和调色之后，这些民间传说无一例外地由区域性流传的故事逐渐走出国界，被广泛推广和传颂，最终成为了地球村全人类数十亿人口的"茶余饭后"。一个流行的"励志典故"，其教育效应，往往比一大堆说教来得简单而深刻！

中国也有本土民间传奇，机智人物是中国民间故事中一个大类。从文学史上的地位来说，中国民间许多重要的传奇故事可与外国的同类作品媲美，较早的有孟姜女传说，流传较广的有白蛇传（白蛇传在国外多有译本），相对于天方夜谭等由民间故事而孕育出文学名著的成就，汉语文学中前有唐人传奇、后有聊斋志异，中国早期的小说很大部分根源于民间传奇。

阿凡提故事，在中国民间机智人物故事中占有绝对重要的地位，历来被界定为中国维吾尔族民间故事。在吴川的芳邻化州市，明末清初出了一位"嬉笑怒骂皆成文章"的阿凡提式的人物陈鉴（1594—1676）；清初，本邑吴川也出了"岭南才子"麦为仪（1695—1762）。值得关注的是，这些文学的"土产"、智慧的化身、欢乐的谈资，似大有充分发掘与整理的空间，更有待完善与提升，以臻成典。

国崧先生年前送来本书稿《吴川民间故事选》，约写个感言。读后，委实为故园有如此精彩的文学素材感奋无比，更为桑梓有像吴国崧、梁周、孙亚胜、麦新荣、袁帝童、王维洲、李亚挺、张志达、梁浩福、黎中球这样一批钟情于民俗文化的热心人而感动不已。此间,笔者曾为此事特地向民俗文学家李材尧先生讨教,他对此赞赏有加,并强调:"说到吴川的民俗文化工作,窃以为不妨为吴川民间文学家协会带上一笔,这个协会编辑的《民间文学》,由中国文化出版社出版,至今已出17集,作者都是吴川人,搜集、整理的都是吴川的故事。内容十分丰富,第17集就有满满的195页。"往事增华,吴川文化幸矣!

我们老家,出过状元——林召棠,乃隋唐以降千余年科举期间,于粤西一隅、道光年间唯一的及第者。① 论及文化,这可以誉为"阳春白雪",与"高雅"画等号。相对来说,吴川的"下里巴人"多多,"麦为仪(劏狗六爹)式"的人物和故事不胜枚举,吴保金、吴敏吾、吴颐、吴鼎泰等诙谐智慧亦有口皆碑。桑梓确是"民间故事"的热土、民俗文化的旺地。这里有独特的文化资源"吴川话",用吴川话讲述出来的民间故事,比如将饥饿喻为"肚皮贴到腰骨",将冤屈表述为"有口难喊天"、把懵懵懂懂叫作"半夜吃黄瓜,不知头共尾",尤其富有乡土风味与民间禀性,教人捧腹不已,令人回味无穷。

教人感慨的是,在物欲崇拜的社会里,于过激享乐的时空中,往往忽略精神事物的价值,显露对传统文脉的冷漠与轻视,以至将乡土文化挤向边缘化,令民间文学、民俗文化黯然消退。直面民间文学濒临"危亡"的严重性,学人冯骥才在《请中国富豪支持口头文学保护》一文中快人快语:"民间文学比非遗物质文化遗产消失得更快、更残酷。比如剪纸,可能没人学剪纸了,

---

① 隋唐开科取士以降,广东共出了9位状元:莫宣卿,封开人,唐朝大中五年辛未科状元;简文会,南海人,南汉乾亨二年戊寅科状元;张镇海,南海人,宋朝咸淳七年辛未科状元;伦文叙,南海人,明朝弘治十二年己未科状元;林大钦,潮州人,明朝嘉靖十一年壬辰科状元;黄士俊,顺德人,明朝万历三十五年丁未科状元;庄有恭,番禺人,清朝乾隆四年己未科状元;林召棠,吴川人,清朝道光三年癸未科状元;梁耀枢,顺德人,清朝同治十年辛未科状元。

但剪纸还存在；但民间文学只要不流传了，它就没了，在什么地方终止都不知道。"民间文学有其独特的传播性与重要性——每个人都是民间文学的携带者，每两个人之间，就可以产生民间文学的传播。"民间文学是民间文化中最深刻的那部分，很多优秀的作家都特别注重民间文学，从民间文学里吸取营养。"由是，冯氏大声疾呼："中国文学史第一部作品《诗经》就是口头文学集，我希望有眼光、有品位的中国富豪支持我们的文化。"诚哉斯言！

一个民族是崇拜金钱，还是仰止文明？这关乎民族的前程与命运！大言不惭——关切先民的文脉，承继先人的遗产，这是我们文化自尊之所在，是每一位文化自觉者的使命所使然！再者，每一项文化遗产都有其特别的价值和内蕴，发掘史料，抢救遗存，传承上善，要求接地气，需要走向田野，采风民间，向百姓学习，向真善美叩首！这是承传古来优秀民间文化的应有之义。

笔者有幸与本书的编辑者做过多次互动与交流，深感本书"成如容易却艰辛"。本书取名"选"，"故事"乃由多方发掘合成：一是从此前散见的小册子中筛选，二是把近年的新发现录入，三是将田野调查的精华补写。内容新旧兼有，时间跨度颇长；人物即将林召棠和劏狗六爹等人的民间传说合编一册，雅俗共赏；本书取材于鉴水两岸，辑录在南海潮边，土语、情趣、草根、乡味、急才、睿智，情趣横生，不失为地方民间文化之"集成"；特别是劏狗六爹式"有口不谈国家，寄情只在风化"——对强权的蔑视、对神鬼的憎厌、对陋习的嘲讽，集智慧、机灵、诙谐于一卷，弃恶扬善，忍俊不禁，教人向善，发人进取，更是吴川文化特产之展示。可以预见，她将拥抱着吴川民间文化的精华不胫而走，教化之功不可估量。

从中西乡土文学比较的角度看，有位"先睹为快"的学人李飞博士作了这样的评述：《吴川民间故事选》中，亦不乏一些精彩篇章，值得继续深入发掘。如"智斗山人熊"，有兴趣的读者可以对照日本童话《猴子与螃蟹》做一番比较，看看是不是类似。而"山人熊"和"山人红"的形象，也能从《山海经·海内南经》中的"枭阳"找到原型。这些线索有力提醒了我们，民间故事可不仅仅是一个几百字的有情节的小故事，倘若仔细去比较和追究这些小故事的来源，以及其流传脉络背后的"大故事"，那么，我可以负责任地讲，从民间"小故事"当中，也能做出可以登堂入室、富丽堂皇的"大学问"——可见，中外之民俗文化亦妙于异曲同工！

法国文论家彼埃尔·马舍雷提出一个有趣的文学"沉默"论，认为一部作品，重要的不是它说出来的东西，而是还没有说出来的东西——"作品就是为这些沉默而生的"。中国古有"春秋笔法"一说，"悟"出智慧，应是弦外之音，然而对于长久以来处在社会边缘和文学研究主流之外的中国民间文学而言，似乎已经"沉默"了太久，"民间文学"一定要说出来，否则，我们的后代就只能读着《白雪公主》和《阿里巴巴》长大，却忘掉了身边家园故国的精神与精彩。

以是，不言而喻者——《吴川民间故事选》是一个极有文化品味的选题，搜集、整理过往民间掌故而辑成本书，对系统宣扬吴川民间智慧与民俗文化，彰显乡土文学特色，传承传统文化精华，为现代的文明建设提供理性与精神支撑，意义不凡。

培根云："阅读使人充实，会谈使人敏捷，写作与笔记使人精确"——"学问变化气质"。阅读、会谈、写作有关智慧的知识，既可开阔视域和心扉，又可感悟意识和精神，从而提升思想境界与个人的全面发展，不亦乐乎！

林语堂说过，"人生在世，还不是有时笑笑人家，有时给人家笑笑"。这是饱含哲理的人生感悟。佛教宣扬奉献，哪怕是最穷的乞丐，也可以给世人奉献微笑，赐人以欢愉，予社会以温存。民间文学给人的是一种感知的微笑、一种智慧的心笑、一种理性的欢笑，何其高尚，何其快慰！

"三只青钳放煲罂，顺手抽回座房间。可惜昨夜猫担去，我食生盐又一餐。"① 这是地道的吴川民间打油诗（平仄欠工），断然登不上大雅之堂，但怡然自得的吟唱，朗朗上口：三条小鱼，泥土芳香，家猫偷吃，无怨无悔，将生活的艰辛与心态的淡泊和盘托出，原汁原味，"正宗"无瑕，可谓吴川民间文学枝繁叶茂的写照。吴川，海隅一角，地域不大；吴川方言，记载着远古独特的音韵与词义，高雅、民俗两相彰。吴川文化博大精深，乃一个亟待开发的金矿，呼唤挖掘与深耕，渴求整理与提炼，企望升华与品牌。期待有更多的热心人、志愿者为之竭力点滴、无私奉献。如果说，寻根、问魂，是一种志趣，那么，存根、铸魂，便是一种使命。

民间的参与，有赖本土热心人的自觉。本人一直在呼吁：时下有一种怪象，学问多被绑架于职称；更有甚者，"文化流氓"都拿着"执照"吓人！钱钟书所寄望的"二三素心人"倒真是可遇不可求。

耐得住寂寞，方能真正体味雨后的彩虹。愿与识者共勉。

2016 年 5 月 5 日
于广州越秀北路

---

① 按：此诗用吴川音吟唱。"只"："尾"的意思。"青钳"：海鱼的一种，扁瘦体小。煲罂：即瓦煲。"抽"：用手端着。"座"：置于。"担"：此处释为"咬着走"。

目 录

人物传奇

延陵郡上郭古人的故事	麦新荣/2
三让王	袁帝童/19
圣母冼夫人	孙亚胜/25
千古贤宦——高力士	孙亚胜/30
首任驻美大使陈兰彬	王维洲（辑录）/38
张炎将军的故事	王维洲（辑录）/42
状元林召棠传奇	林寿勋/47
梁嘉武送子学商记	梁 周/49
易中轶事	郑庆云/54
林召棠应对如流	钟景明/58
陈鉴打舅父的故事	李杰荣/59
劏狗六爹智斗莫仙姑	郑庆云/61
六爹妙对笑傲乡间	郑庆云/65
陈九叔巧对劏狗六爹	邱石麟/68
马骝听鼓箸	孙亚胜/70
梁柱戏贪官	孙振儒/72
包公败诉	李若恩/75

梁柱题诗	孙亚胜/80
金猴仔与李谷的故事	陈 凡/84
东春轩	孙亚胜/89
姚岳祥赴任	姚荣中/91
状元林召棠的故事	钟景明/96
武术大师梁栋扬	梁 周/103
陈清轩的故事	陈绍明/109
劏狗六爹"吃鸡屎"	钟景明/112
劏狗六爹"计对"陈才子	杨亚志/114
寒门典范梁杨氏	梁 周/120
巧破杀人案	梁浩福/125

神鬼志怪

一片丹桂叶	谭桂荣/128
石狗流血泪	郑庆云/131
蚂蟥和蚊子的传说	谭桂荣/135
上京考试	袁帝童/141
李小三施法术惩邪恶	陈 凡/150
冬天雷打新科状元	邱石麟/160
金板凳	甘达海/164
南宫龙窟	郑庆云/166
丽山樵唱传奇	易世东/175
九代穷	陈麟昌/181
一棵神奇的仙草	杨亚志/183
石船神坛记	梁伯明/187
河蚌姑娘	袁帝童/189
智斗山人熊	袁帝童/195

目　录

佟村菩萨 …………………………………… 黄汉业/200
道士惊鬼 …………………………………… 林永隆/204

风物人情

鲤鱼岭的传说 ……………………………… 孙亚胜/208
苦楝树 ……………………………………… 孙亚胜/210
泥鳅鱼变四脚蛇的故事 …………………… 邱石麟/213
肥黄狗与黄鼠狼 …………………………… 骆伟文/217
鼓浪石 ……………………………………… 欧　锷/220
吴川双峰塔的传说 ………………………… 郭观泉/223
丽山奇石的传说 …………………………… 郭观泉/227
九顶纱帽的传说 …………………………… 谭桂荣/230
贤妻良母 …………………………………… 梁　周/232
父债子还 …………………………………… 陈　凡/235
天送老婆俾亚理 …………………………… 孙振儒/238
莽汉砸镬 …………………………………… 骆伟文/243
吃鱼头的故事 ……………………………… 邱石麟/247
寻子奇闻录 ………………………………… 杨　岳/249
善有善报 …………………………………… 孙健生/253
"实心木"奇遇 …………………………… 黎国魂/256
割他六斤肉 ………………………………… 孙健生/264
妹争姐夫 …………………………………… 林永钦/266
三眼二面喜成亲 …………………………… 黎国魂/272
善报 ………………………………………… 谭若鹏/276
乐哥打老婆 ………………………………… 梁　周/281
拜错天地 …………………………………… 袁帝童/284
因祸得福 …………………………………… 郑庆云/294

· 3 ·

远亲不如近邻 ··· 孙亚胜/296

诗联故事

张少爷即兴"白马诗" ······································ 梁　周/304
塾师自寻没趣 ··· 邱石麟/308
四秀才联句 ··· 李德隆/312
财主生日，儿子赛诗贺寿 ··················· 谭古今　伍权中/314
豆腐佬妙计考秀才 ··· 孙健生/315
妙联破奇案 ··· 凌世祥/317
老师可敬 ·· 陈章应/320
黄先生选女婿 ··· 甘达海/322
卖菜仔考书生 ··· 郭学昌/324
财主教子 ·· 梁华驹/326
少年吟诗表志 ··· 张志达/328
一联独脚对的故事 ······························· 易光远　陈　凡/330
豁达儒生膺重任 ··· 梁　周/333
讽刺故事三则 ··································· 郑庆云　陈自强/341
陈璸为祖庙撰对联 ··· 郑庆云/344

社会百态

十个小伙子 ··· 李文廉/348
学做皇帝 ·· 谭桂荣/355
阿克的婚事 ··· 王维洲/357
大胆吓走大鼻 ··· 李文廉/360
尿壶命 ··· 孙亚胜/364
大食懒阉死鸡 ··· 孙振儒/366
只信一半也不得了 ··· 孙振儒/368

目录

屙个屁引发几条命案		文达超/372
讨茶乞丐	李材济	文达超/376
失主不认赃物		麦新荣/378
吹牛佬的故事		甘达海/381
虚惊		凌世祥/382
斩藤安井耳		赖尊荣/385
咬文嚼字没有饭吃		梁 周/387
一间瓦砌成墙的屋		麦新荣/389
两个傻子	李材济	陈观德/394
灵爆天		赖尊荣/395
想不服也得报		陈 凡/397
妇唱夫随的州官		许 贵/399
牛屎糠医生		张超伟/402
怪花		凌帝江/405
曲说直巧答偷牛状		郭学昌/407
小女童机智擒盗		汉 杰/409
"李佛爷"与"超人"		麦新荣/413
梦断私彩路		谭日保/416
胜养十年"猪斗"		李若愚/421
故事四篇		林永隆/427
曹县令尝屁		谭若鹏/431
警世故事三则		李若愚/435
打米增的故事		郑庆云/438
有钱有理		张志达/440
特码王		黄汉业/442
华威的故事		王维洲/447
审鸡		杨 岳/451
巧惩恶贼	黎国魂	杨茂生/454

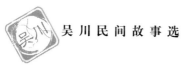

妙计 ………………………………………… 李宇杰/458
梦姑爷的故事 …………………………… 郭学昌/460
借夫记 ……………………………………… 陈 凡/464
乡女曾玉瑶 ………………………………… 张志达/466
"一棍打死"的传说 ……………………… 赖尊荣/470
诗信也能治好单思病 ……………………… 李亚挺/472
孤寒财主 …………………………………… 麦新荣/475

后 记 ……………………………………………… /480

鸣 谢 ……………………………………………… /482

附：吴川市民间文学家协会简介 ……………… /484

延陵郡上郭古人的故事

麦新荣

一、吴保金与海盗儿子

吴保金，福建莆田人，北宋神宗庚戌科进士，在京任职十八年，官至枢密使，授银青光禄大夫。他为何与海盗儿子连在一起呢？原因是受"王安石变法"牵连，吴大夫被谪高凉任参军，高凉即如今的粤西地区。

那几载风霜雨雪，吴保金参与指挥军队围剿山匪，追击海盗，鞍马舟楫，足迹踏遍粤西半岛的山水沿海。元祐三年，他因平乱有功，重授银青光禄大夫，回京再受官职。吴保金已过天命之年，加上几年征战，伤病缠身，也淡泊权贵名利。他上书皇帝，愿弃官职，落户粤西。那时粤西属南越蛮荒之地，文化、生产落后，正需要有知识人士开发疆土，教化民众。皇上即复旨同意，赠予银两，诰封其夫人刘氏为一品夫人，终身受皇禄。

于是，作为延陵郡的后人，吴保金第一个安居在南越的吴川城里宁川所。吴阳是粤西唯一的三条江河入海口，又是主要港口，商贾云集，而且气候宜人，四季如春。吴保金是个有卓越见识的人，深知要改变穷人的生活及环境，首先要让他们接受文化

延陵郡上郭古人的故事

知识，提高素质和技能。十年树木，百年树人。他安顿好家之后的第二年，便建立了"延陵家塾"，聘请教师先生，招收四邻村乡儿童和自己的孙儿、侄孙儿女一起上课。

吴保金年事已高，加上多年征战留下伤迹，病痛缠身，但他依然手执教鞭，教导学童，徜徉在学堂周围，耳听琅琅读书声，如美妙的天籁之声。一天，他走进学堂，看到一个小孩躲在窗外一角，随着学童朗读课文。小孩衣着破旧，却眉清目秀，天真可爱。他走近问："你叫什么名？"小孩怯生生说："海生。"他问："你经常来，也想读书吗？"小孩点头。

他问："你会读墙上那两首诗吗？"墙上是他写的弟子规诗。小孩张口就读：

> 前程似锦赖根基，百炼千磨未算迟。
> 莫羡虚名须务实，膺铭始祖壮西岐。
>
> 寒窗不畏阻难多，学习唯勤苦琢磨。
> 志决无迁持到底，终成大器见巍峨。

他接着问："你会写吗？"小孩摆头。小孩肯定未进过学堂，只是常来伴学童读书，却能字正腔圆、一字不差背下两首弟子规诗，可见这孩子天资不错。他高兴地说："你叫父母带你来，先生一定让你在家塾读书。"小孩霎时笑脸如花，转身一溜烟走了。

但是，一晃几天过去，不见小孩及他父母的踪影。

一个月后，小孩又来了，依然偷偷倚着窗外，张嘴一开一合跟着念书。吴保金把教书李先生叫来，询问小孩的来历。先生说："他叫罗海生，孤儿寡母两人，母亲刘氏靠给渔民织网、补网为生，生活拮据，难以供养海生读书。"吴保金说："我可以免他学费。"

李先生明白吴大夫爱才之心。接着说："他父亲叫罗大海，

是海盗——六年前,你带兵在限口追杀海盗时,大海被乱箭射死了。"听了李先生述说,吴保金长长叹口气,说:"原来如此,但是,海盗又怎样——海盗亦有种乎?孔夫子曰:有教无类。我不管他是什么人,父母是做什么的,我不能错过可造之才。"

李先生深知吴保金建立"延陵家塾",是为了延陵后人,也是为一方民众,遇到学生家中有困难,就免学费,垫纸墨;对村里老弱病残者,常常施医送药,可谓菩萨心肠。于是,他带吴保金去罗家。谁料,罗夫人一见他们便关门谢客,声称,不想与杀夫仇人见面。场面十分尴尬。

李先生劝吴保金离开。他执意站在窗前,不愠不躁地说:"罗夫人,今天我到舍下,也料到有此处境,你就当我自言自语,我把话说完便走。罗夫人,你晓得三纲五常,嫁入夫家,铭记夫为妻纲,这是常情;你也应明白我为人臣子,君为臣纲,何况为官一任,应造福一方……虽然往日之事已是烟消云散,我也不求你谅解。我们面对是后代,是海生的漫长将来;海生天资聪敏,前途无可限量,你甘愿他似浮萍,随风生长,四处飘荡吗?古时,孟母三迁,都是为了孩子好好读圣贤之书,作为人上人。俗话说:玉不琢,不成器,子不教,父之过。作为母亲,你好好思量。只要海生进我学堂,我不会向你伸手要分文学费。什么时候带孩子来,老夫随时欢迎。"

吴保金说完,伴着李先生走了。

罗夫人想了一夜,第二天便带着海生走进了学堂。

此后,不管罗夫人交多少学费,即使是分文没交,吴大夫也从不追问,他还时时给海生买纸买墨,对他就像对自己孙儿一般悉心照顾。寒来暑往,又过了几个冬春,海生果然不负众望,在高州乡试中考取秀才,受聘北海县一间书院。母子临行时来到吴府,两人向吴大夫叩头谢恩,流泪辞行。这感人故事一度成为美谈,广泛传播,流传至今。

延陵郡上郭古人的故事

吴保金建立的"延陵家塾",后人迁到上郭,改为"读书楼"。吴川延陵郡的后人,在九百多年历史中走出了四个进士、十八位举人、一百多位贡生秀才,成了吴川"科甲名宗";吴保金在粤西大地播下的文化种子,枝蔓繁衍,花团锦簇。

二、 吴敏吾 "杯酒让地"

古代建筑州府、县城墙,一般开东南西北四个城门,南宋时建筑的吴川县城,却多开一道门,叫"文明门"。为何要多开一道门呢?这就要从吴敏吾"杯酒让地"说起了。

话说南宋时代,朝政松弛,盗匪四起。嘉定六年初春一个雨

夜，吴川城内一阵锣声响起，更夫嘶叫"有土匪打劫……捉匪呀……捉匪呀……"霎时，城里人呼狗叫，惊慌失措，乱成一锅粥。陈知县梦中惊醒，慌忙调集兵马，追出野外，可是深夜时分，四野伸手不见五指，土匪已无影无踪。天亮后，官府查勘一天，城内有三间店铺被抢劫，损失惨重，所幸无人伤亡；更令知县害怕的是，匪徒竟然打开他卧室隔壁的库房，偷走了一批兵器。后来土匪是从海上逃走还是陆地逃走的？没有丝毫踪迹。对方要是想取自己的首级，岂不是如探囊取物？他吓得几晚夜半惊醒。

  知县思忖，为了维护地方政权，市区百姓生命财产安全，建筑县城墙计划刻不容缓。一年前，吴川县建筑城墙的银两已拨下，问题是如何搬迁城里几十户百姓，是天下第一难的大事。搬迁就是拆了自己世居的住房，重新选址，一砖一瓦重新砌起。一是拆迁赔偿肯定不足；二是，人的情感，习惯眷恋故居；更棘手是拆迁红线内吴姓是吴川一大望族。吴川县取名叫吴川，原因是先有吴姓人，粤西三条江河，即鉴江、袂花江、梅江，又流经这里出海——取人与三江而名，有史为证。城里的吴姓祖先吴保金，官至银青光禄大夫，又是先皇御赐开疆之所。陈知县再三思量，只有做通其他百姓的思想，同意搬迁，然后再征求吴敏吾族长的意见。他召集搬迁户开会，阐明建筑县城墙宗旨，搬迁的赔偿银两，讲得声嘶力竭，却如石投大海，众人默默无言。于是，他又动员县内主簿、文书、衙役，下边的里长、保长，统统下户动员搬迁，一连十几天，没有一户愿意搬迁。个个回来都说："知县大人，他们说，'只要吴姓族长同意搬迁，我保证全家马上搬家。'"明知是抵赖之词，却又是冠冕堂皇。本来知县是想先择个软柿子捏，反而捧着带刺菠萝。他顿时热血冲脑，对手下人大声吼道："罢了，罢了，你去叫他们一个个写保证、画下押，到时吴族长同意搬迁，谁反对，我就将他流放到海南岛。"

延陵郡上郭古人的故事

然而,只过两天,几十份画了押的保证书摆在知县面前。陈知县无奈只有破釜沉舟,亲临吴府了。他叫衙役先去吴府打招呼,到酒楼订了一桌酒菜,这天,叫衙役挑上,一同前往。谁料刚走一半路程,衙役扭伤脚,痛得走不动。陈知县被逼挑上担子,扶着衙役,从来肩不挑、手不提、举人出身的陈知县,一条街的路,走得大汗淋漓,步履踉跄,肩痛得龇牙咧嘴。正在门前迎接的吴族长,急忙上前接过担子说:"知县大人到来,有失远迎,又挑又担,小民怎么受得起?"

知县说:"族长贤名,如泰山耸立,本县有事相求,请莫见笑。"

其实,吴敏吾早已料到知县登门的意图。他招呼知县坐下,亲自打水给他洗脸。知县一并叫敏吾父亲出来。衙役欲摆上酒菜,敏吾摆手阻止说:"这个就不必了,知县大人,有什么大事要我相帮,讲出来,我能帮的定会尽力。"

陈知县说:"如今时世不稳,盗贼为患,为了维护县府行政通畅,百姓安全,州府下文建筑县府城墙,去年建筑银两已拨下,就望吴族长助卑职一臂之力。我略懂居家风水地理,只要吴府同意搬迁,一定陪你父子寻找一块风水宝地,保证吴家人财兴旺,燕贻鹊起。"

自世祖保金从福建莆田迁来,一晃已过了一百多年,繁衍了七代人,如今大小成百间房屋,老幼几百号人,全部搬走,拆迁不易,重建更难,工程繁重,非比寻常,吴敏吾肩负着千斤重担。两年前规划建县城,出示公告。他已知道要搬出宁里所。搬与不搬,心里乱得很。自己不同意搬迁,陈知县不敢拆,高凉知府也未必敢强拆。但是,大厅上挂着"谦让,开拓"的祖训,历历在目。先祖"季仲三让王"事迹,得到后来孔子和多少帝王及文史名家的赞赏。又看到陈知县忠于职守、委曲求全,十分感动。作为"延陵郡"后人,为江山社稷、百姓安康,即使艰难曲

折,也应义不容辞。

屋檐上一对燕子朝敏吾吱喳叫着。这对燕子刚学飞时跌落地,险遭猫手,是他救起燕儿,乘梯放归巢穴,所以,燕子常常对他亲切鸣叫。他不禁感慨地说:"燕子,你年年来家,明年你就找不到了。"他言语过后,燕子却飞入大厅,围绕敏吾转三圈,又飞回屋檐上。相传燕子是念旧情,旧屋拆了,再建新居,就飞了。他不禁说:"燕子,我秋后不知在哪安家了,你还来我家吗?"燕子又叫三声,又绕天井三圈才飞走。

陈知县说,这燕子有灵性,恋上富贵人家了。

当时,敏吾高兴地对衙役说:"拿酒来——我祖先三让王,让出天下社稷都可以,我让区区几十亩地又如何。"说完,他一杯酒仰头喝下。

陈知县高兴得要摆上酒菜,敏吾执意不肯,说:"知县大人,你不能对我家搞特殊。我吃下这桌酒菜,你户户平等对待吗!你只要公公正正做人,老老实实办事,我等庶民就感激无尽。"

陈知县肩上的千斤大石霎时落地,他感激落泪,说:"杯酒让地——古今奇闻,杯酒让地——闻所未闻。"陈知县把"杯酒让地"的经过上书州府,州府再上书朝廷,"吴川延陵后人杯酒让地"的故事在朝野传开。

再说,陈知县深晓堪舆风水,曾南下在限口看到一块好地,因吴姓与地名相克,也就放弃了。他择了日子,叫上吴敏吾父子,带领县丞、主簿、衙役,一队人马浩浩荡荡,南下到沙角旋,渡江到黄坡,再北上振文,一连几天,寻寻觅觅,看上的几块地都不十分理想。这天,他们从北南归,将近县城时,一阵风吹过,敏吾父亲的马惊叫一声,转头飞奔,众人紧急策马追赶。惊马穿过树林,越过草地,转到一座山前,弓身一弹,把老人抛上半空——敏吾飞马赶到时,父亲神情自然坐在草地,背靠着龟山,马也安静在一旁吃草。他问父亲有没摔伤?父亲站起来,摆摆头。大家异口同声惊呼"奇迹"。

这时，陈知县正拿着罗盘来回走动，说道："奇迹——真是冥冥之中有神助也，好一块风水宝地，背山环水，紫气东来，真是踏破铁鞋无觅处，得来全不费工夫。"经知县提起，敏吾上马走一圈。这地方叫上郭，竟想不到山清水秀，阳气充盈。敏吾虽然年轻，熟读四书五经，堪舆风水也略懂一二，此地又近县城，正是宜居之所。

经过酷暑严寒，艰辛劳苦，又是阳春三月，吴敏吾新居在上郭村落成，噼噼啪啪鞭炮声响过后，一群燕子飞落屋顶，那对燕子竟然飞了回来，围绕吴敏吾飞三圈，把叼来的泥沾在朝南门上，这对往日堂前燕子，真的重新飞到敏吾新家。他惊喜刚过，陈知县来报喜，皇上得知吴敏吾"杯酒让地"的故事，便授敏吾"迪功郎"封号。

正如陈知县所言，上郭真是一块风水宝地，第二年，敏吾结婚几年的妻子开始生子，连生三个，长子味淡官居三品，光禄寺正卿，光宗耀祖。这是后话。

不久，吴川县城墙建成，朝上郭村方向多开一道大门，叫"文明门"，城墙上镶缀着双腰带，示意官民一心；铺着一条红砖的路直通上郭村。数百年来，每年正月十五日，上郭人必然集体敲锣打鼓、舞龙舞狮从文明门进入城里，欢天喜地巡游一番；是感受皇恩，官民同乐？或是思念故居？皆有。后来形成了一种喜庆风俗，传播各地。

三、吴颐与月饼

月饼出现在宋朝，有书为证。相传源于南宋度宗皇帝赠予吴颐父子的"帝赐肉"，吴颐受其启发研制出来的。

吴颐，吴川上郭人，南宋咸淳乙丑科进士，后任鄂州知府。

人物传奇

他上任时积极推行度宗皇帝的"经界法"和"包佃制",得到皇上嘉奖。皇帝后来调吴颐入辅都临安,任临安知府。吴颐走马上任后,忠于职守,不入帮派,无心刻意奉承贾太师。那年,一支蒙古军队如狼似虎入侵江阴一带。朝中有张顺、张贵等善战武将不派遣,一道圣旨命令吴颐领兵抗敌。吴颐知道是贾太师借皇帝之手刁难自己,无奈忍辱负重。他是地方行政官,因时世动荡,常与兵匪接触,亦略知兵法。他这次领兵,掌握天时地利,因地制宜,引敌深入,分段截击,一月时间,全灭了来犯敌军。这一战削弱了蒙古军队的士气,重振南宋军威。

吴颐班师回京后,度宗皇帝十分高兴,叫秋夫人带着手谕来召吴颐父子,来日进宫赴宴。吴颐惊喜万分,梦想不到能与皇上进餐。

初秋的皇宫花园阳光灿烂,桂花飘香。秋夫人领着吴颐父子走到八角亭,度宗皇帝已上坐等候。父子忙跪下,三呼万岁。度宗马上招呼两人坐下,说:"两位臣子都是我大宋功臣,迪功郎青年时'杯酒让地'的故事,誉满天下,吴知府这次又大败蒙兵,壮我军威——来,上酒。"酒过三巡,度宗再次询问鄂州"经界法""包佃制"经过,又听了吴颐如何调兵遣将,消灭蒙古兵马,高兴地挥笔写下一联:"双亲白发堂前坐,一领蓝袍天上来。"赠给他父子。

吴颐接过墨宝,兴奋叩头谢恩。

度宗赵祺登基以来,外界纷纷指责度宗愚昧,宠信太师贾似道,割地求和;整日穿梭于嫔妃之中,沉醉酒色,连传圣旨也起用春、夏、秋、冬四位美女。事实上,度宗登基后,推行经界法,重新核实国家土地,然后采用包佃制,革除佃官的弊端,有积极意义。在宴席中,吴颐发现度宗还很会体恤百官。父亲年过七旬,牙齿七零八落,欲啃一块鹿肉,咀嚼半天不敢吞下肚。度宗转头与太监轻声叮嘱什么,太监马上退下,一会,端上一盘如

包似饼的食品,高声说:"'帝赐肉'上,请慢用!"

这就是一盘帝赐肉,酥软香滑,肉丝香甜。父亲感激涕零,吴颐铭记于心。

再说,吴颐是一个孝子。事后,他想学着做帝赐肉给父亲吃,几次制作均以失败告终。后来因政事太忙,也就把这件事忘记了。不久,蒙古人在北京立国,号称元朝。元朝军队越来越强,对江南疆土虎视眈眈。吴颐与一群爱国大臣主张北伐,几道奏章递上上书房,得罪了总揽大权的贾似道,吴颐被调任光禄寺正卿。他斗不过贾太师,只好管起皇家厨房。同是官高三品,往日是天子脚下知府,指挥的是千军万马,如今只有指点厨师、伙夫、奴婢一帮人。

吴颐步入光禄寺,却记起了帝赐肉。他多方观察研究,终于晓得御厨房帝赐肉的制作方法和配方。原来帝赐肉与临安城内、中原各地大街小巷叫卖的烧饼、胡饼制作差不多,只是御厨制作精细,配方多样,馅多皮薄,材料珍贵。御厨房做这道菜,专供给年老的皇亲国戚、伤病患者专用。为了一餐一粟也体现皇恩浩荡,这道菜故称"帝赐肉"。皇家有许多避忌制度,触犯了轻则入牢充军,重则杀头,三代抄斩。没有皇上首肯,不能带帝赐肉出宫,更不能冒仿制作。他看到父亲年老没齿,体质弱,肠胃亦不好,最适宜吃帝赐肉这种含有各种营养的食品,他苦于不能理解其配方。

中国饮食史上,宋朝是历史的转折点,农田开发,良种水稻引进,以及深耕细作技术的推广,大自然给予丰厚的馈赠,食肆食材日益繁多。百姓摆脱了饥饿的处境,也有了从容的时间和心思琢磨饮食,研究烹饪之道,如今厨房熟悉的烹、烧、烤、炒、爆、溜、煮、炖、卤、蒸、腊等烹饪技巧,那时已经成熟起来了。光禄寺即是管理皇家厨房的机构,厨房又与临安城里酒楼食肆有着千丝万缕关系。吴颐没有往日车马相拥,威武风光;但

是,他出入食肆、酒楼,却如身披佛光的神;他到食肆采购一样食品,或到酒楼一坐,便是食肆、酒楼的荣誉象征。于是,吴颐结识不少顶级厨师、美食专家。他细心研究了已故林洪进士的《山家清供》,亲手制作帝赐肉时,馅中减去配方珍贵药材及鹿肉,采用"玉灌肺""耐糕"的芝麻、松子、杏仁;又独自创新,用金华的火腿肉抽丝,混合。帝赐肉是蒸的,他改用火烤,帝赐肉外形是圆的,他做成扁的,经过几次制作,他烤出的肉比帝赐肉更香松可口,回味无穷。父亲吃得眉开眼笑,问他是什么饼?他一时想不出。他听了父亲很久不说的家乡话:"好好吃,真好嘢。"

他灵机一动,也说家乡话:"老窦(父亲),呢个饼系'粤饼',无系帝赐肉——粤饼。"父子对视大笑。

吴颐做出的粤饼香甜酥松,营养丰富,就算不张扬,也没有不透风的墙。他圈子里的同事、食肆酒楼的东家及厨师、美食专家,风闻哪间酒楼新出了一味菜、一种点心,必然抢先尝试。听说吴颐做出美味的粤饼,个个亲自拜访,要求尝试粤饼。吴颐推挡不过,邀请他们八月十五晚前来尝饼。

中秋晚,临安城里几家酒楼东家和厨师、食肆老板、光禄寺同事、管车马的胡显祖、丞相陈宜中等,足足坐了三桌。本是秋高气爽时刻,这晚却云层密布,星疏月暗,众人只有对着烛光饮酒、闲聊,准备度过一个无星无月的中秋。当吴颐叫家人捧出粤饼,刹那间香气扑面,大家尝一口饼,无不拍案叫绝,兴奋大呼,香甜酥松,可谓人间绝品。此时秋风顿起,风夹着西湖水的清凉浩荡飘扬,接着,云开星现,明月悬空,好一派中秋夜景。陈宜中说:"此饼一出,明月当空,应叫月饼。"

"好啊,饼圆如月——此饼本应天上有,人间何曾有此物!丞相说得好,应叫月饼。"众人一口赞成。

再说当晚,酒楼东家争着要吴颐提供配方,合股做月饼。吴

延陵郡上郭古人的故事

颐一抹胡须说:"老夫不是生意人,也非美食家,何必沽名钓誉。这点雕虫小技,骗得了外行人,怎瞒得过各路大仙,既然已吃下,配方自然在胸中。各位想做此饼,自己就做,吴某绝不干涉。"胡显祖佩服吴颐世故睿智,说:"各位还不多谢吴老?"各位酒楼东家兴奋得朝吴颐施礼致谢。各家酒楼月饼面市时,临安城内曾经万人空巷,风靡一时。

从此,月饼与烧饼、胡饼载入后来南宋美食家的书籍。

又过一年,度宗依然做他的皇帝,南宋已是风雨飘摇,内忧外患,贾似道专横跋扈,宫女泄露襄樊城被困消息,被贾似道斩首。胡显祖车载度宗皇帝去拜神,遇上大雨返回,没有征得贾似道同意,也被贬下放。吴颐送别胡显祖,走出南城门,听着南飞雁叫声声,萌发还乡心意。元军攻破襄樊城,度宗悲愤填膺,倒下再没有站起来。

吴颐送别了度宗皇帝后,带着父亲回到故乡吴川县上郭村。他将"延陵家塾"扩建为"读书楼",用尽多年的积蓄,聘请教师,广招乡里学童,专心教书育人,后来上郭成了吴氏"科甲名宗",这是题外话。再说,吴颐回乡第一个中秋将至,他把做月饼的配方交给城里的四间糕点铺,各店铺试制一百九十个月饼,取百年长久之意。新出月饼,酥松的皮,香甜的馅,咀嚼中肉丝与果仁的味道,令人久久回味;七百六十个月饼上市片刻被抢购一空。从此,月饼在吴川深深扎下了根,百姓争相购买月饼,形成了中秋拜月之必备,送礼之佳品。那时吴阳县城又是粤西主要港口,商贾云集,人流如梭,吴川的月饼传遍南粤,流向海外。

眨眼又过了几年,一道圣旨把吴颐带到县内的硇州岛。才知道贾似道被贬流放时被县尉郑虎臣整死。元朝大军终于攻破临安,掳走度宗次子小恭帝。陆秀夫等逃到福州,拥八岁赵昰,也就是度宗长子为帝,为宋端宗。宋端宗在位三年,受元军海上追逐溺水,受惊患病而死。当他三呼万岁,站起来看到度宗幼子赵

昺,想起先皇恩典,面对七岁的少主,不禁热泪奔流。自从左丞相文天祥在陆丰被俘杀害,宋军主力兵马几乎消耗殆尽;陈宜中去交趾国(越南)借兵,仅在县城外极浦亭留下一首诗,渺无音讯;抗击元军,重建宋朝,好似画中花、水中月。

再说,孔孟之道,君为臣纲,宁可玉碎,不为瓦全,吴颐没有选择余地。他被朝廷封为太保,负责召集两广人马,后来追随陆秀夫、张世杰等人,又从吴川迁到厓山。

元军统帅张弘范率领水陆大军封锁水陆出路,围剿厓山。经过几个月封锁粮草供给,宋兵饥寒交加,部分兵将投降。陆秀夫眼看大势已去,唯恐皇帝被俘虏受耻辱,驱赶妻子投海,背上九岁的赵昺跃入大海。吴颐、张世杰、杨傅等,一一追随少主,以身殉国。第二天,大海浮上几万尸体,十分悲烈,故而传出"厓山战后再无中国"之说。相传,吴颐与五位太保的遗体漂到番禺大洲乡的海边,当地百姓敬重他们精忠节义,妥善安葬,立碑铭志:五太保坟。

吴颐以身殉国的消息传回吴川,百姓伤心欲绝,当年八月十五,城里所有糕饼铺都用花生、芝麻、瓜子、杏仁、榄仁、五仁及猪肉做月饼,叫"五仁饼",以纪念吴颐及五位太保舍身取仁的精神。从此,五仁月饼是吴川月饼厂、糕点铺首选生产食品。

岁月如梭,冥冥之中七百多年后吴颐故乡,吴川"粤饼"已发展品种多样,口味各异,品质优秀。除了首选的五仁饼,还有莲蓉饼、火腿叉烧饼、豆沙饼、蛋黄饼,还有猪仔饼、拖罗饼等等。它们大量销售国内及海外,载誉而归,被上级名为"月饼之乡",吴川月饼又一次誉满南粤,香飘长江南北,慰藉吴颐在天之灵。

四、 清官吴鼎泰

在吴川市吴阳上郭村的大宗颐园内,三十三世孙吴国崧重建

延陵郡上郭古人的故事

的"二贤亭"华丽挺立。亭联"弟兄同榜举,名臣两乡贤",记录明朝吴鼎泰、吴鼎元两兄弟同时中举人的辉煌事迹,更使人难以忘怀兄长鼎泰。崇祯元年,鼎泰获得戊辰科进士,受诏到江阴县任知县,功绩显著,感人故事数不胜数。这里仅讲那年侦破震动朝野的一件杀人埋尸案。

明末年间,江阴县法纪荒废,暴徒肆意猖狂,官吏以权谋私,又加上旱涝交加,本是富庶的地方,百姓陷入水深火热之中。吴鼎泰到任后,加强法治,制定"定鞭法""革官户",兴修水利,缓解旱涝之灾。三年过去,百姓有了生活希望。

初春一日,吴知县一帮人去检查开挖水利工程。他经过一片山林时,救下一位正上吊的妇女。活生生的人为何寻短见?原来,李氏夫妇有一长女,名叫李兰,两天前在南山坡放牛。乡绅赵业之子赵豪带着两个家丁出来打鸟,他看到李兰貌美,便要强暴李兰。同村小伙牛娃听到呼救声赶来时,被家丁陆五、陈七殴打,险些丧命。待到牛娃叫来村中人,赵豪已逃,李兰也失踪。前一天,村民李氏去赵家询问,赵家说李氏私闯民宅闹事,指使家丁将李氏打个半死,扔出大门。鼎泰一听,人命大事,招呼衙役抬女人回家,叫主簿拿钱给保长,请医生医治李氏,安抚李家大小,然后叫来牛娃,录下口供,急忙回城。回到江阴县城,他又亲自到赵家街前,询问左邻右里的店铺,得知两天前赵豪是带家丁出行,证实牛娃的口供可靠。

第二天,鼎泰叫衙役传赵豪一帮人来问话。衙役只带来赵豪,并说陆五、陈七前一天已回家探亲,一个家在浙江,一个家在安徽,具体是什么县城不知道。赵豪傲慢站立,被衙役按着跪下。

鼎泰问:"堂下可是赵豪?"赵豪毫不情愿说:"是。"

鼎泰接着问:"赵豪,有人控告你三天前强暴民女李兰,李兰现在何处,从实招来。"

人物传奇

赵豪说:"吴知县,三天前,我去打鸟,没见什么李兰。不要听小人栽赃嫁祸。"

牛娃忍不住说:"县官大人,他说谎,你看他的左手——是被李兰咬的,当时,我也听到他喊着说,快放开我的手……"鼎泰走下公堂,抓起赵豪左手,解开绷带。他看到小指已失去半截——严厉说:"你还想抵赖!"

赵豪顿时脸色发白,却支吾说:"这……这……这手指头是前天被狗咬的,我有家人作证。"

赵家早有准备,支走两个家丁。尽管有牛娃作证,赵豪矢口否认,罪证也不能成立。鼎泰只能暂时将赵豪收监。赵豪的父亲赵业是一方土豪劣绅,在未制定"定鞭法"与"革官户"时,更改契约,侵占他人田地;纵容儿子赵豪肆意强奸奴婢,杀死家奴。父子劣迹斑斑,在城里是人憎鬼怒。他仗着在常州府做主簿的舅舅,玩弄权术,欺上压下,才保赵家平安。若要定赵豪有罪,必须找到李兰,生生死死,证据确凿。

当晚,一向目空一切的赵业,突然登门拜访吴知县。两人寒暄一番,各自坐下,赵业一句不提儿子的事,开口就说:"皇上英明,派吴大人来江阴,三年来修订定鞭法,增加国税,减少百姓负担;制定革官户,消除万民尊卑之分,众生平等,真是菩萨心肠。赵某平日忙于家里事务,无暇拜访,今日渔夫在太湖捕得一条金鲤,特拿来送给大人,小小薄礼,不成敬意,请笑纳。"赵业叫仆人从食盒中捧出一条鲤鱼,送到鼎泰眼前,说:"大人,你看,金——鲤鱼。"

鼎泰看一眼,果然是一条肥美新鲜的鲤鱼,鱼鳃不停一开一合,口内金光闪闪——塞着两条金条,名副其实的"金鱼"。

鼎泰即时明白对方的意图,笑着说:"赵老爷的心意我收下了。"他叫仆人将鱼放归食盒。他接着说:"赵老爷,本官要到书房查看文书,恕不奉陪。"赵业说:"吴大人有公务,赵某就走。"

延陵郡上郭古人的故事

鼎泰叫管家提起鱼，送他出去，到门外，管家对赵业说："赵老爷，本县近来肺火上升，经常咳嗽，吃不得鲤鱼——请多多恕罪。"管家说完转身放下食盒马上关上大门。

鼎泰知道赵家贿赂不成，必然搬出常州府做主簿的小舅来——官大一级压死人。鼎泰知道，唯有火速破案，否则，竹篮打水一场空。第二天，他派人在李兰失踪处方圆五里内各个路口询访，并察看有没有被埋葬，也察看可沉尸的河湾、水塘。经过一天查访，有人证实那天赵豪与陆五、陈七是空手回家的，出事范围内，也没有河流或水塘。那么，李兰已死成了事实。她埋在哪？出事这几里地方，一半是山林，一半是乱坟岗。沈主簿说，要在方圆几里地找出埋入地下几尺的人，如大海捞针。人埋在哪，只有作案人最清楚。捕头老邹说，吴大人："我去审审，看他是骨硬，还是我棒硬。"鼎泰说："岂能严刑逼供——明天让他走走打鸟经过地方，总有破绽线索。"老邹说："这小子肯定绕过出事地点。"鼎泰说："那么，正合我意。"果然，赵豪带着几十号人走，还轻松说说这地方打过什么鸟，那地方有狐狸，有野鸡；来回走了半天，都绕过疑似凶杀案地点的南山坡。鼎泰叫人押赵豪回去，指挥大家重点搜索南山坡。时逢清明节刚过，扫墓的人挖泥堆坟、除草，新挖的痕迹令人眼花缭乱。大家搜索到疑似凶案地方时，鼎泰看到牛娃在坡上呼喝，拖拉着一头水牛。当他走近时，牛娃说："知县大人，这是李大叔家的牛——它这几天草也不想吃，总爱跑到这里。"

鼎泰看到水牛神情哀痛，眼前悬挂着一串泪水，无奈转身而去，仿佛一个女子在痛苦呼叫，心胸阵阵颤抖。面前是一个几平方大的古墓，破旧残缺，塌了一半的祭台新填上泥土……他呆呆坐地苦思着。沈主簿走近说："大人，是否累了，我叫老邹牵马送大人回去。"鼎泰摆手，突然一阵风吹过，一张飞扬的白纸落在眼前。他捡起来，问："沈主簿，你说，此坟墓有人祭拜吗？"沈主簿说："有吧，要不祭台坍塌处怎么有新泥？"鼎泰摆头说：

"有人拜祭必然残留香烛、红白纸条……还有，回填泥土上竟然留有一丛一丛的青草，十分可疑。"他脑海豁然开朗说："快叫仵作佬挖开泥土。"

众人爬开薄薄一层泥土，露出了死者的衣服……

再说赵业、赵豪看到仵作佬从李兰口中撬出一截手指，顿时，赵豪瘫痪在地，开口承认强暴不成，于是杀死小兰，埋尸灭迹的事实。鼎泰叫他画押，押入死牢。

鼎泰所料不差，第二天，常州府快马到了江阴县，命令吴知县移交赵豪本人及案件文书，由常州府审理。鼎泰只送上结案文件，没有移交罪犯赵豪的消息。因为案件证据确凿，常州府的主簿找不出破绽，无奈批准江阴庭审结案文书。

秋后处决赵豪的消息，像春雷轰动江阴县，民众欢欣雀跃，高叫苍天有眼，土豪劣绅闻风丧胆，从此安分守纪。鼎泰在江阴最后三年，政局稳定，他大力兴修水利，减少旱涝灾害，民众安居乐业。他离任时，李氏夫妇扶轿流泪送别，路旁百姓摆上清水、明镜，以示鼎泰为官廉明。皇帝看到有关奏章，对其行文嘉奖。江阴百姓建立一座庙，名叫"遗爱祠"，以作纪念。

后来吴鼎泰到东明、龙泉两县任知县，以及官升两淮运使，依然公正廉明。他一生追寻延陵郡先人足迹，情系百姓，写下《两淮风物记》《民情结案集》。回想当年，他中了进士后回到上郭村，曾写下一联："留不尽之余福，与尔子孙，最宜积德；建无穷之伟业，欲报国家，须用读书。"足见他为官做人的品德，实为后人学习楷模。

三让王

袁帝童

泰伯为了实现周太王"我世当有兴者,其在昌乎"的夙愿,为了周朝的兴邦安国大计,他三次谦让王位。

泰伯"三让王"谦让开拓的精神得到后人继承和发扬,让后人歌颂、赞美。

人物传奇

"至德无名"是康熙皇帝为泰伯所题的匾,用词不凡,"无名天地始"啊!

"三让王"是乾隆皇帝为泰伯所题的匾,"三以天下让","可谓至德已矣"。

商朝年间,周太王原是豳国君主,姓姬名亶父,因战争祸乱,列强入侵,后迁徙岐山,建立周朝。亶父也称古公亶父,在他驾崩后,由周武王追认他为周太王。

周太王有三子,长子泰伯、次子仲雍、三子季历。兄弟和睦相处,甚是和谐。

三子季历娶挚任族一名叫太任女子为妻,太任贤惠淑德,目不视恶色,耳不听淫声,口不出傲言。

一天晚上,王室突然红光冲天,瑞气萦绕,馨香四溢。王室那红光冲天和馨香四溢的景象,原来是太任即将临产的好预兆,上天好德,给了太任一个"真命天子"。时辰刚好,一个男婴呱呱临世,取名叫姬昌(即后来的周文王)。

姬昌天庭饱满,地阁方圆,胸有四乳,聪明敏捷,气质非凡。周太王觉得姬昌与一般人不同,他具有一个王者的风范。周太王饱受豳国时期挨打、列强入侵的被动局面,所以,周太王对姬昌十分宠爱,内心有意将王位传给姬昌,把奠基统业的大任寄托在他身上,使周朝得以兴旺,得以延续。

按周朝"父终子承,依次继位"的继承法,周太王就得传位给第三子季历,再由季历传给姬昌。依次继位即是父终后由长子继位,长子礼让则由次子承传,依此类推。

周太王想传位给姬昌,但又不想废除祖先立下的"父终子承,依次继位"的律例,整天郁郁叹气,常常自言道:"我世当有兴者,其在昌乎!"

泰伯和仲雍都明白父亲的心意,明白一个国家没有一个明君的统治,就不可能强盛。国家不强盛就时时挨打,就像豳国时代

三让王

那样，受列强的瓜分掳掠，弱肉强食。泰伯和仲雍这样想，也是这样做的。

泰伯在王位上的承让，就是为了避免兄弟之间的残杀，就是为了使父亲能自然而然地传位给季历的儿子姬昌，泰伯和仲雍都准备离开西岐，离开周国到别的地方发展。

泰伯、仲雍兄弟俩很要好，他们掂量了王位取舍的轻重，决定主动放弃王位的继承权，演绎了一出历史上的"泰伯三让王"的感人故事。

"泰伯三让王"中，泰伯是主角，但这出戏不能没有配角，没有仲雍的配合，这出戏是唱不好的，甚至是唱不了的。仲雍是周太皇的次子，泰伯礼让王位，按"依次传承"的继承法，王位就是传给仲雍，传承到下一代的则是仲雍的儿子，那周朝君主就不是季历传代了。

泰伯对季历情深，仲雍对季历也义重。泰伯为了"让王"，托借上山采药，带走仲雍。周太王把泰伯、仲雍送至城门下，依依不舍，泪如泉涌，潸然而下。泰伯、仲雍带领随从，十里拜别周太王，从陕西岐山周地出发，跋山涉水，车舟辗转，迂回迁徙至江南，最终定驻荆吴属区。此乃"一让王"也。

无锡东南六十里的梅里村是荆吴族的属地。江南一带的社会文化落后，梅里村的族民还生活在"刀耕火种""半熟为食""搭棚为窝"的原始状态之中。

泰伯、仲雍在梅里村定居下来，把从中原带来的先进文化和先进的生产技术，用以开拓江南，开拓荆吴。泰伯等人扛着锄头，拿着镰刀，带领荆吴的族民上山开荒拓地。泰伯等人手把手地教他们使用生产工具，向他们传授种桑、养蚕、纺织的技术，使荆吴地区富强起来，人人丰衣足食。泰伯还兴办学校，培养人才，向他们传播中原的思想文化。

泰伯他们从西岐到梅里村，一路上采集了大量的草药，用以

· 21 ·

人物传奇

"救死扶伤"。

有一次,一位荆吴贵胄产妇因难产而停止了呼吸,其家人用白布将其包裹起来装殓准备出殡。泰伯、仲雍等人都来送葬,泰伯发现包裹产妇的白布浸有鲜红的血迹,而且鲜血还在点滴。泰伯一边叫停送葬的队伍,一边叫随从急急回家取来银针,之后,吩咐贵胄的家人解开白布,他亲自给产妇把脉,亲自给产妇针灸。泰伯在周时爱好医学,是一个很称职的"郎中"。

起初,贵胄的家人都认为产妇已经死亡,不可能再救活得过来,认为人已经死了,再解开裹尸的白布是对死者不敬,不同意。泰伯耐心地与他们解释,认为产妇有鲜血滴滴,人就是活着,呼吸停止可能是产妇难产时造成一时的窒息。退一步来说,就算救不活都应该尽最大努力抢救。贵胄的家人同意了,泰伯施以银针、灌以汤药,静候一会儿,只见产妇发出低沉的、微弱的呻吟,手指慢慢地活动了,她慢慢地睁开眼睛,贵胄一家惊喜不已。产妇在泰伯带来的女郎中的助产下,顺利地产下了一个男婴。

"'死人'都能救活,除非是神灵,世间有谁人能办得到?泰伯就办得到,泰伯就是神的化身,泰伯就是神。"一遍欢呼,一遍雀跃,族民们一下子把泰伯当神一样来敬崇,一层层地围绕着泰伯他们不停地转、不停地跳,贵胄带领全村的族民一齐跪地向泰伯谢恩。

泰伯他们不仅为荆吴族民送医送药,还向他们宣传卫生常识,提高族民的健康水平,避免寄生虫入侵体内,改变了"半熟为食"的生活习惯,改为以"全熟为食"的生活方式。此外,还大量的驯养牲口,驶用牲口耕地,改变"刀耕火种"的原始耕种方法。为了改善居住环境,开辟宅基地,"建村立巷",村落整然,人群集中,替换了那零星的、分散的"搭棚为窝"各自为政的局面,有效地抵御外来侵扰,从根本上改变那处处挨打的被动

三让王

局面。

泰伯、仲雍为荆吴族人的改革立下了不可磨灭的功勋,他们受到荆吴族民的尊敬,大家一致拥立姬泰伯为吴族酋长。姬泰伯掌握族权后,把吴族建立为氏族国,号称"勾吴"国,全国国民以国号为吴姓,泰伯成了吴姓的开氏始祖。

一个姓氏传代,一般就只有一个始祖,而吴姓就不同了,他们有两个始祖:一是开氏始祖;一是传代始祖。追本溯源,吴川古城上郭吴姓也是两始祖的远代子孙。

周太王自从泰伯离周,曾接二连三地派人接他回周继位。泰伯为了周朝大业的强盛,为了实现周太王的夙愿,他选择了出让王位,表现了他有大局观念,有谦让的崇高品德。周太王是一个循规蹈矩的国君,他临终时嘱咐季历要请泰伯回来继位。周太王病逝了,泰伯、仲雍回周奔丧,极尽孝义之道。季历依父亲遗命,将王位归还泰伯。泰伯不受,他除服后,带着仲雍再次离周回到荆吴,此乃"二让王"也。

之后,季历在一次意外中被商王朝暗害而死,泰伯、仲雍再次返周治丧,群臣也就遵照周太王遗嘱再次拥立泰伯归位,但泰伯仍然不肯接受,不但不接受,还令群臣要全力拥立姬昌为王,要竭尽全力扶助姬昌治国安邦。泰伯为了实现周太王"我世当有兴者,其在昌乎"的夙愿,将王位给姬昌继承,把奠基统业的大任交由姬昌来完成,治丧完毕,他即和仲雍返回江南。为了表示让王之决心,从此,他按照荆吴的习俗易服、断发、文身。

在周朝,文身、断发是一种刑法。犯了罪的犯人被判文身、断发,就是释放以后立了功,也不能进入官道为宦,更不可能进入王室乃至继承王位的了。

泰伯、仲雍卸下身上简朴的周朝服饰,换上那多姿多彩、绣着各种腾图的荆吴服饰,按照当地族民一样断发、一样文身、文面。白天,泰伯带领族民耕地种桑;晚上,还和族民一起围着篝

火,载歌载舞,跳着荆吴民族的舞蹈,把自己融入荆吴文化中。此乃"三让王"也。

泰伯统治吴国时期,吴国政权与周朝政权形成了犄角局势,互相呼应,从政治上、军事上营造了长治久安的良好局面。

泰伯建立了中国的第一个姓氏族国,国民以国号为姓,泰伯是吴姓的开氏始祖。

泰伯无子,由仲雍的儿子传宗接代,仲雍也就是吴氏的传代始祖。

圣母冼夫人

孙亚胜

走进电白山兜丁村,展现在我们面前的是一处秀丽的历史人文旅游景区——冼太故里文化旅游景区。这里曾经是只有一座破

旧的冼太夫人娘娘庙及坟墓的荒凉土地，现在却变成了草本葱茏、鸟语花香、山清水秀的爱国历史文化旅游风景区，岭南圣母文化广场的"圣母牌坊""圣母巨型雕像""冼冯圣贤殿"等一座座饱含丰富历史文化建筑物雄伟矗立。

本来，"圣母"冼夫人庙不单是在其故乡电白山兜建有，全国很多地方民间都建有，且香火旺盛。不过，只有在冼夫人故里，才有将她的零零散散的历史遗址及文化打造成一个较大规模的景区让人瞻仰。

那么是谁种德积福，为我们建造这片美丽堂皇的文化旅游景区呢？

2003年，有两位乡贤回故乡瞻仰冼夫人娘娘庙，看到庙宇低矮破烂不堪，庙后面的冼太夫人墓，上面的野草杂树丛生，心中极其难过。他们心想，1400多年前，家乡出现一位这样的伟大人物，为国家和民族做出了巨大的贡献，她受到历朝统治者的褒扬，受万民爱戴，享千年祭拜，如今其故里却遭如此冷遇，为故里出现这样一位伟大的女性人物感到骄傲自豪的同时又深深痛感今天人们的无知。他俩想：当今世风日下，很多人唯利是图，甚至有人为追求所谓的"民主、自由"，时常干出一些有丧国格、有损民族自尊的事情，弘扬冼夫人精神，发展冼夫人文化，是医治社会疴疾的一剂良药！再说，国家还没有完全统一，在这样的形势下，弘扬冼夫人爱国爱民精神，更具有深远的历史意义和特殊的现实意义。于是，两位乡贤专门成立了"茂名市岭南圣母文化产业有限公司"，倾情致力、精心打造出这片占地面积1300亩的瞻仰观光景区。

冼夫人是怎样一个人呢？在中国的历史上，冼夫人是唯一一个生前被尊为"圣母"的女性，她在世时为南越首领，一生经历了混乱动荡的梁、陈、隋三个朝代，她爱国爱民，开设学校，教化民众；她追求民族统一，始终先天下之忧而忧，后天下之乐而乐；她一身正气，舍子为国惩孙为民，抛弃身前身后之利，致力维护国家安全统一和民族和睦团结；她能行军用兵，降服诸越，消灭叛军，让废置达600年之久的海南岛回归祖国……她一生护国佑民，大爱无疆，被周总理誉为"中国巾帼英雄第一人"，她诚为历世爱国之楷模，万代爱民之典范！

施妙计巧歼叛军

冼夫人名叫冼百合，梁朝大同年初，她嫁给高凉太守冯宝为妻，成为太守夫人。她劝亲为善，大公无私，严明法纪，首领有犯法者，即使是亲人，也同庶民一样治罪，因此，当时的高凉地区政通人和。

梁武帝太清二年，因朝廷势弱兵寡，无法控制长江以南的地区，侯景在寿阳谋反，预先已串通很多州郡，高州刺史李迁仕便是其中之一。当时，广州都督萧勃令召岭南各州郡兵力共剿侯景，李迁仕却诈病不应命。一日，李迁仕命使者召冯宝太守到高州。冼夫人同夫君冯宝分析说："广州都督萧勃召令他居然诈病不响应，现在却无故召你去他那里，一定是有阴谋的。"冯宝说："那怎么办？"冼夫人说："他让你去他那里一定是想挟持你同他一起谋反朝廷，你如果不同意，他便把你当人质。你不能马上去，先看一看形势怎样发展再算。"

几天后，李迁仕果然公开谋反，派遣主帅杜平虏率兵进入灪石与侯景呼应。冯太守征询夫人意见说："是否可出兵攻打平虏？"冼夫人说："不可。平虏是一员骁勇战将，你出兵攻打他，胜算甚少。"接着她贴近夫君耳边细声说"如此这般"一番，冯太守听完一拍桌子大声说："妙！"

又过两天，等杜平虏到了灪石，冼夫人率领一千多善战的妇女担着箩筐，箩筐底下藏着兵器，上面放着粮食、布匹等物品，诈称是归顺李迁仕的，现在给他送粮草等物品来了。李迁仕见浩

人物传奇

浩荡荡千余妇人肩挑背扛的，真的以为是送军需品的队伍，果然大喜，毫无防备，拔栅开城迎接。进入城内，夫人一声令下，一千多女将立即从箩筐中拿出武器，将毫无防备的李刺史守军杀得落花流水，李迁仕只好带着几个残兵败走宁都。后来，冼夫人率兵与长城侯陈霸先会合，一同围剿灉石，消灭了杜平虏军。此仗打得漂亮极了。

反分裂大义灭亲

长城侯陈霸先的征战节节胜利，队伍不断壮大，后来取代梁朝，建立陈朝，自封陈武帝，南朝政权自此形成，与北朝对峙。几年后，隋高祖隋文帝统一南北朝。

至此，中国虽然统一了，但连年来，中原战乱，民不聊生。不过，岭南各州郡，在首领冼夫人的领导下，和睦团结，免于战乱，老百姓得以休养生息。冼夫人始终以人民安居乐业为重，以国家统一大业为奋斗目标，当她知道陈朝已亡，为避免国家再起战祸，决定率众归附隋朝。

隋帝派总管韦洸前往岭南慰问并安抚各州郡，一行人至广州。番禺首领王仲宣却不肯归附，企图闹独立，搞分裂，连同预先串通好的多路首领带兵围袭韦洸于州城。冼夫人即派孙子冯暄带兵前去救援。可是冯暄的队伍进驻城下却按兵不动。原来，冯暄碰上了逆党王仲宣的同僚陈佛智，此人是他的知己朋友，出于私情，迟迟不肯出兵。当探子将军情回报时，冼夫人大怒，即派几员心腹战将前去捉拿孙子冯暄，将他投进监狱。夫人再派另一个孙子冯盎带兵讨伐陈佛智，一交战，冯军势如破竹，打败陈军，擒拿佛智并将之斩首。冼夫人又披甲上阵作后应，进军南海，与鹿愿军队会合，再围攻番禺，将王仲宣叛军一举消灭掉。

从此，南越一派清平盛世，朝廷政令直达南疆。隋文帝被冼夫

圣母冼夫人

人的大义及胆识所感动,追赠冼夫人的先夫冯宝为广州总管,封他为"谯国公",封冼夫人为"谯国夫人",封冯盎为高州刺史,赦免冯暄,并封他为罗州刺史,准许冼夫人有先斩后奏的权利。

冼夫人一生的动人事迹很多,在此只能略说一二。

冼夫人识大体、明大义,忠于祖国,忠于人民,忠于职守,使得岭南地区在战乱的年代里能安定繁荣达半个世纪,其功绩如日月光辉,其精神永垂不朽。

千古贤宦——高力士

孙亚胜

高力士，本姓冯，名元一，岭南潘州霞洞堡冯家村（今属广东省茂名市电白县霞洞镇）人。他出身于官宦世家，是梁、陈、隋朝南越女首领、"唯用一好心，事三代主"的巾帼英雄冼夫人（丈夫是高凉太守冯宝）的第六代孙，他的曾祖冯盎、祖父冯智玳、父亲冯君衡皆曾任潘州刺史。冯家的后代何以姓高呢？这里有一段冯氏家族的悲惨故事。

话说武则天长寿二年（公元693年）初，有人向朝廷诬告岭南的流人（被流放的犯罪之人）谋反，武则天便派酷吏万国俊等人赴岭南查处。万国俊查处草率，不作深入调查，多听一面之词，滥杀了大批流人。时任潘州刺史的冯君衡因与这些流人有过来往，故受到牵连，也被抄家查办。冯君衡估算逃不过这血光之灾，便想尽办法将年仅十岁的儿子冯元一送到岭南讨击使李千里（唐太宗李世民之孙）那里，乞求收养，冯元一才躲过杀身之祸。

武则天圣历元年（公元698年），李千里看到冯元一聪明能干，便将十五岁的他阉割净身后，并改名冯力士，进奉给武则天，为太监。武则天以其聪明伶俐，让其做贴身太监。不久，冯力士因犯小错误触怒了武则天，被"挞而逐之"。走出皇宫的冯力士无家可归，过了一段流浪的生活。后来他遇到好心的宦官高延福,被收为养子,于是改姓高。高延福与武三思(武则天的侄子,时已权倾朝野)有交情,来往甚密,考虑到高力士的前途,介绍他到武家做家奴。高力士在武三思家,为人做事十分谨慎谦恭,深得武三思的信任。一年之后,武三思一为讨好武则天,二为了在皇宫中安插心腹,特向武则天力荐高力士。高力士在武家成长成人,武则天是看在眼里的。武则天看到高力士是难得的人才,故不计前嫌,又召入宫,为司宫台。过了几年,高力士在宫中也逐渐长大,体健貌伟,办事成熟稳重,说话交际善解人意,且熟悉宫中所有的规矩礼仪,被提拔为宫闱丞,掌管宫内日常事务。

高力士与杨贵妃

高力士很能体察人心,对人的了解和利用达到了炉火纯青的地步。他知道自己的身份,作为太监,要想干一番大事,要比其他官员要困难得多。再说,从武则天到中宗,又到睿宗,他目睹了宫廷里的君臣争权夺利,骨肉相残,每天暗藏杀机,没有一个君主朝臣是心中想着国家和百姓的。他只有忍辱负重。直到李隆基随父回宫,他才看到希望。于是,他挺身而出,主动参与李隆基的宫廷政变。政变成功,李隆基即位,成为玄宗皇帝。他看到皇上治吏、治军、治国雷厉风行,证实自己目光的准确性,于是,将全副身心和真情都交给了主子。他想皇上所想,给皇上所需,得到皇帝的赏识和信任。

他先后为玄宗引荐两个宠妃,一个是武惠妃,一个是杨贵妃。

开元二十五年(公元737年),唐玄宗宠爱的武惠妃病死,后宫数千宫女,却没有一个能使唐玄宗满意。他知道,唐玄宗除了是个睿智的皇帝外,还是个很有才华的音乐人,被后人尊为梨

人物传奇

园师祖。他能自己作曲，他最欣赏的女人也是多才多艺的。哪个佳丽是皇帝的最佳人选呢？谁能抚慰皇帝心头的哀伤？高力士对宫内外的每个佳丽了如指掌，他早已成竹在胸。为了能让唐玄宗定下心来，主朝理政，他迫不得已委屈寿王李瑁，向唐玄宗推荐了寿王妃杨玉环。开元二十八年十月，唐玄宗游骊山，命令高力士传寿王妃杨氏等人随往，寿王李瑁本人留在京城。在骊山温泉宫，唐玄宗拥着杨玉环在那里纵情欢笑、歌唱，度过了销魂的时光。虽然玄宗很急着占有杨玉环，但这不是马上能达到目的的事，因为，寿王李瑁是其亲儿子，杨玉环是其儿媳妇，天下哪有媳妇共侍儿子和老子之理？为此，高力士绞尽脑汁，设计让杨玉环出家为女道士，在大明宫修建一道观，让杨玉环住进去，给玄宗与之幽会提供地方，待一段时间过去了，儿子李瑁的伤心和外界的议论让时间冲淡了，再接入宫中。一年后，也就是开元二十九年十月，唐玄宗第三次和杨玉环去骊山温泉宫住了将近一个月后回来，便把杨玉环接入兴庆宫，她的那身道服不知丢到哪里去了。

　　杨玉环很聪明，懂音律，还擅长歌舞。果然，入宫后，他填词作曲唱歌跳舞，样样皆能，迷得玄宗皇帝"只爱美人不爱江山"，整日神魂颠倒。杨玉环甚得唐玄宗的欢心，被宠爱有加。唐玄宗封她为贵妃，并称呼她为"娘子"。

　　高力士是想皇上所想，为皇上分忧，宫内外的人才利用是如此恰到好处，比如有一次唐玄宗在"五凤楼酺宴"时，场上秩序大乱，在场的官员或将士没有一个能维护好，情急中，高力士即向玄宗建议急召河南丞严安，说："严安用法极严，今日非他不可！"严安到后，果然迅速整顿好现场秩序。他平时对天下人才了如指掌，识人用人能力何人能及？用今天的话来说就是领导管理能力超强，这些该算是高力士屹立于宫廷中处于不败之地的奇才吧！

杨贵妃的春风得意,是幸运地遇到"伯乐"高力士;杨贵妃的杀身之祸,也是拜托于高力士所赐。

"安史之乱"暴发,危及京城,唐玄宗不得不避乱逃走入川。逃到马嵬坡,将士哗变,杀死了杨贵妃的哥哥杨国忠,又胁迫玄宗杀死杨贵妃。玄宗确实不舍得杀掉最心爱的美人,责问将士:"杨国忠就算该死,关杨贵妃什么事?"高力士劝说唐玄宗:"贵妃固然无罪,然将士已杀其兄,妃在君侧,将士岂能自安?今将士安则陛下安,陛下安则天下安。"玄宗只好赐杨贵妃死。你看,高力士在大是大非问题上,头脑始终保持清醒,站在君主与国家利益的高度上,是个地地道道的忠臣。

高力士与荔枝

苏东坡的"日啖荔枝三百颗,不辞长作岭南人",让岭南佳果荔枝扬名天下。荔枝的扬名,不能忘记第一个"广告推销员"高力士。

高力士在宫廷里,常常让人从家乡挑选些荔枝带进宫来让身边的官员和宫女们品尝。杨贵妃一吃就爱上这岭南佳果。荔枝因杨贵妃喜食而闻名,高力士便忙于从家乡摘取荔枝向朝廷进贡。荔枝味甘、酸,性温,入心、脾、肝经;可止呃逆,止腹泻,是顽固性呃逆及五更泻者的食疗佳品,同时有补脑健身、开胃益脾、促进食欲之功效。杨贵妃的容颜滋润美丽,与荔枝的功效是分不开的。荔枝便成了宫廷的最抢手贡品。唐代诗人杜牧的《过华清宫》就描述了当时送荔枝的盛况:"长安回望绣成堆,山顶千门次第开。一骑红尘妃子笑,无人知是荔枝来。"

现在的电白霞洞镇的浮山岭和高州根子镇柏桥村(其实前者的地理位置处于浮山岭的阳面,后者处于浮山岭的阴面),皆有古老的荔枝园,称贡园。这贡园至今已有一千多年的历史,园内

古荔丛生，形态各异，享有"荔枝博物馆"的美誉。自唐朝以来，浮山岭荔枝就成为历朝贡品。据史载，高力士贡奉给杨贵妃品尝的荔枝就摘于此园。清朝两广总督阮元写的《岭南荔枝词》中有一首说："新歌初谱荔枝香，岂独杨妃带笑尝。应是殿前高力士，最将风味念家乡。"诗中致力描写高力士向皇宫杨贵妃等人推介家乡特产风味的情形。高力士将家乡荔枝带进宫廷，让荔枝成为贡品，使家乡的种植业兴旺起来，高力士成为高州、电白荔枝第一个"推销员"，杨贵妃便是荔枝的"第一形象代言人"。

高力士与李白

高力士的"名扬后世"并非因其当时"权倾朝野"，而是跟李白有过过节，傍着著名浪漫主义诗人之名为后世所"传诵"的。他在民间的形象很不好，人们几乎都认定，因为高力士的擅权专横，毁坏了李白的大好政治前途。事实是否真的如此呢？关于李白让高力士为自己脱靴子一事，在当时确有其事。根据《新唐书·李白列传》记载：李白在侍奉玄宗的时候喝多了，趁着醉意，让高力士为自己脱靴子，因此得罪了高力士。高力士记恨在心，便在杨贵妃面前挑拨，说李白的诗"一枝红艳露凝香，云雨巫山枉断肠，借问汉宫谁得似，可怜飞燕倚新妆"中所用的典故，是在讽刺杨贵妃。

说高力士记恨李白是事实，但他并不至于胸襟如此狭窄，故意在唐玄宗面前"打小报告"，毁坏了李白的大好政治前途。

李白仕途不顺，是其自取的。最起码，一个政治家如何能够整日喝酒？一到兴起，就拿人寻开心，怎能干大事？从他个性看，直率洒脱，喜欢击剑，替人打抱不平，他的理想应是做一个游侠。即使在取得唐玄宗欣赏之前，他也从未显露出做官的本能。从他的诗歌来看，他欣赏的人是旅游文学家谢灵运。对于官场,他经常提到的是谢安,但看重的不是对方的政治管理手段,而是他潇洒的行事风格。

李白虽有政治抱负,绝非只图做个御用填词的作家。但对于玄宗来说,李白最好的位子就是为他填词写文章,从来没有提拔他的意思。李白在感到绝望的情况下,不愿再"低眉折腰事权贵"了,因而请求归隐,以此来获得解脱。如此看来,虽然高力士很嫉恨李白,但李白的政治前途却不是因为他而断送的。

忠君爱国,死而后已

高力士对唐玄宗的感情投资,是真情付出。他忠君是为了国家的安定和繁荣。

开元元年(713),太平公主与萧至忠、岑义、窦怀贞、崔湜、纪处讷等人密谋,反叛李隆基。高力士又挺身而出,一马当先,参与平定太平公主及其党羽的叛乱,为皇权的稳定立下了汗马功劳,深得唐玄宗的宠信,被封为右监门卫将军、知内侍省事。后来其官升至骠骑大将军、开府仪同三司、内侍监(一品),封渤海郡公。一个宫廷太监,担任军政要职,这在历史上是少有的。

玄宗即位初期,宰相宋璟就对边镇权力强大充满忧虑。高力士也有同感,时时关注安禄山、史思明的动向,不时对玄宗给予提醒。可是,唐玄宗一味沉湎于酒色、陶醉于往昔的文治武功,朝政多由李林甫、杨国忠把持。后来发展到任用奸邪之人,高力士多次冒死进谏,警示唐玄宗提防安禄山拥兵自重,心怀叵测,劝唐玄宗收回边事大权。忠言逆语,他们有几次闹到不欢而散。唐玄宗就是不听,导致后来暴发安史之乱,直到杨贵妃殒命马嵬坡,唐玄宗才悔恨交加,说:"悔不听卿言,致有今日之祸!"

高力士对皇上赤胆忠心,当国家有难时便毫不含糊,挺身而

出，有所担当。历史上有多少个这样忠勇的太监贤臣？

公元760年，"安史之乱"平息后，已改朝换代，玄宗的儿子肃宗为皇，玄宗被迎接回朝，被尊为"太上皇"，高力士受到了排挤。某日，高力士因事触怒了当权的宦官李辅国，被弹劾，流放至巫州（今湖南黔阳西南）。高力士在巫州写了一首《感巫州荠菜》诗："两京作芹卖，五溪无人采。夷夏虽不同，气味终不改。"高力士借物明志，表明纵有沧桑灾难，也不改本色，表现了他忠于皇帝、忠于国家的高尚情操。冼夫人在世时，每到岁末会聚集子孙于堂前训示："尔等宜尽赤心向天子。我事三代主，唯用一好心。今赐物具存，此忠孝之报也，愿汝皆思念之。"高力士不折不扣地践行先辈的遗训，真正做到"忠孝之报"。

唐代宗宝应元年（762），高力士遇赦北还。在返回长安的路上，一日，走到朗州时，他得知他的主子玄宗太上皇驾崩，马上精神崩溃，望北号啕大哭，呕血而卒。代宗钦佩高力士护卫先帝有功，诏令恢复他的所有官职，追赠他为扬州大都督，并遵照唐玄宗遗诏赐葬于泰陵陪葬玄宗。他是唯一一个陪葬玄宗的宦官。

结　语

或许由于高力士同李白、杨贵妃有复杂的关系，自李唐后，民间传说或是文艺戏曲，大多是歪曲他的人品，丑化他的形象。今天，我们要给他正名，还原他的刚直和忠勇为国的英雄本色。武则天杀了他全家，从个人恩怨上说，他同唐皇朝有不共戴天之仇，但是，为了国家的安定和兴旺，他能坦然放下个人仇恨，竭尽忠诚，事君报国。历史以来，有几个宦官具有这样的广阔胸怀？唐朝翰林待诏张少悌奉皇帝之命为他书写的墓碑是他最高大完美的人格形象的有力写照！《墓志铭》云：他在皇帝身边，能

"周旋无违,献纳必可;言大小而入,事曲折而合符;恭而不劳,亲而不黩;谏而不忤,久而不怼。美畅于中,声闻于外"(唐代尚书驾部员外郎知制诰潘炎奉皇帝的命令撰写)。《神道碑》云:"公中立而不倚,得君而不骄,顺而不谀,谏而不犯。"(撰写人姓名不详)

这就是唐朝忠臣高力士!

首任驻美大使陈兰彬

王维洲　（辑录）

一

陈兰彬（1816—1895年），字荔秋，广东吴川县黄坡村人。幼年聪颖好学，22岁以优行贡京师，名噪公卿。咸丰元年（1851）中顺天举人，咸丰三年（1853）以二甲七名中进士，选拔为翰林院庶吉士，充国史馆纂修，后改任刑部后补主事，长达20年。咸丰十年（1860），因母病告假返乡，在同州主讲高文书院，并倡议捐资重修该书院，弘扬文教，培育人才，其间得曾国藩器重，向皇上举荐，因此做了很多有益于国家和人民的事情。他是我国首位驻美等国大使。

二

陈兰彬五岁时跟随祖父去看人竞渡龙舟时，他见儿童放风筝，顺口吟出诗句："端阳人竞渡，儿童放风筝；飞入云牙里，一线系青天。"虽然韵律不工整，但显出他才华敏捷、胸怀大志，将来能成为具有经天纬地之才的风云人物，祖父心中甚喜，出联以试之，他立即对出下联。

上联："孩子放风筝彩线能连天与地。"

下联："嫦娥奔月殿锦衣不染露和霜。"

可见其已熟读《幼学琼林》，采用"后羿妻奔月宫而为嫦娥"以对之。这显示他将来为官，一尘不染，廉洁无瑕。由于他才华敏捷，智慧超群，十五岁应童子试入庠补增，咸丰元年中第一名顺天举人，咸丰三年中癸丑科甲榜第二名进士，被选拔为翰林院庶吉士。

三

同治二年（1863），陈兰彬丁忧期满，回京受命清理积案，昭雪不少冤案。陈兰彬和曾国藩同是洋务派。曾国藩对陈兰彬比较了解，尤其十分赏识陈兰彬办事认真、精明强干、公正廉明。于是，曾国藩举荐陈兰彬清理多年遗留下来的案件。这些案件多涉及宦官豪绅，搞不好大有斩首问罪甚至诛灭九族之灾。但陈兰彬并不怕，他毅然接受这一任务。他积极深入到与案件有关的地方和人进行细致的调查取证，调阅了案件所有的卷宗，认真分析了每一案件产生的根源和过程。陈兰彬几经艰辛，不畏权贵，排除一切阻力，终于查清并且公断了他所接审的一大批案件，使许多冤、假、错案得以平反昭雪。特别是他主持公道、正义，锄强助弱，为平民撑腰，受到广大人民的赞扬。

四

陈兰彬出色地清理积案后，又因黄河泛滥成灾，黄河一带尸横村巷，哀鸿遍野，清政府委派陈兰彬前往大名府赈济灾民。他到达灾区后，废寝忘食，夜以继日地深入受灾区慰问农户，救助安置，援助灾民数十万。他深感黄河灾害频繁，乃人民心腹大患，必须从速根治。他溯流而上，并亲自到黄河两岸考察，反复研究治河要诀，写成《治河刍言》8卷，提出了根治黄河的积极

主张。他用心良苦,营救了大批灾民。

五

同治九年(1870),在曾国藩的推荐下,陈兰彬以太常寺正卿衔被任命为留美学生委员,会同副委员容闳制定了《挑选幼童前赴泰西肄业章程》十二条。同治十一年(1872)开始陆续选派幼童4批共120人赴美学习,是年八月十一日,任陈兰彬为监督、容闳为副监督,率领第一批学童30人赴美留学,这是近代中国第一批留美学生。不少学生勤奋学习,几年后就读完小学、中学而入大学。锻炼成才的有詹天佑、伍廷芳、唐绍仪、梁敦彦等人,如詹天佑学成归来后,对我国铁路事业做出了重大贡献。

六

同治十二年,陈兰彬被委古巴专使,往古巴调查了解古巴华侨受奴役、迫害、买卖、鞭笞、生活无着等情况,他深入古巴的奴隶发卖所、种植园等地,亲身察看华工的受虐惨状,他向清政府写出详细调查报告《古巴各城乡查讯华工口供清册》,顿时轰动国内外舆论。次年他与古巴殖民者西班牙当局交涉谈判,结果签订了改善华工待遇的《古巴华工条款》,解决华工不少痛苦、人身自由和合法权益问题。光绪四年(1878),陈兰彬以宗人府丞衔被正式任命为驻美国、西班牙、秘鲁三国公使。在任期间,他继续深入了解侨工情况,关怀侨胞工作生活,多次向侨居国交涉、抗议,以保证华侨利益,深受华侨爱戴。

七

光绪七年(1881),陈兰彬奉诏回国。期间受到吴嘉善的影响,转而反对继续进行幼童留学计划,最终导致留学计划夭折。

回国后，陈兰彬入总理各国事务衙门，任大臣，最终以礼部左侍郎职致仕。晚年告老还乡，讲学于高文书院，先后纂修《高州府志》24卷、《吴川县志》10卷、《吴川风俗志》1卷、《石城县志》10卷，还著有《毛诗札记》《使美记略》《使美百咏》《治河刍言》《泛槎诗草》《重次千字文》等诗文集。他是一位仁人志士，毕生致力于倡兴文教，培育人才，造福桑梓。清光绪二十年（1895）十二月十四日，陈兰彬在家病逝，终年79岁，谥文毅。

张炎将军的故事

王维洲 （辑录）

一

张炎,字光中,又名巨炎,吴川市塘㙍镇樟山村人,1902年9月22日出生于越南海防港一个华侨家庭。12岁随父回国,生活清苦。1922年投入孙中山领导的粤军。参加过东征陈炯明,北伐吴佩孚的战争。由于作战勇敢,屡立战功,1932年任十九路军六十一师副师长兼122旅旅长,并代理师长职务。"一·二八"淞沪抗战爆发,率部参加抗战,重创日军,威震中外。淞沪抗战后,参加李济深、蔡廷锴领导的福建人民政府,公开反蒋。福建人民政府失败后,拒绝蒋介石第七路军副总指挥的任命,游学欧美,并参加共产党的外国组织——反帝大同盟的活动。1936年回国,七七事变后,奉命回广东南路组织抗日救亡工作,任广东省民众抗日自卫团第十一区统率委员会主任,1938年10月任广东省第十一区游击司令、广东省第七区行政督察专员。在此期间,张炎将军倚重共产党员和使用进步人士,在南路掀起抗日高潮。1941年,因释放被国民党顽固派扣押的共产党员和抗日青年,因得罪国民党当局,被迫弃官避居香港。香港沦陷后,出任国民党第四战区中将参议,奉李济深、张发奎委派回吴川视察,组织抗

张炎将军的故事

日运动。在中共南路特委的支持下,他积极发展抗日群众组织,与共产党、进步人士共同开展抗日救亡运动。桂柳会战后,张炎将军于1945年1月14日在吴川率部起义,与共产党游击队携手抗击日本侵略者和国民党顽固派,解放吴川全境,成立高雷人民抗日军,并任军长。后因起义受挫,他在广西博白被捕,1945年3月22日在玉林慷慨就义,临刑时高呼"人民万岁""抗日胜利万岁"。1958年6月8日,经中央人民政府主席毛泽东签署,张炎将军被追认为革命烈士。

二

1928年春,张炎所在的国民党军队第10师回粤驻防海南岛。1929年8月张炎任国民党中央军61师180团团长,入广西征桂军,他身先士卒,在北流负重伤,回广州留医。1930年春末,61师奉命北上湖南征桂军,7月1日,该师第9旅旅长张世德在湖南衡阳七塘战役阵亡。张炎伤愈归队继任第9旅旅长。同年8月中央军60、61师扩编为中央军第十九路军,北上讨伐阎锡山、冯玉祥,于郑州以南新击败冯军,结束军阀混战。在北伐战争中,张部担任先锋之旅,攻无不克,长驱数千里,战功显赫,富有骁将之称。

1931年11月下旬,十九路军奉命开拔江西,参加蒋介石对中央红军的第二、三次围剿。1931年8月张炎升任十九路军61师副师长兼122旅旅长,后代师长职务。为援救被红军围歼的蒋嫡系蒋鼎文残部,61师伤亡巨大。张炎目睹他部属的死尸无人收葬,伤兵捉不到人抬,只好官抬兵,内心无限感慨。"九一八"事变后,十九路军在赣州宣誓:"反对内战,一致抗日"。张炎在三万官兵面前汇报在苏区剿共惨遭失败的情景,发誓今后不再打内战。他的誓言,大得军心和民心,受到广大官兵的赞扬和

拥护。

1931年11月下旬，十九路军调戍京沪，12月十九路军挑选六千精兵，组成"西南国民义勇军"两个旅，蔡廷锴为总指挥，翁照垣、张炎分别任两独立旅旅长。已筹备好军资准备开赴东北抗日，后因淞沪之战在即，加上蒋介石的阻挠，北上之举才不成行。1932年1月28日淞沪之战爆发，张炎率领61师从南京东进，一路受到沿途群众的热烈欢送，30日到达吴淞要塞布防，2月4日正面迎击日军的第一次总攻，要塞岿然不动；11日在吴淞、蕴藻滨北端又正面击退日军的第二次进攻；13日在纪家桥痛歼日寇王牌军"久留米"师团主力混成旅；23—25日庙行阵地一度失守，张炎率领122旅增援，令孙兰泉团一定要夺回庙行阵地。经孙兰泉团浴血奋战一天，重创日寇主力，收复庙行阵地。而孙兰泉团1500多人，伤亡过千，尚能列队的仅得350多人，足见庙行阵地浴血奋战的激烈，十九路军之神勇。淞沪之战，四战四捷，敌首植田总攻计划宣告全部破产，逼使日寇三易其帅。十九路军打出了军威和国威，鼓舞了士气，振奋了人心，增强了中国人民的抗战必胜的信念。3月3日，全国各地大小报纸均刊出十九路军是抗日得胜之师，张炎是抗日英雄。

三

1937年七七事变后，张炎将军回到广东要求参加抗战，被委派为广东省抗日自卫团第十一区统率委员会主任，在吴川梅菉挂起招牌，开始工作。

张炎夫妇听了在梅菉开展抗日救亡工作的情况汇报，了解到经费十分困难后，即决定到广州湾（即今湛江市，当时是法国殖民地，有一批爱国商人在那儿经商，其中还有张炎夫妇的好友）开展募集抗日救亡经费活动。他们当时住进张炎将军的好友许爱周新开设的宝石酒店。许爱周对募集抗日救亡经费工作给予大力支持,他设宴招待广州湾爱国富商,并向富商们介绍张炎将军。张炎在宴会上作了热情洋溢的抗日救国讲话,并介绍了在梅菉开展抗日救亡工作的情况和面临经费奇缺的困难。宴会上许爱周带头,其他爱国商人也纷纷响应,共捐得银圆4000多元,收到了预期的效果。

四

张炎将军的堂兄张世德原是国民党部队旅长,参加粤桂内战时牺牲,家里还存有迫击炮、轻重机枪和七九步枪等枪支弹药一批,由他的母亲保存。张炎将军回梅菉后,曾多次劝说伯母把这一批枪械贡献出来,作为抗击日寇的武器,但屡次劝说,均遭拒绝,她认为这些枪械是她儿子留给家里防盗的,不能交给其他人使用。张炎最后把任务交给手下苏国民到樟山村说服他伯母,并交代必要时可用强硬的方法。苏国民感到为难,说:"这样做是会开罪于您的伯母的。"

"这样做是为了抗日救国,是一种爱国行为,我是会支持和感谢你的。"张炎将军斩钉截铁地说。

于是,他派了一个年青的排长,率领一排士兵到樟山村,对他的伯母进行说服工作。起初他伯母态度非常强硬,不但不同意把枪械交出来,反而责备这帮人欺负她是孤孀,企图强夺她儿子留给她防盗的枪械。此时,随去的苏国民奉张炎将军的命令,严厉地指责她,说:"你不把枪交出来,不支持抗敌将军张炎,这是有损祖国利益的行为,是要受到政府惩办的。这次我来找你是受张炎将军委派的,希望你能把枪支献出来,同张炎将军一条心,同全国人民一道,参加抗日救亡。希望你能接受我的意见。"

苏国民用了一番"有国才有家"的正义道理劝说后,她的态

度有所改变，终于同意交出迫击炮、轻重机枪以及数十支七九步枪给政府，只留十多支七九步枪给她作防盗用。

苏国民回到梅菉，将情况向张炎将军汇报后，他高兴地说："这批枪械终于能够发挥抗日杀敌的作用了。"

张炎将军是著名的国民党抗日爱国将领、进步民主人士、中国共产党的真诚朋友。

状元林召棠传奇

林寿勋

前清状元林召棠，系吴川霞街人氏，现在民间有好些关于他的传说。

一、文曲星来　水鬼惊走

相传，林召棠在五六岁时，经常和几个孩子到河边洗澡，一下到河边，就好像听到河中传出了人声："文曲星来了，快走呀。"每次都是这样。一次他将此情形告诉母亲，林母听了，知道这班孩子中定有一个是文曲星降世的，但不知究竟是哪个，是否是自己的儿子呢？第二天傍晚林母跟随召棠到河边，当林召棠到河边时，果然听到有人叫："文曲星又来了，快走，快走。"林母听得一清二楚，暗暗欢喜。又过了几天，召棠跟着母亲去拜土地公，母子还未到庙门，就听得庙中有声喊"文曲星来了，快下去迎接呀"。当时林母听在耳里，喜在心里。

林召棠到十岁时候，父亲泰雯到九有村教书，他也随父到馆就学，不久邻家有个产妇难产，将要断气了，家人哭哭啼啼在准备后事，好奇的林召棠入门看看，当即，好像听到那家里有声音说："文曲星来了，快快从后门逃走吧。"话音刚落，产妇呻吟一

声,产下一个男孩,产妇也苏醒过来了。那家人个个皆大欢喜。原来,这产妇是被"鬼侵"的。

二、 姑母失金钗　外甥要誓愿

林召棠小时候,常到姑母家里玩。一天,姑母遗失一枚金钗,怀疑召棠偷去,但他人小志大,品质刚直,便到金轮菩萨面前发誓,召棠跪下就说:"如果我偷得姑母金钗,口血共鼻血一齐出。"话刚说完,凑巧他的口鼻一齐流出了血,林召棠起来即指骂菩萨:"人赖神也赖,真令我有口难言。"说完,哭着回家。

在当天夜里,金轮菩萨便托梦给姑母说:"你的金钗是老鼠拖入床底洞口去了,不是林召棠偷你的,因为林召棠是文曲星降世,我受不了他的跪,我忙去扶起他,但身上的剑筒正好撞着他口鼻弄出了血。"清早,姑母起床,果然在老鼠洞口拾回金钗,就立即和召棠母子讲明白此事。

三、 两人吵架三个有理

邻家有对小夫妇,因点小事,争吵得难分难解,便来请求状元公处理。老公诉说之后,老婆又说一场。召棠听后即说:"听你两人讲来都有理,但不能丢去良心讲道理,应该想一想呀。"夫妇俩听到后想一想,便不敢回去,听候直到傍晚。状元夫人见日已西落,便对召棠说:"有理无理,你也应该判断一句,人家要回去做饭呀。"召棠听了说:"你讲来也有道理。"此事后来传开了,人人都说:"状元公议事:两人吵架,三个有理。"

梁嘉武送子学商记

梁　周

　　抗日战争时期，梅菉市药行有一间经营中西药品的药店，名曰"乾泰"，其常用药品齐全，药材新鲜，质量上乘，价格便宜，奇缺和贵重药材都是来自香港或海外，在粤西颇有名气。
　　"乾泰"药店的店主梁秉权，是当地人。在药行，他是一个经营有方的人；在人品方面，他为人大方善良，乐于帮助别人，从不计较利益的得失，对待伙计下人，总是严而有恩，不管掌柜伙计有什么困难，他都会想方设法为他们解决，伙计下人都乐意为他尽力办事，他在药行很有口碑。
　　一天晚上，梁秉权刚好从香港回来，正在与伙计寒暄时，从店门外走进两个人来，在先一位是一个四十开外的中年人，在后的是一位二十岁左右的后生仔。
　　中年人见了梁秉权便打躬作揖说："梁老板，您回来刚进店门，我俩即来打扰，不胜惭愧。"
　　梁秉权听中年人说话的是外地口音，请他们进入客厅，很有礼貌地对他们说："先生光临敝店，是谈生意还是有其他见教？请坐下再道其详。"然后，叫人送上茶水。
　　中年人说："……这位后生是我侄儿，高中毕业后，因家境困难，其父母不愿其躬耕陇亩，闻人说先生盛德，故我冒昧，未

经通报就晋门拜谒,意欲为小侄在你处求得一杂差,一来可以维持其生活,二来也可以跟老板学习经商之道,更重要的就是学习先生的人品,未知梁老板肯容纳否?"

梁秉权举头看着那中年人,两个素不相识的人如此直截了当地请自己办事,且是不惜远道而来,觉得不好推辞,再看看那青年人,只见他眉清目秀,举止有度,气宇非凡,心里也自觉高兴几分,于是道:"本店原已人手足够,但愿阁下不嫌小店简陋,肯教令侄上门帮助,岂敢推辞?但不知令侄果肯相帮与否?"

青年人见梁老板愿意收留,他连连应允多谢,中年人即命青年人跪下拜师。

梁秉权对中年人说:"不必多礼,请问两位尊姓大名,令侄贵庚几何?何方人氏?"

中年人说:"我是南海人氏,与先生同宗,小名嘉华,舍侄名唤锦棠,虚度二十个年头了。"

梁秉权说道:"我们此地不比南海兴旺,我店铺尤属简陋,各项工作及生活均颇艰辛,还望多多包涵。"

梁嘉华说:"我到梅菉亦已十数天,据我多方了解,先生才德过人,很有口碑,舍侄能得随从左右,定有进步。"

其实这些年头,梁嘉华也经常到梅菉市药行购货,在主客交谈中,了解到梁秉权的为人。因为梁秉权不常在药店,所以,这十多天来,他带着侄儿在"乾泰"药店附近的旅店住下,等候梁秉权的出现,直到当晚梁秉权前脚入店他们后脚跟进,才出现开头的一幕。

自此,梁锦棠留在"乾泰"药店做起杂差小工来。

且说这位梁锦棠,自入店以来,早上扫地、打水、开门,晚上清洁、关门,不论什么活,他都抢着干。加上梁老板对梁锦棠这个读书人另眼看待,吩咐大家多多关照这位远路而来的青年人,日子长了,他和店里上上下下的人相处得非常融洽,店人都觉得这位后生可亲可爱。他爱学习,什么事儿都虚心请教别人。白天,在工作中遇到有不明白或困难的时候,他虚心地向药房先生、药工及伙计们请教,大家按照老板吩咐下来的,耐心教授梁锦棠,他入门很快。有时,伙计叫他外出消遣散心,他都以生活拮据为由婉言谢绝。晚上,他从不出门闲玩,店铺关门后,即入房闭门学习,灯光直亮到深夜。

梁锦棠在梁秉权的关怀下,进步很快,他聪明勤奋,为人老实,表现能干善营,深受老板赏识。两年下来,他在行业中可以独当一面了。梁秉权把他从杂差升为副掌柜,每月薪金亦从一担米提到三担米了。

春去秋来,时间已转到第三年的春节,其他伙计已放假回家过年了。

在年初二日,梁秉权对梁锦棠说:"你到我店已将近三年,但你从不回家,现在正是春节期间,你何不返家探视父母一次呢?"

梁锦棠说道:"老板如此关怀,我很感激,但我离家时曾应允父母嘱命,须满三年才能返家探亲,故未敢逾越。待届时期满,我才辞别老板返家。"

梁秉权赞道:"你不但是个好青年,而且是个孝顺子,到今年三月,我开车去广州时,当送你回家。"梁锦棠听罢,谢了老板的关怀,入房去了。梁秉权望着他的背影,心想:梁锦棠要回家,只需两天的路程,为什么三年不返?为什么两年多来亦未见其父母来信?真是不得其解。

光阴荏苒,转眼上元节莅临,在欢庆上元节的晚餐时,梁秉权特请梁锦棠对酌。席间,他们不分主仆,畅所欲言;谈及生意,其应对如流;分析市场,其了如指掌;再谈及家事、谈及一些处世学问,他谈吐不凡,梁秉权听了也暗自佩服。饭后,他俩一直促膝谈到掌灯时分,梁锦棠才告辞回到自己的房间。梁锦堂

走后,梁秉权望着他的背影,就觉得他不是一般的打工仔。

梁秉权除梅菉和香港有店铺之外,省市还有几处的店铺要来回走走,他很少有时间固定在一个店铺住下,也很少有时间到工人的住处走动。这晚,梁秉权特地到梁锦棠的房间去探视。他走到梁锦棠的房边,从窗户望入去,只见其房间书籍满架,四方桌上文房四宝陈设整齐。除此之外,尤其诧异的是梁锦堂床上的珠罗蚊帐在灯光下银光闪闪,一床名缎锦被华贵大方,光辉四射,四壁还挂有四幅名人所绘的仕女图。房间这些摆设哪儿似一个打工仔的房间,这简直是一个贵胄公子的书房。

这时,梁锦棠正在写日记,梁秉权靠近窗前一看,只见他正引用古人的名句:"为商之道,所以通四方之财,聚八方之货,权衡利弊,以定取舍……"梁锦棠写完,又随口吟道:"百尺高楼稳基础,鲲鹏展翅待翔时,苦心潜学三年满,指日登程可返归。"梁秉权看在眼里,不禁脱口而出:"好孩子,你真一个栋梁之材……"

梁锦棠听到老板的声音,急急开门将老板迎接入房内,道:"我深夜不眠,不想惊动了老板,万乞见谅!"

梁秉权入房坐下问道:"你写字龙飞凤舞,日记字字珠玑,想必是书香门第,为何又来此地受人雇用呢?"

梁锦棠答道:"多蒙老板垂问,我已届满三年之期,至于我的情况老板不久便可知道,届时不问也可自知了。"

两人又谈了很长的时间,梁秉权便告辞回房休息去了。

上元节过后,梁秉权亲自送梁锦棠返家。梁锦棠与伙计们依依不舍之情,溢于言表。他对梁秉权说:"老板教育我三载,恩重如山,今日返家,不知何时再得重践贵地,我现无以为赠,仅将我房里之物留下,送给贵公子以作为留念吧!前天老板说送我返家,我已去信告知家人,此次能得老板到舍下增光,诚为一大快事啊!"

经过两天的旅途艰辛，次日下午，两人乘车已抵南海县城，汽车开到大街闹市的一座大楼门口停了下来。当梁锦棠正伸头出车门时，守在门口的家丁侍女，一齐动了起来，门卫向厅内传呼："公子偕老板一齐荣归了，速传老爷太太知道！"梁锦棠甫下车，家里即走出几位侍女迎接，拥簇进入大门。梁秉权细观其门，朱门高墙，栋宇辉煌，其气派实属百万富翁之家，顿时觉得非常惊诧。如此一个贵胄公子，隐迹在自己店铺打工三年，却不曾露出半点蛛丝马迹，真是奇人异事。不等梁秉权多想，一位西装革履的富绅在众多侍女和随从的拥簇下，出来迎接梁秉权入内。梁秉权有点诚惶诚恐地随主人进入一个金碧辉煌的大厅，厅内的陈设富丽堂皇，实为梁秉权一生之所未睹。

他们就座既定，互通姓名，又互相寒暄了一阵，侍女即便送上龙井香茶，香气四溢。

主人五十多岁，服饰绚丽，雍容华贵，只见他拱手作揖，说道："先生今日亲送犬子返家，辛苦阁下。特别是这三年来，犬子在先生的关怀指导下，学问大有长进且事业有成！"主人又说："我梁嘉武虽是颇有一些产业，过着温饱生活之人，但我认为孩子如欲有所成就，就必须刻苦耐劳，多经历练。犬子三年前本科毕业于省商业学院，但拙荆宠爱无比。我膝下只有此子，如让他过于优裕不知稼穑之艰辛，将来又岂能有所作为？久仰先生盛德才能，故特送到贵店学习……"

说着，他顾侍女道："你叫三爷出来，与老板相见吧！"

稍后，那常到梅菉乾泰药行购货的商人出来了，梁秉权认得他是大顾客梁嘉华，经过和梁嘉华的见面，梁秉权心中的一切疑惑就都释然了。

梁嘉武当晚设宴为儿子洗尘并招待梁秉权，席间，主客十分投机，并与之合约共同经商。数年后，梁锦棠与梁秉权合股在海外经商贸易获利甚巨，两家都成了大富豪。

易中轶事

郑庆云

吴川上杭易中,于乾隆四年上京应武试,因路途遥远,顺带家乡特产沙螺干一包,以备旅途佐餐之用。到京后,下榻武试馆,由于他勤奋好学,白天练武,晚上习文,深受人们的敬重。一天深夜,易中正在挑灯朗诵,突然来了一位不速之客,此人三十多岁,身材高瘦,穿着一身普通衣裳,他走进寓所,近前向易中施礼道:"晚生是京师人,因路过贵寓,见灯火辉煌,室内书声琅琅,殊深仰慕,故不揣冒昧进来,惊扰仁兄,尚期恕谅!"易中起身,鞠躬让座说道:"深幸大驾光临,有失远迎,今蒙惠然赐教,实慰生平之愿!"两人坐下后,彼此论文谈武,十分投机,正好易中煲好沙螺粥,便邀客人一同进食。他们边谈边食,津津有味。易中介绍说:"此种沙螺是珍稀贝壳动物,乃吴川特产,你看,它美味可口,华润香甜,能生津活血,润肺止咳,是治咳之良药。"来客本患咳症,在交谈中,听得此物是止咳良药,十分高兴,并见易中能文能武,又懂药性,乃深感敬佩。他饱食一顿后,握手而别。过了数天,客人咳病果愈,既感易中之德,又羡易中之才,遂经常来访,与易中结为知己朋友。

考期届近,易中面有难色,客人追问其故,易中说:"考期在即,因贱躯颇重,而带来之坐骑羸瘦,恐入场张弓跑马,马力不从心，或有闪失，故为此发愁耳！"客人听罢微笑道："贤兄不必顾虑，到时，弟将为尔助一臂之力！"

考试这天，客人命马夫送来一匹白马，甚为骠骏，易中询问马夫，始知此客人乃当今皇叔，官封和亲王，亦是本届武试的主考官，心中不禁万分感激、欣慰。进场后，全场举子见到易中所乘之马如此神骏，故人人瞩目。再说两位副主考，本熟悉此马乃皇叔平日惯骑之心爱雪花骢龙驹，已知此举子乃皇叔之亲故，故均另眼相看。

初试跑马射箭，易中甚擅骑术，纵马往来驰骋，且其弓法娴熟，箭箭中鹄，全场举子无不赞好。继试马叉剑戟，拳脚棍棒，十八般武艺亦艺艺精通。最后挺举试石，他运足气力，双手抓

紧,动作灵活,一举即高举过头。由于他用力过猛,裤带突然拉断,裤将脱落,易中大窘,立时急中生智,来一个独臂擎天之势,左手撑腰护裤,右手继续举石,但因独臂难支,武石即将堕地,说时迟,那时快,易中顺势一脚将石踢飞丈余。众举子见易中如此神力,皆赞不绝口,掌声如雷,而那两位副主考官却已看出破绽。本来,易中此举虽然是事出意外,急中生智,但是已失场犯规,将会受到处分。两位副主考碍着皇叔情面,一时却不知如何措辞。坐在正中的和亲王见得易中果然身手不凡,是个大器之才。场中虽然一时失手,但并不该因此而埋没人才。便赞赏说:"好一个'狮子抛球',乃南宗武林之绝招。这举子的武功居然如此超群啊!"两旁两位副主考听得和亲王如此称赞,便不敢提出异议,亦附和赞好。结果,易中即被录取为进士及第。

委任后,易中出任驻京提塘官,总理两广务府事。任中,易中廉洁奉公,深受和亲王青睐器重;任满,和亲王有意试探易中,乃开口向他借银十万两,可真是难住了易中。易中窘急,不知如何是好,故久久不能答出话来。和亲王察言观色,知道易中确是宦囊无多,便笑笑说:"易进士!请勿介意,借钱,戏言耳!我本知你清贫,故特委之以美缺,要知道,这个肥缺,历由我们满人充任,今破格用你,本属照顾。你的确清廉,狷介不贪,竟清贫至此!好吧,待我奏明皇上,再复尔一任就是了。"

冬去春来,忽又三年,易中任期届满,由于在任,始终是清廉自励,不受民财,甚至能常常以薪俸所得,济困扶贫,所以为官多年,依然两袖清风。和亲王知其清廉若此,更加尊敬。当易中南旋归里时,和亲王亲笔书写了十几副对联赠送给他,其中两联"花雨无时落,松风终日来"和"柳色烟相似,梨花雪不如"保存至今。和亲王还特意另书一张大"福"字连同十盆名花送给易中,以示"十分春色,一路福星"之意。盆花运返家中后,易中精心管理,早晚亲自浇淋。可是日复一日,但见这些盆花,叶黄枝枯,花谢凋

易中轶事

零,易中以为盆中缺肥所致,当即翻盆换土,却发现盆底泥中,多混藏金块银锭,始知和亲王眷顾厚赠之美意,不禁万分感激,当即想将金银璧退,又恐却之不恭,有违和亲王之厚意;欲留下传家,又深感受之有愧。再三思索后,他便将此赠金用作修建祖祠及兴办学堂私塾等公益事业之用。其轶事至今还一直流传为美谈。

林召棠应对如流

钟景明

林召棠自幼聪明好学,出口成章,作对联更是能手。

一日,林召棠来到鉴江渡口的南桥头,急着搭渡船过河。撑渡的老船工也爱好对联,对他说:"林少爷,早就听说你很有急才。我有一句上联,你若对通,我马上撑你过去。"林召棠回答说:"好!你就说出来听听吧!"老船工说道:"南桥头二渡如梭,横织江中锦绣。"林召棠抬头望了一眼西岸的宝塔,随口答出了下联:"西岸尾一塔似笔,直写天上文章。"老船工听后,连连说:"对得工整,对得工整。"立即开船,把林召棠送过河。

有一次,林召棠的父亲听人说,儿子戏弄妹仔(婢女),十分生气。后来,他想起儿子平日行为端正,事情尚未查实,便出一合字上联,令儿子对下联,从中进行试探。他出的上联是:"奴手为拏,切莫乱拏奴手。"

林召棠聪敏过人,猜到有人诬告自己,父亲半信半疑,于是对出下联:"人言是信,不能轻信人言。"他父亲见下联对得有理,便去了解情况,证实果然是别人诬告了儿子。

林召棠在朝廷的殿试考完后,道光皇帝知道林召棠自小对联作得好,便出一拆字上联让他对。皇帝出的上联是:"十口心思,思父思母思妻子。"林召棠当即对出下联:"寸身言谢,谢天谢地谢君王。"道光皇帝龙颜大悦,连声赞好。

陈鉴打舅父的故事

李杰荣

陈鉴出身世代书香门第。他从小聪明过人。有一次,舅父带陈鉴到村边走走,见人们在抽干塘水捉鱼。舅父指着一条漏网大鲤鱼,要陈鉴捉上来。谁知他捉到后还给塘主,舅父看见后,很是生气,破口大骂:"你这个笨蛋!"随即拿一块石头恶狠狠地向陈鉴身边掷去,溅得陈鉴的白衫都是塘泚,并出对要他答,对不出不准上来。他出句:"白鹤塘中企。"陈鉴沉思片刻答道:"乌龟塍上踏。"大家不约而同地哈哈大笑了起来。舅父当众出丑,气得全身发抖。当陈鉴刚上到塘城上,就被他打三扇头。陈鉴瞪了舅父一眼,悻悻地走了。

不久,陈鉴的外祖母不幸去世。母亲要他一同去吊丧上孝,陈鉴含泪说:"外祖母生前疼爱我,娘你先去,我买点香烛就去。"母亲被骗走后,陈鉴胸有成竹,去找来一个合身的猪笼和一条木棒。第二天他把木棒穿着猪笼驾在肩上,朝着外祖母家去了。到了村边,传来"砰砰砰"丧锣声。他戴上猪笼,持着木棒,来到舅父的家门前,随即放声大哭,不一会儿,见舅父既不戴麻盖,也不挂孝袍,从屋里出来。他一见外甥这副模样,忍不住失声一笑。陈鉴随即抡起木棒,朝着舅父秃头打了一棍。训斥道:"外祖母去世,亲属都在悲哀,迟来一日,我做外甥的自知

有入笠之罪，你身为孝子，不披麻戴孝，又不悲哀，反而大笑，你应当何罪！"舅父自知理亏，不敢吭声，只好忍痛跑回家里了。陈鉴从身上卸下猪笼，丢掉木棒，到外祖母遗体前忏悔地说："迟来一日，不孝外甥，罪应入笠；大笑失声，无哀舅父，理应敲头。"

舅父被外甥打后，左邻右里偷偷议论："这家伙平日作恶多端，欺压群众，今日挨外甥痛打，打得好，为群众出口气！"

光阴过得飞快，转眼到外祖母七七开祭之日，这天灵屋内外摆满了熟鸭、熟鸡、熟猪脚等祭品。舅父明知斗不过外甥，想借此机会来讨好他，便出了下联："炖鸭烧鸡岂有生肠。"他并对陈鉴说，对得通，佳肴任他先吃，并赏白银十两。舅父的话音刚落，陈鉴就举起拳头，吓得他连忙退了几步，接着将拳头穿破灵屋，捧出一大碗熟猪脚，便道："穿墙挖屋焉无熟脚！"舅父嬉皮笑脸地夸奖外甥说："不愧是出自陈家书香门第，我为有这样聪明的外甥感到荣幸！"

劏狗六爹智斗莫仙姑

郑云庆

几天前,六爹因伤风感冒,发冷发热,饮食不沾,卧病在床。六奶忧心忡忡,到处请医执药,求神拜佛,忙个不停。几天后,六爹渐渐好了起来,六奶心中那块"石头",渐渐放下,她对六爹说:"你呀,真是急死人!不病犹可,一病就这么重。可你素来不信神鬼,但你病了,不信又不行。我想,今年你的流年不好,冇时冇运,听说南海儿村有个姓莫的睇花婆,因为她很灵验,人们称她作莫仙姑。她会睇花、算命、勾魂、看三世、占阴阳宅、画灵符、做法水,样样都识,不少人都去求她,我也去给你算个命,做点法水回来给你吃,使你早日康复长寿百岁,好吗?"六爹不听则已,一听就火冒三丈,但复一想,又忍了回去,说:"象山娘,我知道你是很关心我的,但不能迷信神鬼呀!不过,莫仙姑真的这样灵验,等我好以后,我便亲自去算命,好吗?"六奶一听,高兴地说:"这才算你脑筋转化了!"

过了半个多月,六爹身体痊愈了。他对六奶说:"今天我要到莫仙姑处算个命,求她给我造点福。"六奶听到他要去求仙算命,心中自然很高兴,立即帮他具备纸宝蜡烛等东西,并说:"我亦跟你一起去。"六爹推说:"不用了,你要料理家务,我一个人去就行了。"六爹携着纸宝蜡烛便向南海儿村而去。

人物传奇

　　六爹进入莫仙姑家里,但见大厅案上,香烟袅袅,案前坐着一个中年女人,黑发白脸,中等身材,生有一对鬼勾眼,时时盯着进屋的人们,这就是睇花婆莫仙姑。六爹将香烛纸宝等物放在案头,在侧面一张长凳坐下,一声不吭,装作愁眉苦脸地在等候。坐在旁边一位妇女问:"大叔是睇花的吗?"六爹见问,故意让睇花婆听见,说:"我是来勾魂的。""勾谁的魂?""唉。说起来就惨啦!"六爹像忍着悲痛的样子,一字一句地说:"我老婆明

劏狗六爹智斗莫仙姑

早头七,她一病身亡,一句话也没来得及嘱咐,丢下我、儿女和可爱的家。她在世时,跟我这个穷鬼,忍饥挨饿,受尽了苦楚。今天,她离开人世了,我很悲痛。我想勾个魂,跟她说几句,问问她在阴间生活怎样,还有什么未了的心愿……"六爹说到这里话音有点颤抖了,正在这时候,睇花婆叫了一声:"大叔,轮到你了。"六爹走近案前,焚了一炷香插在炉上,并将三牲摆好,再将三十六文杯珓钱放在案上,默不作声。过了片刻,睇花婆身摇头摆,双手向膝盖猛拍,做仙姑降身的样子,然后用鸭屎正的桂林官话说:"案前弟子,我来问你,你想求什么的?"六爹说:"是来勾亡妻生魂的。"仙姑"唔"了一声说:"快将死者乡村境份、生卒年月报上,以便到阴间查找!"六爹便把编造的生卒年月向睇花婆说:"死者生前居住江儿村,永安境。她是辛未年九月九日寅时生,于癸丑年五月十五日丑时卒,享年51岁。"睇花婆听完后,沉默了一回,又自言自语地说:"啊!你呀,找得我很苦呵!我先找了土地、城隍、判官,查问母夜叉,牛头马面带我到'轮回殿',好不容易才在转世宫找到你,使我花了不少唇舌、金钱,把你带了回来。现在你丈夫在此等候多时了,还不快去见他一面?"此时,睇花婆用正宗的吴川话说:"唉,我的夫啊!我死得好惨,好苦呀!不是仙姑及时找到我,我很快就变牛变马了。"她一边说,一边痛哭流涕,并继续申诉她的死因和死后的悲惨遭遇和处境。劏狗六爹越听越讨厌,越听越火起,于是说:"我的好老婆,确实难为你了!既然阴间这么苦,跟我回家去吧!"说完上前去,紧紧抱起睇花婆往门外走去。睇花婆喊道:"哎唷!我不是你的妻,我是莫三嫂呀!你抱我到哪里去?"六爹说:"你刚才明明叫我作夫,现在又说不是。我要抱你下大塘去吃几口水,等你清醒后,再与你回家去。"睇花婆越发慌了,急急求饶说:"大叔,我知错了,请放下我,有话跟你说。"六爹见她迫切要求,便将她放下。睇花婆立即跪在六爹面前,不停地叩

头,苦苦哀求说:"刚才勾魂,全是假的。阴间的话,都是我编出来欺骗你的,大叔你大人有大量,望你饶恕我!"六爹说:"你认得我吗?我是劏狗六爹。你敢在我的面前讲大话?"睇花婆说:"早闻六爹大名了,恕我有眼不识泰山,我该死!我向六爹认罪。"六爹说:"你搞迷信,欺骗了群众,诈骗了钱财,害死了人命,应该受到严厉的惩罚。今天你既然承认行骗,有意悔改,就饶过你。但以后不得再以迷信来装神扮鬼,骗取群众钱财。否则,我绝不饶过你。"睇花婆满口答应,并在围观群众面前表示,今后不做睇花婆,不再欺骗群众,并将财物退还六爹及受骗的人。六爹这才离开南海儿村回家。

六爹妙对笑傲乡间

郑庆云

劏狗六爹,十年寒窗,书深墨黑。他走过科场,上过省城,几经辛苦,博得一个监生头衔。六爹不但文章写得好,而且诗对更是出类拔萃。他的为人,机智灵活,诙谐笑谑,喜欢接近群众,因而群众也喜欢接近他,与他聊天,听他吟诗作对,故其诗对闻名乡间,传流久远。

一次,六爹在路上碰上一个捉鱼的农民,他手上提着一把蟮叉,身上背着个竹篓(吴川方言,用竹篾编织的装鱼器具),向六爹打招呼。六爹顺口问道:"今天捞到什么鱼虾?"农民有意作弄六爹,暗暗地想道:"我要考一考你这位贡生。"就说:"什么都有:一竽无鳞、鳅短、蟮长、蛤有肘。"六爹一听,哎哟,这家伙是出对考我来了!他思索了一下,忽见一妇女摆着三牲在大榕树下拜土地神,三跪九叩首后,焚宝烧炮,噼噼啪啪地响着。六爹心中暗喜:"有了,有了。"便说道:"老兄,你出句很不错,待我对回吧!"他接着说:"三牲有壳、蛋圆、虾曲、蟹无头。"这位捉鱼的农民赞道:"六爹,你真不愧是一位优秀贡生啊!"

六爹妙对笑傲乡间

六爹趁黄坡圩,在渡船上碰上阉猪三叔。阉猪三叔每逢圩日,必上街阉猪,今天,见到六爹,一方面想跟六爹聊聊天,另一方面又想试试六爹的急才,他当着众人面前说:"六爹是位地方文人,诗对作得好,现在我想跟他对比对比,不知大家意下如何?""赞成,赞成!"趁圩佬齐声喊赞成,也是想凑个热闹。阉猪三叔又对六爹说:"你的意见如何?"六爹说:"那就请便吧!"这时阉猪三叔想了想,念道:"劏狗六爹想状元,可惜殿试无门只当拔贡。"六爹见他挖苦自己,也不示弱,便对道:"阉猪三叔为太监,须知宫刑有份竟做阉官。"大家听完,无不拍手叫好。

中午,六爹上酒楼吃午饭,桌上菜式不多,其中有鱼有肉。他自斟自酌,吃了一回,忽然来了几位不速之客。他们是圩虱、滑嘴、亚九等。圩虱对六爹说:"你自斟自酌,不如我们来陪下你好吗?"六爹说:"好的,好的。"于是大家一齐坐下,叫来店小二加杯加筷,加上点酒肉,边吃边吹牛皮。滑嘴说:"别的不谈了,我们就和六爹谈谈诗对好吗?"亚九说:"我很赞成。"圩虱看看碟中的海鲜说道:"我想就地取材,用碟中的海鲜出上联,请六爹对下联好吗?"大家随口附和地说:"好。"圩虱念道:"石头鱼,鱼头有石。"六爹想道:黄坡出产的鞋底鱼,是著名的好鱼,何不就用它来对呢!于是念道:"鞋底腩,腩底如鞋。"大家赞道:"有特色,对得好,对得好!"

六爹是个受老百姓喜欢的红人,他走到哪里,欢乐和笑声就到哪里。

陈九叔巧对劏狗六爹

邱石麟

陈九叔,是吴川那蒙村人,家庭贫穷,他在童年读过几年私塾,赋性聪明,爱好诗联,得到劏狗六爹的赏识。在炎热夏季的一天中午,劏狗六爹从吴阳返回麦屋老家,路经那蒙村陈九叔屋边,这时九叔和很多群众在大树下扯大嘴(聊天),便叫六爹歇歇,开下玩笑。

这时天气炎热,九叔拿条竹烟筒和一把葵扇给六爹烧烟和扇风解热。六爹边烧烟边摇扇,并口出一联:"拨扇烧烟,风云并奏。"九叔一时间被难倒了,暂时无法回联,转眼间,恰遇上一个六岁的孩子在旁边屙尿,在屙尿时又放屁响了一声,九叔才思敏捷,立即回联:"屙尿放屁,雷雨齐鸣。"

六爹听了,大笑起来,说:"真是好联。"六爹又看一下九叔,见到九叔眼大而相貌有点异常,又出一联:"眼大聪明,但嫌嘴尖牙利。"九叔看见六爹鼻高眉浓,就想出了下联:"鼻高豪富,最怕额窄眉粗。"旁边乘凉的群众,都拍掌称好。九叔的小儿正从池塘采了几朵莲花拿在手玩,六爹见了,想了一想,又出一联:"九仔手执莲花,怎能飘香万里?"九叔听了,心中有点反感,认为六爹出此联,是鄙视他的儿子将来没大出息,一时想不出回联,忽然见到六爹脚踏双鞋踩着鸡屎,就挖空心思,回了下联:"六爷脚拖鸡屎,正是遗臭千秋。"

这时家属叫九叔回家吃午餐,九叔叫老婆把炊熟的芋头捧出来和六爷同一起吃。两人在大树下乘凉,边吃芋头边谈笑。这时六爷见到九叔的老婆坐在旁边大树下,捧着一碗南瓜吃,就又出上联:"一碗南瓜,能吃饱大肚。"

九叔正和六爷吃芋头,就此情况也回了下联:"半煲香芋,能充饥小人。"

两人一同大笑起来,六爷说:"你能回这个下联,真是天才。"他见九叔的屋前边放着犁耙,又出上联:"一犁耙,能耕多少亩?"

九叔见老婆坐在旁边吃南瓜,就回了下联:"两公婆,可种十丘田。"

六爷吃完芋头时,九叔的老婆捧来一面盆清水请六爷洗手,六爷洗完手就想出了上联:"铜盆有水难栽藕。"

刚巧有一位群众挑两草袋生盐卖,有很多群众正在买盐,九叔的老婆问丈夫给钱买盐,九叔遇此情况,就想出了下联:"衫袋无钱未买盐。"

六爷说:"九叔你开口成文,真是才华出众。"九叔说:"六爷过奖了。"六爷说:"我吃饱芋头了,告别走啦!"九叔说:"树下清风堪送客。"六爷说:"村边小路可行人。"说完大笑而别。

马骝听鼓箸

孙亚胜

九月初十,是广应堂庙重修入主的喜日,庙里庙外装饰一新,华灯亮丽。早上,劏狗六爹难得好心情,有雅兴,便来观赏"神光普照"。当他来到庙门口时,却被一批乡绅挡在门口:"六爹请止步。"六爹板起脸孔问:"为何不能进去参拜?"乡绅们你望我我望你,一时不知怎么样回答,显出难色。六爹看见他们的神色,心中已明白了几分:这批乡绅中有不少是被六爹羞辱过的,早已怀恨在心,今天想借机报复,就继续说:"你们不说出个子丑寅卯来,就请让开一边。"一个乡绅说:"上回康王菩萨重上金身时斋戒,你却在斋棚劏狗煮狗肉破戒,你满肚子狗肉得罪了菩萨,菩萨不欢迎你。"六爹冷笑说:"你们各位昨晚吃了一肚胀胀的猪牛羊鸡鸭鹅,今天还未屙出来吧?你们满肚子畜生,早已玷污了菩萨神明了。"这话引起了周围的群众哄堂大笑。这批乡绅张口结舌,六爹说完就大踏步跨进庙里。

一个乡绅忙站出来打圆场:"各位,今天是广应堂菩萨入主的大喜日子,大家应讲些开心的事情才是。不如这样吧,六爹满腹经纶,就讲一段故事来听听,让大家开心开心,人神共庆,好吧?"六爹就微微一笑说:"好,好。各位豪绅想听故事,那就让我细细道来——从前,有一个放牛娃很喜欢打鼓,每天赶牛上山坡放牧时,都带着鼓去学打。动听的鼓声引来了山上的一班马骝(即猴子)。有一日,放牛娃刚到山坡上,这班马骝就围上来要放牛娃打鼓给它们听。放牛娃便说'好',就拿出鼓来,可是翻遍全身的衣袋也不见鼓箸,就说:'我忘记带鼓箸了,你们这班马骝在此听一听(等一等),我回家拿鼓箸来。'——故事讲完了。"六爹扬长而去。

过了好一会儿,一个乡绅猛一拍头壳,说:"我们又被剒狗六爹耍了,他骂我们这一班人是'马骝',在这里听故事哪(粤语'鼓箸'与'故事'谐音)。"

梁柱戏贪官

孙振儒

清朝年间,广东有位盛名鼎鼎的才子名叫梁柱。他自幼聪明好学,诗词歌赋,样样皆能,兼之他为人正直,素来扶助弱小,不畏权奸,因此深得人们的爱戴和崇敬。

当时有个县令叫作王玉,是个卑鄙的贪官。他自上任以后,专门铲地皮,敲竹杠,时时要下属和老百姓向他献贿纳贡,因此人人对他敢怒不敢言。他扪心自问,也深知广大群众对他不满。有一天,他写了一张请帖,差人邀请梁柱到府,目的是想为他写几副条幅,赞誉他的优点,以掩盖他的劣迹及丑行。梁柱接到请帖,也不推辞,即刻到来。王玉大喜,便设宴接待,还特地邀请了几位文人做陪客。酒至半酣,王玉道:"久仰先生大名,才高八斗,学富五车,字字珠玑,书法豪放。王某今日冒昧敬请先生,为我题赠三两幅墨宝,以使草堂生辉,不知先生意下如何?"梁柱答道:"承蒙大老爷夸奖,实属赧颜,在下文字劣拙,贻笑大老爷了,如若不嫌,在下献丑就是了。今日正值老爷雅兴豪情,文豪满座,在下即乘兴濡墨挥毫,以祈指正如何?"王玉大喜,即命家人捧来墨砚条幅,请梁柱挥笔。

梁柱在众目睽睽下挥毫蘸墨,向满座宾客作揖道:"鄙人梁柱承蒙大老爷与诸位赏脸,献丑了。我今欲写三幅条幅:第一幅

梁柱戏贪官

写'勤劳致富',第二幅写'勤俭起家',第三幅写'青天大老爷'。"王玉听了,点头微笑,乐极忘形。众人亦围近来,拭目以观。

于是梁柱便濡墨拈毫,用狂草书法一挥而就,却故意在每一句中写了一个错别字。这位大老爷本不是科班出身,是夤缘仗了裙带关系才当上县令的,肚子里根本就没有几滴墨水,识字不多。他见梁柱这三幅字都写得笔酣墨饱,龙飞凤舞,便不再去细心辨认,得意扬扬地连声赞道:"好文才!好书法!深蒙先生叠加赞语,本官真是却之不恭,只好受之有愧了!"

在座围观的文人,个个都是颇有学问的,平日也恨透了王玉,现在见了梁柱每句赞词都写一个错别字,知道他是有意讽刺这个贪赃勒贿的家伙,个个都心照不宣地也鼓掌大笑,跟着连声赞好。

酒席散后,客人都走了,王玉忙叫跟班把这三幅赞词高悬客厅壁间,又叫跟班去请幕宾师爷到来共同欣赏。王玉得意扬扬地对幕宾师爷道:"你看,梁柱这几句赞词不但颂扬得体,而且字只写得更是不错,真不愧是个才子啦!"他爽到合不拢嘴,旁顾了一眼幕宾师爷,只见他用鼻音"唔""唔"了几声,却不加一语评论,不由得心觉奇怪,又问道:"老夫子看后不发表一点意见,难道这几幅题词中,还有哪些地方是不妥的吗?"

幕宾师爷推了推鼻梁上的老花眼镜,又认真地瞧了那几幅题词,才微笑着道:"这几幅字的书法写得的确好,但说到题词内容嘛……"幕宾师爷停顿了一下,忍不住笑出声来:"不过老东翁就算是宰相肚里可撑船,大人有大量,肯原谅这个狂生谬发狂言,也不该加以欣赏称赞。"

王玉愕然不解地问:"梁柱他赞颂我是'勤劳致富','勤俭起家'和'青天大老爷',哪有什么不好?何必再要去吹毛求疵呢?"

人物传奇

幕宾师爷笑了又笑，再咳了一声，才用手指着壁间的题词认真地道："老东翁大约是一时眼花，才被这个狂生的草书蒙过了。你看：第一幅他把其中的'劳'字写成了'捞'字；第二幅的'俭'字写成了'敛'字；第三幅其中的'老'字也写作'捞'字了，岂不是这个狂生仗着酒势，胡言乱书，写成'勤捞致富'，'勤敛起家'和'青天大捞爷'了吗？"

王玉听了，再仔细一看，这才明白过来，"混蛋！可恶！竟敢辱骂本官！"他狠狠地骂了两三声，便气得昏瘫在地上了。

包公败诉

李若愚

话说陈世美中了状元,厌旧贪新,抛妻弃子,被其妻秦香莲告倒,死于包公的龙头铡下,落得个"活该"的下场。

陈世美到了阴间,为了免除下油镬、烧火烙,入酆都之苦,便上下通融,对那些管鬼的官员,上至判官,下至牛头马面,每天或钱或物,或酒或肉,与他们混得厮熟,所以不但不受苦,还获得"保释监外执行"的特权,到处游荡,亦无人过问。

一夜,陈世美溜到人间,此时已是三更时分,他走过一楼前,只见一窗尚透微光,内中人语窃窃。陈世美近前细听,原来里面正作男女之事。一个娇声道:"先生偷着出来干这种事,夫人知道就不得了了。"

"你们女人,如何晓得男人的心?大凡女人旧了,就没意思了,哪一个不贪新?……我的宝贝!"

陈世美听得,似有所悟。他想听到更多,便把脸贴在窗上,但只听得一阵喘气声和呻吟声之后,便一切归于平静,他只好依依离去。

他来到一个集市的地方,只有一房间,灯光未熄,便透窗里看,只见母子两人,子已熟睡,妇人尚坐于床,满面嗔容。口里骂道:"这死鬼!整夜泡在卡拉OK魔窟里,给那些鸡妖迷死了,

人物传奇

天光还不知回来!"

陈世美虽然博览群书,但对"卡拉OK"这个名儿,他还未见过,亦未听过。还有什么"鸡妖",他也弄不明白是什么。不过,从妇人的话中,他断定那必然是一个男欢女乐的地方。

他一心想看个究竟,便沿大街寻去。不久,见一楼宇,门面堂皇,霓虹闪烁,彩照生辉。只见一块直竖招牌,赫然醒目,上书"金陵卡拉OK娱乐城"字样,"OK"二字,他本不曾认识,只因听了那妇人之言,从"卡拉"两字推之。他急闪身进内,亦无人察觉。只见一大厅,上悬一个大灯球,光生五色,盘旋闪烁,忽暗忽明,万影浮动,使人目眩。其中数对男女,摸腰搅背,眉目传情,正在翩翩起舞。他不敢久留,便沿着一长廊走去。只见一个个装潢华美的小房间,门楣上嵌着"水仙""秋月""凤阁""迎春"之类的小匾,内中皆是男女依偎,调情歌唱。男有年过花甲的,有未及弱冠的,有年当壮岁的,皆衣冠整齐,体肥面白。女的个个体态妖娆,或酥胸微露,或玉腿无遮;个个肌如白雪,面似桃花;口操国语,万种风情。陈世美本是个好色之徒,见此情此景,不禁如醉如痴,醋意顿生。他转恨那包黑子夺其人间快乐,要是尚在人间,也可以享乐一番,原来人间男女之事竟是如此随便。

陈世美想不到此行有如此收获,但他仍不满足,他要得到更多的理由作为依据,为他的罪名开脱。

他从集市出来,又向一村庄走去。此时已是四更,那村中尚有一屋灯火通明,人声喧杂,陈世美步近窗前,只见屋内有五七人,正议论得高兴。

只听一个说:"听说那是一个当官的,抛弃了原来的老婆和两个儿子,在外面讨了一个年轻的,还生下子女,那晚老婆把他诱回家,趁他熟睡,一刀就过线了,然后……"

"他老婆的做法是从另一个女人那里学来的,但被劏的那个

包公败诉

更惨,尸体被剐成五十几块,骨还骨,肉还肉,内脏放在煲里煲,肉丢在厕所里……还有——"一个插嘴道。

"你们不要光说得高兴,这个经验一传开,不知有多少男人要遭殃呢!"又一个插嘴说。

陈世美听得心惊,但他暗自庆幸。好在当初秦香莲未知道这一手,否则……

陈世美由怕而喜,他想,真不枉此行,原来民间这种弃旧贪新的事是这么多的。只可惜当初自己为求取功名,闭门苦读,对外面的这些事浑然不知。他们谈的这些人,不都是和我相同的吗?他们也是当官的,官府都不过问,你包黑子却要多管闲事,坏我风流,我看你一定是出于妒忌!我不告倒你包黑子,誓不罢休!

此时已听鸡啼,陈世美匆匆离去,返回地府,立即备了美酒佳肴,请来几个要好的牛头马面,商议状告包公之事。牛头马面皆说:"陈大人若告包公,我等当助一臂之力!"

酒足菜饱,众皆散去。陈世美愤气难平,立即取出文房四宝,书写状词。陈世美乃一代文豪,加之理据充足,挥笔立就。状词中云:"当今之世,弃子抛妻,另寻新欢者,比比皆是,包拯徇私,不求明察,独罪吾一人,余皆逍遥法外,可谓公乎?执法不公,必生冤枉,吾初时被杀,实属含冤,望阎王君明鉴,为小民昭雪。"并陈其所见,以为理据。

次日阎王上朝,陈世美先在殿外击鼓喊冤,牛头报进殿来:"陈世美击鼓告状!"

阎王宣其进殿。陈世美向前跪下,阎王问:"陈世美,你到阴间已八百余年,现在却要状告何人?"

陈世美道:"宋朝驸马陈世美当初死得冤枉,原是包拯执法不公,今特要状告他,请大王为小民做主。"说完,他将状纸呈上。

人物传奇

阎王看完状词,正欲开言,一牛头马面从班中站出奏曰:"禀奏大王,陈世美所言皆实,小人夜察人间,每见此等之事,小人愿为作证。"

阎王心中不悦,只得派判官去召包公。

不久,包拯到来,见陈世美跪在殿上,心里已经明白了几分,便跪下问道:"大王宣召下官,不知有何钧旨?"

阎王道:"包卿,现有宋朝驸马陈世美告你执法不公,冤枉了他,可有此事?"

包公道:"禀告大王,包某生前执法如山,只知有法,不知有情,为民申冤,大义灭亲,未曾做过徇私舞弊、冤枉好人之事。陈世美当时蒙主欺君,隐瞒有妻有子之情,骗得驸马,便弃旧贪新,不认妻子,并欲害之。其之恶行,天理难容,吾依法判其死刑,以昭法纪之严明,伸人间之正气,何枉之有?"

阎王未及开言,陈世美抢道:"包拯,我且问你,弃旧贪新,抛妻弃子,世间是否只我一人?既不止我一人,而独定我一人之罪,他皆逍遥法外,此可谓公乎?"

正争论中,一牛头马面出班道说:"陈世美之言确实,世间此类之人实在多得很,也未见他们受到制裁,大王,你试查查,近年像陈世美这样的人被判死刑的有没有?"

包公说:"吾生于前朝,只按前朝之法办事,今朝代已更,其法不同,亦未可知,岂是吾之过乎?"

陈世美接着说:"朝代虽改,常理不变,人事虽更,德法应同。今世之人,庙以祀你,文以颂你,戏以歌你,谈起你之事迹,无不慷慨动容,激昂感叹,皆欲以你为楷模。由此可见,今古之人,所愿皆同。岂有同一行为,彼时则为有罪,而今时则为无罪者乎?再者,今世十亿炎黄,洋洋宦海,岂无似你之一二者,而独许那些似我之辈逍遥法外?故此,我只现在才告你。"

包拯无言以对,阎王亦不知说什么,加之那几个牛头马面皆

包公败诉

说:"陈驸马实属冤枉,理应昭雪!"

阎王不知如何处置,便问包、陈二人,意欲如何?

包公说:"某生时为国为民,秉公执法,大义灭亲,今却为人所告,而无人说一公道之言,吾已看破世情,厌倦人世,大王若是罪责下官,请罚吾永不得投生人世好了。"

阎王又问陈世美,陈世美说:"包拯有功于世,我也不想太难为他,只是他夺我荣华,终我美梦,我心中不愿。我只有一个要求,就是让我重返人间,续我前缘,求享人间快乐,并且永远不会遇到包拯那样的糊涂东西。"

阎王无法,只应二人所求,吩咐掌事官员记下,即时办理,宣布退朝。

陈世美为了把失去的光阴补回来,便用其幽灵,化作许许多多的陈世美降生人世,而人世间确确实实再也没有包公了。

梁柱题诗

孙亚胜

　　清乾隆皇微服出巡江南，太师梁柱担心主上的安全，便扮作算命先生南下护主。一日来到一小县城，投宿在一间小客店。每天早上就到各乡村跟随乾隆的行踪，晚上回到客店休息，早出晚归。梁柱在客店里住了几天，了解到客店老板名叫梁亚友，为人诚实，热情待人，且和自己同姓，心中就有想帮他一把的打算。

　　一天的傍晚，梁柱从外地回来，见到城中一富贵人家内院张灯结彩，宾客如流，像是摆酒席办什么喜事，便向街坊打听个中详细的情况。街坊说："先生是外地人，有所不知吧？这是本县一位姓文的知县府第，今晚摆酒庆贺他太太五十大寿。这位文知县真是有福气呀，他早年娶了一个丫鬟为妻，生下五个男孩，有权有财又人丁兴旺！"

　　梁柱决定进去看一看，便在文知县府第的大门踱来踱去，并不停地叫"算命"，早有奴仆禀报县官。文知县难得今日这么高兴，就叫人请他进来饮酒。梁柱也不客气，大踏步走进府内。看见各筵席的宾客早已坐定，只等待出菜。只有大厅中那一首席的有头有面的宾客还在推让"上位"，还未曾就座。各人谦恭点头弯腰地"请请"不断，梁柱毫不客气地直到这"上位"落座。其他客人也就陆陆续续坐定了。不过，各人内心不断嘀咕：这是哪

梁柱题诗

来的算命佬？真是狂妄不懂礼节，我们这批有权有财有势的客人都不敢贸然就座，他竟敢这么大胆地坐"上位"，等一会要给他出难题看他的狼狈相。

酒至半酣，文知县叫一个丫鬟拿出一幅画来，对大家说："各位大人，早几天知府大人路过本县，特到文某舍下做客，送给文某一幅'天仙图'。"说着便将画慢慢地展开呈给大家看，于是满座"啧啧"称赞。文知县说："画的确美，但似乎缺少一点什么似的，显得美中不足。后来，我想，要是在画中题上一首诗，那不是锦上添花？"于是满座又是一阵"是呀是呀"的附和声。文接着说："现在各位大人皆是本县有身份的人物，哪一位能给文某赏个光，在画中赐个墨宝？"于是满座鸦雀无声，各人面面相觑。一会儿，一客人站起来说："我给文老爷推荐一个人吧。大家看看，这位算命先生敢坐我们筵席的'上位'，他一定才高八斗，我看让他题一首诗，一定是很好的。"说完，他露出鄙夷的笑。其他人鼓着一肚子气，心里说：早该让他出出丑才是，就一齐说："是呀是呀，请吧请吧。"文知县却满脸不高兴，心想：谁知这位算命佬能写些什么出来！梁柱却也不推辞，只抱拳向各位拱拱手，说："小人就献丑了。"桌子搬来了，笔墨砚拿来了，画展开了，梁柱提笔就在画上写上第一句："夫人本是丫鬟身。""什么？"满座狐疑。谁不知道文知县娶一个丫鬟为妻，生了五个男丁，今日你来挖文知县的痛脚，你这算命先生真是不知好歹！梁柱继续写道："月里嫦娥降世尘。""哦，"大家松了一口气，不约而同地说，"好诗好诗。"在一片赞叹声中，第三句写出来了："生下五男皆是贼。""贼"字一出，全场惊愕了，有个别气盛的客人大吼道："你这算命佬，今晚是故意给我们知县大人丢脸了，我们决不放过你！"大家愤然，为县官抱不平。梁柱似乎视而不见，听而不闻，继续写完最后一句："蟠桃偷得奉娘亲。"紧接着在左下方题名"广东梁丨"，他用这有力的一竖代替

人物传奇

"柱"字。写完后轻轻放下笔,抱拳拱手道:"诸位见笑了,见笑了!小人失陪了,失陪了!"说完拿起他的拐杖走出了大门。这批客人回过神来,细细斟酌该诗,觉得虽是一句丑一句好,但总体看,是一首好诗呀,不是一般秀才、举人能够即席挥毫写得出来的。再看诗句中文字的笔画,苍劲有力,字与字之间结构配合浑然一体,有如行云流水,一泻千里,在座有谁有这样的功底?大家从心里佩服这位算命先生的出众才华。这人是谁呢?不会是一个算命先生这么简单呀。众客人把目光落在该诗的落款上,对"梁丨"不得要领。大家议论开来:这一竖表示什么呢?是"梁竖"?表示"一",是"梁一"?表示"一企"?是"梁企"?似,也不似。有个人联想更广阔,认为这一竖莫非表示一条柱子立着,是"梁柱"?"不错,是梁柱,当今朝廷的太师,我看过他写的文章。"这客人一下子兴奋起来,说:"这一竖表示一条柱子立着,是当今朝廷太师梁柱。"其他客人也一下子醒悟似的说:"是呀!是梁柱。不是梁柱太师还有谁敢坐我们的筵席的上位?""不是梁太师怎能写出如此美的诗?"众人唾沫横飞地大发议论时,心中早已有拜访巴结梁柱的主意。

却说梁柱回到客店中,问梁亚友说:"老板开店多久了?"梁亚友照实说:"有五个年头了。"梁柱又问:"老板想发财还是想做官?"梁亚友对梁柱的问话根本不放在心上,想到自己是一个平民百姓,哪有本事做官?能发财已是不错了,就随口应道:"想发财。"梁柱又说:"想发财不难。我今晚有事要离开这里了,明天如有人提着礼物来见我这个算命先生,你就一一照收下来,并说先生今天'免见'就行。"说完就卷起简单的行李消失在夜幕中。

第二天早上,第一个进客店的是县城的丁举人,带着两个随从提着两箱银两和宝石来求见算命先生。老板梁亚友招呼他说:"先生叫将礼物放下,今天免见。"丁举人便说道:"好好,改日

梁柱题诗

再来拜见。"回家了。第二个便是文知县求见,梁亚友照样说:"先生让我代收礼物,今日免见。"文知县放下礼物回家了。接着是富翁、财主、商贾巨头前来拜见。据统计,当天就有二十多个本县有头有脸的人物到来拜访,礼物共五十箱,第二第三日同样拜访者络绎不断。金银珠宝、绫罗绸缎塞满了一个小客房。梁亚友心想:这个算命先生是什么人?为什么有这么多权贵送礼?为什么还不回来取礼物?出去一打探,方知他是当今鼎鼎有名的太师梁柱,方想起前天晚上算命先生问起"想发财还是想做官"这一事来,因此就将这些财物收藏起来,并转让了这间小客店,返回老家建房子、置田地去了。

金猴仔与李谷的故事

陈 凡

李谷，字雪庐，因他胡须红色，所以别人又叫他红须大爹。他是吴川县岭头村人，出生于书香之家，少年时即饱读书诗，满腹经纶。他曾官至五品刑部员外郎，告老还乡后，曾在黄坡以北八里的南宫渡附近建了一座大厦，面积十亩左右，周围筑起一道大围墙，当地人都叫这道围墙围着的围院为"李谷城"。城内设置虽不算堂皇，但却很雅致：池塘涟漪，山石清幽，花娇引蝶，柳细迎风，真是一个清幽之处。他是全县大名鼎鼎的一位人物，当地的知名人士时时登门拜访。

有一年，黄坡圩开了个对房，聘请李谷大爹为评师。大爹便出了一句"白发催人容易老"的上联。当时，有人对了一句下联是"红须契弟实难生"。这个下联很工整，更富谐谑讽刺。李谷说："此下联对得太好了，太工整了，就评它为冠军。"他想：究竟是哪个狂生，敢这么大胆来取笑老夫呢？待他来领奖便知。可是，结果是无人敢来领奖。

一天，在李谷家的客厅上，几个客人在谈论："大爹！您的大厦布置得很不错，就是厅前所悬的鸟笼太小太旧了，很不雅观。"

大爹听了说："我也有此感觉，但是要一个什么样的才好呢?"当时在座的都出谋献策,其中一个还画了一个很好的样图,笼中间是一个大厅,左右后方是环廊,笼的前面装饰得好似一间宫殿。大爹见了非常满意说:"这式样很美观,但是,恐怕没人识做。"当场有人提议道:"叫大院村的金猴仔做,他的手艺很高,是个数一数二的木匠,我认识他,可叫他来试下吧!"大爹同意了。

第二天,金猴仔来了。李谷便拿出图纸叫金猴仔看,问:"你能做吗?"金猴仔答:"能!"大爹便叫他先造一张一尺高一尺宽的小方凳看看,试下他的手艺是否过关。

金猴仔立刻拿出工具,找到木料,便快手快脚地动手开工,一顿饭的工夫,方凳做好了,他便叫大爹来验收。

大爹来了一看,心里不禁暗暗佩服。这凳子,斗榫密合,工作细致,往放台上一放,四角平稳,真没找出半点缺陷。

本来,金猴仔是个天生聪明的小伙子,虽没读过书,但很多读书人也佩服他,做起工来,又快又好。平时说话不多,性格有点古怪,脾气也很不好。这时,李谷指着鸟笼图纸说:"金猴仔,你就按这图纸给我造一个这样的鸟笼,做好了,我给你十两白银,材料在这里,你做吧!"

金猴仔朝去晚回,共做了六七日才做成这个鸟笼,自己先检查一下没有什么缺陷,才叫大爹来验收。

大爹来了,看了很久才开口说:"不行,做得不好,要重新做过。"

金猴仔说:"大爹,我是按你的图纸做的,有什么不好的地方?"其实,大爹也说不出有什么缺点,只是说不满意。

当时,金猴仔火了,二话没说,一斧头就把鸟笼劈得粉碎,收拾工具回家去了。

本来李谷对这个鸟笼的工艺技术是很满意的,只不过是想故意刁难一下金猴仔而已,想不到他的脾气这么急躁,一下子就把

人物传奇

鸟笼劈碎了，怎么办呢？这回又叫谁来做呢？第二个人有这样好的技术吗？过了几天，朋友就要来了，怎能有新鸟笼给他们观赏？……他一夜不眠，于是天一亮就往大院村走，找到了金猴仔，说："昨晚我是说着玩的，想不到你一下子就把鸟笼打碎了，过几天我的朋友们都来了，叫我拿什么给他们看呢？我想请你再去为我重做一个，你同意吗？"

金猴仔说："重做都可以，不过有个条件。一是先交给我上一个鸟笼的十两银工钱，我就开始做第二个；第二个做好后，你检查与图纸无差，你可得再给我十两银，否则我就不做。"李谷答应了。

第二天，金猴仔又挑着工具到李谷家里来，他见到李谷后，先要银子然后开工。李谷无奈，只好交他十两银。金猴仔也征求李谷的意见：原有的旧材料如果可用，是否可用回来？李谷答应可用。这样就可以节约不少材料和时间。

第四天，鸟笼做好了，李谷一见又说："这次做的还不及上次做得好。"但金猴仔说比上次做得好。金猴仔还脱口而出："真是红须契弟恶交易。"

李谷听到金猴仔骂自己是"红须契弟"便火了，说："你这龟仔，竟敢骂我是红须契弟？"随手拿起木棍就去打金猴仔。金猴仔没来得及放下斧头就走，李谷在后紧追。金猴仔无意中走进一条断头巷去，这时前无去路，后有追兵，怎么好？他只好壮着胆，抡起斧头，回头大声地说："契弟，你只管来吧！我一斧头就砍了你！"李谷见势不妙，扭头便走，金猴仔乘胜追了回来。李谷毕竟老了，只好向他求和。李谷待金猴仔气平后，问金猴仔道："如果我不讲和，你是否敢砍我？"金猴仔说："敢！"李谷对他又怕又服，说："你真犀利！"可是李谷仍是说这鸟笼不好。顿时，金猴仔又火了，抡着斧头又想把鸟笼砍碎。李谷见状，忙扑了上去，拦着说："金猴仔，我怕你了，不要砍碎它，我给你白

金猴仔与李谷的故事

银便是。"金猴仔得了银子,便想回家。李谷接着说:"明天再来,我还有工给你做。"

第二天,金猴仔一早就到李谷家,问道:"大爹,今日还有什么工做?请吩咐吧!"

李谷说:"跟我来!"李谷指着一条一丈多长盆口大小的圆形紫荆木说:"你将这条圆木刨成方形,要多少工钱?"

金猴仔心想,这契弟一定又想整蛊我。便说:"做成方形的,如是包工要十两银,如按日计钱,每日要二两银。"

李谷同意按日计工钱,金猴仔就开工了。金猴仔做工时很勤恳,并没偷懒,整整五天就刨好了。

李谷见到后说:"刨得不错。但我的主意又改变了,你再把它刨成圆的给我。"

金猴仔说:"大爹,你是在刁难我?你要怎样做都可以,但先得给我十两白银我才再做,要不,我就不做了。"

李谷说:"什么刁难?反正你做了工就有钱,我没少你的便是。"

金猴仔埋头再加工,圆了又方,方了又圆,反复地做了很多次,看看那条木已刨成禾棒子那么大了,如果继续刨削,则很容易断的,于是他对李谷说:"大爹,这木还刨不刨?"李谷说:"刨!继续刨下去。"金猴仔说:"刨圆是可以的,但断了我不负责。"

李谷是想刁难他的,花多些银两都没关系,如果他继续反复加工,到头来必然会弄断的,到时要他赔偿就把他难住了。这条紫荆木值几百两白银,就算他把全部工钱都还了我,也还不够,但现在被这龟仔揭穿了这个圈套,那就没法作弄他了,于是自己只好认输收场了。

又过了好些日子,李谷还是耿耿于怀,认为金猴仔这人很聪明,怎样才能让他上当呢?有一日,李谷又叫来金猴仔,说:

人物传奇

"我有份差事,想你陪我上京,你肯吗?"金猴仔一口就答应。

第二天,李谷起程。金猴仔跟在马后,一主一仆,晓行夜宿,行了十数天,到了湖南省会。李谷叫金猴仔到银庄兑取五十两银再起程。金猴仔就到银庄去取了一百两。一路上每次李谷叫他去取银,他都多支取一倍,一半现款另开作银单收起来,将那一半现款交给李谷。就这样,每到一个省的钱庄,都支银一次,金猴仔攒下了不少银单。

后来,主仆两人到了京城。李谷对金猴仔说:"你的任务已完成,现在你可以回家了。"金猴仔听了李谷的话,答了个"好"字,转身就走了。李谷想,金猴仔一定会回来问我要路费的,我要刁难他一下,这次他可中计了。可是等了数天,也不见金猴仔回来。

原来,金猴仔已知到李谷有意整他,讲多也无用,所以他当时转身就走。他出到市场后,买了一匹快马做坐骑,沿途拿出所存的银单支钱,愉快地回家来了。

数月后,李谷回家了,金猴仔就上门拜访谢恩。李谷见了金猴仔,大吃一惊道:"你这龟仔真了不起,当时我以为你离开后一定回头找我要路费的,谁知你一去不回,料想你是一路乞食,不知什么时候才能回到家,却想不到你竟比我还快捷安逸。"

金猴仔说:"大爷,我知道你当时是想刁难我,所以每次在支银的时候,就支多了一倍存用,离开你后,我到市上买了一匹快马骑了回来,回来还剩一些银两,我就用来做伙食费了。现在知你回来了,特来谢谢你!"

李谷拍拍金猴仔的肩膀说:"我服你了!以前,我是想试下你的聪明和胆量,想不到你真是个了不起的人;以后,我不再考你了,你留在我身边做事好吗?"

金猴仔答应了,此后他成了李谷身边的一个得力助手。

东春轩

孙亚胜

清道光年间,吴川林召棠高中状元后还乡,并不是像其他中状的人那样衣锦还乡,风风光光大摆排场,只是要一个跟班的侍从,便衣简装上路。

一日,回到本地梅菉圩,顺便进入一间理发店理一下头发。不一会,趁圩的人中有的认出了林召棠来,惊喜地说:"新科状元回来了!"街上一下子沸腾了起来,纷纷向理发店涌来。这时,正给林召棠挖耳屎的理发佬听人说"新科状元回来了",就一边挖一边问:"在边处呀?在边处呀?"他不停地朝街外望,由于工作心不在焉,竟把林召棠状元的耳挖出血了。待后来知道正在理发的就是林召棠状元时,惊喜万分。惊的是挖伤了状元的耳朵,喜的是今天难得状元到店中理发,一定会使他的店面沾光。他顾不得向状元赔罪,只是想着如何才能使他的店生意好。他觉得今天机会难逢,如果得到状元赐几个字,以后生意一定会兴隆起来,随即取来纸张笔墨请林召棠状元赐墨。林状元见他手艺粗糙,又别有用心,有点不愿意,无奈他死缠硬要,只好接过笔来,略一思考,便在纸上大书三个字——"东春轩"。理发佬十分得意地把这三个字装裱在木框上高高挂在门前,逢人就说:"这是新科状元林召棠的赐书。"借此招揽生意。

人物传奇

这三个字,理发佬当然不明其意,就是其他骚人墨客也一时未解其意。

有一日,林召棠过去的一个同窗好友来拜访他,问起"东春轩"之事,林召棠微微一笑,说:"这有何深意。东——东懂冻督;春——春蚕衬出;轩——轩显欠血。就是督(挖之意)出血之意也。"他当即讲述那天理发的情形。

"东春轩"就是"督(挖之意)出血",这个解释很快就在群众中传开来。理发佬听了又羞又气,立即拆下横匾。他原以为能借状元之墨迹沾光,这回真是聪明反被聪明误,理发店以后便无人敢光顾了。

姚岳祥赴任

姚荣中

明代万历年间,广东有个风流才子叫姚岳祥。

姚岳祥,字于定,号南建,祖籍化州榕根村(今化州市长岐镇长沙村)。姚岳祥的父亲姚守辙,字继姬,号宝山,是明正德年的岁贡生,曾任陕西省延安府定安县教谕,教封修职郎。他胸有大志,自建讲堂,自置桌椅,自备典籍,如《性理大全》《资治通鉴》《四诗五经集注》等,收徒讲学,门生多而贤。姚岳祥就出生于学堂里,是在"之乎者也"声中和沐浴在"仁义礼智信"的染缸里长大的,才学和品格修养等方面都很大程度地受到其父的教诲和影响,加上他自幼聪颖过人,勤奋好学,博览群书,长成后才华横溢。他十八岁时考取丁丑进士,后授翰林院庶吉士、十三省都御史。这是他一贯尊师勤学、努力进取的必然结果。

姚岳祥高中后,不久就以进士的身份出任江西主考官。当时江西的权贵者、地头蛇和"文痞"得知从广东来了个少年主考,都很妒忌,并存心刁难、戏弄他。他们戏称他为"未脱胎液的主考",要对他来个下马威。于是他们不择手段地唆使城里的一群不识好歹的美女赶到关外专等姚岳祥的到来。没多久,当姚岳祥骑着高头白马来到关前时,这群整妆以待的美女们在教唆者们的

人物传奇

怂恿、驱使下，完全置礼义廉耻于不顾，竟然在光天化日之下几乎脱光了衣服向姚岳祥蜂拥而上，把他团团围住，对他极尽妖媚怪态之能事，并百般作弄、侮辱，极力纠缠着不让他进城。

此时，骑在马上的姚岳祥对紧挨在自己双腿下的众多的胸股袒露的美女不屑一顾。他不卑不亢，不慌不忙，沉着镇定，稳如泰山。他一言不发，只是心想，初出仕到远方要想如愿以偿谈何容易啊！这可是个"见面礼"，可能好戏还在后头啊。他对这些"地头蛇"们如此卑鄙下流的手段深感不满。在忍无可忍的情况下，凭自己的胆量和文才，他跳下马来打开行李包，挥笔醮墨，在城门的墙壁上大书一首七律诗：

远携书札到江西，沿路花香亲马蹄。
红日纷纷头上过，青云片片足中泥。
耳闻流水潺潺响，目睹山林处处低。
我是九霄云外客，山禽野鸟莫多啼。

写完诗句后，他又分别在诗的前面和后边加上"过江西关"和"广东进士姚岳祥题"。

此诗刚写完，肇事者当中的一个老"文痞"惊讶起来，对同伙说道："这个小子还真有两下子，不能小看他。你们看，这诗句分明是借吟咏景物来讥讽我们。"与此同时，美女们当中有人对同伴说："这诗的最后两句不也是暗骂我们吗？我们受别人的指使在这里作践自己，而他却自喻'九霄云外客'，说我们是山禽野鸟，对我们不就是极大的蔑视和讽辱吗？俗话说'衫袖不长不过乡'，他若无本事，就不敢出任外省主考官了。看来，我们是斗不过他的了，我们回去吧。"于是，便寻找衣服穿上回城里去了，其他人也跟着觅衣穿上走了。

女人们一走，这些滋事生非的"地头蛇"们也自感没趣，再

姚岳祥赴任

也一时想不出什么花招来刁难姚岳祥了,只得无可奈何地步美女们的后尘溜回城里。

姚岳祥终于凭自己的智勇"斩将过关"了。

姚岳祥入城刚上任就职,果然不出自己在关前所料,在开始考试前就敏锐地发现了江西文化界权贵势力的代表人物张宗师等人的营私舞弊活动。因为得道多助、失道寡助,姚岳祥的公正行为也得到当地有正义感的志士仁人的暗中声援和支持,他们最终挫败了可恶的对手。

在扫清障碍、排除万难后,考试如期开始了,他出了两道分别名为"今日'不考文'"和"明天'席也皆坐'"的考题贴在考场上。因为当时江西的考生们全部是有钱人家的子弟,统统是不学无术的饭桶,所以参加考试的公子少爷们都没有一个以为这就是试题。有的考生大声对同伴说道:"今日不考文,就是考武了;明天席也皆坐,就是有吃有饮了。"大家都一致赞同这个看法。于是原来有几斤蛮力、肥头大耳的人就赶紧就地练拳脚,一些手无缚鸡之力的纨绔子弟干脆出去吹烟或赌钱了。所以,这天没一人交卷就收场了。第二天一早,众考生都赶来考场门前卷腿"席也皆坐"——专等吃喝。有太贪嘴馋的人在家也不吃或少吃早餐就赶来了,只想多吃一点便宜的。最要紧的还是他们从来都没听说过和没参加过朝廷主考官举办宴席宴请全体考生哩,一定会有人间罕见而出奇的珍馐美味、佳肴好酒啊!不料,大家挨饥受渴好不容易挨到申、酉时之交,也不见动静,正垂头丧气散去回家吃饭时,姚岳祥才出现在他们面前,他本是来收卷的,见了此情景,哭笑不得。就分别向他们一本正经地讲明"不考文"和"席也皆坐"都是考题,分别在《礼·中庸》和《论语·卫灵公》上。并说自己去年(上科)就是做对这类的题目而高中进士的。考生们这才恍然大悟,后悔自己平时太贪游玩吃喝,读书不努力不用功,要不是这样也能像姚岳祥那样高中进士而当主考或

· 93 ·

人物传奇

其他官儿了，于是都急时抱佛脚地翻书查阅。不厌其烦的姚岳祥又破例地给他们出了第二道考题贴在考场上，叫他们回家吃饭后于晚上好好酝酿一番，第二天再来补考。

次日，姚岳祥亲自监考，结果也没有一人考及格。

姚岳祥只好训斥众考生一场后，宣布考试结束。他还指出：江西省今科（本届）地方预考破例的两次考试（头次没有交卷，后次没人答对），考生们都视为儿戏，这有逆旨欺君和不重视朝廷科考的"犯上"之罪。众公子少爷都吓得屁滚尿流，一齐跪求姚岳祥回朝千万要在皇帝面前多多包庇，否则众命皆休矣。最后姚岳祥叫他们要好好读几年书，认真温习功课，不要贪游好玩，骄傲自大，待下一科再说。

江西的权贵者们因此对姚岳祥更怀恨在心，伺机报复甚至想害死他。姚岳祥回京后不久，正值万历皇大寿，姚岳祥等大小官员要给皇帝祝寿。江西的黑恶势力在朝廷的同党（上司）则认为这是难得的"借刀杀人"的好机会，于是便假意在皇帝面前推荐、保举姚岳祥撰写并诵读贺寿"颂文"，万历皇准奏。姚岳祥欣然领旨、谢恩。

姚岳祥连夜写好"颂文"后，还特意在另一张红纸上写一个正楷大"寿"字，连同"颂文"一起放进公文袋里。

次日早朝，亦值祝寿仪式开始，姚岳祥跪在与端坐"宝座"上的万历皇有一定的距离前掏"颂文"时，发现"颂文"不翼而飞了，反而多了一张无字的白纸。幸好这写有"寿"字的红纸还在。姚岳祥随机应变，快捷而不乱地双手捧着写有"寿"字的红纸照原颂文只字不差地、流畅地诵念。念完后，皇帝很高兴，叫呈上"颂文"，姚岳祥则把写有"寿"字的红纸举在头上，正欲呈上，万历皇看见大寿字时，龙颜大悦，即叫姚岳祥免呈了，当即封姚岳祥为十三省都御史。

原来，祝寿"颂文"是被江西帮在朝廷的同党暗中搞"狸猫

姚岳祥赴任

换太子"的阴谋撤走了,他们有意陷害姚岳祥,想置他于死地。幸好姚岳祥提防在先,把颂文念熟,才不至于平白蒙受"欺君之罪"而遭杀身之祸,化险为夷。

江西的奸党阴谋败露后,"无可奈何花落去"地垂头丧气地杂在"退朝"的群臣中溜走了。他们后来又耍阴谋想害姚岳祥但也未得逞。

经过一系列的惊心动魄的事件后,万历皇平息了江西"朝里朝外"的奸党势力。姚岳祥总算名正言顺、平安无事一段时期,在当之无愧的"本职工作"上大显身手,文绩昭彰,深得皇帝的赏识、器重、宠爱及满朝上下的称赞、佩服,在此不必细表。

后来,姚岳祥在告假还乡省亲期间,还为乡中做了不少的好事,受到同乡同族父老乡亲的无比爱戴和尊敬。乡人也为他少年得志、前程无量感到光荣和自豪,并寄以更大的期望和祝愿。就在姚岳祥春风得意却还未回京时,由于族人中突然而来的邪恶和异己势力的作弄、残害,无辜的姚岳祥"祸从天降",去世时才三十三岁。当时,四乡万民悲恸,万历皇及满朝忠臣良将和江西的一些志士仁人也深表同情并为之叹息。

状元林召棠的故事

钟景明

一、状元题匾

霞街村附近有个姓林的大财主，为人尖酸刻薄，不择手段剥削穷人。他花了大把银子，用了一年时间，建起了一座富丽堂皇的豪宅。豪宅落成后的某一天，林老财饭饱烟足，翘起八字脚，坐在厅堂的太师椅上和管家闲谈。他慨叹地对管家说："多好牡丹也要绿叶衬，这座豪宅建得不错，最好请状元公题个匾，挂在大厅上，就更雅致了。你就走一趟吧！"管家诺诺连声："是，是，一定办妥。这件事包在小人身上吧！"

管家来到状元府，拜见林召棠，讲明来意。林召棠心中暗地盘算：林老财贪赃枉法，鱼肉乡亲，万万不能给他题匾。他便一再推辞。无奈，管家一直缠着不放。林召棠转念一想，不如将计就计，捉弄他一番也好。于是，他便叫家人拿来文房四宝，挥笔写下了"人之贝"三个大字的题词。管家高兴地带着题词，拜别状元公，三步改作两步飞奔回去，递给林老财。

林老财手拿题词，左看右相，越看越喜形于色，高兴地说："人之贝，人中之宝，人中之贝，真是好字啊！快叫人装裱挂在大厅上。"

状元林召棠的故事

一天，有个云游和尚来到林老财的大门口化斋，抬头看见大厅上挂着"人之贝"的金字大匾，沉吟一会儿后竟哈哈大笑起来。笑声惊动了林老财，他步出厅堂大声喝道："大胆和尚，你笑什么？"

和尚双手合十，说道："阿弥陀佛，我笑的非为他事，正是你挂在堂上的金字大匾啊！"

林老财不解地说："这是状元公的题词，这样好的字，有什么值得好笑之处？快住嘴。"

和尚答道："我看，适得其反哩！"

林老财又说："人中之宝，人中之贝，岂不是说我好么？有何非议？"

和尚解释说："人之贝是个拆字题词，三个字合起来正是个'贪'字。他讥讽你是个贪财好色之徒、贪赃枉法之辈，这样的匾吊不得啊！"

林老财一听，气得说不出一句话来，两眼直直地跌坐在太师椅上。

二、巧对服同僚

林召棠中了状元之后，道光皇帝赐他衣锦还乡。同科的三百进士，都一程又一程地为他送行。同科的榜眼是河北人，探花是江西人。他们都出身于豪门望族，而林召棠却出身寒微。

榜眼、探花两人都认为，自古以来状元不出"三江两河"，（即江苏、江西、浙江与河南和河北）。而今科的鳌头，却被广东的边鄙野夫夺去了，所以，他们心里很不服气，瞧不起林召棠状元。但是，状元的头衔却又压倒他们，他们只好结伴送行。

一天，三人来到山西某地，正值知府在那里给关公修庙。知府兴高采烈地请他们为关圣帝君庙写副对联。榜眼、探花二人认

状元林召棠的故事

为这正是让状元当众出丑的大好机会,因而极力推给林召棠执笔。对榜眼、探花二人的情态,林召棠早已看在眼里记在心头。他便毫不客气地接过纸笔,不假思索,一挥而就。上联写的是:"匹马斩颜良,河北英雄皆丧胆。"下联写的是:"单刀会鲁肃,江南仕子尽寒心。"这副对联既贴切地运用三国典故,歌颂了关云长的无比英雄气概,又巧妙地以古讽今,锋芒直指榜眼、探花二人,使原来趾高气扬的榜眼、探花目瞪口呆,暗地里服输。

面对状元公的妙对,知府老爷和在旁的人都拍手叫好。这副名联一直传颂至今。

三、题诗惊四座

林召棠回乡省亲期满,取道江苏回京述职。他到苏州时,适逢当地的广东会馆落成宴客。苏州地方人才鼎盛,名人学士众多。林召棠衣着朴素,好像落第书生模样。苏州人有点看不起他,席间想考一考他,探一探他有无真才实学。一位名士随即拿出一把折扇,请林召棠题诗,并随手送上笔砚。林召棠接过扇子一看,扇子画着一只黑鹤悠闲地站在江边觅食。他不假思索,便挥笔题起诗来:"铁作爪兮雪作衣,缘何独立在江湄?"刚写了两句,那位名士以为林召棠错写了诗句,便讥笑地说:"哎哟,状元公,你眼力看得不准吧!扇子上明明画的是个黑鹤不是白鹤啊!何来雪作衣呢?"一些傲慢的苏州名士也随声附和:"黑鹤怎能写成白鹤?""黑白不分,如何题诗?"在座的广东名士看了,也怪林召棠不动脑筋,担心他出了两广人的丑。可是,满腹经纶的林召棠却不慌不忙地回答道:"对,对,对,我写的就是黑鹤嘛!一边继续蘸墨写下去:"皆因觅食归来晚,误入羲之洗砚池。"诗成,四座目瞪口呆,叹为杰作。那些高傲的苏州名士,这才对林召棠刮目相看,频频过来为他敬酒致意。不少人相继请

他题诗、签名留念。

四、 谢绝联宗

　　林召棠家境贫寒，上京考试时盘费短缺。他只好提前几个月步行上京，路上借宿寺庙或贫苦人家，清茶淡饭，晓行夜宿，晚上住下来便攻读经书到深夜。

　　一日他来到信宜县池峒乡境，在一户老农家借宿。老汉与召棠闲谈，才知道他的境遇，便同情地说："相公姓林，我乡里有个大财主也是姓林，他广有钱财，何不去求他周济？"林召棠回答说："我生来不想随便求人，钱不多，艰苦一点罢了。"这件事很快传到林姓财主耳朵里，他讥笑地说："穷小子还想中状元，真是'癞蛤蟆想吃天鹅肉'，太不自量了。两木成林，这小子虽是姓林，但是木与木不同，不是我们宗支派裔的，管他作甚！"

　　后来，林召棠高中状元的消息传遍高州六府。林老财知道了，深悔当初不该奚落林召棠一番，但回心一想："林召棠是个穷小子，俗语有云，'有钱使得鬼推磨'，我多送他一些财礼，不就可以攀上这个宗亲了吗？"于是，他连夜打点财物，派出十多个大汉，扛着几头大肥猪，数笼大阉鸡，满担山珍野味，封上大包雪花银，还别出心裁地请当地文人精心写了一对上联，送到吴川霞街林召棠状元家。上联是"松木公椒木叔木木成林称公叔"，毫不谦虚客气。

　　状元林召棠见了客人，知道来意以后，马上叫家人拿来文房四宝，按上联意思，写出下联："崇山宗岐山支山山迭出派宗支。"林状元高声地对来人说："我们虽是林姓，但木与木不同，不是同宗同支，非亲非故，原物退回去吧！"事后，那位在家等候佳音的林老财感到大失面子，追悔不已。

五、状元住店

林召棠回乡省亲时只带一名跟班阿九陪同。他们取道韶州（韶关）时，只拣一间普普通通的客店住宿。第二天上午，这所客店，又来了一位顾客，是邻县的小小县丞。他住了两间房子还嫌不够，又想多要林召棠住的那间。林召棠上街，阿九留店，县丞盛气凌人，指使跟班，强迫阿九让房。阿九和县丞跟班正吵得面红耳赤。

林召棠返店，刚进门，阿九便诉起苦来，并抱怨新科状元不如一个小小县丞威风，被人欺负。林召棠听完，微微一笑说："阿九，不用和他们一般见识。你点起蜡烛，把一对灯笼挂在房门口吧！"县丞抬头看见这对灯笼上面写着"癸未科状元林"几个大字，吓了一跳，连忙到状元公面前，跪地求饶。林状元十分幽默地说："县丞爷，你并没有得罪我，你只是得罪了我阿九，你给他赔礼道歉吧！"县丞无奈，只好乖乖地向阿九叩头赔礼。

六、状元写"白"字

清朝道光状元——广东省吴川县霞街林召棠在乡间读书时，常到粥铺黄老大那儿吃粥倾谈，同他成了忘年之交。林召棠高中状元，衣锦还乡后，黄老大十分高兴。一日，他和老伴商量要做一顿当地著名特产沙螺瘦肉粥，请新科状元到家中叙旧，祝贺一番。但是，黄大娘却不信状元公会再来这个穷粥店。她长叹一声说："召棠如今是新科贵人，怎么肯到我们这个穷地方来呢？"黄老大觉得老婆的话实在有点道理，便点头作罢。

岂料，林召棠归家几天后，竟然兴高采烈地到黄老大粥铺探望。黄老大夫妇见了，真是喜出望外，笑得有牙无眼，连忙斟茶让座，殷勤招待。林召棠坐下之后，寒暄几句，便关心地问黄老

大的生意好不好？黄老大是个心直口快的人，如实回答道："而今粥铺又增了几间，生意淡薄，反不如以前了。"林召棠听罢沉吟片刻，满怀信心地说："啊！你这个粥店开张了几年都没有挂个招牌，我给你写个招牌，生意就会兴旺发达了。"黄老大听了很是欢喜，连忙找来文房四宝。林召棠大笔一挥，写下了"黄记粥铺"四个大字，落款写着"新科状元林召棠题"一行小字。粥字中间少了个"米"字，成了两个"弓"字。第二天，黄老大请来木匠师傅将状元题字做了个招牌，然后端端正正挂在大门口，还烧响了一挂炮仗，引得四邻涌来观看。过了好一会儿，有个读书的小青年，指着状元的题字嚷道："粥字中间少了个米字？状元也写了白字啦！"

"林召棠状元公写白字。"这话一传十，十传百，很快，方圆百里的人都知道了，纷纷前来看个究竟。黄老大的粥店门前，人山人海，热闹非凡。人们远道而来，口渴肚饥，都到黄记粥铺买一碗粥吃。这样，黄记粥店生意日趋兴隆，收入渐渐可观。

又过了两月，林召棠再次到黄老大粥店座谈，问起生意情况。黄老大笑口吟吟地回答："生意确实好多了，这都是托你状元公的福啊！但是，也有人说你写了白字，说粥店的粥字中间少了个米字，不知是乜意思呢？"林召棠笑了笑回答说："因为人们肚中没有了米，所以才来吃你的粥嘛，如果大家肚中都有了米，谁来吃你老黄的粥呢？"黄老大夫妇听了恍然大悟，哈哈地笑了起来。

武术大师梁栋扬

梁 周

清朝道光至同治年间，兰石有一位闻名遐迩的武术大师——梁栋扬，他的故事至今还在民间传颂着。

一、青年学艺志在高精

梁栋扬出生在兰石下山村，出身于一个清贫的农民之家，在当地的崇文尚武的社会气氛的熏陶下，他素怀大志，不甘居人屋檐下。他既有聪明的头脑，又具有艰苦学习的精神，十五岁时便在当地的青少年中脱颖而出，不但龙、蛇、虎、豹、鹤、狮、象、马、猴、彪十套拳路样样精通，而且刀、枪、剑、戟、斧、棍、鞭、箭也艺艺能巧。那一年的元宵节，兰石梁姓村庄的比武赛上他艺惊四座，夺取了第一名。他十八岁便登上兰石武馆的教座。二十岁时已被阳江地区武术会馆聘任为武术师。他的武馆由于他精心的教授而技压群芳。阳江一带不少达官贵人、富家绅士都与之厚交，慕名把子弟送到其门下学艺。其门徒一百多人，成为当地富有名望的大武馆。

有一年的端午节，梁师傅与徒弟们赏完龙舟赛回武馆吃晚

人物传奇

饭,正在酒酣情畅之际,忽然见一位衣衫褴褛的人直进武馆,只听到他道一声"打扰了",就在席前拿起酒杯斟酒喝,拿起筷子夹菜吃,旁若无人。他的行为惹起一位徒弟的不满。徒弟拿起筷子夹着那人的筷子,正准备打开那人的筷子时,突然手中筷子不翼而飞,自己也跌倒在座位上。梁师傅见此情景,心知来者不善,他急忙示意在座徒弟不要张声。他从容地说:"今晚师傅光临敝馆,为了尽情欢聚,快去加点酒菜来。"一位徒弟急忙出去,一会儿酒菜全备,重新就座而饮。梁师傅举杯道:"师傅光临敝馆,无任欢慰,请干此杯酒以示欢迎!未知师傅仙乡何处,尊姓大名?愿乞赐教。"只见那人接过酒杯一饮而尽,开口说道:"出家人四海为家,刚才从广西到贵省花县折道来此,素闻梁师傅武术高超,特冒昧拜见。我俗家姓吴,道名云中子。想不到梁师傅如此雅量,真异人也!令人钦敬。敢问师傅所学何派武艺?"梁师傅说:"我十八般武艺皆业至娴熟。"客人大笑道:"师傅所学乃初级拳术,至于高深恐怕未谈得上。不瞒师傅,我正是闻名江南的丐帮主将云中子。我因得罪同治狗皇帝下乡避难至此,闻梁师傅大名而到贵馆,师傅胸怀海量待我,感激不尽,我愿以生平所学之精华以授汝!"梁师傅乃武术界名师,云中子之名早已知悉,于是他避席拜道:"师傅光临敝馆,蓬荜生辉,我愿将教位相让,请师傅上座!"说着他出手去扶云中子。他为试云中子其人,顺着用手直刺其要害。殊不知手还未到,云中子的内功已控制了梁师傅之手,只闻"哎呀"一声,梁师傅全身麻木。梁师傅此时扑通一声跪下地来,请求恕饶。云中子如无事一样对梁师傅说:"我的本意是与你切磋武艺,现在我指点你一二,你拿不拿兵器由你,我一条竹鞭足矣!"说着随手拿一条竹鞭一跃而到厅中,挥手叫梁师傅上马。梁师傅手拿一支木棍,说声"得罪",一蹬脚早到云中子面前,一棍飞箭般刺向云中子,云中子一闪身早已回到梁师傅身后,一竹鞭打在梁师傅身上。梁师傅转身又一棍放去，只见云中子把鞭向地一扫，梁师傅已跌倒地上。梁师傅此时才感觉到面前的人正是武艺高超的云中子。于是慌忙下拜，诚惶诚恐地请求赐教。云中子扶起他说："梁师傅你日间晚上照常坐馆，我可在旁边察看，至于授汝异术，在夜深人静之后进行！"云中子就这样地留下来专门把异术轻功传授给梁师傅，梁师傅专心艰苦学习，经过四年的磨炼，梁师傅已身轻如燕，敏捷如猴，镇定如虎，搏击如鹰了。四年届满后梁师傅正欲千方百计筹钱谢师。可是在一个夜里，云中子已飘然而去。梁师傅细寻无人，继续细细查找。有一日电白观珠岭寺院的长老拜见梁师傅，将云中子的一本书送给梁师傅，告诉他云中子已回去了，而这本书正是太平天国的特派令。

二、下"定根"捉住偷瓜汉

梁师傅因跟云中子学习武艺一直未曾返家，至此武功大成，才返家省亲。梁师傅家在农村，家人以务农为活，加上梁师傅四年潜心学艺，家庭更是困难，其爱人在家种一坛南瓜，年年取得好收成。那年当地水灾严重，不少群众受灾三餐无着，有个别人无奈去摘他家的南瓜充饥。有一朝其爱人到瓜地里淋水，只见原来的几个大南瓜被人偷去。其爱人回家跟他说及。梁师傅心想，年岁荒饥，摘一两个南瓜充饥本来无所谓，但应该征求家人的意见。而现在此人私自偷窃，必须要让他知道利害才成。于是他叫爱人不要再出声。当天晚上他到瓜地里下了"定根"。第二天凌晨到瓜地去，只见偷瓜的人正抱着一个大南瓜呆呆地站在那儿。梁师傅见其人互相认识，急忙收起"定根"叫那人抱瓜回去。那人心中愧疚地说："对不起，因家中无米为炊，出此下策，请师傅恕罪！"梁师傅诚恳地说："困难之事谁家都会遇到，你有困难可告诉给我，不能做偷偷摸摸之事。被人打伤将危及全家。"说

完再赠那人二十个银元,那人千恩万谢地走了。从此梁师傅会下"定根"的功夫传遍各地。后来他在某些场合下用过几次"定根",惩罚一些狂徒。

他还有一种绝技,就是走路时拿伞不用手把持,而伞随着他行止。人们只看到他把大伞旋转着在他的头上。后来有人问他是否用"定根"定住。他表演给大家看,就是出门打开伞后用手在伞柄上扭转,过二三十分钟后又用手托一下伞柄,这样伞在功力和空气的浮动下永不落地,参观的人看得口张目呆。

三、 佛山比武伸张正义

梁栋扬在阳江执教数年之后,声誉遍及两广。广州、佛山、南海一带不少青年到阳江拜师学艺,最高峰时武馆徒弟达二百多人。他为弘扬中国的武术做出了杰出的贡献。现在阳江佛山一带年纪较大的人都熟知梁栋扬的故事。

同治初年佛山来了一班杂技团,其中有一个武术师向当地武术界挑战,连续打死打伤多人。他下战书给梁栋扬要与之比武。梁栋扬派人了解其人,原是受东洋人收买的一条走狗,此人功夫了得,来佛山比武中,他在比武棚门口贴出一副这样的对联:"纵观两广皆无俊杰,试问中华谁是英雄?"梁师傅听到这个情况之后,正式接受了比武请帖,决心要惩罚这位洋人走狗、民族的败类。他带着几个徒弟直奔佛山,在佛山吃完晚饭,即到赛场来。这时比武刚开始,数千观众赶来观看精彩的比赛。九点钟第一场表演结束,有些观众正想离开了,只见这位武术师健步台前,朗声说道:"各位观众留步,请观看下一场比武赛事,就是本人与粤西最大的武术名师梁栋扬比赛。"他大唱一声道:"梁师傅请上台来,梁师傅有胆请上台来!"声音未了,只听"嗖"的一声,梁师傅已飞身上台向观众打揖道:"在下梁栋扬,现在到贵地与洋人走狗比武,请各位同胞和武术界同行多多指教支持!"这时台下响起了雷鸣般的掌声。梁师傅身体魁梧潇洒,举步稳定有力,的确是威风凛凛。此时武术师一箭步而上直逼梁师傅。梁师傅一个脚步跃上了台前原设比赛的梅花桩上。武术师也一跃到梅花桩上,顺一脚向梁师傅的心窝踢去。此时梁师傅一个猿猴翻身,一跟斗已到武术师背后,用手轻轻一指,武术师立即摇摆了几下,差点儿跌下桩去。但武术师不是省油的灯,他退了一步立即站稳在桩上,他来一个鹞子翻身,一掌向梁师傅的背面击去。梁师傅看得真切,他跃到武术师的背后趁武术师扑空时轻轻一脚,喝声"下去!"武生如离弦之箭一下飞了下来,飞出十数丈,重重跌落地上。人们惊愕之后拥着梁师傅下台走出赛场。人们看到武术师只有出的气而没有进的气了。

他毙了民族败类,伸张了正义。梁师傅等人立即离开佛山,后来他还写了一本武术论著传授给他的兰石村门徒梁流辉,梁流辉后来成为兰石的武术大师。而梁栋扬这本专著,传下了三代人,后来在"破四旧"运动中,被作为"四旧"被一把火焚烧于兰石圩的广场上!

四、参加太平天国征战南北

梁师傅的成长年代正是太平天国时期,他的师傅云中子是太平天国首领。因此在其师傅的熏陶下,他积极参加太平天国起义,后来还为之培养人才。听过去的老人说:兰石地区也有太平军,不少人当上了契哥契弟,其首领就是梁栋扬师傅。太平天国失败后,他为了保存自己和弟兄们,在同治三年以后回本地教馆,组织村民练武强身,保卫家乡。据说梁师傅回兰石地区以后,授徒一百多人。十年的时间里,其徒子徒孙布满兰石鳌头一带。他的徒弟大多数武艺高超,为保卫家乡、打击匪徒立下卓著

的功勋。其徒弟都成为出色的教头。兰石地区武艺在清朝末年盛极一时，就是梁栋扬师傅的武艺传下来的。

梁师傅本来是一个武馆的教师，但他在参加太平天国运动期间，为推翻清朝的统治费尽了心血。可惜英年早逝。当其出殡之日，粤西各地数百武术界人士前往送行，不少徒弟泪洒江天。后人撰一挽联以颂其功德：

雄风赫赫浩气长存千秋万代，
伟绩昭昭赞歌永播六合八荒。

陈清轩的故事

陈绍明

明朝初期,泗岸井头村有叔伯弟兄俩,哥哥陈伯轩,家中富有,住的是豪华大宅,吃的是海味山珍,人多势众,呼奴喝婢,好不威风。弟弟陈清轩,家道贫穷,为谋生计,在泗岸与东岸一河相隔的土丘处搭寮养鸭。时逢东岸村一富豪为了家族发得更大,请了一位江西省堪舆名师容先生来睇卜阴阳二宅风水。先生一到,主人热情款待,请先生进书斋品茗抽烟,大声呼喝家奴煮"马儿粥"待客。"马儿粥",因主人的孙子名叫"马儿"而得名,是由燕窝、虫草、大虾、鸡肉煮成的,营养极其丰富。主人意欲用极品食物待客以表其诚。可是先生误认主人是把喂马儿的粥给他吃,十分气愤,一怒之下,竟不辞而别。

先生走出东岸村,到河边过了渡,来到泗岸陈清轩鸭寮旁,已近黄昏,又是起风下雨,茫茫四野不见人影。他正彷徨之际,陈清轩从鸭寮走出来,见到他,便请他入寮避雨,煲饭杀鸭热情款待他。席间,先生得知清轩家贫,人丁稀少。先生留宿鸭寮,先生睡床,清轩席地而眠。第二天,清轩继续打酒杀鸭款待。先生为报一宿二饭之恩,饭后就走遍泗岸的山山水水,傍晚回到鸭寮对清轩说:"井头村西面有条大塍,通向一块四面环水状如莲花的大土垯,前面是九曲入明堂的泗水河环绕,隔河是一望平

川,平川后有一座三个峰峦起伏的三台山,像一张大案台倒置着,是一块住人的风水宝地,你若搬去住,后代必然大发,定会出很多文人仕宦。"清轩听了非常高兴,又杀鸭打酒热情款待。因清轩未得哥哥同意,不敢擅自搬去,只好求教于先生。先生叫他把鸭群赶回井头村,哥哥定然叫他搬去住。第三天早饭后,先生告辞回家。清轩为感谢先生,把自己养鸭积蓄下来的钱,全部赠予先生做盘缠,依依惜别。

先生走后,清轩人穷志短,没有胆子把鸭群赶回井头村。一天,巧遇咸潮翻(海水倒涌入江河中),在低田觅食的鸭群被咸潮卷走一部分。于是他理直气壮地把鸭群赶回井头村,并向哥哥诉说在外面养鸭的损失。哥哥点头默许他回来。清轩把鸭赶回来了。过几天,鸭群把路巷踩得满地泥泞,穿鞋出入很不方便,加上鸭屎臭气熏天,哥哥实在忍不住了,对弟弟说:"西面大土墩,四面环水,是个养鸭的好去处,你就搬去住吧。"清轩听了正中下怀,就顺理成章地搬过去。

清轩就在这块大土墩居住。因四面环水有利养鸭,鸭群发展得很快。一天傍晚,他正在撒谷喂鸭,突然飞来一群鸬鸭与鸭群争食,他不但不赶开鸬鸭,还多撒谷子让它们吃饱。鸭群饱食后入寮,鸬鸭随尾跟入。这时,清轩把寮门关闭,把鸬鸭捉起,共有六大笼。天明,就请几个工人担去圩市卖,鸬鸭本身经济价值很高,有滋阴补肾益气的作用,是补中极品,价格昂贵,因而发了一笔大财。此后,清轩扩大经营,雇工养鸭,请老师入门教育子孙。经几百年的生发繁衍,这块土墩已变成了巷陌整齐笔直、房舍高大豪华、繁荣美丽的村庄,因而名为"墩上村"。

仅明清两代,墩上村科名鼎盛,秀廪贡举共108人。其中举人6名,知县5名。陈尹东、陈张元父子,既是举人又是知县,人们称之为"继世举人""继世知县"。陈子廉为官清廉,爱民如子,做了十任知县,他家门口自撰一对联。上联是"三膺尹令",

陈清轩的故事

下联是"七任知州"。陈十万向朝廷报富，家有粮仓、马厩，有兵丁守卫，向朝廷年贡万金。这些都是由于陈清轩品行修养好，并得到容先生给他作福的结果。

劏狗六爹 "吃鸡屎"

钟景明

劏狗六爹夫妻恩爱，相敬如宾。农历五月初四是六奶的生日，他必定劏鸡杀鸭庆祝一番。五月初一是镇上的圩期。这一天，劏狗六爹一早便去趁圩。他来到一档熟人的档口——亚生鸡贩档，看见他的阉鸡又肥又大，便上前问价："生叔，你的阉鸡价钱几多？"亚生伸出三个手指："六爹来得正好。鸡是上等货，每斤三毫银。"

"每斤二毫半吧！"

亚生笑笑说："每斤二毫半，六爹想吃鸡就难，吃鸡屎就差不多。"

六爹说道："六爹决不会吃鸡屎。你就称两只鸡给我，现在身上银纸不够，先给你一大半钱。欠下的在五月初五中午到我处收尾数吧！"

"六爹呀！你这样说还实在，就按每斤鸡三毫银称给你。"亚生三下五落二把两个阉鸡称好交给六爹，说："一共八斤二两，就按八斤收钱，共二元四毫。先收你一元四毫，欠下的一元到时我去收就是了。"

初五那天中午，亚生准时到六爹家收数。六奶说："六爹有要事刚出去，叫你若来收钱就等一等他。"亚生就在六爹家里等

劏狗六爹"吃鸡屎"

呀等,一直等了两个时辰,也不见六爹回来。亚生没有吃中午饭,肚子饿得咕咕叫。他想叫六奶讨碗稀粥饮,连叫几声却无人应。他便打开盖在八仙桌上的盖看看有没有什么可充饥的东西。见到桌上摆着两三个剥了叶的粽子,他三口两口便吞下肚里去。

亚生刚把粽子吃完,六爹后脚便跨进了大门。他与亚生打过了招呼,便叫起六奶来:"六奶,我放在桌上已下了老鼠药准备毒老鼠的三个粽子呢?为何不见了?"

亚生听了大吃一惊:"六爹,是我吃了,如何是好?"

六爹大声说:"这就危险啰!不快吃解药就出人命啦!"

"六爹你有没有解药,快拿给我吧!"

"有,有,有,我马上就拿来。"六爹急急走入后厅,把一碗鸡屎拌黄糖捧给亚生。亚生不管三七二十一,忍着气把这碗解药吞下去。

六爹笑口吟吟地说:"这回就有得救了。我问你今日是我六爹吃鸡屎,还是你亚生吃鸡屎呢?"

亚生听了醒悟过来,被气得眼珠发白。

劏狗六爹 "计对" 陈才子

杨亚志

第一回　古城巧遇

粤西古城，风景如画，街市繁华。

一日，一个书生模样的人来到此。他在街上寻了一个小店歇息下来。老店主刚把客人安顿好，随即门外又进来一人。此人五十开外年纪，身穿长袍，面部清瘦，颧骨高隆，精神饱满，举止不凡。老店主一见，忙迎上去打招呼道："六爹回来了？"那书生一听，抬头看他片刻，忙起身行礼道："先生莫非就是大名鼎鼎的'劏狗六爹'？"六爹听见有人招呼，转身一看，只见此人年约三十岁，五官端正，相貌堂堂，好一派才子风度。六爹趋步上前还礼，客气道："在下正是。请问你……？"书生一听，顿时喜形于色，不禁大声道："您果然是大名鼎鼎的'劏狗六爹'，久仰，久仰！小生陈某，人称我陈才子，实在不敢当也。"六爹一听，也大为惊喜："你就是闻名远近的陈才子？在下久闻大名，只恨无缘拜访，今日得以相遇，真是三生有幸也。"

名人相遇，好不热情。两人犹如久别重逢的故友，执手一旁坐下。老店主送上酒菜。酒浓话多，两人一边饮酒，一边畅谈，

剧狗六爹"计对"陈才子

你慕我才华，我敬你机智，话长话短，好不投机。当晚，两人便在客房里住了下来，六爹爱干净，睡觉时盖自己带来的丝绸被子。

闲话休提。想不到的是，第二天，陈才子却闹出一场风波。

第二回　击鼓告状

却说两人一早起来，洗漱完毕，用过早点，六爹便说："你我何不到外面欣赏欣赏风光？"陈才子道："我的一个老乡在这里当县官，我有事想先到那里，你何不与我一道同去？"六爹想了想，说："去也无妨，亦可认识认识。"

于是，两人踱步街上，不一会儿就到了县衙。这时，只见陈才子飞快跑上台阶，抓起鼓槌，咚咚咚擂了起来。六爹心里纳闷："他有何冤屈？击鼓又为哪般？"

随着哗哗的一阵脚步声、吆喝声，县官升堂了。六爹和陈才子被带进了公堂。公堂上高悬"明镜高悬"大幅匾额，两边站着两排手执刑具的衙役。整个公堂显得杀气腾腾。县官高堂正坐，一拍惊堂木，大声说："谁人击鼓告状？还不快快与我跪下？"才子双膝跪下，低着头说："大人，小的人称陈才子是也。"县官一听，颇感意外，忙走下来双手扶起才子连声说："失敬，失敬！小官不知是才子，万望莫怪、莫怪！"手下备了座，两人一旁坐下。县官说："才子，你刚到本县，谁就得罪了你？不妨一一道来，本官为你做主。"这时，六爹还站在一旁呢。他看到才子竟对他置之不理，心里可恼了："陈才子，陈才子，你是怎么搞的，还有我吗？"才子瞟了六爹一眼，长叹一声，说："大人，"他用手一指六爹，恨声道："我告他，他偷了我的丝绸被。望大人为陈某做主！"六爹一听，急了，心里想："他怎么一反常态啦？"他忙对才子说："你怎么啦……"还未说完，县官以为他

要抵赖，便大叫一声："左右，拿下！先打二十大板。"衙役们一拥而上，把六爹按倒在地上。就在这时，只见才子手一挥，大声说："且慢！"

第三回　被角银币

却说陈才子大叫一声后，那衙役们倒也乖乖地放开了六爹。这一叫，也令县官大吃一惊。"你知道他是谁吗？"才子皱了下眉头说。县官一听，忙慌着问："他是谁？"

这时，六爹开口了："人称'劏狗六爹'的，便是在下。"县官一听，马上想起了劏狗六爹智斗奸官的事，怕得罪他而惹来麻烦，于是忙向六爹赔过不是："小官真糊涂，不知是六爹光临，请多多包涵，多多包涵。"忙呼手下也备座，让六爹一旁坐下。县官这边看看，那边望望，说："才子告六爹，这究竟是怎么一回事呀！"

"就告他偷我的被子嘛，不是早说了吗？"才子恼了，脸色很不好看。六爹心里也是怒冲冲的，不过这时他已知道才子是故意在"考"他的"机智"，所以只好见机行事，一声不哼，单等县官如何审案了。一看这僵局，县官急呀，急得团团转。但是县官毕竟是县官，他想了想，问才子："你的被子是什么颜色的呀？""红色的。"才子答道。他又问六爹："六爹，你的被子又是什么颜色的呀？刚才才子说的，有那么一回事吗？""我的被子也是红色的。不过，这张被子的的确确是我的。这是昨天我从一过路客商手中买过来的。"六爹答道。"都是红色的？"这可把县官难住了。

两位都是有名的人物，得罪了谁都不好办。县官越发显得急了。他搜索枯肠，又想出一个办法。他这回先问六爹了："六爹，你的被子有什么标记吗？"六爹想了想，然后摇摇头。县官又问

劏狗六爷"计对"陈才子

才子:"才子,你的呢?"才子点点头说:"我的那张被子的每个角都有一枚银币。"终于问出了个头绪,县官不知有多高兴。他看了看六爷,见六爷苦着脸没言语,于是派了个差役速去客店把被子带来。

不一会儿,被子带来了。县官当堂检查,果然如才子所言,每个被角里确有一枚银币。看到此事当真,六爷大呼上当。

第四回　六爷买被

六爷大呼上当后,县官却感到莫名其妙。陈才子呢,摆出个毫不知情的样子。其实,才子心里明白得很哩。

话还得说回头。那晚,才子和六爷同宿一客房。半夜,才子起身小解,回到客房后,见六爷呼呼睡得正熟,心里顿生一念:"六爷是一个机智人物,我何不试试他!"想了想,才子便从衣服内摸出四块银币,分别置于六爷新买的丝绸被的四个角内,才睡去。后来,便有了前面所说的故事。

事情发展到如此地步,县官只得把被子判给陈才子。但县官还是征求六爷的意见,见六爷点头同意,他才消除了心中的顾虑。此时,县官正想退堂,事情却又出人意料了。六爷说:"被子虽然判给了才子,但它的确是我的,我还是要把它拿回。"县官一听这话呀,又急得团团乱转。而才子呢,却无动于衷。县官转过脸,一副狼狈相,结结巴巴地对六爷说:"这、这、这……""这"了半天,一句话也说不出。六爷摆摆手说:"不要急,我也不想令你难做。这张被子他要多少钱?我再次'买'下就是了。"县官一听,又把一副窘相抛向才子。才子见自己"难"六爷的目的已达到,便顺水推舟,给六爷一个台阶下。于是,这张被子就被"卖"给六爷了。县官这才松了一气。

一场"官司"结束了。六爷抱着被子从衙门出来,一把攥住

才子的手,连声赞叹:"哈哈哈!才子果真名不虚传,官司一打就赢。佩服呀,佩服呀!"才子也不禁哈哈大笑,说:"我开了一个大玩笑,你可不要见怪呀?""不怪,不怪。"六爹爽朗地说。

且说两人沿街走了一段路,六爹忽然把被子往才子怀里一塞,急道:"哎呀,我拉肚子了。"他叫才子等一下,便捂着肚子朝曲街口的粪坑(粤西方言,即厕所)跑去。这一跑,便跑出另一场官司来。

第五回 才子中计

却说六爹跑到街口,却不往粪坑里钻,而是朝另一方向跑去。他跑去哪里?原来,他是绕道重返县衙。他跑呀跑呀,又来到了县衙,一阵风似的跑上台阶,操起鼓槌猛擂起鼓来。

再说县官刚刚返回房内歇下,却又听得一阵鼓声,不禁大怒:一波未平,一波又起,真是糟糕透了。县官又升堂了,正想传令击鼓之人,却见六爹气喘吁吁地闯了进来。喊道:"大人,你要为我追回那张被子呀!"县官一见又是六爹,急忙走下堂问:"哎呀呀,六爹,这又是怎么一回事呀?"六爹说:"陈才子把被子卖给我,谁知待我走出公堂到街上后,那才子却追了上来,欺我年老无力,一把将被子抢去。大人,你可要为我做主啊!"县官一听此话,只好命令差役去将陈才子"请"来。

再说才子左等右等不见六爹回来,正在纳闷之时,忽见两个差役朝自己奔来,立即明白是中了六爹的计,不禁连声叫苦。

才子回到公堂,果然见六爹坐在一旁,头扭向一边,一声不吱,县官坐在侧边,慌慌忙忙起身迎接才子。县官知道事情难办了,但还得强打精神想办法应付这场名人官司。他问才子:"才子,刚才你不是同意把被子卖给六爹了吗?怎么又抢了回来呢?"

中了六爹的计,才子知道"强词夺理"也无用。只见他把被

劏狗六爹"计对"陈才子

子一丢,袖子一甩,头也不回,走出衙门。六爹见状,忙抱起被子,也跑了出去。这时,公堂里只剩下县官和一群衙役,目瞪口呆地站在原地,愣得一句话也说不出来……

这一场"官司"不了了之。两人走到街上,禁不住又哈哈大笑起来。才子说:"我给你开了一个玩笑,谁知你又回敬一个给我!"六爹也笑道:"我只是'偷'你的被子,谁知你却'抢'我的被子!哈哈哈……这官司,可害苦了你的县官老乡了。"说完,两人又是一阵大笑。

劏狗六爹与陈才子粤西古城这一遇,从此,给后人留下了一个美丽的传说。

寒门典范梁杨氏

梁 周

梁杨氏，1816年12月出生于兰石镇顿谷村的一个书香门第，其祖父是秀才，其父亲是名医。她从小跟祖父读书，随父亲学医，在长辈的熏陶下，具有相当高的医学知识。她十九岁时嫁与下山村梁栋贵为妻。她自入梁门之后，显示其孝悌礼义、宽厚豁达的性格，运用精湛的医学知识，救死扶伤，无私奉献，受到当地乡亲的敬重和爱戴。

一、精通医技，无私奉献救世人

梁杨氏从小随其父行医。其父看到她心地善良、心机灵巧、聪明豁达，悉心地传授各种医学知识和技能给她。她常常为自己的亲人和邻居义务看病治疗，三十岁以后名声远扬。她治病用的是中草药，加上针灸、灸艾、拔罐等技能，医治的主要是儿科及其他疑难杂症。袂花、鳌头、镇盛等地的人都带小孩来给她看病。她救治病人不计报酬。她七十岁高龄时还坚持上山采药，在家炮制丸散，辛苦劳碌。她治病救人，不管是白天黑夜，也不管是刮风下雨，都随叫随到，数十年来救治的病人数以千计。她的医学技术和医德医风，有口皆碑，在茂南一带广为流传。

寒门典范梁杨氏

有一次，邻村有一个富有之家，其家有一小儿得病，去外地请名医治疗毫无见效，时间过了十多天，病危了才请她去诊治。她经过细心观察后说："你孩子的病现在低烧不退，痰吐不畅，呼吸不舒，无法进食，实际是小儿扁桃腺炎。因医治不当，拖延时间过长，扁桃腺已肿大溃散，故而出现危急现象，若初起之时我一两剂药可治好的，现在麻烦一点了！"她在手袋中拿出几味草药和药散，叫人急急煮水一碗，慢慢渗入小儿咽喉。第二天小儿已能吮乳，第四天已痊愈。这病例使她声名鹊起，被当地称为女神医。

又有一次，她有一位生活比较困难的邻居，得了膀胱结石病，久治不愈。那时农村把结石病称为"生龟长榜""古格顽疾"。由于此人无钱医治，又误认为绝症，亦不想去请人治疗。有一次小便时其下腹膨胀，疼得跌倒，危在旦夕。梁杨氏知道后亲自登门诊治，确诊为尿道闭塞，膀胱壅闭。她即时去采回草药，开出药方，这位邻居服下四剂之后，病情减轻，再服几剂药后结石被排出体外而康复。

她医病从来是无私奉献，她常对儿媳们说："利人之事多做，损人之事莫为，益人添福气，害人损阴功。"她教育子孙的几句话——"孝以事亲，仁以养德，诚以交友，宽以待人，勤以做事，俭以持家，忍以处世"作为其治家格言，一直流传至今。

二、据理力争，维持梁氏谱志的原来面目

宗族修族谱是本氏族的大事，一般都是集中在宗祠编纂，显得庄重严肃，是由本氏族的乡绅族老主持。

这次重修梁氏族谱也是在那庄严的宗祠进行。

一天晚上，本村秀才梁栋槐突然来到梁杨氏的家说："……梁氏修族谱，有人把你爷爷编到另一个世裔支派过继了，你要认

人物传奇

真反映事实,要把错误的改正过来…"秀才边说边摸着梁杨氏的几个孙子。

梁杨氏有四子一女,儿子们在"驱除鞑虏,还我中华"时参加了太平天国革命,客死他乡。梁杨氏想起离世了的儿子:"家中男孙年少,维持家谱的责任我不担当谁担当?"

翌日,梁杨氏一早来到了祠堂,里面都是一些穿长袍的乡绅。梁杨氏整理衣冠后,走进了妇女很少能进入的祠堂。

一位长者见一妇人进入祠堂,当即阻拦,说:"这是修谱志之地,闲人不得擅进。"

梁杨氏深深作了一个揖说:"我知道你们在修族谱,听说把我祖先世系弄错了,我想查查。"

另一长者不以为然地说:"要查,你识字吗?要查也轮不到你一个女人来查,叫你支族主持人来查,你出去!"

梁杨氏笑着说:"我家男孙年幼,我是我家中主持人。你们修族谱的宗旨也是追宗源、考世系、知终始,我想查对一下,把搞错的世系改正过来,免得编出的族谱有误,被世人笑话。"

梁杨氏说得有道理,在场的人很佩服她这番说话。主持问清了梁杨氏的村庄世系,拿出一本族谱让她查对。

梁杨氏把查到家翁已过继到另一支头名下的地方,告诉了主持。

"……错在这里,我家翁兄弟两人,分家时土地财产均一分为二,分家的分关书(分家协议书)和实物仍在,并没有额外地增加,足以证明家翁一代并没有过继他人。"梁杨氏的说话不卑不亢,分析透彻,以理服人。

在场的人听了梁杨氏的慷慨陈词,深为感动,主动地为梁杨氏做了笔录,把错误部分给予改正过来,维持了梁氏族谱的本来面目。

三、春节领祖肉，巧言讽地保

新中国成立前，不少村庄的祖先都有财产遗留下来作为蒸尝，每年逢年过节，杀猪拜祖把猪肉分给子孙过好年节。有一年春节祖尝杀猪分肉，每位男丁三斤。当时梁杨氏家有六个男丁，就应该是十八斤猪肉了。但主宰分肉的地保却有意把她家的猪肉分到最后，而且全部是一堆零碎的。当时她的丈夫和长孙去领，看到此种不合理的情况，拒绝接受，双方发生了争吵。这个主宰分肉的地保对栋贵说："你要就领回去，不要我全部倒入锅里煮熟，看你有什么能耐。让你领肉，给足你面子了，还不识抬举，嫌汁嫌肾。"梁杨氏刚好路过这里，看到此情况，便去拉一下丈夫，叫他不要吵。她的孙子说："奶奶，你睇人家领的猪肉，每一刀都又大又靓。我们家的又碎又差，哪来大刀猪肉做三牲啊？"她这时摸着小孙子的头微微一笑说："乖孙子，你吵什么？猪肉大块就好吗？多大块的猪肉都要切碎才能煮来吃。现在我们家中的人很忙，他们为我家把猪肉切碎，我们不是节省很多工夫吗？"她转身对那位地保说："六叔，多谢你，人家人少一两刀猪肉就够分了，我家子孙人多，没有几十几百刀猪肉怎能够分呢？你眼光独到，真是太感谢你了！"在场的人听完她的话，急忙从其他台位调来两块大块肉并从碎肉中挑出较好的分给了她一家。

事后，大家都说："她说的话柔中带刚，言辞犀利，令人不知如何应付！真是一位机智的人。"

四、堂上教孙，铸造贤才兴家业

她在这个穷困之家，靠的是几亩薄田维持生计。孙儿们逐步长大，无法供养他们入学。在这样的情况下，梁杨氏在屋廊之角架起几块木板，作为孙儿们的课桌，开始授课教学。她从《三字

人物传奇

经》《千字文》开始,一直教到《幼学琼林》,连《论语》《孟子》也是他们的必修课。五个孙儿在农作之闲、打柴割草之余努力地学习。因此,他们对于书信、家礼、账目等,应用自如。她的长孙为人忠厚诚实,而且热心公益事业,房族中的人公推他管理村中和族中的账目。但有人说他没入过学没读过书,叫一个文盲管账岂不是叫人家笑落牙齿?族中的绅士找他谈话,他不但应对如流,而且数目精通。后来他为村中和族中管账三十年,很多礼节往来,书信撰写,他都是主笔。其他的几个孩子也自学成才,有一个在赤坎当账房先生,有一个在梅菉酒厂当主管,不但为老板统管账目,还成为一个酿酒师;还有一个在茂名高州等地开店铺做生意,兴旺发达。

她的家中厅堂有这样一副对联:"肯洒汗珠,育出春风桃李茂;迎来硕果,培成秋月桂兰香。"据说是出自梁杨氏之手,可惜原屋改建时失传。

这就是一位寒门典范的平凡之事,她为维持梁氏之家,振兴这个家族,付出了毕生精力,而且做得很出色。

巧破杀人案

梁浩福

清朝道光丙戌进士林联桂,是吴川县田头屋村人,他中进士后,到湖南做了几个县的县官。

某县城有一对青年夫妇,夫外出做工,几年不回,妻不甘寒守,与人通奸。四五年后,丈夫从外地回来,奸夫淫妇觉得做事不得如愿,奸夫对淫妇说:"今晚你杀鸡买酒,热情诱他饮酒,直到他饮醉方休,然后,煮熔锡片从他口中灌入,他必死无疑,这样,别人不易察觉。"当晚,适有个小偷得知淫妇的丈夫外出做工返家,想他必带有许多的银两回家,故早早潜入其屋藏于神楼,因听到奸夫阴谋献计,又见淫妇将其夫害死,怕牵扯到人命案,故不敢行偷而离去。

一日,林联桂带着几个随从外出,路遇妇人送葬。妇人竟不哭,还满面春风。林联桂问知是妇人葬夫,大疑,哪有丈夫死了不伤心之理,当即不准其下葬,要停尸待查。这妇人之父是林联桂的上司,妇人怕林联桂检尸发现其谋杀亲夫的阴谋,求其父解决葬事,其父出面要林联桂准其女儿将夫下葬,林联桂据理不从。

妇人之父失理,便想找借口加害林联桂,限他三天内破案,并威胁说:"……限期内如查出我女害夫,我女儿可以人头落地,如查不出来,林联桂你脑袋就要搬家!"

　　林联桂不畏强权,毅然接受,之后即化装成算命先生到处查访。第一天,他遍访了烟馆赌场。第二天,遍寻了茶楼酒肆,还是查不出头绪。第三天,他遍访民家。最后,他查访到那晚潜入死者家里藏匿于神楼的小偷时,已是黄昏,便向他借宿,见其家徒四壁,孤身一人,又无正业,出于怜悯之心,便给钱小偷买肉打酒共进晚餐。酒间谈天说地,一见如故。当饮得最欢时,林联桂问小偷:"贤弟,你都那么大年纪了,为何还不娶妻?若是没钱我可给你,并托人为你做媒。"小偷激动异常,答道:"先生,你真好!我对你说句真话,我是做贼的。一个人如娶了妻,那就完了……"接着,他讲述了那晚潜入青年夫妇家里的情景,说出他亲眼看到奸夫淫妇害人的全过程。林联桂当即表白了自己的身份,问他敢为此案做证否?小偷见林联桂是个清官,回答说:"敢!"

　　林联桂巧遇小偷,知道杀人案的始末,当即道谢回衙准备卷宗。第二天一早,林联桂升堂办案,开棺解剖验尸,发现死者喉咙被汤烂,里面还有熔锡。奸夫淫妇在人证物证面前不能抵赖,只好低头认罪。审判结果是奸夫淫妇均被处死,妇人之父因包庇其女犯罪,也被上司问罪。

　　自此,林联桂巧破杀人案的故事在民间广泛流传。

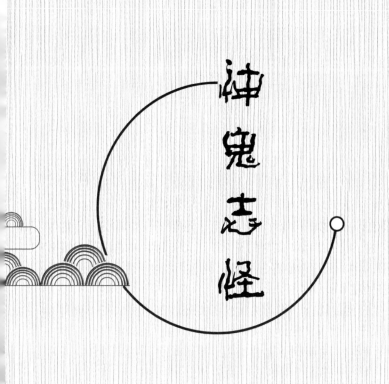

一片丹桂叶

谭桂荣

从前,吴川海边住着一户姓张的人家,家道小康,一妻一妾。妻生一子,名张大仁,妾生一子,名张大义。大仁生性贪婪、暴戾,村中人叫他为"张坏人"。他娶了一个专贪便宜的妻子,村中人笑他们为"天生的一对"。大义为人爽直,从不计较个人得失,村中人赞他是个"真正好人"。由于大义是妾所出,常遭其兄嫂白眼。

一年,瘟疫流行,张老头及其妻妾先后辞世。大仁夫妻存心要独吞家产,最多只分给大义两亩旱地。他们放出声气试探族中长辈是否赞同,可听到不支持的意见居多。为了达到目的,夫妻俩决定用钱行贿族长,让族长出面决断,自可平息他人论议。族长受贿后,帮他想好了计策,并单独出面帮他分家。分家的决定是:全部土地按人数分开,为长为大者择优先领。大仁已有一子一女,子是长孙,大仁是长子,自然都是先领。女虽未嫁,但将来出嫁,女婿为半子,所以女可领多半份。这样,大仁夫妻子女四人各一份,加上将来的女婿半份,便有四份半。而大义尚未娶妻。只得一份,数量既少,好田好地又被大哥和侄子择优先领,结果只分得两亩旱地。如此分法,族中人大有意见,就连小侄子也觉得不公平。可是,当时族规很严,既由族长主持分家,其他

一片丹桂叶

人便不好再说什么。

一年天旱,旱地十种九无收。大义见收得的粮食难以维持到下一年,只好每日限食三合米。过了不久,原来还算强壮的一条后生便日渐消瘦。

一个星稀月朗的深夜,大义乘凉睡于屋外。月里嫦娥从月宫探望人间,把月光照到大义的身上。大义的凄凉窘境深深地引起了她的同情心,她决心帮他渡过难关。

大义在梦中遇见一位非常漂亮的女人。女人告诉他:她在他的床头处放有一片丹桂叶,这片叶可使与它同放在一起的东西增加一倍,请他好好保存。

大义梦醒,回到床前一看,果有一片金灿灿的树叶,便把它放在米缸里。他的米缸只剩一升米,到第二天一看,已有两升米了。这样,他每日都可吃饱三餐,身体也逐渐恢复强壮。

大义心直口快,把得到丹桂叶的事跟村中人说了。大仁得知此事,夫妻商量,要用东西换来这片丹桂叶,那时,他家的金银就会成山,谷米就会堆成岭。

"二叔,听说你得到一片丹桂叶,大哥大嫂商量,要用东西跟你换,你想换什么,就提出来吧!"大嫂自恃有一张似油罂那样滑的嘴,前来对大义说。开头,大义说什么也不换。他的大嫂急了,对他说:"老实说吧,你米缸里最多不过斗把米,钱袋里最多不过十文钱,这片叶一次只给你增加一倍,得到几多呢?要是换给我,我家中谷米千石,钱银数万,增加一倍是几多呀?"

"这个我知道。"大义想来想去,最后经不起大嫂的唠叨,决定换了。

"要是你真的肯换,我可做主,给你十石谷,三亩好地,……"大嫂说着。

"再加一个婢女莲香。"大义已是二十几岁的人,他得有一个家室,他喜欢大哥家里的婢女莲香,莲香也喜欢他的勤劳、诚

实,但在此之前,他连吃饱肚子的本事也没有,怎敢想到娶妻成家呢?现在他乘机把这个多年的心愿提出来。

"我,我都依你。"大嫂生怕空口无凭,又叫来族长作证,写了文书,各人画押。

大仁夫妻先是把丹桂叶放进谷仓和米仓,各仓只有半仓,丹桂叶放下一夜后,谷米就满仓了。

"谷米不要这么多了,再得多一些金银和铜钱。"妻子对大仁说。

"是的,是的。"大仁应着。

"钱就放在阁楼,下人不易见到。"妻作了主张。

"很好。"大仁赞同。

阁楼下便是大仁夫妻的卧室。钱在阁楼上一夜便增了一倍,过了十夜,钱便顶到阁楼的桁条木。这些桁条都是杉木,阁楼的楼板也是杉木,由于惹上了白蚁,外表看好端端的,但内部已烂,钱又越增越多,终于在一天夜里,银钱坠塌了楼板,大仁夫妻在梦中被银钱压住,到家里人发现挖出来时,两人均已咽了气。

一对贪婪的夫妻归天了,丹桂叶也归天了。侄子便请大义过来帮忙料理家中的一切。大义视侄如子,请了先生教他读书。到侄子、侄女长成时,还为他俩办理了婚嫁之事。后来,侄子得名师教导,在二十多岁时还中了进士。

大义生子聪颖,十几岁时也中了举人。早年穷困的大义,此时亦已成了富贵之家。村中人都说"好人自然有好报"。

石狗流血泪

郑庆云

临海县滨江乡渔民水生,一天下海捕鱼,从早到晚,整整下了一天网,一鱼不获。他又饥又渴,很是纳闷,准备收网返家。忽见波翻浪涌,估计必有大鱼,他加快动作,向着浪涌之处,猛将渔网撒下,然后拉紧网纲,出大气力,把一条大鱼拖上船来。只见这条大鱼,足足有四五十斤。大鱼全身上绿下白,头顶金珠,金色鳞甲,眼睛炯炯有神,并不断滴下点点的泪珠。真是一条怪鱼啊!水生哪管它怪也不怪,捕获如此大鱼,自然欢喜极了。他想:今晚的饭,明天的柴米,完全寄托在这条大鱼身上。他高高兴兴地将鱼挑了回家。到家后,很快传开了,都说水生捕了一条大鱼,村中的老财也知道了。这位老财,姓梁名强,别号伯鱼,平日为非作歹,欺压群众,还豢养了一群狗腿子,经常大打出手,为了追租迫债,十分凌厉。老财叫狗腿到水生家里要鱼,水生说:"你们买鱼,现交现割,一手交钱,一手交货,不然就不能拿走!"狗腿说:"要钱好办,梁老爷是当地鼎鼎有名的大财主,一条鱼难道还买不起?要钱就跟我去。"说完提着鱼就走。水生迫于无奈,只好跟着狗腿到了梁家要钱,谁知梁老财反而说道:"水生,这条鱼值多少钱?算你顶多值两百钱吧!但你父亲当年借我二百钱,尚欠利息二文,一年对本四文,第三年八

神鬼志怪

文,今年整整十年了,一共欠我九百九十二文,扣除二百文鱼款,尚欠七百九十二文,我未派人追你的债,你还敢上门索鱼钱,真是岂有此理!"老财不让水生分辩,便叫家丁把他驱逐出门。水生有口难喊天,有冤没处诉,只好忍着饥饿,垂头丧气回到了自己的家,倒在床上,唉声叹气,泪水不断涌了出来。梁老财赶走水生之后,眼见这条肥美大鱼,嘴角不断流涎,立即打发奴婢宰杀烹调,当晚大饱口福,不在话下。

再说这条大鱼,乃是南海龙王第九女儿,她在水宫纳闷不堪,听说临海县城风景优美,街上五光十色,红绿男女,人流滚滚,非常好玩,便化成龙鱼,游近岸边,正准备上岸登程。却不料被水生网住,招来大祸,结果死在梁老财之手。南海龙王闻此噩耗,忍不住捶胸顿足,老泪直流。龙宫大小,无不悲痛万分。老龙悲痛之余,发起烧天怒火,当即叫来蟹将虾兵,点齐人马,欲大放南海之水,将整个临海县淹没,把那里所有百姓淹死,为女儿报仇,以雪心头大恨。此时,殿前站出一员大将,此人头尖身大,头戴钢盔,身穿铁甲,它正是乌龟将军,上前跪地奏道:"臣启奏万岁,公主蒙受死难,主上报仇雪恨,正是理所当然。但大放南海之水,淹没临海,淹死全县人群,如此涂炭生灵,未免违反天意,天理难容。依臣之见,杀人者填命,只要把老财梁强全家诛灭,就足以报仇雪恨了。"奏完之后,又向龙王附耳低声:"如此如此……"说了几句,龙王听罢,点头称许,并令蟹将虾兵退下。

再说,梁强前一夜发了一场噩梦。他梦见一位神仙对他说道:"等到石狗流下血泪时,洪水就会将你们全家淹死。"说完不久,又见村前石狗果然血泪斑斑,洪水突然暴涨,瞬间一片汪洋,他的全家老小都淹死在水中,他自己浮在水面,被一群大鱼随波追逐,一口一口地咬着,梁强痛楚难忍,大叫一声,立即惊醒,出了一身冷汗。梁妻闻叫,紧紧抱住了他,问他发生何事

石狗流血泪

神鬼志怪

梁强喘了一阵大气，才慢慢说出话来。他说："我刚才发了一场噩梦，我被浸在水里，被一群大鱼咬得痛楚不堪，才惊醒起来的。"他又将石狗流血泪之事说了一遍。梁妻说："如果梦中灵验，那就不好了。"她想了又想，说："有办法了！""什么办法？"梁强睁着眼睛期待她继续说出办法来。"为了有备无患，明日叫木匠修造大船，并派家丁查看村前石狗，如果石狗真的流出血泪，我们全家乘上大船，任它洪水暴涨，也就万无一失。"老财听了老婆说得有理，便按她的计划行事。

老财睡梦的消息传出后，村中人都说老财造谣生事，愚弄群众，世间哪有石狗能流血泪？一个月过去了，两个月过去了，三个月都过去了，村前的石狗依然还是那样。村中有个劏猪佬，也认为老财平素作恶多端，现在又在撒谎，欺骗群众，他为了恐吓老财，寻个过瘾，一天夜晚，他从邻村劏猪回来，用手指蘸了猪血涂在石狗眼下，犹如血泪一样。第二天一早，老财家的家丁看见了，大吃一惊，赶忙回府禀告："老爷不好了，石狗真的流出血泪来啊！"老财再派家丁去看，得到证实，于是便叫家丁奴婢收拾家中珍宝细软、粮食等物，搬到船上，全家大小正在等候洪水的到来。

且说全村群众，看见石狗真的流出血泪，都认为老财说的不是假话，也动手斩竹伐木结扎竹排，准备洪水一来，就可登排避难。那天早上，天气异常，海响如雷，下午狂风骤起，海潮渐渐高涨，虾兵蟹将兴波助澜，水势越来越大，梁强全家赶紧搬物上船，船在茫茫大水之中，翻来翻去，如坐摇篮。晚上，狂风越大，波浪更凶，梁强那条大船，突然翻沉，全家浸在水中，虾兵蟹将把他们带回水宫，严加治罪。在竹排上的群众，由于竹排浮水力强，又平又阔，虽然风大浪大，不易出险，因而安全无恙。次日，风停水退，红日升空，滨江一场劫难已经过去，虽然蒙受了莫大的损失，幸喜除了梁强这一大害。从此，人们过着和平安静的日子。

· 134 ·

蚂蟥和蚊子的传说

谭桂荣

传说在很久以前,深山里有一种吃人的动物,叫山人红(熊)。它不但会像人一样直立行走,还会变化为人。

有一家人,住在山边,全家四口。男的外出打工了,妻子带着一双儿女在家。一天,女人的娘家派人来告知,说她母亲有病,要她去料理。

女人在去娘家之时,叮嘱儿女在吃完晚饭之后,要趁早关门睡觉。女儿已有十岁,答应会带好弟弟,叫娘安心前去。娘一再叮咛之后,往娘家去了。

女儿按娘的吩咐,天未黑就关上了大门。

天黑了,山人红变作一个老妇人到来拍门,说是来替她外婆传消息的。听说是外婆家来人,女儿开了门。老妇人进屋,说外婆已经病好,不用她娘去料理了。但她娘既已出门前去,现在去追也追不回来了,又说已天黑了,她不能回去,要在此过夜,陪着姐弟俩睡觉。

半夜,弟弟睡着了,但姐姐被一种响声惊醒。她细心听着,好似妇人在嚼什么东西,便问道:"老太婆,三更半夜你吃什么呀?"

"我在你外婆家,见有炒白豆,我拿了一些放在衣袋里,现

在睡不着,就拿出来吃。"山人红一边应着,一边吃着。

女孩很喜欢吃炒白豆,便问:"老太婆,还有吗?给几粒我吃吧。"

"没有了,刚好吃完了。"老太婆停止了咀嚼。过了一阵,它以为女孩睡着了,又嚼起来。

"刚才说你没有了,怎么现在又吃起来?"女孩又问。

"我掏掏衣袋角,又掏着了几粒。"老妇人说着,又停止了咀嚼。

女孩突然闻到一阵血腥的气味,她心惊了。她记起祖母在世时,曾经讲过山人红吃人的故事。莫非这个老太婆就是山人红变的?她伸手去摸弟弟,发现弟弟的头没有了,草席上湿漉漉的,一闻,是血,很腥臭的。她大吃一惊,但她一想,又立即镇定了下来,她说:"老太婆,我要下床去小便了。"

"你小便完,快些回来睡吧。"山人红打算吃了男孩之后,再吃女孩。

女孩走到邻家拍门求救。拍门声惊动了邻人,一时人声鼎沸,也惊动了山人红。它见女孩没回来,外边又有这么多人声,知道已被发觉,便下床出门溜到山上去了。

第二天早上,孩子的娘因挂念家中的孩子,一早便翻过山岭,回家看孩子。刚走到岭上丛生荆棘的地方,就遇上了山人红。她看见山人红两手是血,未免心惊肉跳,想着家里会不会出事呢?她想绕路过岭,但到处是荆棘,而山人红又已发现了她。怎么办呢?她想了一下,想出了应变的方法,便退到一株树下等候山人红。

山人红发现人,便会拉住人大笑一场,之后,才想办法吃人。如果是胆壮的人被山人红拉住,在山人红闭目大笑时,把衫脱开,让山人红拿着衫大笑,就可以乘机逃脱。这女人却没有这样做,她已经想出了制服它的办法了。

蚂蟥和蚊子的传说

山人红大笑之后,没有马上吃人,因为它夜里刚吃了人。这女人知道山人红很贪靓扮美,便对它说:"让我给你梳头吧。"

山人红点头同意。

女人站在树下给山人红梳头,每梳一辫头毛,便往树枝上缚住一绺,缚得很紧很紧。山人红见有人梳弄它的头毛,便舒服得闭上眼睛假寐。

女人把山人红的头毛一绺二绺地缚住之后,便飞步跑开。

山人红见女人逃走了,想跑去追。怎知,头毛被缚住了,它跑不了。眼见女人跑远,它愤怒极了,用力把头毛一扯,想扯脱以便去追捉那个女人。岂料力大过头,把整块头皮都扯掉了。

山人红的头受伤了。初伤的一瞬间,还没有痛的感觉。因此,它扯掉头皮时,还望那块带毛的头皮风趣地说:"怎么上边吊着个红煲盖?"

过一阵,山人红的头痛了,痛得很厉害。它快步下岭,找人医治它的头痛。

下到岭脚,山人红遇上一个卖花粉的,便说:"大哥,你想办法医好我的头吧!"

担花粉的人见是山人红,吓了一惊,但当听见是叫他想办法医它的头的时候,立即想出了一个计策。他拿出三包针,对山人红说:"你把这些针插在头上,头痛即止。但插时很痛,你必须忍耐。"

说完,把针交给山人红,又叮嘱说:"等我行开百步,回头叫你插时才可以插,否则,不能止痛。"

担花粉的走出百步后,回头叫山人红:"尽力把针插到头上,插得越深越好。"

山人红照着办。但插完针,不但痛不止,而且痛得更厉害。它痛恨担花粉的欺骗了它,但却追不上了,只好另求他人。

它走了一阵,看到一个担生盐的,山人红哀求说:"大哥,

神鬼志怪

蚂蟥和蚊子的传说

请想办法医好我的头吧!"

担盐的看见山人红没了头皮,上边又插满了针,知道有人整治它,便决心再把它弄死,便说:"不用想办法,我这生盐就是最好的药。不要说你的头刚烂,就是烂到生蛆虫,生盐搽到了,蛆虫都会死的。"

山人红一听说就要捧生盐往头上搽。担生盐的让它捧着生盐,叮嘱说:"生盐搽上一下子会痛,但过两刻就不再痛了,你一定要挺得住。"

山人红把生盐往头上搽,越搽越痛,知道又上当了,想追捉那卖生盐的,但他已走远,它只好另求他人医治。

山人红走到田沟边,见一农夫正在开田水,便恳求道:"大哥,修修好心,想办法医好我的头吧!"

农夫看见是山人红,满头血水,手有血迹,知道这东西又害人了,便装着好心说:"你赶快弯腰把头伸到水里洗净,然后我带你回家去敷药。"

山人红把头放到水里,农夫问它舒服一点没有?

山人红答:"舒服多了。"

"那你在这里舒服过世吧!"农夫说完,手起锄落,山人红的头落到水里,尸体留在水沟边。

农夫见除了一害,满心欢喜地回家去了。

怎知,山人红这个吸血的东西死不改悔,头在水里变成千百条蚂蟥,尸体在水沟边,化成了亿万粒蚊子。农夫锄死了它,它最恨农夫,所以,蚂蟥和蚊子不但要叮咬农夫,而且连农夫们所养的禽畜也不放过。

山神和土地神眼见蚂蟥和蚊子为害人类和禽畜,于是上天奏给玉帝听。玉帝听完,气愤地说:"这东西真是生也害人,死也害人!"

本来玉帝想说要剿灭这些东西的,但此时蚊子正好在他脸上

神鬼志怪

猛叮一口,他急急一掌打在脸上说:"唉呀,好厉害!"

各天臣见玉皇这个举动,不知何事,都眼瞪瞪地望着他。玉帝自知失仪,便对各天神说:"没事,没事。"

蚂蟥和蚊子最初只在夜晚偷偷叮咬农夫及其禽畜,既然叮咬玉帝,玉帝也说"没事",以后便更加大胆起来,就不分白天黑夜地叮吸人畜的血液以肥自身了。

上京考试

袁帝童

水鬼岭

  古城芷寮永宁境有一陈姓的大户,家有孝子举人圣宗,年方二十,父母患病,相继去世,他为父母守制各三年,遵照父母的遗嘱,背起包袱赴京赶考二月春闱,立志在仕途上有一番作为,光宗耀祖。

  一路上,圣宗日行夜宿,跋山涉水,不止一日来到树木参天、野草丛生的水鬼岭。水鬼岭原名太平岭,太平岭方圆数十里,半天也翻越不了这座山岭,就算越过山岭,还要经过经常死人的清水潭。在太平岭下有一潭像葫芦一样的"清水潭",在清水潭腰部最窄的地方,有一座窄长的木桥,它是经商行人必经之路,也是通往京城的必经之路。

  清水潭潭深通海,很有仙气,潭中有一水鬼受仙人点化,得道后可以到太平境城隍庙补判官之缺。水鬼一心向道,积善积德,潜心修炼,它日喝朝晨露水,夜吸日月精华,从不伤鱼虾水族,不伤生灵。水鬼在清水潭修炼了五百年,后来,太平岭上来了一只老狐狸,它也开始在此岭修炼,也想争夺判官之缺。老狐狸修炼了几百年,却因自己起步迟,底蕴不足,赶不上水鬼的道

行。奸诈狡猾的老狐狸竟冒天下之大不韪，逆施倒行，藏匿在通往京城要道的桥头，抓获过往行人，吸人元气精髓，提升自己的妖道，夺得判官之职。

狐狸为了长久保持判官之职，它想把水鬼整死，差三隔五地害人，把吸了元气的尸体抛入水中，制造假象，嫁祸水鬼迷人落水遇害。

清水潭死人的事，官府也派人调查，查来查去查不出个头绪来，只好当是水鬼害人，把这些死人捞起草草埋了，死人的事也就不了了之。

原来，清水潭的水鬼修炼还差一劫才能功德圆满，狐狸害水鬼应验了它最后的一劫。但是，太平岭上的"好心人"，见所死的人都是浮尸清水潭中，他们都是凡夫俗子，不知这是狐狸所为，误以为是水鬼害人，上报官府调查没有结果。"好心人"为了让那些孤魂野鬼得到安息，每逢初一、十五就烧纸上奏天庭状告水鬼，状告多了，上天也误信水鬼害人，即派天兵天将用天罗地网把水鬼囚禁岭上，从此，太平岭被称作"水鬼岭"了。

水鬼明知自己是被狐狸精陷害，十分冤枉，本想向上天申诉，可是自己被天罗地网罩住，一筹莫展，只有耐心地等待，等待文曲星来拯救。"……不管出什么事，不管有什么委屈，都得等待文曲星来解救……"这是仙人点化时最后的一句话儿。

陈圣宗是上天派下来惩治民间腐败习恶的文曲星。

一日申末，圣宗翻过水鬼岭走到清水潭桥边，一只狐狸向他扑了过去，一股狐臭把他迷倒，狐狸用那尖尖的嘴，三番四次向圣宗的颈部和脚底戳去，但都被反弹出去，一而再，再而三都是这样。狐狸恼羞成怒，将手一挥，圣宗腾空而起，飞向清水潭，"砰"的一声，重重落入水中。

"文曲星落水了，文曲星落水了……在清水潭值巡的母夜叉急急奔回龙宫禀报龙王，龙王听了，大吃一惊。不知犹可，知道

上京考试

就不同了,文曲星落水假若死了,且在龙王辖区,玉帝怪罪下来谁担当得起?龙王立即命令飞得最快的标枪鱼带上避水罩前去保护文曲星,然后再令龟丞相在亥时过后务必把文曲星送到岸上,由母夜叉以金钟罩保护。

三更刚过,龟丞相带领鱼虾蟹将来到清水潭,标枪鱼见龟丞相到来,收起避水罩回宫缴命。龟丞相命鱼虾蟹将托起沉落潭底的圣宗,推波助澜把他送到草地上。

子时,饮得酒醉昏昏的狐狸判官查看点名簿,还未见圣宗报到,即命黑白无常速去勾来他的三魂七魄。黑白无常带上勾魂索和催命牌来到草地,黑无常把勾魂索往圣宗颈上套去,不知碰上什么东西,一下子反弹把自己的鼻子打得鬼血直流。白无常见状,即用催命牌向圣宗头上拍去,同样被反弹打破了自己的头。二无常正在愕然,突然,母夜叉现出金身喝道:"大胆无常,竟敢私自行刑抓人,文曲星在此遇难,你们罪责难逃。"二无常听说是文曲星,吓得不敢造次,跪下求饶,一溜烟跑回去报知狐狸精,狐狸精听后知闯下大祸,惊得双脚像筛子颤抖。龙王救了文曲星后,星夜奏表天庭,玉帝责令酆都城十殿阎王秦广严查。文曲星落水之事原来是十殿轮回判官狐狸精所为,它道行未够,不能补判官之缺。正因这样,狐狸精为了争夺判官之职,滥杀无辜,吸人阳气,提升道行,篡改生死簿,贪污受贿,数额巨大,罪恶滔天,摘官革职,贪污受贿得来的钱财和无数来历不明财产全部充公归酆都府,全家主仆统统打下十八层地狱沦为鬼奴,永不得超生。黑白无常不明真相,从轻发落,罚停薪俸三年,以儆效尤。

晨光熹微,凉风习习,全身湿漉漉的圣宗被凉风吹醒,他不信自己生还,刻意用力捏下自己的耳朵,确认还有知觉,便一骨碌站了起来,四处张望,看见自己的包袱和雨伞还在路上,他拾起了包袱,再伸手拾雨伞。忽然,一阵轻风托起雨伞飞到水鬼岭

神鬼志怪

上，圣宗追着雨伞，一路有荆棘丛草，走得很慢，雨伞飞飞停停，好像人一样地给圣宗带路。雨伞终于落在一处茂密的灌木丛草上，可是，周围被荆棘和无头山藤缠绕着，圣宗够不到，只好把乱缠的山藤扯开了一个缺口，走进里面拾起雨伞下岭赶路。这时，他身后的长衫好像被什么东西勾住了似的，转头一看，一只毛茸茸像小狗的水鬼拉住他的长衫说："恩公，多谢你的相救，可你要救人救到底啊……"水鬼将遇仙人点化和被狐狸精陷害之事向圣宗诉说，请圣宗把他带离太平岭，之后，再放入盐贩子身上，他就功德圆满了。

话未说完，天空乌天黑地，低压压人头高的一片乌云，电轰雷鸣，瓢泼的大雨一倾而下，好不惊人。

原来，圣宗是文曲星，只有他才能破此天罗地网救出水鬼。可是，在太平岭上，只要水鬼走出天罗地网就会遭雷轰电击。只见那闪电在圣宗身边闪来闪去，其实闪电不是轰击圣宗的，是追杀轰击水鬼的。圣宗把水鬼藏入雨伞里面，走下太平岭。离开太平岭，天气豁然晴朗无事。圣宗过了木桥往前走去，见到了盐贩子的尸体在路边的丛草中，圣宗走上前，打开雨伞对着盐贩子，在伞顶上拍了三拍，水鬼闪身入了盐贩子体内。

满脸腮髯的盐贩子，双眼如铃，冤屈而死，死不瞑目，愤怒至极，别看他样子凶恶，他可是一心向善、广积阴德的人，在鄮都城很有名气，阳寿未尽，惨遭狐狸精暗害，惊动阎王，命黑白无常护尸，使水鬼得以借尸成人。

盐贩子复活了，他向圣宗谢恩说："……恩公，你此去京城应考多有曲折艰险，请一路保重……"水鬼告诉圣宗，京城有试题买卖，请他不要过问此事，免得惹事上身，如果遇有难事，即可心语"如此这般"，他就会现身了，还告诉圣宗，他要去补缺太平境城隍庙十殿判官了，说完，化作一缕青烟飞向城隍庙去了。

上京考试

京　城

圣宗在太平岭经过了一场劫后余生的变故，继而搭救了水鬼，体现了世上的事不是他想象的那么简单。

在去京城的路上，圣宗想着水鬼说京城有试题买卖的事，心想，天子脚下的京城如有这事，那些泄密者是谁，也真是大胆妄为了。

圣宗不止一日到了京城，见到商贾如云，卖布匹的、卖杂货的、卖土产的、卖面包的……还有卖字画的、卖图书的，应有尽有。那些做生意人不停的叫卖声、讨价还价声，人声鼎沸，京城的一片繁荣景象又使圣宗觉得水鬼所说的不一定真实。圣宗为了证实京城有没有试题买卖，他一直在寻找，找到卖字画的摊档，试探性地问有没有试题卖，卖字画的人要他脚踏实地、老老实实地学习，应付考试。他又到摆卖图书的店铺那里，问有试卷买卖否，书店的老板找出一堆历年的答卷来，圣宗试探性地要今年的试卷，老板走出店门左右张望，然后走回来神秘地对圣宗说，说买卖试卷会杀头的。圣宗又继续试探了多起，都是碰钉子的，他感觉水鬼应该不会欺骗他的。

碰巧，一位卖豆腐的白胡子老伯路过，听到圣宗打听买卖试卷的事，便询问圣宗有何用，圣宗说想寻找证据，制止这歪风邪气。老伯和圣宗聊上一阵子，知道圣宗是一个有作为的青年，就老实告诉他，买卖试卷要在驿馆住下，试题贩子才会找你，圣宗恍然大悟。

老伯怎样得知买卖试题的事？好几年前，卖豆腐老伯的儿子在考取进士的时候，也遇到有人在驿馆买卖试卷试题的事，血气方刚、诚实无畏的他，在考试的答卷上揭露买卖试题真相，后有人以种种利诱收买、恐吓的手段，相逼他就范。老伯的儿子不畏

神鬼志怪

强权，不屈不挠，结果被人暗算打残，直至现在还是有冤无处诉。

圣宗越听越是愤慨无比，决心以身试险，查个水落石出。他选择一间在比较繁华，人气较多，且近考场的驿馆住下，在这驿馆里住下的大多都是外来京城应考的举人。在晚上掌灯时分，没事的考生都各自回到客房温习功课。就在这时，一个飘忽不定的神秘人物到各客房来串门，拿着试题来买卖。这个神秘人物从东厢房串到西厢房，再从南厢房串到北厢房，四大角都给他跑齐了。当他串到圣宗的客房时，见其正在聚精会神地温习，就轻轻地敲开圣宗的客房，说自己也是来应考的，有些难题想和他磋商一下。他进入客房后，先从谈试题入手，渐渐地引入试题买卖，圣宗当即明白坐在这里的人就是一个贩卖试题的人。接着，圣宗说买卖试题是犯法的，会被抓去坐牢的。贩子却说不怕，他的背后是一品大员，是太上皇的国舅，是不会有事的……

圣宗听了，义愤填膺，执住了试题贩子的手，要同他一起到公堂去。两人争执起来，你抓我来我扳开，推推搡搡，直到房外，试卷贩子找到一个机会撒腿跑了。圣宗想继续追赶将他绳之以法，但被驿馆老板和其他学子相劝才了事。

圣宗见的确有试题买卖，十分愤慨。他在想：国舅爷又怎能知道试题？国舅爷又怎样将试题传出？试题卖出多少……

泄题者乃太上皇的国舅，他是主考官，京官一品，姓鲁名虎，仗着自己是国舅，根本不把朝廷官员放在眼里，胡作非为，若有逆者，必死无疑。卖豆腐老伯的儿子就是被他派人打残的。他为人凶残暴戾，如狼似虎，人称他为"老虎"。

太上皇退位，当今皇上开明，开科取士，三令五申，杜绝一切不正当行为。"老虎"为了敛财，慑于当今皇上严厉，不敢以身犯险，只好找自己一个爪牙，偷偷摸摸地把试题带出，高价卖给考试学子。

上京考试

吉日，考场大门打开，里面的考室都是单间，一米来高，二米见方。单人单桌，坐下望不了隔壁，杜绝考生越位窥探。监考员、巡考员可以零距离接触考生。

考试开始，考生按序号进入试室就位考试，考生除了把规定的应用文具携带进入试室外，其他东西一律不准带入。但是，有一些考生买了试题，自己提前作答，或托人预先把答题的内容写好，秘密地带进试室作弊。

作弊者将答卷抄于纸上，藏于身上的密处，或抄于衣服底层，或抄于手臂，或抄于肚皮、大腿，或雇请枪手……形形色色，无所不有。

开考未几，有一考生在身上的密处，取出一片小纸片正在偷看，被监考员抓个正着，另有一枪手也被监考员发现带走。有些考生翻出自己的衣服、挽起自己手臂上衫袖、拉起自己的裤筒在作弊，偷看预先抄在手臂、肚皮……的答卷，他们都被监考或巡考抓个正着。各考场都有作弊者被抓，人证物证俱在，上报主考，后被"老虎"释放了事。

圣宗想在仕途上谋得一官半职，光宗耀祖，在考场上用心作答，提出治国安邦良策，抨击买卖试题和社会上各种腐败现象。

考试完毕，副主考看了答卷，夸赞圣宗是个有抱负的学子。可是，第二天，"老虎"派了几个官差把圣宗抓走了，说他讥讽朝政，攻击朝廷，将他打入监牢，受尽苦刑，威逼利诱，要他承认自己有罪，承认自己有意攻击朝廷。刚正不阿的圣宗拖着遍体鳞伤的身躯在公堂上与审判官辩驳，据理力争，驳得审判官们哑口无言。凶残的"老虎"见圣宗不肯就范，威逼审判官以"莫须有"罪名判圣宗死罪，押回大牢准备处斩。

在大牢里的圣宗不畏强权，他想到开封府告状，无奈无纸无笔，更无人代呈，心里十分烦恼。突然，他想起做了十殿阎王判官的水鬼或许有办法，就按照水鬼跟他说的"如此这般"一阵心

神鬼志怪

语。心语刚完，一个满脸腮髯、手执铁笔的十殿判官站在眼前。圣宗把自己的遭遇向水鬼倾诉，水鬼甚是同情。十殿判官是神，他们说的都是心语，别人看不见听不着。其实，水鬼是个知恩感恩的神，圣宗的一切水鬼早就知晓了，只不过圣宗要经过这劫数才能功德圆满。

圣宗要水鬼给他纸和笔，只见水鬼把手向空中一挥，那文房四宝齐齐地摆在圣宗面前。他奋笔疾书，慷慨陈词，利剑直指太上皇的国舅爷。

圣宗写完状纸讼词，交给水鬼让他到衙门告状。水鬼带上状纸，他化作一阵清风到了衙门，变成一个青年到衙门击鼓告状。

鼓声响过，皂役一齐排列在两边，大声"威武"地吆喝着。府尹急急脚地走出大堂，坐在太师椅上，拿起惊堂木往台上一拍，说："带击鼓人上来。"又一阵"威武"的吆喝，皂役手执皂棍不停地敲打地板，好不吓人。"状告何人？"府尹坐在太师椅上问道。青年说状告买卖试卷、包庇考试作弊之人。

话音未落，鲁国舅爷也来到了府上，听个正着。府尹连忙离位迎接请上座，详述了"老虎"也不客气，走上太师椅上坐落，看完递上的状纸，说青年诬告朝廷命官。水鬼把从生死簿上记录"老虎"所犯的罪恶当堂揭穿，详述了"老虎"所犯的买卖试卷、强抢民女、霸占田地、欺行霸市等罪状。"老虎"听了，恼羞成怒，走到青年跟前，用手托起青年的下颌，说："你好大的胆子，敢状告我国舅爷。来人，往死里打……"命差役将水鬼按倒就打，水鬼化作轻风，绕过"老虎"背后，走到太师上坐落。那差役捉住"老虎"，以为是捉住了青年，把他按倒在地使劲地打，骄横一世的"老虎"被打得皮开肉绽，昏了过去。

忽然，那张状纸被一阵微风吹起，飘落到坐在客席上的开封府尹手上，府尹接过一看，见牵涉到太上皇的国舅，不敢擅作主张，立即整理奏章呈送皇上。皇上看到鲁国舅这样腐败，气愤至

· 148 ·

上京考试

极,即刻责成大理寺务必严肃查处,清除腐败,惩治泄密者。还口谕:不管官有多大,民有多刁,连同一齐打掉。再命副主考官起用备用试卷,重新组织考试,评卷要公正、公平,考试结果要公开,择优录取,以示公允。

"老虎"被人从开封府抬到大理寺,然后开审,"老虎"在威严的大理寺里交代了一切,他的罪大恶极,就连太上皇也保不了。

圣宗冤案得到平反,水鬼把圣宗从大牢里接出来,运用千年的功力替他治好了伤,圣宗重新考试,文才过人,公榜之日,圣宗高中状元。

李小三施法术惩邪恶

陈 凡

观珠岭，在传说中是个学法的地方。旧社会里不少受迫害的人在走投无路、有冤无处申的时候，往往便投奔那里，希望学得了法术，使自己的冤得到昭雪。

学法也有法规，一是立誓愿无后；二是不得贪赃枉法；三是不得奸淫妇女；四是准吃不准积；五是为人就不能为己，为己就不能为人，否则法术就不灵了。欲学法的人要睡在棺材面上，睡足七七四十九日，也不得吃过火的东西，直睡到棺材里面的死人答应你"可以了"，师父才教法术。三心二意的人，棺材里面的死人是不会答应的。

光绪末年，鉴江河畔有个穷人姓李名小三，世代务农，由于当时政府腐败，地头蛇横行霸道，任意鱼肉百姓，他的父亲与大哥都被官府杀害了，母亲一气之下自杀身亡，妹妹十七岁，也被地头蛇抢去做小老婆，求死不得。只有他孤独一人逃往他乡，沦为乞丐。后来他得知往观珠岭学法就可以报仇雪恨，于是便不远千里来到岭上，恳请师傅收他为徒弟。几年来，他学习认真，心术很好，学就了一身本领后，便求得师傅同意，准其下山。

李小三一路晓行夜宿，乞食而回。有一天，他经过陈家庄的河边，见陈老二这对老夫妇在痛哭。小三隐身聆听，得知他老两

李小三施法术惩邪恶

口的儿子被拉去当兵，死于战场；女儿被地头蛇抢去做小老婆，因不甘受辱，跳水自尽；陈老二无法生活，想租来恶霸一块地耕种。他倾家荡产地筹集了礼金以送礼。不料恶霸收了礼后，却不认账，仍将这块地租给别人。老二去央求恶霸，反被打了一顿。老二走去衙门告他，恶霸勾结狗官，又被狗官打了三十大板，赶出门外……陈老二走投无路正想了结一生。乞儿李小三听罢，不由得怒发冲冠，涕泪横流。心想天下的乌鸦是一般的黑，天下的穷人是一样的苦大仇深，自己的仇恨和痛苦不是跟他们一样的吗？师傅那"为人就不能为己"的法规，也阻止不了对他们的同情，所以他决定去帮他们雪恨。小三安慰他们说："你的深仇大恨跟我是一样的，你们不要死，也不要哭，带我回家，我要为你们出这口气。"

夫妻停止了哭，一看是个乞儿，对他说："你不要安慰我了，你是个乞儿，无权无势，也跟我一样备受欺凌，又怎能帮我？可能你肚饿了，还是让我带你回家去弄点吃的吧！不过，我家里也没有什么好吃的东西来款待你了。"

乞儿说："请相信我，我不但不吃你的，我还可以请你两老吃一顿好饭好菜。"

二老带着这乞儿回家。一路上诉说，回到村时指着旁边的楼宇道："这个大院住着的大恶霸叫陈金福，就是害得我家破人亡的罪魁祸首。"

三人到了家中，乞儿就叫开台饮酒。老二说："我早就说过，我家里就只剩有这么一点点的东西了，哪里还有酒饮呢？"两老难为情地答道。

乞儿说："先请坐下，酒菜就到！"两老只打勉强地坐下，苦着脸不说话，眼光光地望着乞儿，只见乞儿用手一招，口里不知念些什么，台上忽有餐具摆好，还有一瓶好酒放在中间。

乞儿又问："你两老想吃些什么？"

· 151 ·

神鬼志怪

夫妻俩说:"有粥饭吃饱就满足了,还敢想什么啊!?"

乞儿说:"我来请客,一定要好吃好喝的。"他又把手一招,说声"来!"啊!满台的山珍海味,香喷喷的米饭摆在眼前。

老夫妇说:"我们从来见都没见过这些好东西,这是哪里来的?"

乞儿说:"今天我们痛痛快快地吃一顿吧!那恶霸天天都吃这东西,这是我们穷人的血肉,现在还给我们吃,是应该的。"

饭后,乞儿说:"明天早上饭后你还要见官去。"

老夫妇听说要见官,就惊出一身冷汗。说:"又去见官?如再挨打三十大板,就不如死去好受。"

乞儿说:"不要怕!这次他们不敢打你了!放心吧!"乞儿说完走了。

第二天一早,乞儿就敲门了。老夫妇正在为做早餐的事发愁,听到敲门知道是乞儿来了,只好开了门。乞儿进来就叫"吃饭"。哪里还有好吃的呢?老夫妇一面答应"好!"一面想去煮热昨晚的剩菜来应付一餐,谁知到饭桌前一看,啊!又是一台新鲜喷香的早餐!

三人吃过早饭,乞儿将一袋金银交给老二说:"你拿这袋金银去见那狗官,说:你父亲托梦给我……"他如此这般地教导老二。

老二拿着这袋金银赶到衙门,见了县官,将这袋金银送上,按乞儿的叮嘱说,要求大老爷为其申冤!狗官接过金银,眉开眼笑地说:"好!升堂。"

县官升堂后,便传来了陈金福。县官把惊堂木一拍,说:"陈金福!关于陈老二告你受礼不租地一案,现经查实,你已收了他十两银子,却把要求租耕的这块地租给别人,这是为什么?"金福开始还是坚持不认。县官把惊堂木又一拍:"用刑!"县官不待金福多说,就强行把他打了八十大板,打得金福死去活来,动

李小三施法术惩邪恶

弹不得。县官问:"金福,你到底认还是不认?"金福看看形势不同了,只好承认并画了押。

县官宣判了,要金福退还十两银子给老二,再另租两亩好地给老二耕。以后,更不准报复。老二谢过了老爷,回家来了。村里的人得知此事,就奔走相告,无不高兴。乞儿说:"我们吃了他的好菜,又用他的金银给他买了八十大板,活该!以后他再欺负你们,我自然有办法对付的。"乞儿说完,就走了。

当晚,金福被抬着回家。他唧唧哼哼、咬牙切齿地骂着狗官。这八十大板打得他动弹不得,再加上知道家中的金银被窃,更是老羞成怒,对陈老二和当地的穷人佃户,就变本加厉,更为苛刻。他逼着陈老二交还十两银子,田同样不租给老二耕。老二夫妻虽然出了这口气,但仍无地可耕,今后又怎样生活?

正在为难之际,乞儿又出现在老二面前,对老二说:"这些天来,我一直住在他家,他们做的一切我都看到了,原来我只是想教训他一下,希望他能改过,可他不但不痛改前非,反而变本加厉。你俩不要怕,没有吃的,金福家有,你就有,放心便是。"

乞儿用法术搬运来了酒肉,吃完后,乞儿要走了。不到一刻钟,村子里乱了起来,锣声大震。原来是金福家着火了。叫救火的人不少,但救火的人不多。只有金福的几个家丁拼命地救。可是谁救火,火就从谁的身上烧起。最后没人敢近,只能眼睁睁看着任其烧,烧了前门又烧后门,狗恶霸在蹬足捶胸,想去救火,刚走近一点,火就在他身上烧起来,他的长发与长胡子都被烧得一干二净。

当时,金福认为此火是一些仇恨他的人放的。为了安全,他请来了不少兵丁日夜看守。谁知越守,怪事就越多,一阵阵的沙石从四面八方向兵丁打来,使他们无藏身之地,他们只好夹着尾巴逃走了。

几天来,金福一家人已没有东西入肚了。他煮熟的饭,一开

神鬼志怪

锅盖,见的却是一碌碌的大粪,直饿得一家人肚皮贴在腰骨上了;又想煲些番薯充饥,可是番薯煲熟后,剥去皮,想放入口,却又不见了。他知道有鬼在作祟,于是立即劏鸡、买大块猪肉去拜神,希望得到神的庇佑。可刚出门口,纸宝香烛在篮子里面烧了起来;打开篮子一看,什么三牲香烛都不见了。

  夜里更糟。金福的三妻二妾却赤裸裸地分睡在各个儿子的床上;媳妇与女儿也赤裸裸地和张金福睡在一床。短短几天,全家的女人都跑光了,众家丁也离去,只剩下金福父子几人了。金福心想,这一定是过去做的害人之事太多了,神鬼不容之故。几天来出现的种种怪事,必定是生鬼在作弄。他越想越怕,于是劏鸡、打酒、买肉在家里拜神,朝晚叩拜,希望生鬼原谅他,只求得全家人员安全,其他一切都可以不要了。一连拜了几日,金福父子的额上都磕起了高高肿瘤。李小三隐形变生鬼在陈家作乱了几天,见他父子已有了悔改的表现,便开口说话了。生鬼说:"你父子并不是对我不住,而是对全村的穷人不住。你们恃势欺人,为非作歹,横行霸道,鱼肉穷人……你们知罪吗?"金福父子齐答:"知罪!知罪!愿神鬼放过我们父子,你要什么或要我怎样做都行!"

  生鬼说:"你父子如愿意改过,就全心全意地按我所说的去做。一,将霸占来的土地及收来的不义之财通通列出清单,贴于街上,并一一清还;二,把你们家的几头大猪劏了,猪肉分给被你害过的人家,你父子还要亲身送上门去赔礼道歉,并保证今后不再重犯。能这样做,我可保你家人平安,但,如果还有半点不老实的,我是不会放过你们的。"金福父子齐声答应:"做得到!我父子一定做到!"

  当天,金福父子杀了几头大猪,亲自把肉送给曾被他欺侮过的人家,并承认过去做的事不对,希望能予以原谅,并保证今后不再犯,然后把该还的款项及土地,一一归还原主。他自己一

李小三施法术惩邪恶

家,只剩下几亩土地,父子两人自食其力,也不敢欺侮穷人了,穷人的土地已回到自己的手中,他们无比高兴,对金福父子也就宽恕原谅了。生鬼见金福已老实做人,也就不辞而别。

一天,李小三来到一条大村,他见到村民们个个都垂头丧气、满面愁容、一言不发。李小三觉得奇怪,心想,为什么人人都是这样的呢?他一连走了几条村子,所见到的都是一片惨景,便低声问村人道:"你们为何这样伤心?"大家望他一眼,摆摆头便走开了。

晌午,太阳热辣辣的,李小三走了不知多少路,腿软了,口也渴了,他就在路边一条大榕树下坐下来,准备休息一会再走。刚坐下不久,见到一帮官兵押着一批青年男女,哭哭啼啼地走来。小三隐身在树后,想让他们过后再走。眼看他们到了,后面还跟着不少年老体弱的公公婆婆,号啕大哭地想追回自己的子女。

李小三待官兵走过后进村,举目一看,到处是残垣断壁,一个人也见不到。看来是逃的逃,捉的捉,这一劫后的惨景,令人目不忍睹。李小三跑了一天路,没吃没喝,觉得精疲力竭了,只好在村边的残垣上坐下休息。夜深了,逃走的村民陆续回来了。小三上前想问个究竟,可是村民总是没吱声,只是坐在自家的门槛上哭泣,一边哭,一边骂官府凶横,将男的捉去做苦工,女的捉去做小老婆或奴婢⋯⋯

小三又问一个汉子,这汉子一面哭一面诉说他家的不幸,还要拿刀找狗官拼命。小三制止他说:"你一个人去拼,岂不是鸡蛋撞石头吗?请你把事情经过说给我听,也许我能帮你。"

汉子听小三说得有理,但抬头一看,见小三是个乞儿,心想:他怎能帮我的忙?不过,在患难之中,有人对自己同情支持,觉得也是一个安慰。汉子于是便对小三说:"当今这个狗官朱炳在本县已做两任知县了,他仗着有一个亲戚在朝廷做大官,

神鬼志怪

就跟当地的地主老财互相勾结,为一方之霸,无恶不作。最近建什么别墅又建衙门,天天来向老百姓要钱、要粮、要人,苛捐杂税日日增加,致使民不聊生。他豢养着一帮恶狗,谁要说个不字,就打、就抓,谁交不上钱粮,就捉入牢。打死的人真不计其数。"

李小三听了汉子这一段悲惨的诉说,不由得义愤填膺,想着如何把这批无辜的村民从水深火热中解救出来。人少力薄,拼是不行的。告吗?无权无钱更是不行。小三想:我是个学过法的人,应将法术用在保护老百姓的利益上……他走到大街上,见到街上一个老百姓都没有,只有那些官兵出出进进,忙个不停,好像是要办大事的样子,又过一会儿,听见远远传来了鸣锣的声音,接着一批官兵骑着高头大马拥着轿里的大官,执示牌与鸣锣开道走在前头,这一大官抱着尚方宝剑坐在轿里,真是好不威风啊!一批狗官和当地的土豪劣绅迎在衙门外,原来这是一位钦差大臣。县官恭恭敬敬地接他入衙。小三看到这一切,计上心来:有办法了。真官,我做不成,难道假官不可以做吗?想到这里,把大腿一拍:"好!就这样!"于是他急急跑回那汉子的家,对汉子说:"报仇的机会到了,看看你们有无胆量啦!"

汉子听到有报仇的机会,就高兴得跳了起来。"快说,快说,只要我能杀掉狗官,什么都不怕!你说仇什么时候报,怎么报?"小三凑近汉子的耳边说:"要如此如此……"

经过一天一夜的准备,第三天一早,一群"官兵"在县城外几里路集中,小三派两匹快马来到县衙报信,说:"钦差大人即将到衙,特来报告。"

狗官朱炳听说又来了钦差大人,心中一头雾水,立刻报告钦差,钦差也觉得奇怪,想一定是有人冒充钦差了,便对县官说:"这个人假冒钦差,好大胆。什么都可以假,金印和尚方宝剑是假不了的,请他进来,我升堂揭穿他!"

李小三施法术惩邪恶

县官从衙外领着新钦差走进了大堂。钦差自以为自己是朝廷的真正钦差大臣,就大骂小三:"你是何人,敢冒充朝廷命官,该当何罪?"

小三毫不示弱,慢慢地把自己的随从排列在一边,走上案来,拿起惊堂木一拍,说:"你是何方强盗,竟敢冒充朝廷命官,该当何罪?"

钦差说:"我是朝廷派来的钦差林品,你是何人?"

李小三一本正经地说:"我叫林品,是朝廷派来的命官。"

"你有金印和尚方宝剑吗?"

李小三把印和剑高高地举起来说:"这是什么,见过吗?"

县官上前,行礼说:"两位大人不要争论了,我有个办法能分真假的,未知大人的意见如何?"

两位钦差同时说:"好!有什么好办法请快说来,依你的办。"

县官说:"用火烧印,真金是不怕火的,一烧便知。"

钦差就傲慢地握着金印,认为很快就能证明自己是真的。而李小三明知自己是假的,手无金印,还是神态自如,若无其事。可小三的随从觉得已大难临头,打算及早杀出去,所以个个手握刀枪,怒目圆睁,准备厮杀。小三见了此景,丢了个眼色,叫大家镇定,听从指挥。一会儿,两个差役抬着一炉熊熊烈火走进大堂。钦差双手紧捂着金印,等着炼印,便见分晓。而李小三立即用隐身之术轻打歪钦差的戴顶,钦差就举起手扶正戴顶,小三乘机将金印迅速换了过来。

炼印开始了。钦差争先要炼,小三不慌不忙地让他先去。知县把钦差的印放入炉中,很快就烧成了灰烬。轮到小三的金印了,小三慢腾腾地把裹印的红绸解开,慢慢地把印放入炉,越烧金印越金黄。过了一会儿县官将金印从炉里取出来。大家一看,金印丝毫没损。

神鬼志怪

　　小三这时走近案台,坐在太师椅上,拿起惊堂木一拍,说:"拿尚方宝剑!"卫士捧来尚方宝剑。小三接着说:"各卫士听令!速将假钦差及随从统统押入大牢听候发落!"卫士们一拥而上,把钦差他们押走了。这时,衙内的狗官及地头蛇都乖乖地伏在地上听令了。

　　第二天一早,小三叫师爷出了告示,到处张贴。其内容是"有冤的可申,有仇的可报,不论职位尊卑,王子犯法与庶民同罪……"

　　告示贴出后,告状的人如潮一样向衙门涌来。个个怒目睁圆,摩拳擦掌。那些当地豪绅与县太爷就像热锅上的蚂蚁,千方百计奉承和送礼。小三叫师爷将送来的礼一一登记清楚放入库房,任何人不准动用一分,违令者斩!其次命令卫士们将狗官、爪牙及罪大恶极的地头蛇都关了起来。

　　几天来,小三收到的状子万宗,用口头控诉的不计其数。小三白天升堂,夜里和随从研究如何处理这批狗官与恶棍。真是够忙的了。

　　一天,小三对随从说:"兄弟们,大家听着,我们这官要在二十多天当完。该杀的即杀,该放的教育了他就放,该没收财产的没收。大家是以报仇雪恨为目的,不能贪污挪用,不得欺压穷苦人民,一定要做够二十日清官,大家意下如何?"这批随从人员,个个都是苦大仇深的,恨不得一下把这狗官与地头蛇杀光,哪里还想到个人利益的呢!

　　十天过去了,小三叫升堂判案。勇士们个个精神抖擞,各行其责。小三下令道:"把罪犯朱炳带上!"卫士把朱炳推到堂前,令他跪下。小三把惊堂木一拍,说:"堂下跪的何人?把姓名报上。"朱炳叩头说:"犯官朱炳,原是本县县令,望大人开恩!"小三把惊堂木一拍说:"住口!本官刚到本县几天,就收到告你的状有上万宗之多。被无辜杀害的良民数百,强抢民女百多,勾

李小三施法术惩邪恶

结同党，贪赃枉法，鱼肉百姓，乱拆民房，强占土地……你当何罪！可老实招来，免受皮肉之苦。"朱炳看来不承认是不行的了，只好承认说："我承认，我认罪，大人开恩。"小三继续审问朱炳的同党及爪牙，在堂上把罪证核对清楚，一一画押。这天李小三判处十五人死刑，立即执行；没收十家财产归国有。

　　第二天，小三命令将监狱中所有的无辜者放了出来，并发了生活费用，让其回家与家人团聚。第三天，将最后的一批罪大恶极的地头蛇、恶棍统统杀了，并把被占去的土地、房屋归还原主。尚有一批，虽有过失，但是被迫而为的，将他们教训一番，要其改邪归正，以后不准做伤天害理的事，好好劳动，遵纪守法做个良民。这批人个个都感恩戴德而回去了。

　　时间过得很快，转眼二十多天了。晚上，小三对随从们说："我们的官做到现在就要结束了，师爷可把被处理的罪犯档案一个不漏地整理好放在案台上，尚方宝剑封挂于堂上，金印与留言一张压在台上，尚有一些银两，分给你们回家作谋生之用……"安排妥当后，当晚，各人脱下官服上路去了。

　　次日上午，到升堂的时候了，衙里一个人也没到。人们击鼓告状也不见衙役出来。大家推门进衙一看，一人不见，只有尚方宝剑、金印及卷宗摆于案台之上，留言一张压于金印之下。留言中写道："林品钦差大人，你是奉了朝廷之命来地方了解民情、处理案件的，我们也是奉了上天之命为民申冤的。二十多天来，我们借了你的金印和尚方宝剑，处决了一批贪官污吏及地头蛇；尚有不少冤假错案未能处理，望你能为民请命，公正严明，食君之禄解民之忧。否则，请看朱炳的下场吧！再见。"

　　钦差知道了此事的真相后，赞叹不已地说："此人真是个上不愧于天、下不愧于民的无名英雄！"他便叫衙差到处去找。哪里还有小三的足迹啊？

冬天雷打新科状元

邱石麟

据传过去扬州地方,有户贫苦人家,名宋成祥,娶妻温氏,婚后不久生一子,夫妻非常欢喜,两人商议起个名字,成祥说:"名字要含有继承先代之意。"温氏说:"儿子取名宋承先,就有继承祖先之意吧!"丈夫点头同意。

宋承先刚六岁,当地患水灾,农业失收,生活困苦,宋成祥患病,无钱医理,遂致病死。温氏母子两人生活更加贫苦,因为家庭一无所有,无法生活下去,于是温氏带着儿子远去逃荒,乞食为生。

两年后的一天,母子二人来到龙城镇陈员外家门口乞米,恰遇陈员外出来。陈员外见此妇人三十多岁,相貌端庄,带的小儿天真活泼,实是可怜,便问她乞食情由。温氏将自己不幸身世说了出来。陈员外很同情她,便说:"我家想请一位煮饭婆,煲茶扫地,招待客人。你母子留在我家,一可为我煮饭,二免致你们流浪乞食,不知意下如何?"温氏就跪地感谢,回答说:"我是求之不得,陈员外大恩大德,我母子永不忘记。"陈员外扶起温氏说:"从今日起,你母子二人就在我家工作和生活。"

温氏品性善良,知情懂礼,勤恳劳作,敬奉陈员外十分周到,得到陈家各人喜爱。暑往寒来,又过一年多时间,宋承先已

冬天雷打新科状元

十岁,陈员外对温氏说:"承先长大了,要送他入学读书,学好文化,将来科考,求取功名,光宗耀祖,使你母子幸福。"温氏感激不已说:"世上难逢陈员外这样好人,大恩大德,如同父母,今世我报恩不完,来世也要报答你。"就此,宋承先入学读书了。自宋承先入学读书之后,温氏十分高兴。在陈家生活很温暖,吃的穿的一切,都得到陈家无微不至的关怀照顾,温氏更加积极工作和恭敬陈员外,把自己当成陈家一员了。

宋承先读书聪明过人,学习进步快,得到老师的称赞。他十八岁考上秀才,又过两年考上举人,二十三岁中了状元。温氏和陈员外欢喜万分。可是一月又过一月,一年又过一年,却未见宋承先回家省亲问安,温氏心里很烦闷。有一日,温氏找陈员外谈话,说儿子中状未回来,母心不安,请求陈员外允许她去京城找儿子。陈员外说:"儿子中状元,应及时回家见母,共享天伦之乐。为什么他不回家?真是想不通,同意你去京城找他,弄个明白。"于是,陈员外把一些银两给温氏做水脚(路费)和生活费用,温氏拜别陈员外去京城了。

温氏步行去京城,旅途艰险,一路经过暑热风寒,终于来到京城了。皇宫警卫森严,她无法进宫寻子,便夜宿旅店,日出街上查问消息,访问很多人都是这样说:新科状元宋承先,被皇帝招为驸马。温氏听后喜了又烦,将情况告诉店主黄老二,并要求他帮助设法找儿子。黄老二说:你是新科状元驸马爷的母亲,可喜可敬。但你现在无法入宫见子,不如暂时住在我店等待时机,等驸马爷出行,经过我店门前大马路,这时候你就有机会与儿子相见了。于是温氏安心住下等待机会。

宋承先读圣贤书,却违背圣贤之道,他的思想与道德背道而驰。当他考中状元之后,认为自己贫贱出身,跟随母亲乞食,得陈家关顾,乃是陈家之奴,若回家认母亲,母亲原是乞儿婆,有损自己光彩和名誉,决心不认母亲。有一天皇帝召见新科状元宋

神鬼志怪

承先,问道:"宋卿家,你家庭有什么人?"宋回答:"我出生后六岁,家乡因患洪水大灾,父母被洪水淹死,当时得邻人把我救活,我寄托在姑母处,得姑母养大和供书,才有今日。"皇帝说:"既然如此,朕有一女年方十八岁,许配给你成婚,你意见如何?"宋承先就双膝跪地谢恩:"君皇恩典,誓死为朝廷效忠。"他与公主成婚后,住在驸马府,警卫森严,出则武士跟随,玩则有宫娥美女做伴,食的是美味珍馐,享尽荣华富贵。

到了三月初一,宋驸马爷要到大佛寺进香,他出行时,街巷戒严,鸣锣开道,群众回避站在街巷两旁。这时黄老二店主就叫温氏赶快出街见子,温氏就跑出街,站在马路正中拦截兵马去路,大声叫道:"我儿子宋承先快下轿见母。"

这时有一个卫士向驸马报告情况,驸马爷揭开轿门帐子瞄看一下,吃了一惊,果然是母亲!他眉头一皱,心生一计,立即说:"我母亲早年死了,这是个乞儿婆,发疯癫来冒认儿子,把她拉开。"卫士遵令,一掌将温氏推跌路旁,兵马向前去了。温氏生气晕倒,黄老二走来护救她回店。温氏回店后,日思夜想,懊丧万分,心如刀割,夜里难眠,日不思食。店主黄老二见此情形,也觉可怜,又怕温氏伤心而寻短见,或死于店里,于是每餐亲送饭菜并做思想解释开导工作。经过数天时间,温氏反复思考,认为无计可施,欲见儿子之事已经绝望了,遂找黄老二算清住店费用,决定还乡。黄老二很同情温氏的痛苦,说:"你是个妇道人家,万里迢迢来到京城,子不认母,心受严重打击,你来时容易去时难。最好你留在我店做些轻工,我给你一定生活待遇,再等机会解决你母子团聚问题。"温氏说:"黄老板,我住店以来,一切生活,蒙你热情关照,十分感动。今天我儿子享受富贵,抛弃母亲,是无办法挽救的,久留在店,是无用的。"黄老二说:"既然你坚决要回乡,我也无法挽留,收你一些住宿费罢了,让你多带些钱作回乡费用。"温氏告别店主上路去了。

冬天雷打新科状元

温氏来京城，因为寻子心切，行程如云飞马走。现在因子不认母，深受打击成病，回乡如蚂蚁之行。正如黄老二说的"来时容易去时难"。在途中她晓行暮宿，肚饿买饭也吃不下喉，历尽苦楚，无人知道。一天晚上，她行在荒山小路，无处投宿，见到路旁树林中有一间土地庙，便入神庙投宿一夜，睡在神座前地面上。她睡到夜深，肚饿了，旧病复发，无人解救，晕倒后当夜死在土地庙。土地神说："你是谁人，为什么死在这里？"温氏的鬼魂将到京城寻子的前后经过诉说出来。土地神说："岂有此理，古往今来，有谁人做儿子不念亲恩！你儿子身为状元，又是驸马，享受荣华富贵，不认母亲，以致母亲死亡，这是不孝之子，罪该严处，决不容赦。"温氏的鬼魂说："母亲死去算了，千祈要留我子在阳间享福，母也安心。"土地神说："真是可怜天下父母心。你的不孝之子宋承先，天地不容，罪该处死。你快走，不要啰嗦！"

土地神见温氏鬼魂离去了，心想一下，觉得此事很不公平，正想上天堂向玉帝告状，却无本事登天界，于是想了个办法，去城隍庙找城隍大爷告状。城隍接受土地神禀奏，知道新科状元宋承先驸马，便说："这是人间奇案，我负责办理。"土地神便告别回去了。

城隍想了一下，明白状元是文曲星降世，我城隍的级别是根本无权办此案的，明知是奇案，若不办理，又怎能对得起世上的人民呢？城隍拿定主意，写好奏章，向天堂玉帝告状，玉帝细心看过状文，就说："南清宫文曲星私自投凡界，违反天规，是一罪也；中状元后，子不认母，而致母亲死亡，是二罪也；身为状元，醉恋女色，不为国效忠，是三罪也。"他急召见雷霆大将军，命令行雷收复宋承先并打入天牢。雷霆大将军说："我行雷时间是春、夏、秋季，没有在冬天有行雷任务。"玉帝说："为了教育人间不孝之子，采取特殊手段，定要冬天打雷。"这天，大雪纷飞，隆冬季节，突然行雷，电闪雷鸣，新科状元宋承先被雷打死。百姓知道，无不拍手叫好。

金板凳

甘达海

从前,在鉴水乡下有个恶婆婆,为人刁蛮泼辣,对童养媳更是百般刁难虐待。白天,她叫童养媳干家务;晚上,还要童养媳在院子里纺线,又不给凳坐,动辄打骂。

童养媳整晚跪着干活。她纺一会儿,哭一会儿,想:"恶婆婆实在心狠极了。不但要我拼命干活,还怕点灯费油,就叫我到院子里借着微弱的星光纺线!"恶婆婆怕童养媳中途睡着,规定每天要纺出两斤纱线。童养媳很伤心,想着这样的苦日子,要到什么时候才挨到头呢?

一天,已经半夜了,童养媳还在院里纺线。她一边纺,一边哭,越哭越苦,越哭越伤心,越觉得冷冷清清、凄凄惨惨。这时,大慈大悲、救苦救难的观世音菩萨正在普陀山紫竹林打坐参禅,听见半夜三更从凡间传来惨绝人寰的哭声,连忙合掌道了几声"善哉!善哉!"她便展慧眼向西北一望,知道是民间出了冤情,想道:自家在极乐世界素称法术无边,神通广大,普度众生,以慈悲为怀,救难为本,今见难若不救,我就枉为南海观音菩萨。于是她按捺不住,便坐着莲花驾着祥云从南海径直来到凡间,来到这个童养媳身边。那童养媳正哭得死去活来、肝肠寸断之时,忽闻异香扑鼻,天空仙乐悠扬,瑞云飘舞,她眼见观音大

金板凳

士从玉莲花瓣中央飘然而下,便转悲为喜,纳头就拜。观世音微微一笑,将拂尘轻轻一拂,问道:"天上人间心相同,半夜三更闻哭声,莫非你有天大的冤情?"童养媳于是向观音菩萨哭诉自己多年来受恶婆婆虐待的经过。观音听了,眉宇紧锁,深表同情,问道:"那你如今想要什么呀?"童养媳擦干眼泪,答道:"我只要一张凳!"观音爽快地答应她:"好的,我给你一张凳子。"于是观音叫善财童子给她一张金板凳,让她坐着纺线。观音在凡间办完善事,了却一桩心事后,便坐着莲花驾着云头开开心心回普陀老家去了。

第二天天亮了,恶婆婆一觉醒来,看见童养媳竟然趴在纺车上睡着了,便抓起扫帚要打。这时,她看见童养媳坐着一张金光闪闪的金板凳,便转怒为喜,摇醒她问她如何偷来这张凳。诚实的童养媳只好一五一十地说了。恶婆婆知道童养媳有菩萨庇佑,从此不敢折磨她了,也不敢让她到院子里纺线。

邻居住着一大户人家,那老婆子虽然有钱,但贪心得很,听说邻家媳妇夜里纺线得了金板凳,自己也想得到一张。但转念一想,自己没有媳妇,怎么办呢?她没可奈何只得叫自己的闺女于夜里在院子里纺线。照样不给她凳坐,让她跪着纺。这闺女平时娇生惯养,没受过苦,难为她纺一会儿,哭一会儿,哭得也很伤心。三更半夜,观世音菩萨又隐隐约约听见人间传来哀婉凄切的哭声,觉得奇怪,心想:我不是给她金板凳了吗?她还有什么伤心事?菩萨动了恻隐之心,又坐莲驾云下来了。菩萨找到纺纱的闺女,问为什么伤心,还要什么?这闺女正哭得起劲,突然听到有人问她,吓得三魂没了两魂,什么话都说不出来,只急得双手在嘴上乱摸。菩萨见状,心想:原来这闺女是想胡子呀,就给她一把胡子吧!

第二天一早,那富婆子就起来找金板凳了。她走到院子里一看,不禁大吃一惊:哎呀!俺闺女怎变成了一个满脸胡子的人啦!

· 165 ·

南宫龙窟

郑庆云

话说黄坡马兆村有个姓冼名耀祖的后生,生得相貌堂堂,身材结实,皮肤红里透黑,体健力壮,勤劳俭朴,心地善良,是村中一位好青年。因为父亲早丧,家道贫穷,二十六七岁,尚未成家立室,只有母子二人相依为命。冼耀祖虽以耕田为业,但因是租耕佃种,除却交租,剩余无几,所以农闲时,只好常到村前的南宫渡头深湾处,潜水捕捉黄骨鱼作为副业。说到南宫渡头的深湾,就得顺便说明,"南宫石室"本是黄坡八景之一。这个深湾盛产黄骨鱼,其粗壮肥美,肉嫩甜香,实为鱼类之珍品。这个江湾水深莫测,可直通南海,传说南海龙王就是在这里居住。

这天是黄坡圩日,冼耀祖背着装有这十多天来攒的二两多银子的袋,手上提着几斤刚捕来的黄骨鱼上市出售,以便换回油盐酱醋及急需的日用百货。刚进入菜市场,他忽见两个渔人抬着一尾怪鱼欢笑而来,与鱼贩子在那里讨价还价,结果以二两银子成交。鱼贩子解开网袋,将怪鱼抬上大砧板,手拿着一把雪白的斩鱼刀,正欲动手之际,冼耀祖凑上前去说:"且慢动手,待我看一看吧。"他近前一看,这尾怪鱼重有三四十斤,鱼的颜色鲜艳,五彩斑斓,外形有点像人,头部花纹像戴着凤冠,身上色彩像披着锦衣,胸部隆起,像两个乳房,尾部的鱼尾叉,好像一对人

南宫龙窟

脚。几个围观的人,七嘴八舌,议论纷纷。有的说是水怪,有的说是美人鱼,耀祖仔细察看之后,发现怪鱼眼泪双流,鱼鳃尚在呼吸,鱼尾也微微摆动。他顿起慈念,产生恻隐之心,想道:"我虽也捕鱼,但这尾怪鱼,不比一般鱼类,它似人非人,杀之可惜,趁现在它尚有气息,不如把它买了过来,放归鉴江,救它一条生命吧!"主意已定,他便取出袋中的所有银两,把这尾怪鱼买下来,并叫那两个渔人抬到鉴江江畔,冼耀祖亲自为它解开网袋,将它放入水里。说来也怪,怪鱼下水之后,似懂人性,头摇尾摆,在江边迂回地游了好几圈,然后才依依不舍地游去。

一天,冼耀祖正在江边一块田里除草,忽从不远处的埠头渡船上来了一位女子,向他打招呼道:"大哥!请问此去马兆村有多远?"冼耀祖抬起头来,见是一位身材苗条、品貌端正、眉清目秀、身穿锦缎、下罩花裙的十七八岁姑娘。他忙说:"此去不远了。"并用手指了指说:"那儿就是马兆村。请问姑娘贵姓,到马兆有何贵干,欲找谁人?"那女子答道:"小女子姓龙,我与马兆冼耀祖是血表关系,今日特来探访他的。"冼耀祖愕然地说:"我就是冼耀祖,但我从来没听说过我有什么表姐妹。姑娘大约你是找错人了吧?"姑娘说:"没有错。我哥哥叫陈亚狗,是个疍户人家。我小时候,因母亲得了一场大病,家境十分困难,母亲为了不致让全家饿死,便将我送给龙家抚养,故我改姓龙。耀祖哥,我今日有幸一问,就能遇上亲人了!"耀祖将信将疑,心想:"且带她返家,一问母亲,便知端详了。"

到家后,耀祖将事情的经过告诉母亲,母亲打量一下姑娘,又细细回忆一番,确有其事。因为姑妈早已过生,亚狗又很久没有来往,所以两家的亲情才渐渐淡薄了,今日甥女有心来访,应该热情款待她才好。冼母于是说道:"贤甥女,你可跟表哥扯扯,待我上圩去买点好吃的款待你,很快就回来了。"她说完便匆匆出门。

神鬼志怪

母亲出门后，姑娘珠泪双流，倒身跪在耀祖跟前，不断地叩首。耀祖十二丈金刚摸不着头脑，心里觉得非常尴尬，说道："表妹请起，有什么事，且坐下慢说。"姑娘说：

"恩人，听我实话相告。我本是南海龙王的第九位女儿，叫龙九女，家住'南宫'，由于贪玩，前天为了观赏鉴江西岸的美丽景色，化作人鱼，沿江而上，浅水嬉戏，不幸被渔人捕获，把我用网袋装着上市出售，将被鱼贩子宰杀。幸得恩公相救，才免于一死。为了报答大恩大德，特来寻访。因怕冼君感到突然，心里吃惊，不肯相信，拒之不接，故借君与陈亚狗的亲戚关系，冒称表妹以蒙骗于君，望请见谅。"原来，当时九女回宫之后，尽将那天被捕遇险，后得冼耀祖搭救之事一一告诉父王、母后，他们十分感激冼耀祖大德，故特命九女前来寻找言谢，并邀他明天到南宫一叙，以酬救命之恩。冼耀祖听完之后，惊喜万分，再度打量九女一下，见她确实如花似玉，好像仙女下凡。心想："若得此女为伴，就心愿足矣！"转念一想："这是梦想。她是神仙，我是凡人，怎能起有这种痴念呢？"便说道："龙公主，当日放生一事，只是冼某一时的慈念，无须感恩戴德。至于龙君相召，本应趋赴。但水陆相隔，如何去得？"龙九女在口中吐出一颗明珠递给冼耀祖说："这是一颗避水明珠，君下水时，先含在口中，在水中就像在平地走路，无所阻挡了。"冼耀祖接过明珠，细细观赏，只见珠光璀璨夺目，于是就小心翼翼地放入怀里。龙九女继续说："冼君，明日午刻，你可直到南宫渡口的'土地庙'里，将香案轻击三下，到时定将有一个武士装束的使者前来接你，你就跟他前往便是。但要记住将明珠含在口中。"正在此时，冼母去圩买菜回来了，她笑吟吟地对龙九女说："甥女！累你久等，想必饿了，你再多坐一刻，待我下厨，稍后就可吃饭了。"龙九女站起来作揖说："妗母，不用忙了。今日得见妗母一面，并得与表哥长谈半天，九女已心满意足了。现在太阳西下，我要返去

南宫龙窟

了,就此谢别,改日有空再来。"冼母强留不住,依依不舍,母子二人只好相送一程,送至村边。忽然一阵清风吹过,一朵白云从天落下,龙女就驾云而起,突然不见了。母子两人,惊异不已,只好回家。到家后,冼耀祖便将当日放鱼、今天南宫龙女来访及龙王相召等经过情况一五一十告诉母亲,冼母惊喜交集。喜者是儿子善良,龙女来访;惊者是龙王相召,不知吉凶如何。她想到这里,便对耀祖说:"耀祖呀!凡事要小心谨慎,三思而后行。明日你真的要去,就要早去早回,免娘牵挂!"

次日中午,冼耀祖来到南宫渡口的土地庙,用手将香案轻击三下,坐在门口等候,不久,果有一勇士使者到来,见了冼耀祖便问:"请问先生是不是冼耀祖?"冼耀祖答道:"冼某正是。"勇士说:"奉龙君之命,特来接先生晋见,请跟我走吧!"冼耀祖跟着勇士到了江边,耀祖取出避水明珠含在口里,勇士叫他闭上眼睛跟着而行,瞬间,勇士说:"到了,请在此等候,待我进宫禀告龙君!"冼耀祖睁开双眼,只见是一片水晶世界,胜似蓬莱仙境。眼前是幢幢的琼楼玉宇,金碧辉煌。正面一座大殿,上面大书"南宫"二字。殿前是座大花园,花园门额雕着"上苑"二字。园中奇花异草,珊瑚玉树,垂红吐绿,令人陶醉。冼耀祖信步入园,绕假山,穿曲径,正在欣赏之际,忽听有人叫道:"冼先生,龙君召见!"冼耀祖转头一看,正是刚才那位引路的使者,使者继续说:"有劳先生久候了。因龙君先前与大臣们议事,现才退朝,特命来请。"冼耀祖跟着使者步入大门,穿过回廊,走出曲槛,来到另一所"灵虚宝殿"。这是龙王退朝后所居的别墅,但见殿宇辉煌,堂皇富丽。它以青玉为砖,白璧为柱,水晶为帘,琥珀为栋,琉璃为瓦,玳瑁为檐。冼耀祖举足拾级,连步登临,跪于丹墀之下。使者朝龙王禀道:"冼耀祖请到!"龙颜大悦,说:"冼君不辞远路莅临,寡人幸甚!"他接着说:"这是别墅,况且你又是贵客,不必多礼,快快请起就座。"冼耀祖谢坐,

神鬼志怪

侍女端来香茗，耀祖接过香茗。龙王说道："九女年稚娇顽，贪游好玩，险遭大祸。幸得恩公搭救，才免于一死。真是衔环结草，难以图报万一。今特具备水酒，邀请冼君前来，以酬相救之恩，幸勿见却！"说罢，他偕冼耀祖到"凝光阁"。这个阁，另有一番风采。但见它光彩夺目，四面玲珑，白玉桌椅，皎洁无瑕。宴席就是设在这里。龙王请冼耀祖就座贵宾位，龙王正坐。席间，龙王并命歌舞。少顷，歌声嘹亮，管弦悦耳，一群艳装少女，玉衣锦带，翩翩起舞。舞罢，龙王又命九女向冼耀祖敬酒。此时九女的打扮是锦衣绣裳，玉佩琼琚，飘然若凌波仙子。两人凝眸流盼，四目传情。酒至半酣，龙王对冼耀祖说："九女得以生还，全赖冼君之力。为报万一，寡人愿将她许配于你，永结良缘，未知意下如何？"冼耀祖忙站起来，鞠躬顿首，答道："冼某是一介农夫，家道贫穷，更兼知识浅薄，孤陋寡闻，怎能高攀得起？请龙君三思！"龙王说："孤意已定，幸勿推辞。"这时耀祖喜出望外，急忙叩首道谢。本来冼耀祖和龙九女早有好合之意，如今又听龙王一席之言，两人忍不住大喜若狂。龙王停顿一下再说："冼婿你先歇息几天，待寡人择个良辰吉日，好让你们成亲吧！"散席后，侍从引冼耀祖宿于"清虚阁"。

几天后的一个上午，南宫里的清虚殿中，笛韵悠扬，鼓乐喧天，冼耀祖与龙九公主穿红挂绿，双双参拜天地，参拜龙王、王后，夫妻交拜，然后送入洞房。是日南宫热闹非常，龙子龙孙、龙女龙媳、乌龟丞相、白鳗将军、虾兵蟹将、水族亲友都来道贺，大开筵宴，不在话下。再说耀祖夫妻，新婚甜蜜，如胶似漆，依依恋恋，乐不可言。

婚后月余，冼耀祖虽在龙宫成为驸马，备极荣华富贵，享尽人间幸福，但他是个孝顺之人，想到家乡，想到母亲，不禁潸然泪下。龙九女察觉丈夫愁眉苦脸，泪痕斑斑，问道："冼郎，有何不快之处呀？是否九女侍候不周，抑或九女貌丑不扬，还是谁

南宫龙窟

人欺负于你,请说其详,好让九女我为郎分忧排难。"冼耀祖见问,只好将实情告诉她说:"你貌比仙姬,情深似海,耀祖得与你结为夫妇,比翼双飞,是一生之幸福。但因母亲年老,无人侍奉,当我来时,再三嘱咐,叫我早去早回。况且我们成亲,又因水陆相隔,无从禀告,愧疚于心。今已月余,叫我如何不耿耿于怀呢?恳请公主体察冼某母子之情,与我返家服侍老母,就不胜感激之致了。"龙九女听完丈夫所诉,深表同情。次日,夫妻二人晋谒龙王、王后,尽将心事向他们倾诉。他们听罢,也觉得这是人之常情,但龙家规矩,不许龙女远离龙宫,故左右为难,未肯答允。王后说:"九女是哀家的最小女儿,掌上明珠,从未离开过我。况且家规不许远离,如何跟得你返去?冼驸马既存孝道,我很同情,今你若坚决返家,只有听从自便,但九女决不能与你同行,望你三思。"冼耀祖听了岳母这个强硬意见,无可奈何,便决定自己回家,说:"公主既不能相随,小婿只好自己回去了。"

次日早上,龙王在南宫的凝光阁开筵设宴,饯别冼耀祖。耀祖谢别龙王、王后,又与龙九女握别。夫妻依依不舍,抱头痛哭。龙王命内侍送来一大箱金银珠宝,让耀祖带返家中以赡养老母。内侍抬着珠宝,催促上路。耀祖拜别众人,瞬间已到南宫渡口的"土地庙"前,内侍让耀祖自己回家。

再说冼母自从耀祖去后,经已月余,尚无音信,生死未卜,忧心忡忡。她早晚倚门望穿秋水,未见儿归。今天早上,她眼眉跳得很厉害,心想:莫非耀祖就快回来?于是徘徊门外,四下张望,忽见耀祖身影,由远而近。"不是老眼昏花吧!"一时真有说不出的喜悦心情。耀祖越行越近,母亲高喊:"耀祖,耀祖,你真的回来了,差点忧死老娘了啊!"说完热泪盈眶,耀祖眼圈也红了。母子进入厅堂,共叙离别之情,耀祖便将娶了龙九女为妻之事一五一十告诉母亲说:"因水陆阻隔,事先无法禀告,请母

亲恕罪。"母亲说:"为娘谅解,何罪之有?"又问:"你为何不偕同媳妇回归?为娘也要见见她一面!"耀祖又将只身归来的原委告诉母亲,母亲说:"不回也罢,人神结合,世间少有,或许也是天命如此,望你不要挂念她,待迟些时日,为娘叫媒人给你找个登对的媳妇吧!"耀祖又将带回装有金银珠宝的箱子打开给母亲看,母亲一眼见箱内闪闪金光,心花怒放,欢喜若狂。说:"儿啊!以后我们再不愁吃穿了。"

冼耀祖在村东头建起了一座豪华楼房。入伙这天,大办酒席,宴请全村老少和亲戚百客,人人都赞耀祖忠厚良善,有福分,喜配天仙。他的仙缘巧遇和成为巨富的奇迹,很快传开了,趋附的人多了,认亲的人多了,朋友也多了。

不久,由于巨富,他们又招来一场灾难。因为这个地方,常受风、潮、旱等自然灾害,农作物常常失收,加上土豪盘剥,官府横征暴敛,地方常闹饥荒。当地有个名叫长鼻的人,聚众抢劫,越聚越多,越扩越大,成了一伙赫赫有名的长鼻贼帮。这股强盗,有船百艘,喽啰千众,刀械充足,手段毒辣,劫杀抢夺,作恶多端。他们知道冼耀祖成为当地富豪,便到来进行抢劫。在他家翻箱倒柜,里里外外查搜数遍,所有金银财宝、衣裳细软洗劫一空。冼母上前拦阻,竟被顽贼杀死,倒在地上。劫后,耀祖见母亲被害,哭得死去活来,痛不欲生。幸得邻居劝解开导,并热情相助,才草草将母亲安葬完毕。从此,冼耀祖孤身只影,伶仃孤苦,正想去找九女,但那颗避水明珠亦已被贼所劫,无法下水了。由于生活无着,他只好重操旧业,租来一亩二分的土地耕种。农闲时候,他又到南宫深湾打捞黄骨鱼出售,作为日杂开支。光阴似箭,日月如梭,不觉又过三年,冼耀祖的命运,又重交"华盖"了。

再说龙九女自与冼郎别后,时时怀念在心。当时只因龙家规矩,便把这对恩爱夫妻无端拆分两地。她思前想后,泪湿罗衣。

南宫龙窟

一天,她闷坐银光绣阁,忽然心血来潮,想念冼郎心切,便取来文房四宝,修书一封,交与侍婢,并叮嘱说道:"明天可将此信交给父王,不得有误。"于是她连夜偷偷潜出龙宫。

那天夜里,冼耀祖孤枕独眠,单身无伴,思绪万千,辗转反侧,久久不能入睡。他想呀,想呀,想起母亲的惨死,忆念龙九女的音容,想到成亲时的恩恩爱爱,想到离别时的依依恋恋,不禁暗泪双流,凄然痛哭起来,好不容易才熬过漫漫黑夜。次日早晨他没精打采,闷坐厅堂,忽听到门前树上,喜鹊"鹊鹊"地叫喊着,一下子把他的愁闷都打消了。他站起来,准备去找农具下田,忽见江边村那位花名叫作"百二嘴"的二叔婆到来。她刚踮脚入门就高声喊道:"恭喜耀祖,贺喜耀祖,好运到了!"耀祖先是愕然,接着才风趣地问道:"二叔婆,是耀祖我行好运?还是二叔婆您行好运呢?"逗得百二嘴哈哈地笑了。耀祖招呼二叔婆坐下,她说:"耀祖!说正经的,确实是来恭喜你的。我特带来一位漂亮姑娘给你做老婆,一见面,保证你满意啦!"她到门外叫了那位姑娘进来,介绍两人相见,耀祖问道:"请问姑娘尊姓大名,何方人氏,为何能对在下垂青呢?"

姑娘顿时愁容满面,涕泪交流地回答:"妾身姓洪名九娘,高凉人氏,祖辈疍家,素在鉴江江上以捕鱼为业,不幸父母双亡,妾身嫁夫阮姓,三年前的一天,因台风暴雨,山洪暴发,船覆人沉,我因遇救,始得生还。阮郎被水冲走,必死无疑。自此以后,我无依无靠,只得流落街头,以卖唱为生。幸遇二叔婆好心,愿作月老,帮助妾身求个归宿,免受飘零之苦。望冼先生怜悯收留,贱妾为你铺床叠被,尽心服侍,以报知遇之恩。"冼耀祖听其言,句句肠断;观其貌,似曾相识;问其年庚,二十有一。耀祖又仔细打量一下,见她身穿黑缎,艳似一朵黑色牡丹。身材苗条,和蔼善良,确是一位既可怜又可爱的少妇。心想:"倘能娶她为妻,固然是一段幸福良缘。但可惜冼某终生难忘与

神鬼志怪

龙九女的夫妻恩情。今虽无缘再见，但愿今后一世鳏居，也决不再娶，以表对她一片忠诚。"想到这里，便将实情告诉洪九娘，九娘听罢，一时心酸，呜呜咽咽地大哭起来，喊道："我的冼郎，真是难为你了！我龙九女刚才编造这些话，固然是想试探冼郎的忠贞，其实就是想念冼郎。愿我两人，今后继续前情，一世双宿双飞，不再分离，望冼郎不要见怪吧！"冼耀祖这时才明白过来，紧紧地抱九女道："原来你就是我的爱妻龙九女啊！险些儿却被你蒙骗了。"

从此夫妻更加恩爱，勤耕勤织，生活也渐渐富裕起来了。后来，冼家子孙繁衍，家道更是日日兴旺。耀祖高寿至一百三十岁才去世，入葬后的当天晚上，龙九女感到十分悲痛，她走到南宫深湾，投水自尽。人们看见她入水之处，一条金龙出现，摇摆一会之后，才渐渐消失。

丽山樵唱传奇

易世东

吴川八景有七景在吴阳,因吴阳是当时的吴川县府所在地,且文人辈出,人杰地灵,故而蜚声远近。但作为偏远山区的板桥镇丽山也是吴川八景之一景,这就有它独特奇异之处。

很多人都说,丽山樵唱由于当年樵夫在丽山上砍柴唱着山歌,而从丽山到吴阳,地理上像十个天然的喇叭,所以,歌声可达吴阳,知县在公堂上都能悠悠听见。因此被评为吴川一著名景观。

丽山樵唱有着一段美丽动人的传奇故事。

丽山,以其山势美丽而得名,俗称美女梳妆。美女梳妆的地方肯定会出美女。果然,丽山村里的陈莲花姑娘就是一位品德及才貌皆超常的美丽女子,淑名远播,加上又是大户人家,父母积德行善,惠风仁里,很得远近称羡。因此,那些富家子弟慕名求婚的纷至沓来。但是,莲花姑娘一概回绝,无意与纨绔子弟成亲。

在丽山南边的八公里处,有一村子风景可比杭州,因而得名"上杭"。该村子里住着一户人家,有兄弟俩,哥名易焕,弟名易璘。兄弟俩才貌非凡,读书习礼,重义疏财,交游文人雅士,声名远播。哥哥已婚,弟弟尚未有家室。

神鬼志怪

易璘的父亲觉得自己虽不是仕官之家，但儿子专心攻读，且长得一表人才，将来富贵也未可知。听说丽山的莲花姑娘品德才貌俱全，遂托亲戚前往说媒。原来莲花和父母也听说易璘品貌非凡，文才出众，内心已慕八九分，又听得媒婆之言，心中暗想："慕斯人就说斯人，莫非姻缘早注定？"

当父母向莲花说知媒人之言后，莲花不好意思地说："但凭双亲做主。"双亲说："找个好夫君是我俩的心愿。前时那些花花公子登门求聘，我们都不理睬，但人家阿璘潜心攻读，品学兼优，正是可托之人。"他们当即答应了这门亲事。

媒人内心欢喜！心想：这么多公子王孙、富家子弟派人说媒都不成，而我一说即合，真是天助我也！遂一气赶回上杭告知易璘的双亲。大家十分欣喜，遂置酒食相待。

易璘在吴阳就读，父亲就叫人促其归家，告知婚聘之事兼同庆贺家得贤妇。易璘内心也非常敬慕莲花的才貌，易璘和莲花俩都互相心仪已久。

婚事定下后，易璘继续往吴阳求学，意在先求功名，再娶淑女。孰料科场失意，至十九岁尚未考取秀才。

奇怪，在县学内有的人才学比易璘差的都早已考取秀才了，难道是命中注定功名无望吗，还是为心上人分心了呢？

做父母的早已心急，为此，请"黄半仙"到家为阿璘算一卦。先生听了阿璘的生辰八字，闭目沉思，一会儿后，面露喜色说："恭喜恭喜，令郎科名虽晚，但却前程远大，富贵可期。不过要摘取功名，需有贤妻相助。"易父说："这孩子性格倔强，立下誓言，说是若不取得功名，决意不结婚。"先生沉思良久说："难得令郎一片坚心。但命中注定，强求不得啊！下科欲取功名，虽非完娶，也必须想办法见其妻一面。此非妄语，若是一味倔强，必致有碍前程！"

易父虽觉为难，但内心对"黄半仙"之言深信不疑，遂差人往吴阳催儿速归,告知这些特殊情况。

易璘说:"双亲啊,江湖先生妄言不实,不必过于相信。我今科决心闭门苦读,定要摘取功名以慰双亲之愿。"父母俱说:"你已极其用心攻读,看你才学,亦不低于他人,俗话讲求外不如求内,据说莲花福、德、才、貌俱全,或许一见定能助你取功名呢!你不用倔强了,听我们的话,在开考之前一定要往丽山见上莲花一面,相信是可助你成就功名的。"

易璘是个孝子,见此情况,心中也存疑虑,他思来想去,仍无良策,迟迟不往丽山。

其兄见状,附耳而言曰:"亏你空有一身才学,见未婚妻一面,尚需许多踌躇?看你上通天文,下晓地理,你何不乔装占卦先生往丽山一趟?我料必能成功!"

真是一语惊醒梦中人!主意既定,事不宜迟,他决定第二天就往丽山。他晚上又叫媒人来了解莲花家的住处。第二天一早梳洗完毕,吃过早点,带上卦书,便往丽山而去。

易璘根据媒人所说的情况,往莲花的住处转了一转,放开喉咙高叫"占卦算命",但转了几次,也不见有人来问一声,连仆人也未见出来一个,几天都是如此。村子里的人和莲花的家人其实已经注意,心想为何这几天老是有一个后生仔在这里走来走去高叫占卦算命呢?

一连几天进不了莲花家,易璘遂改为就近观察。只见早晚莲花的女仆都准时往丽山的麻姑庙上香。因此,易璘决定在麻姑庙过夜,以视情况而定良谋。果然,功夫不负有心人。

几天后,易璘几次与莲花的女仆见面,并深得她的信任,并问了她的姓名,知是小月。便把自己的情况和目的告知小月,并说明只求一睹芳容,并无别样所求。小月略惊,心中思忖,姑爷到此,不能见上姑娘一面,连续在村中走动多日,真是难得一片真情和苦心。我将密告小姐,以解姑爷之烦。

神鬼志怪

晚上，小月便把白天的事情一五一十向莲花姑娘说了，引得莲花心烦意乱，扼腕嘘唏，但家规森严，不能行出大门三步，怎能与郎君谋面呢？她一夜沉思，终得良计。

天亮后，莲花对小月说："你今早上香，须在人静处与姑爷说知，在申酉时之交到我家门前卖卦，我当见机行事，以遂姑爷心愿。"于是，小月趁上香之机把姑娘定下的计策向易璘诉说。易璘感激非常，佩服莲花姑娘的才智，并嘱小月从中多加照应，小月说："今天，穿淡红妆者，即姑娘也，切莫错看他人了。"遂嫣然一笑而作别。

申酉将交，易璘依言而往，在莲花门前高叫占卦、算命。管家觉得奇怪，遂出门视之。此时，莲花对母亲说："给娘亲占一卦增福增寿吧。我看这'先生'在此徘徊几天，莫非是见我家忠厚处世，有意添福添禄。"母亲说："亏你提醒。"于是，便请"先生"进院子内占卦、算命。

易璘难得有此机会，算了莲花娘亲的八字后，说了一番吉利话，引得大家心花怒放。而更多的是莲花见此先生品貌端庄，谈吐不俗，预测灵验，遂亦求占卦。占完卦，天已渐黑，莲花的娘亲催促"先生"归去。莲花姑娘见未婚夫确实品貌非凡，才高学富，遂倚在门旁上含羞微笑相送。

易璘回到麻姑庙后，久久无法入睡，鸡叫三遍后，尚是精神百倍。于是披衣执笔作诗一首：

　　　　远望青山水一端，我来遇着晚黄昏。
　　　　白头老母催余出，红粉佳人笑倚门。
　　　　今夜暂为山上客，明朝把作锦中鸾。
　　　　灯笼冷月深秋露，何必催吾村过村。

丽山樵唱传奇

神鬼志怪

题罢尚觉意犹未尽,又大声诵读数遍,声达远近村庄,惊动未能入睡的莲花。

天亮后,莲花和诗一首,趁小月上香之机带给易璘,其诗曰:

都怪"先生"惹事端,徘徊转辗近黄昏。
传书寄语君归去,休教双亲盼倚门。
万里情牵心上客,百年恩记意中鸾。
青云立志勤攻读,莫误前程村恋村。

易璘将两首诗反复诵读多遍,遂归家去了,但山下的樵夫和山上的牧牛仙童却把诗记熟了。

第二年,易璘果然考中了秀才,遂决心实践誓言,迎娶淑女,成为远近传闻的佳话。

婚后数年,易璘继续参加乡试,中第二十一名举人,任广西梧州府教授。

后来樵夫清晨上山砍柴时就唱着这两首诗歌,而丽山岭上的牧童更把歌声传向吴阳。易璘高中进士后,也常与哥哥到县衙做客,把当年的故事说给知县大人听,更把丽山的山清水秀、景色优美、仙气缭绕、民风淳朴、文才美女辈出广为宣传,致使大家对丽山的景色心驰神往。而知县大人每当清晨也听到樵夫的歌声,其歌词与易璘所言一致,更觉不可思议。因此,后来在评选吴川八景时,知县力主把丽山樵唱评为一景。

其实,使歌声远达吴阳,仙童也,非樵夫也,而人的早晚只见樵夫唱歌而不见仙童,是以传为樵唱之故也。

九代穷

陈麟昌

传说,古代有一个人,九代单传,家里很穷,由他的父亲算起,往上数八代,都是靠给地主做长工过活的。到了他这一代,地主不要他做长工了,他只好给人家做一些短工度日,生活非常困难,日过餐无过,经常断炊。但他虽穷,心里很善良,乐意帮助他人,别人有困难,他就千方百计去帮助;所以村里村外的人都爱护他,大家叫他作九代穷。

有一日来了一个陌生老人,对九代穷说:"你甘心这样一世穷下去吗?不如试试往西天如来佛祖处问穷。"九代穷点点头说:"这是一个好办法,可是我从来没有出过门,不知往哪去。"老人说:"往西方路去吧,路在口嘛!一问就知道了。"说完那老人就不见了。

于是九代穷鼓起勇气,下定决心,不怕艰苦,背起包裹向西方路去了。那时候天气炎热,他满身大汗,唇焦口渴,前路茫茫,心里很着急,忽然望见前面有一棵大榕树,便加大步伐到大榕树下歇凉。一会儿,大榕树开口问:"大哥往何处去?"九代穷说:"往西天如来佛祖处问穷。""大哥请你帮我问佛祖,我生长千年了,为何没有结过籽?"九代说:"这是可以的。"九代穷继续往西走,走到一条大河边,河水茫茫,阻挡去路,又无渡船,

 神鬼志怪

正在发愁间,忽然游来一条大鲤鱼,鲤鱼开口问:"大哥往何处去?"九代穷说:"往西天如来佛祖处问穷。""大哥请你坐在我的背上,我背你过去。我想请你帮我问佛祖,为何我修炼了千年不得成龙?"九代穷说:"这是可以的。"九代穷由于问穷心切,不知不觉走到一家父女两人居住的屋前。天快黑了,九代穷要求投宿,屋主答允,通了姓名,屋主问:"大哥往何处去?"九代穷说:"往西天如来佛祖处问穷。""大哥请你帮我问问,为什么我的女儿今年十八岁了还没有开过口讲话,整天躲在房里。"九代穷说:"这是可以的。"

九代穷不辞劳苦,跑了数月,才到极乐西天如来佛祖处,就在佛祖面前跪下说:"请问佛祖,我在路上见到一棵大榕树,生长千年,为何不结籽?"佛祖说:"金银压根。"

"又见到一条大鲤鱼,修练千年为何不成龙?"

佛祖说:"珍珠坠腮。"

"另有一个女子,今年十八岁了,为什么没有开口讲过话?"

佛祖说:"见夫便开口讲话。"

于是九代穷大声问佛祖:"为何我穷了九代?"

佛祖说:"问三不准问四,问人不准问自己。不准再问了,快快离开回家去。"

九代穷垂头丧气,闷闷不乐,回到父女家里,那女子见到九代穷,由房中出来,叫声:"爸爸,亲戚来了,快去招呼!"九代穷便坐下来,将佛祖的话讲明白。屋主欢天喜地,将女儿嫁给他。夫妻两人回到河边,那条鲤鱼在这里等候着,九代穷把留在鲤鱼腮里的珍珠挖出来,那条鲤鱼就腾空飞上天去了。九代穷夫妻二人急急忙忙回到大榕树下,一声不响,把大榕树下的金银挖出来搬回家去,不久,大榕树就结满了籽,而九代穷变成了一个大富翁。

一棵神奇的仙草

杨亚志

从前,在某地村庄的大路旁有一间小酒馆。酒馆的老板是一个独身的老伯。由于老伯为人忠厚老实、乐善好施,人们都亲切地叫他"善大伯"。

一日,有一个汉子呼噜呼噜地闯进酒馆,又要酒又要肉,狼吞虎咽地大吃一顿。善大伯向他收酒菜钱,他却两手一摊,说:"没有!"人们问何故,他张着一副哭丧脸说:"我张三祸不单行,刚死了父母,房屋又被一场大火烧毁了,只得孤身一人到处流浪。今天饿急了,就撞进这里来吃了一顿,却没想到身上已无分文。"善大伯听罢,十分同情他的遭遇,于是安慰他一顿,收留他在酒馆里做帮工。由于张三嘴甜舌滑,常对善大伯说些感激的话,因而善大伯非常信任他,并无意间向他透露了自己有一笔积蓄的秘密。

日子随着生意的忙碌而过去,很快便到了中秋节。这天晚上,两人踱步村边,不觉意间来到了村边已废弃多时的水井井台上。此时,明月高照,月光清朗,却照不透这幽深的井水。善大伯出神地看着井中的月影,悠悠地想心事。就在此时,意想不到的事发生了,只见张三快步上前,从背后一掌把善大伯推落井中。之后,张三便飞快地跑回酒馆,把善大伯的细软搜罗一空,

神鬼志怪

装了一大包，往肩上一扛，便逃之夭夭了。原来这一切，皆是张三早已策划好的。真是知人知面不知心啊，枉善大伯对他那么好！

却说善大伯被张三推落井中，忽觉金光一闪，井里的水一下便神奇地消失了，他稳当当地坐到了井底上。井下一片漆黑，井壁光滑，他想爬也爬不上来，无奈只好蜷缩在井里以待天亮，好喊人来救他上去。

话说当晚是中秋月圆之时，天上八仙羡慕凡间景色，驾祥云刚好降落此井旁。他们一边欣赏凡间夜景，一边谈天说地。其中一个说："凡人不识宝啊，井下有一棵仙草，能救人救物于死命呢！"此话传到井下，善大伯听了，心中暗喜。待仙人驾云离去后，善大伯往井壁上一摸，果然触到一棵滑溜溜的小草，便拔起来轻轻放到衣襟里。

天亮时，善大伯被人救了起来。在回家的路上，他看见一条死蛇，心里便想："这棵草真的那么神奇吗？真的能把死的救活？"想着，他便从怀里拿出仙草，朝死蛇身上轻轻一拂。果然，奇迹出现了，蛇动了动身子，便活了过来。但被救活的蛇，一张嘴，便要咬善大伯。善大伯哆嗦着身子说："蛇啊蛇，是我救活了你，你反而恩将仇报？"那蛇好像是听懂了他的话似的，朝他摆摆头，钻进了路边的竹林里。

善大伯又走了一会儿，看到路旁有一只死猫。他拿出仙草拂了拂死猫。猫一活过来，便要咬善大伯。善大伯说："猫啊猫，是我救活了你，你反而恩将仇报？"猫好像听懂他的话似的，朝他摆摆头，也钻进了路边的竹林里。

善大伯继续往前走，路过田间一个番薯寮，只见里面躺着一个年轻人，已死去多时。善大伯一惊，忙拿出仙草对着年轻人僵硬的身体拂了拂。不想，年轻人一活过来，马上翻身跳起来，一把抓住善大伯，连打带骂："你偷我的番薯不算，还杀我灭口？

一棵神奇的仙草

你这狼心狗肺的东西!"说完,便喊来了人,把善大伯捆起来,拉去见官。

到了县衙,善大伯为了保住仙草的秘密,也不敢辩解。县官不分青红皂白,把善大伯打了几十大板,往牢房一丢便了事。夜里,奇迹出现了。被善大伯救活的蛇、猫,不知从哪里叼来了好鱼好肉,送进牢房给善大伯吃。这样一晃,半个月便过去了。一天夜里,蛇、猫又送鱼肉来了。善大伯说:"你们每天都有给我送鱼送肉,我知道你们是在报答我的救命之恩。可这样下去,我还是不能出去啊!你们要是有心报答我,就去把县官的儿子咬死吧!这样,我就有机会出去了。"蛇与猫听后,便离开了。

第二天,县官唯一的儿子莫名其妙地断了气。县官的妻子哭得死去活来。县官放话出来说,要是谁能救活他的儿子,要什么就给什么。善大伯听了,暗喜。他叫狱卒请来县官,说:"我是无辜的,你放了我吧,我保证救活你的儿子!"县官一听,急忙放人,马上带着善大伯去救儿子。善大伯取出仙草一拂,县官的儿子便活过来了。县官最终弄清了事实真相,把善大伯无罪释放了,还送给善大伯一大笔酬金。

善大伯用仙草救人的事一下子便传开了。于是,许多人纷纷上门求助。善大伯有求必应,且分文不收,从此,更赢得人们的尊敬。

再说那晚推善大伯落井的张三,他偷了善大伯的积蓄后,便到处流浪,吃喝嫖赌,很快便把所有的钱都花光了。后来,他听说善大伯不但没死,而且遇到了仙人,还得到了仙草,救了县官的儿子,发了财,便眼红极了。他想:"我何不也去试一试!说不定也碰上仙人,到时也向他们讨一棵仙草,那就不愁没钱花了。"于是,等到八月十五这一晚,张三便偷偷地溜到村前的废井旁,放下一条绳子,抓住绳子滑到井下去。谁知,此时天上突然响起一声霹雳,井底突然涌起水来,一下便把他淹死了。这正

**神鬼志怪**

应了古人的话：

> 人行世上，为善莫恶。
> 善有善报，恶有恶报。
> 不是不报，时辰未到。
> 时辰一到，立刻就报。

石船神坛记

梁伯明

在我的祖籍兰石村,世代流传一个美丽的故事。兰石村的后背山,原是一片茂密的树林,那儿古树参天,荆、藤、兰花遍地,人迹罕至。密林深处一山洞,藏有一小巧玲珑的石船,那是本村古庙香火神江公菩萨所弃置。很长时期,人们上山砍柴,凡偶尔路过洞口,必见石船全貌。

当年,江公菩萨乘着该石船,沿袄花江底潜行南下,锣鼓铿锵,笙笛缭绕,沿途两岸百姓只能闻其声,不见其形。每有好事者抢先铺设渔网拦截,石船也如常穿越而过,不曾受丝毫阻滞。石船潜行至素有文化之乡美誉的兰石地界(兰石人是南宋淳熙年间右丞相兼枢密使、状元出身的梁克家的世裔),懂谋略讲礼仪的兰石众乡绅,以上游沿岸人们对菩萨无礼的举动为镜,改以穿长衫捧香火三牲顶礼膜拜,石船才慢慢浮出水面来。江公放眼审视兰石地,得了个钟灵毓秀的结论,便欣然上岸入庙落户,那石船便弃置于后背山。此日阴历六月十六日,便成了江公菩萨的宝诞。每年的这一天,兰石人必请粤剧团演大戏,备设三牲茶酒,敬奉江公菩萨享受。

时至明朝初期某年,邻村顿谷杨氏有一妙龄少女,貌美体丽,婉若其族亲杨贵妃,足以羞花闭月。一日,杨姑娘前去兰石

神鬼志怪

后背山捡树叶作柴火，忽有一黄蜂前来缠绕鸣唱："嗡嗡嗡，嗡嗡嗡，江公请我做媒人，问你肯不肯？"一连三日，皆有那黄蜂缠绕鸣唱，姑娘诧异，归家告之于母，母亦奇甚，嘱女如此这般应对。翌日正是阴历四月十五日，姑娘复往拾柴，黄蜂又来鸣唱，杨女口中"肯"字才出，倏忽天昏地暗，狂风大作，飞沙走石，过后姑娘芳影消逝无踪。当晚，杨母寻女至山洞，尚见女儿花鞋一只、裙裾一角露于石船底侧，受母一见，始缩隐形无遗。当夜，杨母得梦，三天后遂设仪式隆重迓迎女儿偕婿归宁。顿谷人苦于难见新姑爷的音容，智囊人物便布松软河沙于厅堂，旋即见雄健靴印，婀娜莲瓣踏印其上。杨女成仙事，立刻轰动遐迩，远近闻名。兰石人更是急忙在洞口垒土作坛，顶礼膜拜。果然，石船神坛对所有善男信女，一律是有祈必佑，佑之必验。自此，每年的四月十五，兰石人亦集资演戏，备设三牲茶酒供奉杨氏夫人偕同江公菩萨享受。兰石地从此物阜民康，丁财两旺。那石船神坛也相得益彰，香火日添旺盛。

时至民国辛巳年（1941），村人重修石船神坛，开基挖泥之时石船露出玲珑一端，附近乡邻闻之，咸来问讯观瞻，以一睹真迹为快。

据兰石梁氏族谱称：杨女得仙事，（顿谷）杨氏谱牒亦有记载。

数百年来，兰石、顿谷二村结连理，出现户户有亲戚、人人讲和谐的良好局面。

河蚌姑娘

袁帝童

从前，在袂花江畔流传着一个美丽动人的河蚌姑娘的故事。

袂花江的三叉江口水质清秀甜美，有病的人饮了可以治病，没病的人饮了可以使皮肤长得又嫩又白，可以使人延年益寿。这一切都是多得三叉江口水域那只修炼千年的河蚌仙姑，因为蚌仙口含一颗夜间能发光的珍珠——夜明珠。蚌仙每天清晨都张开蚌壳，从里面跳出来，吐出口中的夜明珠放在掌上，让夜明珠吸取天地日月精华，练就了可以治病的慧根，致使三叉江口的水也可以治病。

三叉江口两岸土地肥沃，稻菽无边，水产丰富，鱼虾成群，真是一个鱼米之乡。

江畔村庄有一位年方十八、孤身一人的青年名叫水生。他勤劳勇敢、善良而又热心帮助穷人。他谙熟水性，经常潜入水底摸鱼捉虾，把打到的鱼虾送给村中的穷苦村民。村中谁家有困难都喜欢找他帮忙，他总是尽心尽力、想方设法帮着解决，方圆百里都夸他是个好青年。河蚌姑娘看在眼里，喜在心头，意欲与水生结成良缘。

三叉江口水深鱼多，水下有很多的石林，是藏鱼养虾的好地方。在深水处那一片美丽的石林中央，有一块平整的大石头，大石后面有一个石洞，就住着河蚌姑娘。

神鬼志怪

河蚌姑娘

清晨，河蚌姑娘从石洞出来，后面跟着一队队的鱼虾蚌贝，它们像皇宫的宫女簇拥尊贵的皇后一样，或前或后地迎送。河蚌姑娘来到大石上，这大石就是河蚌姑娘的梳妆台。河蚌姑娘坐好，对着打开的蚌壳，蚌壳像镜子一样，映照着这位天香国色的河蚌姑娘。看，乌黑头发垂到腰间，在水中飘动，犹如杨柳逐波。她身穿一件轻纱，曲线隐现，朦朦胧胧，不知哪是肉体哪是轻纱，让人想入非非。河蚌姑娘梳理完毕，还不时吐出含在口中的夜明珠往身上抹来拭去，涂脂搽粉一样，把自己保养得通体晶莹剔透，嫩嫩白白。

每天，河蚌姑娘都要用夜明珠运功。她不停地吞吐，不停地呼吸，夜明珠就不停地发出一道道光芒；同时，她也把可以治病的慧根释放在水中，使得三叉江口的水也可以治病。河蚌姑娘平时的行善积德也感动上天。

天河有一只守在大闸旁的蟹，人们管叫它为大闸蟹。起初，大闸蟹管理天河堤坝、整治水利很卖力，受到玉帝的嘉奖并晋升为大将。后来，它自恃有功，加上力大而又有十八般武艺，就在天廷横行霸道，多侵多占，欺压同僚，无恶不作，触犯天规，有十大罪恶，被玉皇大帝降旨打下凡间流放大海。

河神领旨，打开天河闸口，让天河的河水把这只犯了天规的大闸蟹冲下凡间，发配入海。河神把大闸蟹带到三叉江口入海处，化作一个巨浪把大闸蟹向海里一推了事。狡诈的大闸蟹看到巨浪两旁的石林，突然间横向一扑，扑离巨浪，死死抱在一枝石林不放。巨浪过去了，它却留下来了。可是，它那横向一扑用力过度，致使它终生都是横行的了。

横行的大闸蟹看到富饶的三叉江口，贪婪的欲望驱使它刻意侵占三叉江口。大闸蟹还自恃是天将，力大，武艺高强，大肆戮杀水族同类。可怜柔弱的河蚌姑娘为了拯救水族同类，与大闸蟹展开生死搏斗。可惜河蚌姑娘毕竟是女流之辈，使尽浑身的解数

也敌不过犯天规的蟹大将,被它擒获囚禁在大石下。从此,大闸蟹占洞为王,成了蟹魔。

蟹魔占据三叉江口,时时残杀水族,死鱼死虾浮满江面,致使江水变质,腥味熏天;还经常弄得江水泛滥,使两岸稻田庄稼受淹失收,百姓苦不堪言。

一天,水生好不容易在三叉江口打了一丁点鱼虾,送给村中一位白发苍苍、双目失明的老奶奶。老奶奶拉住水生的双手,从头摸到脚,不停夸赞水生的为人,并要水生给她治好双眼,她要看看这位热心肠的小伙子。

第二天,水生为老奶奶请来了郎中医眼,他们个个都是医了两三天就摇着头走了。为了医老奶奶的眼,水生废寝忘餐,访遍百里名医,上山采集奇草灵药,却也没能治好。一次,水生在山上采药休息时,睡意蒙眬中,看见一位白发白胡子的老人,手执一条只有有缘人才能看见的无形红线,将一头缠在水生的左手腕上说:"小伙子,你要治好老奶奶的眼,就要先救蚌仙,她是你的未来媳妇,现在被蟹魔囚禁在江底水牢里,她会给你智慧和力量战胜蟹魔。她有一颗可治百病的夜明珠,可以治好老奶奶失明的双眼。"水生做梦的同时,蚌仙也做了同一个梦,右手腕也缠了一条无形红线,梦见水生来救她。原来这老人就是上天的月老,一来他是奉天宫玉帝之旨前来救这个平时行善积德的河蚌姑娘,二来他是前来撮合水生和蚌姑娘的姻缘。月老说完化作一道白光遁去。

水生醒来,揉揉双眼,发觉自己左手腕上真的缠住一条无形的红线。

水生连忙回家准备工具搭救蚌姑娘。水生带上一把砍柴用的长刀、挑柴用的木棒、打鱼用的长网和一只大锤潜入水底。到了洞前,被一只不大不小的蟹喽啰拦住,水生二话没说,举起砍柴刀一刀砍下,可怜蟹喽啰一命归西。其他喽啰惊慌入洞,飞报蟹魔。高大的蟹魔身披黑甲,举着两把蟹钳,傲气昂首,左摇右摇出来说:"何方神圣,胆敢杀我喽啰,挑战本王?"

水生紧握砍柴刀,仰头望着高出一人的蟹魔说:"犯天规的蟹魔,你不思改过,还敢残害无辜,赶快放还我蚌姑娘。"

蟹魔不肯放人,举起蟹钳冲过来,水生举刀抵挡,斗到第二回合,水生举刀砍去,却被蟹魔左钳咬住,水生急忙舞起木棒,也被蟹魔右钳咬住。水生用力拉扯,却被蟹魔八只似刀的蟹脚踢中,割伤了手脚,飞出一丈多远。

遍体鳞伤的水生心慌了,不知所措。这时,缠在手腕的无形红线传来蚌仙无声语言:"水生哥呀水生哥,你不要心慌,我在你的身旁,你快撒开渔网罩住蟹魔。"

蟹魔得胜,得意忘形,举着砍刀和木棒哈哈大笑说:"小伙子,认命吧!还有什么尽管使出来。"蟹魔抬起脚,正想踏在水生身上。

说时迟那时快,蚌仙揣着无形红线往上一提,水生被蚌仙提了起来,蟹脚踏空了。水生急忙将渔网撒开,正罩住来不及丢开砍刀和木棒的蟹魔。蚌仙又传来无声语言:"快用长网绕缠蟹魔。"水生围着蟹魔绕缠。水生一边缠,蟹魔一边挣扎一边用口咬用脚割。蟹魔力大,手脚多,水生很难控制局面。在这紧急关头,手腕的红线又传出蚌姑娘的声音:"水生哥呀!快上蟹背用锤子重重敲打蟹背。"水生顺着渔网攀上蟹背,拿出别在腰间的大锤,"砰!砰!……"一锤锤往蟹背上敲打,致使蟹背到现在还遗留下锤子敲打的痕迹。蟹魔被打到塌下的蟹眼离开眼眶突出来了,蟹魔昏迷了。水生把蟹魔推进混浊的水流,让水流带入大海。

三叉江口平静了,水也清甜了。

水生不顾伤痛,走到梳妆台前,想掀开这块大石,可是,用尽了全身的力气而大石却不能动弹。这时,水牢里传出蚌姑娘那清脆的声音:"水生哥呀,你用那红线绑住大石,之后,我也在

神鬼志怪

红线上出力,就能把大石拉开了。"

水生用红线绑住大石,水生和蚌姑娘拉开了大石。蚌姑娘从水牢出来了,一个亭亭玉立的姑娘站在水生的前面,水生望着一个用曲线勾画出来丰姿万千的蚌姑娘,一时愕然,望傻了眼,像一座雕塑一样,一动也不动。

水生和蚌姑娘双目相对,心灵相通,两人手腕的红线不停地在跳动。红线把他们越扯越近,慢慢地扯在一起了,蚌姑娘把头依偎在水生肩上,甜甜蜜蜜。水生紧紧拥抱住蚌姑娘,不停地抚摸着她那又亮又长的乌发,两人沉浸在甜蜜之中,这对青年在月老撮合下终成眷属。

良久,水生托起蚌姑娘绯红的脸,在额前轻轻地吻了一吻,说:"我们回去吧!老奶奶还等着你帮她治好双眼啊!"

蚌姑娘深情地望了水生一眼,两人携手回家,村中男女老少知道水生和蚌姑娘战胜蟹魔凯旋,都来庆贺。

蚌姑娘走到老奶奶面前,吐出含在口里修炼千年的夜明珠,在老奶奶的眼睛上抹了几抹,老奶奶的眼睛顿觉湿润凉爽,慢慢地,慢慢地,老奶奶的眼睁开了。全村老少欢欣雀跃,大家都请蚌姑娘为他们治病,蚌姑娘一一为他们医治。

老奶奶看到了光明,看到了水生,更看到了蚌姑娘。孤苦伶仃的老奶奶双眼流出两行热泪,说:"我要是有你们这样的儿媳该多好啊!"

腼腆的蚌姑娘轻轻拉了拉水生的手,水生心领神会地和蚌姑娘双双跪在老奶奶面前,亲热地喊:"娘!今后我就是你的儿子,蚌姑娘就是你的儿媳妇,我们就是一家人了。"老奶奶乐开了怀,双手挽起他们,认了这样一对好儿媳。

村中父老为老奶奶老有所依庆贺,更为水生和蚌姑娘喜结良缘而庆贺。

智斗山人熊

袁帝童

　　小冬梅家住在一座大山脚下的一条村庄，大山周边还有几条住着三五户人家的小村庄，每条村庄里的人都有着各种劳作和做着各种买卖。这座大山也经常有山人熊出没，山人熊也经常窜到小村偷吃小孩。
　　一日，冬梅妈要去探亲戚，妈告诉冬梅姐弟俩说："妈去探亲戚了，今天晚上你们要早早关门，睡觉时要留意外面的动静，不要随便开门让人进来，免得山人熊入屋食了你们。"
　　冬梅妈一大早探亲戚去了，当她翻过大山时，被藏在大树后的山人熊看见了。山人熊见小冬梅家的大人外出了，就开始打着一个坏主意——到冬梅家去，把冬梅姐弟俩食掉。
　　夜幕降临，一头毛茸茸的山人熊头上披着一条方巾，眼戴着一副没有镜片的眼镜框，穿一套黑色的衣服，围着一条花花的围裙，脚上穿着一双很不相称的鞋，走起路来左摇右摆，没有重心似的。它手里挽着一个菜篮，篮里放着几个苹果。山人熊扮作一个老太太，趁着夜色，急急地朝小冬梅家去。
　　"笃！笃！笃！"急速的敲门声把小冬梅姐弟俩吵醒，弟弟以为妈妈回来了，走下床要开门，冬梅一下子把弟弟拉住不让他开门，说："妈妈嘱咐我们不要随便给人开门，不要让山人熊进来

吃了我们。"

弟弟不高兴，撅着小嘴一动不动地趴在床上。

山人熊在外面听得仔细，知道小冬梅是一个聪明、细心、难以对付的孩子。山人熊心生一计，拉长声音在门外叫："妹仔，开开门，让我进去，我是你外婆。妈妈不在家，外婆是来和你们做伴的。"

小冬梅听这豆沙喉发出的声音不像外婆，就问："外婆，你的声音不像以前那么清脆，你不像我外婆。"

山人熊怕被小冬梅知晓它的阴谋，便说早几天被凉风冻着，说话声音沙哑了。正在犹豫之际，弟弟跳下床去开门了。

山人熊见门开了，急忙走进去。见了小冬梅姐弟俩便假惺惺地把篮里的苹果分给他们，弟弟以为真的是外婆来和他们做伴，拿着苹果爬上床吃了便"呼呼"地睡着了。

姐姐拿着苹果却没心思吃，心里惦记着妈妈的嘱咐，担心这个陌生的"外婆"会把她姐弟俩吃掉。

聪明的小冬梅走到灶头，寻着煤油灯，摸来打火镰子打火，想把灯点着，好好看看这个外婆。山人熊着了慌，连忙制止说："你外婆着了凉，眼睛不能见光，有光线射着眼睛会痛，现在我们上床睡觉就是了。"小冬梅没办法，也只好跟着上床睡了。

半夜，小冬梅被山人熊啃骨头"咯噔，咯噔"的声音吵醒，警惕地问山人熊吃什么"咯噔，咯噔"地响。山人熊说吃炒黄豆，小冬梅试探山人熊，要它分一点给她吃，山人熊说没有了。

过了一会儿，山人熊口里又发出狗啃骨头的声音。小冬梅又问山人熊说："外婆，你怎么又有炒黄豆吃呀？"

山人熊说："刚好摸到在衫袋角里还剩一粒。"

小冬梅说："我来摸摸你的衫袋角看还有没有。"山人熊想用被子盖着自己不让冬梅摸。说时迟，那时快，机灵的小冬梅的手早已摸到山人熊身上，觉得山人熊全身都是毛茸茸的，问："外

智斗山人熊

婆,你为什么全身都是毛呢?"

山人熊心虚,停了停才答:"我穿的是毛大衣呀!"小冬梅把手摸到弟弟睡的地方,没有摸着弟弟,只是摸着一滩稠糊糊的东西,问:"怎么没见弟弟呢?床为什么湿漉漉的?"山人熊说:"你弟弟尿床,我放他在床底睡了。"

小冬梅双手黏糊糊的,一阵阵血腥味扑进她的鼻子。冬梅知道这个"外婆"就是山人熊,知道弟弟已经被山人熊吃掉了,自己得想办法逃脱魔掌才是。

这时,山人熊又抓起骨头送进嘴里,"咯噔,咯噔"地吃着。

小冬梅装作不察觉的样子,翻下床假作小便的动作,一下子往门口冲去,三下五落二地开了门走了。

开门了,小冬梅走了,山人熊才如梦初醒,抓住剩下那一段骨头追赶小冬梅。山人熊追了很远都追不上,也找不着,决定第二天晚上再来。

机灵的冬梅冲出门口后就藏在往日捉迷藏的深坑里,盖上伪装的稻草,山人熊走出门口在屋周围查看一遍不见冬梅,然后,就往大路追去了。

天亮了,小冬梅在深坑爬上来,看到弟弟被山人熊吃剩的衣服,悲痛得放声大哭。

那悲戚的哭声,惊动了邻里,就连周边村庄的邻里都聚拢过来了,大家都问个明白,商讨了整治山人熊的计划。

天黑时分,大家都把东西送到小冬梅家里。做豆子生意的挑来了一担豆子,将豆子铺满屋内大厅小房各处。

卖栗子和做木炭生意的送来一篮子的栗子和一包木炭。烧着灶内的木炭,然后,再将栗子放入灶内煨透,再用木炭覆盖好。

做螃蟹生意的,他把一篓子大大蟹螯的螃蟹送到冬梅家,放进水缸里养着。

做针线买卖的,给冬梅送来了一大把钢针,教冬梅把针尖向

神鬼志怪

上，装在用布做的坐垫包上，然后，在坐垫包下放一块铁板垫着钢针，固定在平板的木椅上。

打铁卖斧头和做木匠的师傅拿了一把很大很重很锋利的斧头过来，两位师傅亲自帮冬梅把斧头装在房门顶上，吩咐冬梅不要动，这是专门整治山人熊的。两位师傅还帮冬梅把房里的小窗做成可以打开的。他们嘱咐冬梅在天黑之前从窗户进去藏好，等听到山人熊惨叫时，就这样这样。

小冬梅早早吃过晚饭，按大家所教的办法做。然后，她从窗子进了房子，躲藏在一个不易被人察觉的地方，等待山人熊的到来。

天黑了，山人熊像前一晚的打扮，一摇一晃地来到冬梅家。

小冬梅家的门虚掩着，山人熊不知轻重地用力一推，一个饿狗叉屎的姿势，从屋外一直摔到屋内大厅，它想站起来，小豆子在鞋底下不停"骨碌骨碌"地转，山人熊站起来又跌倒，反复不停，跌得鼻青脸肿，跌得心惊胆战，想借点火光看看是什么把它弄倒的。

山人熊跌倒在地时，看见灶膛隐约还有火星。于是，它索性趴在地上，匍匐前进，爬到灶前，拿起吹火筒往灶里吹。这时，它的头、面、身正好对着灶口。灶膛的栗子早已煨到爆壳的程度了。经它这一吹，火焰跃起，火势旺盛，栗子"噼噼啪啪"地爆开了。火星和烧得火红的木炭从灶里射出，好像定向爆破似的，一下子从灶口逼出，射得山人熊的头、脸、口都是火星，其身上的熊毛也着了火，更惨的是它双眼都被炭火烫得用双手捂着，痛得"叽里咕啦"乱叫。

山人熊急忙摸到水缸边，双手伸入水缸里想兜起水来洗眼洗脸。不料，水缸里的那些螃蟹，张开坚硬的蟹螯，把山人熊伸入水里的那双手紧紧地钳住，痛得山人熊把双手甩上甩下、左右摇摆，怎么也甩不开钳满双手的螃蟹。

· 198 ·

智斗山人熊

山人熊把带有螃蟹的手摆弄着,顺手拉过一张椅子,想坐在椅子上,把那螃蟹一只一只地摘掉。可是,双脚刚移动,脚下的豆子不断地滚动,双脚不听使唤,屁股重重地跌坐在装有针儿的坐垫包上。山人熊惨叫一声,痛得它跳了起来,倒装的针儿全部被坐下的屁股带起,一截钢针扎进肉里一截在外,山人熊痛得站不稳,跌倒在地上,把扎在屁股的钢针都折断了。

小冬梅听到山人熊的惨叫声,就按照铁匠、木匠两位师傅的嘱咐,采取激将法,在房里喊着:"打死你这个山人熊!我就是不怕你,我要打死你这个吃人的山人熊!"

山人熊听到冬梅的声音从房里发出,连爬带跌走到发出声音的那个房间门前,歇斯底里地吼着:"我要把你这个死丫头吃了!"

山人熊话未说完就冲进房内,当推开门时,头上方那一把又大又重又锋利的斧头照着山人熊的头劈下,躲闪不及的山人熊被当头劈开两半。

山人熊死了,小冬梅和大山周边村庄的小孩睡觉再也不怕被山人熊吃了。

佟村菩萨

黄汉业

　　鉴江下游的北岸有个比较大的村庄叫佟村,村里现在有两千多人,全都姓佟。村中有一座庙,庙里的菩萨向来都很有灵,香火一直很旺盛。新中国成立前,有一夜曾发生过火灾,把菩萨的长须和袍都烧着了,幸得庙祝醒觉,才不至于使菩萨烧成木炭。事后有人猜测说,还是这神有灵性,叫醒了庙祝。

　　菩萨被烧后,村中有头有脸的人便发动村民捐款为菩萨购买须、袍,请师傅来为菩萨装饰一番,恢复原来的威严,继续造福人民。经过一番打扮后,菩萨又依然长须垂胸,衣冠楚楚,好不威风。村民杀猪,置办三牲果品,每户派一个跪拜菩萨。庙祝跪在菩萨脚下,手中拿着两块杯珓,口中念念有词,庙祝一边说,一边抛着杯珓。那杯珓是两块约同样大小的木板,一面平,一面龟背。庙祝说一番话后,往上抛起杯珓,杯珓落地后两块都是龟背向上的谓之"军令",即庙祝所说的神同意默认了。

　　再说那庙祝一边口中念念有词,一边抛那杯珓,可是那杯珓落地不是一块平面向上、一块龟背向上,就是两块都是平向上,总抛不出"军令"来。从中午十二点开始,直抛到太阳快落山了,庙祝磨破了嘴唇,口水都讲干了,膝头也跪肿了,在庙祝后面跪着黑压压的一片人也很累,很不耐烦了。有的人埋怨庙祝,

佟村菩萨

说他蠢笨，几个钟头抛不出一个"军令"来，庙祝便绞尽脑汁猜度菩萨的需求，说："庙前的空地多种些花草、树木，搞好绿化，美化环境。"抛起杯珓，可是落地又是一块平面向上，一块龟背朝天。庙祝挖空心思，说："菩萨大神有大量，庙破旧了，村民有钱一定为你重修！"再次抛起杯珓，可是落到地面，两块都是平面向上。后面跪累了的人怨声四起，庙祝再也忍不住了，发起火来，狠狠地说道："抛了半天都不是'军令'，难道菩萨你想死？"他把那杯珓高高抛起，杯珓重重摔下来。这次两块杯珓着地竟然都是龟背朝天的"军令"了，即菩萨默认想死了。菩萨什么都不想，居然想死，庙祝吃了一惊，重重打了一下自己的嘴巴。后面的人知道后，也都疑惑不解。后来，乡间多了一句歇后语：佟村菩萨——想死。

菩萨想死，这是很费解的事，于是村中的首脑人物便聚集在一起，大家联系近年来村中的实际情况，挖空心思来猜度菩萨想死的奥妙。后来村主任的看法得到人们的认可：菩萨想死，是因为无眼睇村中人的所作所为。村中长房人多，二房人少些，几年来因为扫祖坟年年发生争执，这一年竟然动起武来，两房兄弟都有人受了伤。菩萨心肠以慈悲为怀，他这样做是舍身来劝世人的。村中人都同意村主任的看法，从此佟村人牢记菩萨的教诲，再不争吵，大家都非常团结了。

捐出铜香炉

改革开放后，村中的人富了起来，一些有钱人认为是菩萨保佑他发了财，便把大笔的钱捐赠给神庙，因此原来那两个陶瓷香炉便换成了两个大铜香炉。可是有一夜两个铜香炉竟不翼而飞了。全村人都为之震惊：真是狗胆包天，菩萨的东西也敢偷！庙祝大为恼恨，便用村中的高音喇叭喊起来："简直无法无天了，

神鬼志怪

菩萨的铜香炉都敢偷，谁偷了也瞒不了菩萨，就不怕神降罪给你，赶快拿回就无事，不然，你会死得好惨的！"但是，又过了一月，没有哪个贼把铜香炉偷偷拿回来。于是村中的首脑人物便叫庙祝到菩萨面前抛杯珓，求神指点去破案。庙祝问贼住何方，东南西北逐个问，一边抛杯珓，可都不是"军令"；又问贼的远近，是男或女，哪个村的人？边问边抛杯珓，也抛不出"军令"。问多了，村中一个大老板有点不耐烦了，说："可能是菩萨用惯了陶瓷香炉，不想太奢侈，便把铜香炉捐给哪个穷人了吧！"庙祝便把大老板的话重复说了一遍，抛起杯珓，奇怪，这次落地的两块杯珓都是龟背朝天的"军令"了。于是村中人都认为菩萨发慈悲为穷人捐出了铜香炉，便不再追查此事了。

菩萨让人绑架

自从菩萨捐出铜香炉后，村中人的生意更加风生水起，越做越火红。家家户户都建起了楼房，大部分人家买了小汽车。村中老板捐款搞自来水，筑环村公路，建学校，建文化楼，佟村终于成了远近闻名的村庄，来佟村神庙拜神的人就更多了。

一天早上，庙祝起来发现菩萨不见了。真是岂有此理。谁人不怕死竟敢把菩萨绑架！这一回，村中的人感到有什么灾难发生一样，搞得人心惶惶的，村主任和村中首脑人物商量着准备打"110"报警。突然，村主任的手机响了，一听竟是绑匪打来的。那人说，他儿子得了重病，换肾需要三十万元，早几天来佟村神庙拜神，回家那夜发了一个梦，梦见佟村菩萨进入了家里对他说，可以帮他筹到三十万元。可是，几天过去了，他还是一直借不到钱，后来他救子心切，灵机一动，便想到了绑架菩萨这一招了。现在他把菩萨收藏得好好的，在十天之内，如果把钱送来，那么菩萨便平安无事回到庙中稳坐了。

佟村菩萨

　　村中人都觉得奇怪,半信半疑,村主任及村中有头有脸的人便叫庙祝到菩萨所坐的位置前面抛杯珓。这次闲话免提,庙祝开门见山地说:"菩萨你是不是心甘情愿让人绑架的?"把那杯珓望空一抛,跌下来竟是两块龟背朝天的"军令"了。既然菩萨默认了,村中人也无话可说了。有些老板捐三五万元的,也有一些老板认为这样做不值得,不肯捐。两三天后这事已经传到了家住湛江市区的一位叫何金满的人那里去。此人曾在十多年前重病一场,去了不少大医院都无法治好,后来他老婆到佟村庙中求神,回家后,这病却治好了。此人后来做生意发了大财,现在已经有过亿身家,一听说佟村菩萨被人绑架,于是他亲身把三十万元送到佟村来。村主任按照那绑匪约定的地点,夜晚往江边的松林与绑匪会面。见了菩萨后,当面交了三十万元,便叫几个青年把菩萨抬回去,佟村的菩萨终于又回到了神庙中来。因为菩萨的善举,菩萨更加受到人们的崇拜,佟村神庙的香火就更旺盛了。

道士惊鬼

林永隆

传说,芳村有张、王两个道士,多年来住在一起,吹嘘说自己善于降妖捉怪,实质是装神弄鬼,骗取钱财,坑害百姓。邻村有个妇女,名叫吴芳英,六十多岁了,因热感服药未好。两道士知道后,亲自登门去看,说:"鬼魂上身,需要作法一铺(即跳鬼),除掉身上鬼魂,再吃法水,方保平安。"两人用尽花言巧语,诱骗病人家属同意。于是,他们当天夜里便在病人家里作起法来,两人手提翎刀、佛帚、乱唱乱舞。那打钹声、吹牛角筒声、乱说降妖捉怪声,混杂响成一片,十分恐怖。他们还不断地往病人身上喷冷水,灌法水,吓得病人心惊胆战,大汗淋漓,病情急剧恶化。病人当夜就被他俩骗去一百多元。

第二天早上,病人的家人再请老医师来看病。医师耐心诊脉,观察病人眼睛、口腔、舌面、头部、手脚等处。这时,病人全身发高烧,昏迷不醒。老医师说:"芳英患的是大热症,若及时请医服药,是会好的,因拖延时间不服药,道士又往她身上喷冷水吃法水,一冷一热,急剧变化,致使病情恶化,甚是严重。此病危险,我不敢擅开处方,希另请高明。"这时病人在床上翻滚,大喊几声:"痛死我也。"其手脚乱舞,一会儿,头一偏,便断气了。

道士惊鬼

此事发生后,人们议论纷纷,对这两个道士恨之入骨,谩骂声彼起此伏,惊得两个害人虫手足无措、缩成一闭。群众恨不得一下子就把他两人痛打一场。

村中有两个小孩,大约都十四五岁,一个叫小虎子,一个叫小机灵。他俩知道此事后,便悄悄到树林里商量,想方设法炮制这两个道士,恐吓他俩离开村子。小虎说:"听人讲,给蟾蜍青蛙喂熟烟,青蛙醉后便会喊出蛇声鬼叫。"小机灵说:"有道理。我看见魔术书上有一则'夜鬼拍门'的药物法,将活的蝙蝠血涂在大门木板上,夜里邻近的蝙蝠闻到同类的血腥味就飞来撞门。"小虎子说:"使得使得,好方法。"他们再想一会,决定捕捉十多个萤火虫来。他俩说:"坏家伙以捉鬼骗钱为生,我就以鬼的形式去恐吓赶跑他们。"

一个黑漆的夜里,伸手不见五指,村里的人们已进入了梦乡,道士的屋边闪着两个"小黑影",一忽儿高,一忽儿低,一忽儿又不见了,好像在这里摸摸,那里按按。过了一会儿,屋子四周出现幽光幽光的小点,一闪一闪蠕动着,很是可怕的怪象。

这时,两道士正在甜睡中,忽被拍门的响声惊醒,速即翻身下床去开门,并大声问:"谁?"看看外面,不见人影,只听到沙沙嗦嗦的响声。风丝丝地吹着,四周的幽光一闪一闪游动着。这些怪现象的出现十分恐怖,吓得两道士手忙脚乱,快快关门回房。他俩刚坐上床,拍门声又响起来,接着又听到外面的鬼怪声,"咕咕、咯咯、哇哇、呀呀……"响成一片,吓得两个坏家伙不敢再去开门,他们抖抖颤颤地缩作一团,不知如何是好。他们暗想:真怪,真怪,难道有鬼捉弄?他们心里"怦怦"直跳,整夜难眠,被吓得面如土色,满脸憔悴。

天还没亮,屋外的两个小孩悄悄地把昨夜安放的东西收拾好了。一夜的炮制,吓得两个坏家伙惊慌失神,待到上午十时才敢开门,到屋外看看,并无异样。连早饭也不去做,缩进被窝里补

神鬼志怪

睡一觉。过了四五天,道士屋门外再次出现前几天夜里的鬼怪现象,两个道士更加惊得胆战心寒,坐立不安,睡难眠,吃不进,想不通,心想一定是鬼怪作弄,自身难保,必死无疑,不能再住下去了。为保性命,他俩收拾行李,等到群众出田垌开工了,村中没有人的时候,便从林荫小道悄悄地溜了。

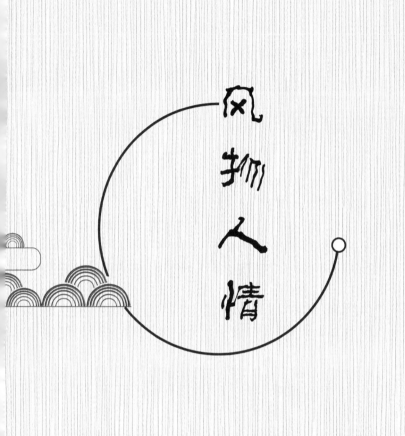

鲤鱼岭的传说

孙亚胜

坐落在振文镇水口管理区的旧江堤上的一座土丘,形似鲤鱼,当地人叫它"鲤鱼岭"。"鲤鱼岭"与吴川县梅菉镇隔江相望。关于这座岭,有一段悲壮的故事。

吴川鉴江西岸是一片广阔的平原。相传六七百年前,这里江堤破烂,洪水一来,便成汪洋大海,是一个荒无人烟的地方。一日,有个体魄健壮的流浪汉来到这里,在破堤边搭起了一间茅寮住下。他决心用勤劳的双手在这里开荒种田,修补河堤,造福庶民。

一晚,他收工后在江中冲凉,忽然听到有个女人的声音叫他。他觉得奇怪,心想:这里除他之外,别无人家,哪来人声?这青年汉子循声望去,见岸上站着一位穿红袍的姑娘,修长的身段,睁着一双水汪汪的大眼睛,美若天仙。她脉脉含情地对他说:"亚哥,你收留我做你的帮手吧。"流浪汉子见她美丽淳朴、举止大方、语言诚恳,便同意了。从此,他们两人生活在一起,男的修堤,女的开荒种田,不到一年,不但把江堤修好了,荒地上也已经长出了沉甸甸的谷子来。

这件事很快在当地传开来了。附近村子有一个恶霸名叫张万善,听说这青年汉子的女人很漂亮,就垂涎三尺。

鲤鱼岭的传说

一日,他带领一帮家丁找到这间茅寮来,借口说这一带地方是属他管辖的,要这汉子交出二十担谷子作租子,否则就要拉他的女人顶租。

二十担租,哪有这么多谷子呢?

一个天气阴沉的晚上,张万善真的带领一帮家丁抬着轿子来抢人了。说也奇怪,姑娘并不反抗,任由他们推上轿子抬走。等抬到家门口他们打开轿门一看,哪里有人影?恶霸张万善气得三角眼翻白,骂了一番家丁后,命令他们再次抢人。这回家丁七手八脚把姑娘捆得结结实实,以为这样万无一失了,谁知抬回家一看,同样没个人影。他们哪里知道姑娘原是在鉴江水中修炼了一千多年的鲤鱼精变的?张万善抢了两次不成,知道她是不好惹的,便起杀人之心。恶霸趁一场暴风雨过后,亲自带领家丁拿着锄铲趁江洪暴发之际,把江堤挖开,欲把这对年轻夫妻淹死。不一阵,江堤挖开了,顷刻间洪水沿决口一泻而下。鲤鱼精看到这情景,忍无可忍。她想到不开杀戒不行,但一开杀戒,自己就要恢复原形了啊!她辛辛苦苦修炼了一千多年的功劳不就如东流之水了?望着汹涌的江水淹没了田园,淹没了村庄,鲤鱼精管不了那么多了,她咬咬牙,朝着决堤一步一步地走过去,使出多年修炼成的"点穴"法来,只见她轻轻地把手招几下,恶霸张万善及家丁们随即跌落水中。这时,鲤鱼精纵身一跃,跳进决口。刹那间,一声巨响,决口处涌起一座高高的土丘,堵塞住洪水的入侵,老百姓的生命及财产得以保住了,同时,恶霸他们也永远地被压在了黄泉地下。

这座土丘就是鲤鱼精的化身,人们后来称它为鲤鱼岭。

苦楝树

孙亚胜

相传远古的时候,有一个寡妇,抚养着一个独生儿子,名叫丁兰。这寡妇视儿子如掌上明珠,虽然家里穷,但她不顾劳累奔波,忍受各种欺侮,渐渐地把儿子抚养大了。她很迁就儿子,只要他想什么,能找得到的,她都不惜一切地给儿子以满足。

苦楝树

丁兰从小受到溺爱，一身娇气，八九岁时，家景越来越支撑不下去了，母亲只好买来几只羊羔叫他去放牧。

丁兰每天赶着羊群到很远的草地上放牧，早出晚归，中午呢，母亲就亲自给他送饭。可是儿子从不体谅母亲的苦处，饭送得迟了早了，他都满脸不高兴，嚷嚷骂骂的。

有一天，母亲因为交地租的事被地主纠缠了半日，以致回到家里来再把饭送去时，已是太阳西斜了。母亲拖着瘦骨嶙峋的躯体，好不容易来到草坡上。丁兰却鼓起小腮，气冲冲的一言不发，一手接过盛饭的篮子，一手举起羊鞭竟打起母亲来了。可怜母亲生性懦弱，又过分纵宠儿子，竟不敢责备儿子半句。

光阴迅速，几个春秋过去了，丁兰也长得高大了。

又是一个风和日丽的日子，万物一派生机，鸟雀在纵声歌唱。丁兰一清早便赶着羊群上了草坡，他在草地上找了个干净的地方躺下，目光落在树丫间的鸟窝上，只见几只小鸦不停地捕捉小虫子回巢喂给老鸦吃，这情景使他出了神。太阳升高了，小羊羔饿了，它们一只只走到母羊跟前，齐齐整整地跪在那里，等待哺乳。丁兰一直同它们相处，从来视而不见，今天像是第一次见到似的，心灵被震动了，他猛地跳起来，跪在地上，喃喃自语："乌鸦具有反哺之义，羊羔尚有跪乳之恩，母亲生我养我，含辛茹苦把我拉扯成人，我凭什么天天打骂母亲？我真不如鸟畜了！"他说着泪如雨下。

正午时分，丁兰老远就看见母亲那熟悉的身影，艰难地朝着自己走来，他擦干了眼泪，心想：母亲太辛苦了，我应该快些去迎接才对呀！于是他急步迎上前去。此时母亲怎知道儿子愧疚的心情啊？她想：我平时送饭，迟了早了，他都要打骂，现在竟急急向我走来，一定是不让我活了，只怨我平时宠坏了他，得此报应，我不如自己死去罢了！她放下篮子，朝着路边的一棵大树奔去……丁兰见状，弄不清是怎么回事，大声叫喊，却又喊不清

风物人情

楚。母亲急急跑到大树前,一头朝大树撞去……丁兰飞跑到母亲跟前,只见母亲满头是血,已咽气了。他一头扑在母亲的身上,放声痛哭起来。他痛恨自己,可是追悔莫及了。他对天哀号,那撕裂肝肠的哭声直震得日色暗淡,寒风呼啸。也不知他哭了多久,那棵大树的叶子被震撼得全落掉了。

人们根据这一段故事,把那棵被哭得落光了叶子的大树取名叫"苦楝树"。从此以后,每年寒风呼呼吹来的时候,苦楝树也便跟着落掉叶子了。

泥鳅鱼变四脚蛇的故事

邱石麟

据传说，泥鳅鱼变四脚蛇，是有一段神话故事的。

泥鳅鱼生长在淡水里，吃的是幼虾、水虫等。泥鳅鱼常被乌龙鲩、大头鱼、斑鱼等欺负。

有一年，洪水泛滥，南海龙王派遣虾、蟹二位将军巡查浅海，二将军随着流水来到河里，碰见一群泥鳅鱼游在水中觅食，被大头鱼和乌龙鲩追赶，泥鳅鱼惊得失魂落魄，有的钻进土里，有的被吃掉。二位将军感到很不顺眼，将乌龙鲩和大头鱼赶走后，呼叫道："你们快出来，我帮助你们赶走它们了。"泥鳅鱼听到呼叫声，欢天喜地跑出来见虾、蟹二位将军，鞠躬行礼，感谢救命恩公，并将历代祖先受大鱼欺负和受害的情况告诉了它们，请求设法解除今后的痛苦。

蟹将军点头，虾将军想了一会，说："我有一门好法术，能让你们变成四脚蛇，可在地上行走，在树木上爬行，这样，今后就不会再受鱼类的欺负了。"泥鳅鱼说："你能教我们变身之法，那就顶好了，敢劳辛苦，请即教法给我们吧。"虾将军点头答应，说："我教个仙法给你们，你们要隐蔽在泥土中，朝朝念咒半个时辰，七天为一课，七七四十九天，变身之法就可告成。"泥鳅鱼十分欢喜，齐拥来叫虾将军传授法术。

风物人情

虾将军念咒曰:"天之神龙,地之蛟龙,人之金龙,物之银龙,降者自伏,拘者自从,呼吾即变,化身于吾,奉三山九侯仙师急急律令执行。"

教完法咒之后,虾蟹二将军返回大海了。泥鳅鱼按此法咒修炼四十九天,果然变出蛇形,但不能生出尾巴和四脚。估计可能是修炼的工夫不够,又苦练四十九天,仍然不能变出尾巴和四脚。大家聚集一起商议,决定派代表去南海龙宫找虾将军。

泥鳅鱼来到龙宫外的静风关,碰见虾将军守关,十分欢喜,将自己的修炼情况向它汇报,要求大施法力,使早日修炼成功。虾将军瞪起双眼向天大笑说:"你们要我真心教法术,首先就要自觉地给点报酬,否则,谁会这么尽心地教你们呢?"泥鳅鱼听了,觉得很不是滋味,但又不能发脾气,只好低声下气,说道:"虾将军,你在龙宫当官做将军,每年龙王都给你俸禄,吃用不尽,我们泥鳅很穷,哪来东西孝敬你呢?"虾将军发怒说:"难道钱财也怕多吗?""我们穷,没有东西奉送啊。"虾将军说:"你们是穷,但可以用变通的办法。"泥鳅鱼问:"怎样变通呢?"虾将军说:"我看你们每个都身体好,血气充盈,你们每个都让我吸些血补身体,可以代替礼物。"泥鳅鱼只好咬住牙根忍住痛苦,让它吸血。

虾将军从泥鳅鱼身上吸血之后,觉得精神爽快,立即传授法术,教它们念咒曰:"蛇师蛇师,滚地盘旋,雷光烁火,化体蛇形,出脚出尾,四足前程,在山能跑,在树能行,任意行为,横行无忌。"

泥鳅鱼接受咒语后,拜别而返。回来途中,它们想道:这次学法成功,定是皇天开眼,今后我们泥鳅鱼世代运气好了,忍不住哈哈笑起来。

它们回到河中,按虾将军教的去做,又经过四十九天,果然生出一条尾巴和四只脚,能在地上行,又能在树上走了。

泥鳅鱼变四脚蛇的故事

泥鳅鱼变成四脚蛇之后，到处走动，横行无忌。它对螳螂、蟋蟀、蛤蟆、青蛙、飞蝉及虫蚁之类，不分好坏，通通擒拿就吃，甚至连路上行人碰到了它，也被它咬伤。

有一天，南海观世音菩萨忽然热血攻心，屈指一算，知道是虾将军教法给泥鳅鱼变成四脚蛇而伤众生，须急处置以免再生后患。于是菩萨去找虾将军，来到静风关见它。虾将军说："菩萨，今日圣驾远来有何指教？"菩萨说："你教法给泥鳅鱼变四脚蛇，它们伤害了众生，它们罪孽深重。然而，你教法给它们，也应负担部分罪责。"虾将军说："我根本不会想到有如此恶果，原来我是出于好心帮助它们，想让它们不受其他动物欺负和迫害，望求菩萨原谅！"菩萨说："我知你原来是出于好心教法的，但现在已成恶果，如不对你处罚，也是不行的，你认为应给你怎样治罪呢？"虾将军说："既然如此，我应负担一定罪责，我对天地表示服罪：当我晚年要死时，就是蜷着腰痛苦而死。"菩萨说："你这誓言，算你自觉服罪。"菩萨驾着五彩祥云而去。后来虾公死时，都是蜷着腰的。

四脚蛇平日吃了很多小动物，长得肥胖。一日，它正眯着双眼在树上睡觉，忽然觉得一阵清风吹来，开眼一看，就见观世音菩萨站在云头，手拈佛笏，指着它说道："你这孽畜，作恶多端，今我特来处罚你。"四脚蛇说："菩萨，原来我是泥鳅鱼，历代都是被别的动物欺压和伤害，后来得到虾将军教法，苦练变身成四脚蛇，因有本领，做了一些过分的事，不算得是犯罪吧？"菩萨说："你行凶作恶，许多小动物都被你吃掉，还有的人被你咬伤，你有罪恶，必须惩治你。"观音菩萨伸出佛掌，向天空一摇，就飞来一条捆天绳落在佛掌中，它将捆天绳一抛，把四脚蛇全身捆住，警告说："捆天绳捆遍你全身，今后你要行善痛改前非，如果再做坏事，就自动捆扎死你。"说完它腾云驾雾离去了。四脚蛇被捆天绳绑扎住全身之后，就不敢干坏事了。四脚蛇全身如索

风物人情

花纹,这就是捆天绳的!

转眼过了十年。甲子年农历正月初三日是孙真人诞辰,吕洞宾应邀往南风山庆寿,路经过黄龙山,遇上数条四脚蛇拦住去路,苦苦哀求吕仙施行法力解救,以脱除身上的捆天绳。吕仙看了一下,哈哈大笑,笑完后,对它们教训几句,诗曰:

红尘白浪两茫茫,忍辱柔和是妙方。
莫可行凶延岁月,须知安分度时光。
从来硬弓弦先断,每见锋刀口易伤。
谨慎应酬烦恼少,祸因恃势逞横强。

四脚蛇听了,明白处世应以良善为本,于是教导后代修心养性了。

肥黄狗与黄鼠狼

骆伟文

一天,肥黄狗同往日一样尽忠职守地护卫着主人的院门。它眼观四面,耳听八方,机警地监视着院门外一切事物的动静。忽然间,它发现不远处有个像鼠辈的东西鬼鬼祟祟地窜来窜去,形迹十分可疑,很可能有图谋不轨之举,欲乘人不觉意之时窜入院内偷鸡摸鸭。这一切,早已在肥黄狗的掌握之中。于是,它霎时板起凶神恶煞的脸,张开那可怕的狗牙,舞起锋利如剑的趾爪,嗡!嗡!嗡!它那恐怖的厉声吓得周围的鸡飞鸭走,那黄鼠狼更被吓得屎滚尿流,失魂落魄,撒腿拼命而逃。

黄鼠狼跑回家后,上气不接下气地吩咐妻子狸狸把大门关上,并小心打听门外风声。等它惊魂初定时,狸狸就追问究竟出了何事,搞得如此狼狈?这时黄鼠狼憋着气,小声地将事情的原本一五一十告诉它。狸狸听罢也被吓了一跳,只好小心翼翼地抚摸着丈夫的心窝为其镇惊。此时,黄鼠狼渐渐镇静下来对狸狸说:"如今揾食艰难,尤其干我们这一行分分钟危险,今后应如何是好呢?"狸狸想了想说:"我有妙计,只要你我配合得好,一定会成功的。"黄鼠狼急急追问:"有何妙计请快讲!"狸狸说:"美人计咯!"它又接着说:"我可以变成花容月貌、体态婀娜的美人,不费吹灰之力就能将其制服。"黄鼠狼听了这个妙计连说:

风物人情

"好，我们就这样干吧。"

几天后，一个黄昏时分，天色渐渐灰暗，不知何故，院主人还未把狗饭送来，肥黄狗饿得肠子"咕咕"作响，实在难受，它有气无力地站在院门口，无奈地等待着。可是，等啊等，还是等不到主人的饭菜。此时黄鼠狼早已酒足饭饱，它嬉皮笑脸地走来，用十分关心的语气问："肥大哥，吃过饭吗？今晚有什么好菜色？"肥黄狗不作理睬，因为它已满腹牢骚。黄鼠狼见其不作声，就又自言自语地说："今天我的晚餐好丰富啊！有酒有肉，又有红烧排骨和烧鸡，还有部分留给肥大哥尝呢！你如不嫌弃，我即叫我妹妹给你送来，你意下如何？"肥黄狗此刻已饿到全身冒冷汗，又听黄鼠狼这样关心，就不再推辞了。黄鼠狼见此情景，即叫狸狸速速把酒肉送来。狸狸听到丈夫的呼唤，急匆匆地把那酒菜端来摆到黄狗的跟前，并十分礼貌地陪着它。

酒特醇，肉脆香，美人相陪情更浓。此外，狸狸还不停地称赞肥大哥高大威猛、相貌堂堂、勤劳诚实、尽忠职守，是世界上少有的好汉子。此番赞扬，说得它的心甜滋滋的，大有相逢恨晚之意，狸狸说着说着将身体肌肤渐渐地贴近它的胸怀，又用轻柔的玉手抚摸它的面颊，并向它表白要以身相许。此刻此时，肥黄狗已心迷神醉，顿觉自己飘然若仙，忘乎所以，说："好！好！"狸狸紧接着说："既然你已答允，我们就是夫妻，今后你得乖乖听我话，做个模范丈夫。"狸狸一边扯着它的耳朵一边说。肥黄狗说："是！是！"狸狸说："时下人人讲卫生，个个爱清洁，你的趾甲太长了不卫生，让我帮你修剪修剪吧！"肥黄狗答道："好！好！"于是乎狸狸便掏出早已准备好的钢剪刀，用轻柔柔的手先触摸它的趾端，然后慢慢地将它的爪甲剪个干净。当时，黄狗感到非常舒服，很快就睡着了。

趾甲剪完后，狸狸把它弄醒，故意问它剪趾舒服否？它说："是我半生中最舒服一次。"接着狸狸又用嘴吻了一下它的唇，此

肥黄狗与黄鼠狼

刻它的三魂七魄已不在身,就连自己姓什么都不知晓了。狸狸观其眼神,知道它已陶醉于色,便装作很不满意地对它撒娇说:"我本来想多吻你几下,却被你那令人讨厌的大鬼牙碰疼了我的朱唇,使我非常难受。不如干脆让我帮你拔掉这些鬼牙,免得接吻时不方便,做姑爷时又靓仔,你说多好啊!"肥黄狗听了这些甜言蜜语,也就同意任其摆布了。狸狸趁热打铁,立即取出早已系于腰间的钢钳,用尽全身力气把它那几颗狗牙连根拔掉。这样一来,肥黄狗既无牙又无爪,昔日惊人威武的形象一下子荡然无存了。

霎时,狸狸向黄鼠狼使个眼色,黄鼠狼会意,即带领众兄弟手足以最快速度跑进院里搬粮捉猪,捉鸡捉鸭,大肆掠夺,个个满载而归。

次日一早,院主人惦念着肥黄狗昨天晚饭还未吃,急忙忙把饭送来,看到肥黄狗没精打采、垂头丧气,院里好像被人翻得乱七八糟的样子,进院去看个究竟,发现院里的储物及牲畜、家禽被劫一空,损失惨重。主人再细看一下,肥黄狗已无牙无爪,经细详考虑,认为留它无用,即将它赶走。肥黄狗被驱逐后,觅食艰难,无家可归,后悔莫及,没过几天便变成了条饿狗、瘦狗……

再说院主人通过仔细巡查,发现一条通往黄鼠狼窝的路有禽畜血迹,断定是黄鼠狼作的案,于是马上组织了人马将狼窝捣毁,把窝内的鼠狼兄弟和狸狸全部消灭,为民除了一害。

鼓浪石

欧 锷

鼓浪石在吴川市覃巴调德村的海边。

浪花拍打在石上,飞珠碎玉,串串轻歌,像一对恋人在雪浪上荡舟,不时发出欢快的笑声。这是一块奇异的石头,大石拥着小石,如丈夫拥着娇小玲珑的妻子。

说起这石头,还有一段神奇动人的传说呢。

相传很久很久以前,调德村有个青年渔民叫亚鼓,长得五官端正,肌肉丰满。他自小在海滩上挖蟹剖螺,玩水戏浪,练得一身好水性;长大后,随船出海,抛网起罾,下钓而渔,样样精通。每次出海,他总是载回一船银鳞。亚鼓心肠好,对村中的弱女孤儿、阿公阿婆,总是送鱼送虾、赠米赠柴。

亚鼓的善举,感动了海中的一位龙女亚浪。每天,她起来梳妆时,就透过海波,望见亚鼓的脸孔,出神地看得连手上的珊瑚梳子掉在地上也不知道,只觉得脸上热烘烘的。亚鼓撒网时,她就把鱼虾往网里赶。日子一天天地过去,亚浪的心与亚鼓一天天地贴近,她恨不得飞到他身边。

一天,亚鼓出海捕鱼,碰上大风大浪,那瓜瓢似的小舟颠覆了,几条恶鲨贪婪地扑来。眼看年轻的生命就要被吞噬了,亚浪不顾一切,冲波破浪、踏水而上,一把将亚鼓抱在怀里,来到岸

鼓浪石

边一块平坦的礁石上。亚鼓醒来后觉得自己湿漉漉的身躯靠着一位天仙般的少女身上,羞得无地自容。龙女亚浪倒挺大方,向亚鼓说明自己的身份以及救他的经过。以后,亚鼓出海打鱼,每天都和亚浪一起玩耍、唱歌,爱情的浪花越涌越烈。

风物人情

　　巡海的夜叉发现龙女和亚鼓相爱，便把此事告知龙母。龙母狠狠地告诫亚浪：不准和凡人相处，否则严惩！亚浪耐不了海中的寂寞，丢不开船上撒网的亚鼓。一天，她偷偷跑到海边，与亚鼓相聚。不料被龙母知道，派出虾兵蟹将她带回，软禁宫中。

　　以后，亚鼓出海撒网，总没见亚浪的影子，他驶船在海上寻找，始终见不到亚浪的身影。他心碎了，天天站在海边眺望，面前只有一片白茫茫的波涛。

　　春花开了又落，秋苗长了又熟。不知过了多少时日，亚鼓终于盼来亚浪。龙女穿着白色长裙飘然而来，他欣喜若狂，两人紧紧拥抱在一起。

　　龙女被困在海中，没有自由。这天，趁看守她的夜叉打瞌睡时，她便偷偷逃了出来，与心上人相见，高兴得如喝了蜜一样。

　　就在这对情人沉浸在幸福之时，闻讯赶来的龙母硬要分开他俩，扬言龙女不回宫中，就要杀死亚鼓。而这对有情的青年人，一点也没把龙母的话放在心上，反而拥得更紧。天雷劈不开他们，怒涛冲不破他们，渐渐地，他俩的肉体变硬了，化成一大一小的礁石。后人便把此石称为鼓浪石。

吴川双峰塔的传说

郭观泉

双峰塔（又名芷寮番塔或芷寮文笔塔），位于广东省吴川市吴阳镇塔脚村内。其前接特思山、丽山二峰，故称双峰塔。明万历二十七年（1599），为弥补吴川风水，县令周应鳌应邑人之请，选此江海汇流之处建塔。塔前原有江阳书院及周公庙，今已不复存在。清代重修书院石碑尚存，是状元林召棠长孙林晋堃所书，现嵌于塔外壁。

塔为八角七级楼阁式砖塔，高23.15米。基座石砌，高1米，浮雕花式图案，塔角处镶有石刻托塔力士，形象古朴，姿态各异。清代吴河光诗云："直矗川流尽处，高标梵刹空中，忽听一声铃铎，茫茫云海天风。"即是描述双峰塔当时的景致。

关于双峰塔的由来，有一段鲜为人知的传说。

相传，明朝万历年间，当地有一笃信风水的大户人家，请来一位风水师（堪舆家）为其父亲寻择风水墓地，经过多时寻找，在吴川境内发现一穴风水宝地，叫"犀牛望日"。据风水师断言，此地葬法巧妙，若满足条件，可出帝皇。于是风水师吩咐其家人：出葬和下葬都不准鸣锣；下葬前必须有三种现象发生方能下葬，一是戴铁帽，二是马骑人，三是火烧芷寮街；第二天完坟无论遗漏什么在坟地都不能回头拾取，如有不妥定要再由他指点，不得草率了事！

风物人情

吴川双峰塔的传说

那天将下葬时,忽然天空乌云密布,雷声大震,一阵狂风过后洒下几滴雨点,一场暴雨就要来临。此时,到黄坡圩赶集的人们陆续回家,有一个人怕淋雨,拿着一口铁镬盖在头上,从墓地旁边的小道跑过(此乃戴铁帽)。又过了一阵间,有一个人用肩膀托着一木马走过(此乃马骑人)。不久雨哗啦啦地下起来了,送葬的人们个个都被雨打湿了,变得有点不耐烦。忽然,在芷寮的方向冒起一阵清烟,人们异口同声说:"火烧芷寮街了,下葬啰!"当下葬完成,芷寮方向的另一处——芷寮街,真的烧起来了,原先那阵清烟是芷寮船厂烧火造船的,不是火烧街。第二天完坟时遗漏了一只笈儿,偏偏又有一工人回头拾取,那工人拾起笈儿发现已被蚂蚁封满,便用手拍打几下,拍打的几声预意为打铜锣之声,惊动了犀牛。

葬法条件固然不足,风水师为做补救工作嘱咐主人:三朝时会有一根茅根草从坟里冒出来,此草当长到一人蹲着时达到耳朵的高度,这时便可以拔起这根茅草,朝着太阳升起的方向投去。

三朝时主人晨早就到坟前守候,注视着茅草冒出、等待茅草长高,不敢擅离半步,蹲在那根茅草旁时时比画着高度,生怕错过时机。但他听错为跪地叩头高过耳,而且茅草长得又很慢,到了巳时初分人已肚饥口渴,他有些不耐烦了,当茅草的高度长到跪地叩头高到耳时,就迫不及待地拔起这根茅草并向太阳升起的地方用力投去。

话分两头,此家风水宝地葬法失败了,朝廷的一方却出现了一桩意外事情:一天,皇宫殿内早上朝圣,一大臣手拿朝笏恭恭敬敬向皇上朝拜,欠身叩头时,插在颈背后的折扇突然落地,皇帝看到扇子像一把匕首,大惊,疑是刺杀自己,不由分说就喝令卫士将此大臣斩首。事后命巫师占卜此事,占卜结果是南方有人得到风水宝地灵气之助,出新主(谋朝篡位)。遂命国师周应鳌前往查勘。

**风物人情**

  周应鳌跋山涉水，几经周折，跟地龙，看水口，好不容易才到了高州府吴川县限门境内，在鉴江出口江海汇流处，芷寮商埠五里外的一个宁静山坡上找到这穴"犀牛望日"宝地。经过几番勘察，断定这宝地就是出新主的要地。为了大明皇帝稳坐江山，他决定在那里建一座风水宝塔镇住这犀牛。当初，建塔高到三尺时，犀牛一翻身，宝塔就全部坍塌了。几次如是，周公叫工人拿来木桩从犀牛的地方打下，使犀牛动弹不得，才顺利建成这塔。听说当时有人亲眼看见犀牛的血水一直流淌到塔前的池塘内，很长一段时间池塘的水都是红色的。这塔建得实在巧妙，一是塔身压住芷寮"犀牛望日"的犀牛，二是当太阳初升时，塔的影子可打（影射）到特思山"犀牛望月"的犀牛。这叫一峰镇二牛，也有人叫"一鞭打两牛"，故名叫"双峰塔"。

  建塔后功成名就，周应鳌官封吴川县令。后来经过朝廷重新派国师核实，鉴定这"犀牛望日"出人是辅皇的，并非是反皇的，周回京后遭挖眼之刑。

丽山奇石的传说

郭观泉

在吴川市板桥镇西北面有一座山，叫丽山，它是吴川八景之一。山的南面有两块奇异的石头，山腰下面一块石头表面是一个括号形的大孔，大孔内有两个相隔不远的小孔，两个小孔表面看不到有间隙或有相通，但这两小孔的水却是融为一体，人称之为"阴元石"。与"阴元石"相隔20多米的山腰上面也有块石头，石头中间有一个很深的窝，人称为"眼窝石"（也有人叫"麻篮水碗"）。这两块石奇就奇在石在山的较高位置，而且隆出地面，却长年都有积水，即使是干旱季节也不会干枯。

传说这石头里的泉水都能治病，端午节正午取阴元石的泉水做药引能治各种皮肤病；七巧节早上取眼窝石的泉水洗脸可以美白。原来丽山山脚下那座尼姑庙有一位法号善清的老尼姑，就是以用这两块石的泉水给人治病而扬名乡里的。丽山这两块奇石，及"丽山樵唱"所听到的歌声从何而来，历来已成为没有人能破解的谜，但伴随它们的是一个神奇的传说。

相传，明朝年间，丽山山脚下住着一陈姓的村庄。为逃避战乱，有一杨族人从福建迁徙到吴川，聘请一位国师为其卜居择址。国师发现丽山东南面五里外叫瑚琳的地方是一块阳宅风水宝地，可居住万人，但恐防日后不能长久安居乐业，因陈家村得到

了丽山的灵气，迟早会出王。此时是上元二运未能出王，但到了下元八运时其王必定出，到那时，瑚琳将会成为他们的猎场。欲求安居，瑚琳就要破丽山风水。丽山风景秀丽，山上没有什么石头，只有一些植被，前面有一池塘，池水清澈见底，山清水秀。如要破其风水，即要在山背后挖断其龙脉，但这项工程不易做到，除非是丽山陈家村人自己动手。于是国师想出了妙计，编了一句童谣："丽山前塘后塘，必定出王！"他教给杨姓村的孩童传唱，并嘱孩童，如有人问起这话从何而来，就说是有一位高人看过丽山风水后无意泄漏了天机。果然，丽山陈姓村有一卖杂货的来到瑚琳村就听见了这句童谣，于是迫不及待地回家告诉了族长及村人。为核准是否有这么一回事，族长带领几个乡绅，乔装打扮，亲自暗访。当了解到童谣的来历是高人泄漏天机时，族长及暗访的人非常高兴，对童谣信以为真，于是回家立即筹备挖掘池塘工作，在山的后面选定了池塘地址，发动全村男女老少择日开工。

谁知，池塘挖土深到三尺，晴朗的天空忽然从西南方飘来一朵黑云，突然一个晴天霹雳，哗啦啦地下起大雨来，这雨一下就是三天，天黑沉沉的，这鬼天气陈村人都觉得有点怪。经过三天连续的雨水洗刷，雨过天晴后有人登上丽山，在山的南面惊奇地发现一个面目狰狞的人形地貌：最上方有两块石，石头中间都有孔，孔里的水一直在流淌着，像两个眼睛在流泪，两块石头之间的下方有一块长条的石，很像一个人的鼻子，鼻子石下方又有一凹陷处像个嘴巴，山腰下方又有一块石头像女人的阴部，这石孔内有孔，水也一直在流淌着，有人说是山龙痛出的尿。说来也怪，从那时起，每当人们登上丽山就能听到山龙的哀鸣声，这声音好像从远处飘然而来，悠扬飘忽，若隐若现，犹如樵夫吟唱着悲歌，人们称之为"丽山樵唱"。

丽山是一块美女献花的风水宝地，被人为破坏，挖断其龙脉后,欲要出王是不可能的了。然而,山龙还在痛得泪洒尿流,哀鸣悲叫呢!丽山村人后悔莫及,于是填回新开池塘,抚平山龙伤口,经过相当长的一段时间,山龙减轻了痛苦,渐渐地掩盖了鼻子,合上了一只眼睛,由于过度伤心如今还露出一只流泪的眼睛(即眼窝石),也由于还时时隐痛,阴部还时时撒着尿呢!阴元石的露出是留着撒尿的。经过很长时间山龙才掩息了叹气声,后来人们才很少听到其悲鸣的声音,那"丽山樵唱"肯定就感觉不到了,只能留下一个美名。

九顶纱帽的传说

谭桂荣

吴川街以西不远处有一个白沙湾，鉴江的第一道支流就流经此地。此处面江背岭，传说是风水宝地。

某朝代，住在白沙湾畔的容姓家族人丁兴旺，官运亨通，有九人在朝中六部为官，就是九顶纱帽在朝。

由于有九人在朝为官，一时声威显赫，白沙湾姓容村的人十分趾高气扬，不但视邻村的人为无物，就连当地州县的官吏也不放在眼里。

"养不教，父之过。"大人不加管教，小孩更加顽皮。官府的人骑马或乘船经过，小孩们即跟着起哄，掷砖头瓦片，有的甚至爬到树上屙尿淋他们。一日，一位国师经过，被爬在树上的小孩撒尿。开头，他很生气。但经问明情况后，他便装得心平气和。他找到那几个屙尿淋他的孩子，给钱他们买糖吃，并对他们说："以后，等那些大官们经过，找多几个小孩上树屙尿淋他们，他们会给你们更多钱买糖的。"因为，国师了解白沙湾底下有九个风炉冚着，预兆九顶乌纱，为了破坏其风水，他便叫孩子们潜入水下去，把九只风炉统统翻了过来。

一日，一位八府巡按经过。小孩们记起国师的话，都爬到树上去撒尿。这位八府巡按被淋尿之后，虽然不给钱，但也不骂他

九顶纱帽的传说

们。他细细地查访了这些容姓人依仗官威，在乡里横行作恶的情况，回朝后私向皇帝密奏。皇帝听后，龙颜震怒，要这位八府巡按想办法整治这九个在朝做官的容姓人。

一天，八府巡按宴请九位在朝做官的姓容的人，假装对他们很亲密。宴席上陈列了山珍海味，主人对九位客人轮流敬酒，九人都是嗜酒如命的酒徒，都吃得酩酊大醉。到五更时，景阳钟响，已是早朝时间，九个人仍未完全清醒，便由轿夫抬去上朝。

皇帝坐朝，向下一望，见有九人头颈不正，酒味熏天，便问因何至此。九人慌忙跪下金阶，一时不知如何对答，言语支吾。八府巡按出班奏道："近日访知，此九人同出一里，结成死党，收买死士，网罗心腹，有谋朝篡位之举。"皇帝假惺惺地说："没有真凭实据，卿家不要妄奏，须知谋朝篡位会招灭族之罪。"八府巡按又奏道："皇上，还未对他们各人搜身，怎知会不会有真凭实据。"皇帝于是下旨搜身，结果，在九个人的靴筒里均搜出竹片刀。皇帝怒道："靴筒藏刀，实为欲弑君篡位，罪证确凿。"于是传旨："把此九人解出午门外斩首！"并下了一道圣旨给高州府，接旨之日即派兵将前往白沙湾抄斩容姓一族。

自此，行凶作恶多时的容族人灭绝于乡里。

贤妻良母

梁 周

清朝乾隆年间,乾隆皇帝为了了解民情,微服南巡。一日到了江南地面,这时正是夏秋之交,南方之地天气奇热。他一路上看到农民正在夏收夏种,一派繁忙的景象。真是黄金遍地,万里生辉;而山丘之上,蔗绿果红,杨柳依依。他沿着山间林荫小道,一路欣赏南方的大好江山,体察农民夏收夏种之苦乐。不知不觉间他信步走到山上去。这时已到了中午之时,陡觉得又饥又渴,他四下张望,前不到村,后不着店,唯有丘陵起伏,疏林小径,不觉有点心慌。于是他迈步走上山冈,四下观望,远处田垌之中,有一农夫正在插秧。他想走去看看是否有可助解饥渴之水。此时烈日当空,没走几步,他就珠汗淋漓,于是干脆坐在路边的柳荫之下,喘息片刻。正在此时,只见一农妇,扛着箩筐,匆忙向前走去,似乎是在给田垌里的农夫送饭的模样。此时乾隆由于饥渴所迫,顾不得许多,急忙站起来,深深作了个揖,向农妇说道:"夫人请留步!我是来此地的外地客人,因贪看此地好风光,错过了路程和时间。现在饥渴难受,望夫人垂怜,赐点米汤,以解饥渴。"农妇听罢,急着放下担子,打开箩筐,舀出半碗稀粥,双手奉上。乾隆如久旱逢甘露,一连喝了三碗,此时的稀粥,犹胜于朝中的琼浆玉液。他稍微觉得解除了饥渴,意识到

贤妻良母

刚才有狼狈之态,便不好意思地对农妇说:"多谢夫人赐饮解渴,此恩永留。你要送午饭给丈夫,我一来妨碍你的时光,二来用去你丈夫的饮食,万望见谅。"那农妇说道:"客人说哪里话,临时解难,何人没有,区区小事,何足挂齿!客人如确实肚中饥饿,我箩里尚有粗粮。"乾隆忙道:"夫人大义,已铭于心!蒙赐米汤,已解渴矣,何敢再求。你丈夫尚在田中耕作,烈日暑天,时也过午,想已饥饿甚矣,请夫人快给他送去吧!"农妇此时急急收拾箩筐,担上肩上急忙地向田垌走去。

乾隆目送农妇而行。只见农妇才到田垌,其丈夫倏地从田里走上来,指手画脚地大声呵斥农妇。农妇作解释,其丈夫更是厉声大骂,似乎有欲打之势。乾隆此时,意识到其丈夫责骂农妇,皆因他要其米汤而起,心里很不是滋味,于是坐在树荫下,想等那农妇回来,问明情况,才放心返回。一会儿,只见农妇满面泪容返来。乾隆心中更加内疚起来。他顾不着自己的身份,急忙立起来躬身向农妇说道:"夫人受委屈了。承蒙赐以米汤,被丈夫责怪,我心中负愧颇深。如你丈夫有误会,我当负荆请罪!"只见那农妇笑道:"客人你误会了。我丈夫是胸襟广阔之人。我到田垌时,丈夫问及情况,我如实回答。不想丈夫骂我为何不给你饭食。我说怕夫君耕作辛苦,故不敢给他饭食。他于是勃然大怒,责骂我女人家小气,不识大体,无半点恻隐之心。我顶他一句,他便发怒,要我立即把饭送给你用。现在筐中饭菜尚有,请客人解饥。"说完她便放下担子,打开箩筐,把饭菜拿出来,献给乾隆。乾隆此时已是饥肠辘辘,虽明知此农妇受责,但她说的话也在理,于是也顾不了许多,饱吃了一顿。饭后农妇收拾箩筐,乾隆举目细看此农妇,虽是村妇打扮,但眉宇中不失雅贵之气,于是开声问道:"夫人仗义,在下敬服!一饭之恩,永世难忘!在下敢问夫人贵姓、夫家何名?"农妇答道:"小妇姓杨名玉琴,丈夫姓黄名振宇,家有二子一女,耕种度日,二子读书,颇

 风物人情

有成绩。虽然家中生活艰辛,但一家蒙受当朝皇恩之荫,亦不失为快乐之家。"乾隆听着她的说话,内心非常高兴,忘记了刚才内疚之心,兴奋地说:"足见夫人大义!一饭之恩,无以为报。我外出之人,身上别无他物,唯腰带一块,赠你以作致谢!"说着从身上解下腰带,奉送给妇人。妇人一再推辞,不敢接受。乾隆说:"此腰带虽不值钱,但日后或有用之时,乞夫人受之。"杨玉琴再三推辞而后受之,万分多谢而去。

原来杨玉琴的丈夫黄振宇是一个气量狭隘之人。当时他看到杨氏在树荫下放下担子与乾隆对话,心中非常不满,况且时过午后,饥渴难忍,而杨氏还不把午饭送去,已火冒三丈,于是杨氏到田垌时便暴跳如雷。杨氏再三解释,他不但不听,反而粗言秽语,说其养汉子不要丈夫。幸亏两地距离尚远,故乾隆听不到声音。如果杨氏如实把当时的情况向乾隆讲述,黄振宇必定难逃灾难。可杨氏却反其道而行之,说丈夫责备她不把饭给客人充饥,使乾隆满心高兴。杨氏可谓贤矣!

后来杨氏之子黄得功长大后上京考试,其母将乾隆所赐之腰带给他束腰,在殿试时被乾隆认得。乾隆亲自召见黄得功,问及情由,黄得功将母亲于那一天在田垌中赐粥饭给客人并受客人赠送腰带的过程一五一十讲述给乾隆听,并述说母亲持家教子之艰辛。乾隆深为感动,亲笔赠黄母"贤妻良母"四个大字,并钦点黄得功为二甲翰林,封为侍读,以报黄母之德。

父债子还

陈 凡

　　李老汉出身贫穷,年少双亲早丧,靠祖父遗下的一亩多旱地过活。他四十岁那年才结婚。从此,夫妻恩爱,男耕女织,生活虽然艰苦,但日子过得温馨。不料好景不长,妻子在生下男孩后不幸死去。老汉疼爱儿子,给儿子起名叫"宝贝"。从此老汉既做爹又做娘,上山下地都把儿子背在背上,左右不离。别人劝他再娶,他生怕后母虐待儿子而不再娶。父子俩相依为命,过着清苦日子。

　　宝贝在老汉的抚养下长大成人。二十多岁的宝贝为人忠厚温顺,身体强健,随着父亲勤耕俭食,生活逐渐富裕,还建了新屋,日子过得挺开心。这年邻村有个女青年叫亚娇,她见到宝贝为人老实,就以身相许。结婚后,一家生活都很快乐。

　　时间过得很快,转眼又过了十年。李老汉年老多病,不能劳动,还常要钱医病。亚娇见家公生吃死坐,要钱医病,还要人服侍,就讨厌起来,并常在丈夫面前说家公这样不好,那样不好,又不卫生,影响小孩健康,还要丈夫把多年不用的牛棚修好给家公住。

　　宝贝听了亚娇的话,觉得心痛、难过。他想到父亲辛辛苦苦把自己养大成人,就是为了今天。如今有子有孙,生活好了,却要把他从大屋赶到牛棚,这是多么无情的啊!宝贝就坚决不肯。亚娇与丈夫日日争吵。亚娇故意丢下儿子走回娘家去住,从此一

个幸福家庭变得乌烟瘴气。

老汉睇在眼里,痛在心里,特别见孙子没娘终日啼哭,就更是伤心。为了儿孙,为了这个家庭,老汉毅然搬到牛棚里住。

亚娇回家后,见到自己的第一步已胜利了,更是变本加厉,为所欲为。

一天,老汉心烦意乱,病情更加严重,他想看看儿孙,就往家里走。他还未踏上门槛,媳妇见了,就从屋里骂了出来,喊打喊杀,说家公是老不死,来这里羞人……老汉只好含泪回到牛棚。转眼又过了几天,老汉得知媳妇回娘家去了,就高高兴兴地往家里走,来到屋厅坐下跟儿子说了几句话,谁知媳妇又转回来,一见老汉在屋厅里坐,就大发雷霆,要赶家公出门。老汉就和亚娇顶了几句。不料媳妇大叫捉贼,硬把老汉拉到县衙门。

县太爷即升堂审案,问道:"你两个因何事到衙门告状?"

媳妇抢先答道:"大老爷啊!小妇住于附近,名叫亚娇,嫁夫姓李,名叫宝贝。今天我捉到个小偷,他多次入我家,偷了不少金银财物……"

县太爷把惊堂木一拍,问:"小偷!你偷了亚娇多少东西?从实招来!"

跪在阶下的老汉说:"小人没偷任何东西。"

亚娇就抢着说:"大老爷,你不行刑他是不认的,打他四十大板,他就认了。"

县太爷说:"好!好!这四十大板我先记下。现在我问你,你说他偷你这么多金银财物你有何凭证?"

亚娇答:"有,我丈夫在家见到。"

县太爷立即又传令宝贝上堂。

宝贝来到衙门跪下说:"小民宝贝叩见大老爷。"县官问宝贝:"这小偷到你家偷东西你见到了吗?他偷了你家多少金银财物?你要老实说来。"

父债子还

宝贝望着父亲与妻子,不知如何回答是好,左右为难。要是说"见到",就害了自己的父亲,使他无辜受害,做儿子于心不忍;要是说"没见到",妻子则不会放过自己的。县官继续追问,宝贝才壮着胆子说:"他是我……我的……"

"他是你的什么?"

宝贝说:"他是我虾仔的爷……"

亚娇忙说:"不,他是我家……我爷……的小偷,请大老爷行刑吧!"

县官一拍堂木说:"不准争拗!"

县官这时心里完全明白了案情,该如何判案已心中有数。他有意把惊堂木一拍说:

"小偷,你要是从实招来,免受皮肉之苦!刚才四十大板我记下来还未打,现在你再不招我就要打八十板了。"说着转脸又对亚娇说:"你夫妻同意吗?"

亚娇抢着答:"同意!同意!请大老爷立即行刑,他就招了。"

县官说:"你俩都同意给他八十大板,那我就开始判了。根据案情判决如下:第一,亚娇说老汉偷你家金银财物,既无人证又无物征,纯属诬告。第二,李老汉欠我八十大板是你们夫妻同意的,这一笔债,今天老汉年老无力偿还,大清有例,'父债子还',现在由你夫妻承担,各人先打二十板,留下二十板以观后效。行刑!"一声令下,打得夫妻俩皮开肉绽,苦苦求饶。

"第三,经调查,亚娇虐待老人属实,今后如服侍得好,可免二十大板之刑,否则,我还是要打的,而且要本利齐算。"

县官判完后,夫妻双双跪下求大老爷开恩,并承认错误,保证今后好好服侍老人。

县官说:"你俩并没得罪我,你们去向老人赔罪。"

夫妻俩跪在老汉面前,承认错误后,乖乖地把李老汉接回家去了。

天送老婆俾亚理

孙振儒

昔旯村有个老头子叫作白路溪,平生既好赌又好饮。一次,他醉后与邻村黄四打赌。路溪说:"我若输了,就把我家这座新屋给你,我搬出去庙堂住。"黄四说:"我若输了,就将我的女儿黄香给你的儿子做老婆。"双方言定,各赌友作证。他们把一文铜钱向上高抛,待铜钱跌下地面时,阳面向上则为黄四胜,阴面向上则为白路溪胜。结果阴面向上,白路溪胜了,于是,黄四只好把女儿输给白路溪的儿子——白真做老婆。

白真,人们叫他戆真。他不仅是傻的,而且生来左脚长、右脚短,是个跛子,行路很像下牛角棋,口鼻眼还生近作一堆。村里人经常爱逗他取乐:"戆真,谁是你爸爸?""你是。""你妈妈是谁的老婆?""是你的老婆。"弄得人们捧腹大笑,几乎要笑断肠儿。他见大家笑了,自己也傻笑起来,还拍拍手掌。

路溪平日暗想:自己的儿子这么又傻又跛,哪个姑娘肯做他的老婆呢?眼看白家就要绝后了,现在天无绝人之路,靠抛一文铜钱就赢了一个如花似玉的儿媳妇。他笑得眼眯眯,口水流流,不亦乐乎!

黄香今年正是二十岁,生得凤眼蛾眉,是个俊俏的姑娘。父亲黄四把她赌输给白家后,回家便骗她说:"香儿,爸给你做主,

天送老婆俾亚理

旮旯村白家有个小伙子，生得不错，家境也好。你爸穷苦，没有多少嫁妆陪送你，明天是黄道吉日，到时婆家有人来接你，你做好准备过门到白家去吧！"黄香的妈妈死得很早，爸爸又不务正业，一贯好赌、好饮，她平日只能过着辛酸清苦的日子。

她有个姨表哥叫作丁亚理，今年二十二岁了，为人忠厚老实，勤劳俭朴，乐于助人，而且生得身强体壮，腰圆背厚，一表人才，与白路溪是邻居。他平日常到黄四家来，帮他家做点粗工重活。他自小和黄香也很要好，两人在背地里已情浓意蜜了，但因亚理筹不起聘金，所以两人虽已山盟海誓，却不敢在黄四面前提起过一言半语，把黄四蒙在鼓里。

第二天，黄香过了门，在拜堂时，她没想到爸爸所说的这位"生得不错"的小伙子，竟然是个傻乎乎、憨居居，五官生近一堆，左脚长、右脚短的傻瓜丑八怪。她当下就大哭大喊起来，用头碰墙，似疯癫一样，一味要寻死觅活，弄得亲戚贺客也无心饮喜酒，纷纷散去。当晚的洞房仪式，不消说也是无法进行了。

白路溪只好日夜都看守着黄香，怕她上吊投江。戆真看见家里闹成这个样子，却毫不在乎，像看别人家做戏一样，只是嘻嘻地在旁边傻笑。白路溪一连多天，日夜都要在家看守媳妇，不敢离家半步。他不但不能再去赌钱、醉酒，而且一日三餐都要自己动手做饭，还要捧进黄香的卧室里去，好言好语劝她起床吃喝，真是急到火烧须，牛颈大的脖子亦要忍回成一条小灯芯。夜晚，他只好叫戆真死赖着回到卧室，和黄香睡在一起。但黄香如避瘟疫一样，从床上跳起来，翻开嫁妆箱，取出一把剪刀来，狠狠地要向戆真刺去，吓得戆真一连退避了十几步，只好扛起一条大板凳，横在卧室门口，独个睡着算了。路溪也无可奈何，只是一味跺脚叹气。

俗语说："心中一急，就计上心来。"这天是戆真和黄香结婚后的"满月"日子，路溪把家里的老母鸡杀了，要为儿子和媳妇庆祝结婚满月。他到村边的酒店打了一斤酒，回来时又特地去死

风物人情

拉邻居亚理来家里同饮满月酒。原来他忽然想起,丁亚理和黄香是姨表兄妹。他也常到黄香娘家帮工,知道他们很谈得来,于是便借此机会,请亚理到来一叙,求他劝说劝说黄香。

本来,亚理自上月知道姨丈黄四把黄香输给路溪做媳妇后,当天晚上立即到黄香家里和她幽会,两人抱头痛哭一场后,终是无计可施。最后,黄香咬紧牙根,恨恨地说:"表哥!你放心,此次我爸把我输了去,白路溪虽然赢得我的人,但他的戆儿子却不可能赢得我的心和身,我的心永是你的。我俩如果今生无缘,至多我舍去一条苦命,来世投胎终要跟你在一起。"亚理见她这样忠爱自己,就抚慰她暂且自我开解。自己也坚决表示,今生永不另娶。如果黄香真有个三长两短,他定亦不愿独生,必以身殉情。黄香出嫁那天,白路溪请他饮酒,他却推说肚子痛不肯到来。黄香过门后一个月,白路溪家闹得天翻地覆的情况,他当然知道得一清二楚,心中又喜又忧。喜的是知道黄香果然爱心不变,永远忠于自己;忧的是生怕黄香一味悲痛哭闹,不知吃喝,伤及身体,自己又不能去看她一眼,安慰一番,真是心似油煎,不知如何是好。如今,白路溪亲自上门邀请,正好借此机会一见心上人,得以稍慰两人相思之苦,便毫不推辞地跟着到来了。

喝酒时,路溪坐在上首,儿子和亚理分别坐在左右两旁,又叫黄香也出厅来一起同坐。但一连催了三四次,黄香仍在床中躺着,不肯出房来。一会儿,白路溪授意给亚理开声再催,黄香从房中门帘缝后偷偷窥望,见表哥亚理坐在左旁叫唤,才急忙忙用手巾抹了眼角和腮边的泪痕,高高兴兴地出来,坐在下首的椅上陪客。亚理见到了黄香玉容消损,泪痕隐隐,真是心痛万分。他勉强抑住心中哀伤,低叫一声"表妹"后,就应付场面,言词隐约地随便慰解了黄香一番。说也奇怪,黄香见了亚理,又听了这些语意含蓄的话后,就像变了另一个人似的,马上有说有笑了。路溪在席上见到此情形,满面固是笑眯眯,暗喜自己的妙计已发生效应。戆真坐在旁边,虽是糊糊涂涂,不明所以,视而不见,但因这一餐有鸡可吃,有酒可饮,也乐得傻乎乎地大笑。

自此以后,路溪便时时要亚理到家来,慰解慰解黄香,使她开心。这正中了他俩的情怀,实现了他们的心愿。只要亚理一到来,黄香就开心得有说有笑。白路溪也放心了。

"桐油罂又装回桐油",白路溪日里依旧又去找他的伙伴喝酒和赌博了。戆真见父亲不在家管束,如小鸟飞出笼门,就后脚跟着前脚,也溜到外面去扮戆卖傻鬼混了。剩下这对表兄妹泡在一起,畅慰相思。这样一来一去,过不多时,他两个情浓欲生,暗地里竟成了一对不合法的野鸳鸯。起初,白路溪还被蒙在鼓里,只道媳妇很听从亚理的宽慰,面色能从"阴雨"转为"晴"就好了,反正他们是表兄妹,亲戚情谊深,绝对不曾想到其中会发生什么暧昧的事。所以,当亚理有时因事隔一两天不能到来,路溪反而会上门去央请他。往往亚理却欲擒故纵地拿腔说:"溪叔,虽然说我和黄香是表兄妹,自小就常在一起惯了,常到你家找她,别人也不会觉得奇怪,但如今她已结了婚,我却时时去找她,可不知真哥有否多心,怨怪我呢?"

最初,路溪应道:"说哪里话呢?亚真没本事讨得自己的老婆欢心,却幸得你能顾念她是亲戚和我是邻居的份上,肯时时为她开解愁怀,我父子俩是感激不尽,哪会有怨怪你呢?"亚理和黄香听了路溪这番话,心中就更无顾忌。渐渐地,两人亲昵的影迹就被白路溪发觉了。他当时就想发起火来,但回心一想:亚真这个傻仔,我虽已替他白白地赢到了这块最好的良田,但他不识得自己去犁田下种,那也算是白白地让它荒废了,到头来也是眼睁睁看着"绝种"。俗语说得好:"杂种好过绝种。"事情到了这一步,我不如忍了这口气,装作不知情,就让他俩借着水到渠成,如媳妇能在亚理身上借到了"种",产下个儿子,就算是我添了孙子。反正亚真是癫戆不懂事,无所谓,只要我也假装糊涂,高高兴兴地抱着孙子,

 风物人情

别人是不会多生是非的。于是他就装糊涂装到底,一边眼开,一边眼闭,每餐一吃饱,就跑出去醉酒滥赌,只要捧起一杯烧酒,抓着一副天九,就万事大吉,一切不管了。一家三口只靠赌钱度活,家境日渐困难。路溪逼得叫亚真跟随自己的一位远房族弟,到外县工地去看守工棚,每隔几个月才让他返家三两天。

真是"天从人愿",戆真跟随那位族叔,到外县看守工地,未满一年,在一个冬天夜里,工棚不幸起火,戆真竟被烈火烧得像一个烧猪。噩耗传来,这时白路溪才又悲又悔,但事已至此,除猛捶自己的心口外,也是无可奈何,欲哭无泪了。

时光过得真快,转眼又到了第二年的春天。黄香和亚理的恋情韵事,也终是纸包不着火的,被村人传扬开来了。不知是哪个多事鬼,把这出艳闻丑戏编成了一首歌儿:

> 旮旯有个白路溪,邻村有个黄亚四。
> 抛钱打赌定姻缘,美艳娇娃嫁傻子。
> 牡丹岂能插牛屎,黄香痛哭兼寻死。
> 路溪急得火烧须,乱拉猪哥无诫避。
> 傻子无能享艳福,外出离家守工地。
> 一场大火烧工棚,戆真顿时断了气。
> 阴差阳错配鸳鸯,天送老婆俾亚理。

"好事十年不出门,丑事一日传三村。"这个多事鬼编成这首儿歌后,不几天,全村的儿童都学会了,在村头巷尾常唱起来。此时此事,白路溪看在眼里,听到耳里,气在肚里,痛入心里,顿时昏倒地里。过不了两天,他辫子一甩,两脚一伸,就到阴间地府去寻找傻儿子了。这时,黄香和亚理不管别人的闲言碎语,公开了夫妻身份。那首儿歌中的"天送老婆俾亚理",就被人们流传下来,一直传到今天。

莽汉砸镬

骆伟文

这天早晨,李石背着他前一天砸烂的镬铁去圩上对换新镬,引起邻居捧腹大笑。李石当即板起脸孔责骂那些哄笑的人。他说:"你们笑什么?我又没有打甩裤子,你们这些都不是个好东西。昨天大家眼睁睁地看着我把镬砸烂,却没有一个人上来阻我一下,如果有一个好心人肯拉我一把,今天哪会搞到这般田地……如今,你们不但不可怜我,还幸灾乐祸地哄笑我,请问你们良心何在,天理何存?天啊!这个世界,真是有天无日啰!"

原来,李石家住北乡村,娶妻孙娇,生有一男二女。只因夫妻二人出身不同,而生成的脾性亦各异。李石生得彪长大汉,躯体壮实,高大威猛,一双铜铃豹眼,一条笔直的鼻梁,嘴阔眉浓,脸如冬瓜,观其外表,相貌堂堂。但可惜他命途多舛,慈母早逝,家境贫寒,无钱供书。他自幼跟随父亲放牛,饲鸡豖,上山打柴,下田种地,长大成人后,也别无他图,唯以种田作为生计。因而,他很自然地养成刚直、急躁、莽撞的牛脾气,是一个十足的粗人。

孙娇从小就生长在一个乡绅之家,她上有兄长,下有爱弟,唯她独一女身。皆因父母家富一方,有头有面,她自细就深受家里上上下下的人宠爱,父母视其为掌上明珠,让其随心所欲。她天赋聪明,牙尖嘴利,娇生惯养,刁蛮任性,所以养成唯我独尊的个性。

 风物人情

莽汉砸镬

那一年，她正是二八年华，正月十五，她在村中姐妹的陪同下，坐船往梅菉赏花灯，观飘色，偶然看上李石，所谓一见钟情。她回到父母面前撒娇，要父母为她促成此亲事。可其父母却嫌李家太穷，门不当户不对，生怕爱女嫁入李家会受苦，坚决不答应。无奈孙娇一直卧床不起，一口饭不吃，一滴水也不肯喝，还斩钉截铁地说："今生如不嫁李石，誓不嫁别人。"这时，其父母见女儿态度如此坚决，也就不敢反对了，于是，便请来媒人上李家说亲。这样，孙娇终得偿其所愿，满心欢喜地嫁入李家，同李石结为终生之侣。

日子一天天地过去，他们夫妻一对出入相随，生儿育女，亦可谓穷家有穷计，在外家的帮衬下，一家子的生活也过得去。

后来，终因他们两夫妇个性不合，时间一长，在处理家事及培养子女等方面，二人的想法和做法自然地发生了很大的分歧。孙娇渐渐察觉到李石这个人只不过是空有其表，其实是一个大笨汉。因此，凡是李石所做的事和所说的话，孙娇都无法接受，非顶撞他而不快。而李石也觉得孙娇越来越不像话，越来越可恶，简直就不把他放在眼内，使他再也无法忍受。他便常常唉声叹气地说："这个家是世败奴欺主了，还有什么世界做呢？"因为他们夫妻二人观点不同，所以双方时常争执到脸红耳赤，各不相让。有时他们二人还恶言相向，互相攻击，有些话甚至不堪入耳，引来邻居们的围观哄笑。村里的人都叫他夫妇是铙钹夫妻。

夫妻俩在每次吵闹中，都不甘示弱认输。不过李石却从不敢动手打过妻子一个耳光，只是在一气之下往往就将自己家里的桌子、凳子、椅子砸打，或扫掉餐桌上的碗、碟，或打烂装着水的水缸和瓦锅等家具，以发泄其胸中之怒火。

自此以后，凡是孙娇从其娘家带回吃的和用的，李石都将之掷出门外，以示其骨气，就算自己饿死也都不吃嗟来之食。因此，他们二人的关系就越来越僵了。

风物人情

　　有一次，他们又因小事争吵了起来，而且连续吵了几个钟头，引来围观的人越来越多。这时，孙娇又挖苦他，骂他是个蠢材，是一条废柴，气得他火冒三丈，即时两眼瞪起，挥手踢足，暴跳如雷，一下子就跑回厨房去把炉灶上的饭镬搬了出来，并把它高高举起，举起之后他又稍停了一下，当着围观的人们横扫一眼，好像魔术师在耍把戏似的。其意思是希望这些围观者之中会有人过来拉他一把或阻止他一下，不让他砸烂这口饭镬的。但他绝不会想到人们早已经看惯了他那砸毁家具的把戏，现在见他想砸镬，更加不以为然，因此，在场的人就是没有一个人去拉他或阻止他。正在犹豫之际，他觉得在众目睽睽之下既把镬端了出来，又举了起来，如果不将镬砸下去，岂不是失了面子？想到这里，他只好用力往下一砸。霎时响声震天，有如炮弹爆炸，烂镬的碎片飞向四面八方。

　　孙娇一见饭镬被砸烂了，当场呜呜地大哭起来。平日全家就靠这大镬煮粥做饭和炒菜，可如今镬已砸烂了，晚饭又如何做呢？直到傍晚，她仍卧床抽泣，不肯起来。这时，女儿肚饿了，哭着要吃饭，如此情景真不知如何是好啊。这下子李石心里开始内疚了。于是就自个儿把那些烂镬的碎片一块一块地捡起，装在麻袋里。第二天一早便赶到梅菉去换了一口新镬回来做饭。自这一回后，两人都非常后悔、自责，决心要痛改坏脾气，李石更是当天发誓，从今以后不再做此等傻事了。

吃鱼头的故事

邱石麟

传说，过去有一位商人名叫蔡生，是鉴西海边村人，在广州做生意，娶妻沈氏，名沈娘。家有母亲杨氏，年过古稀，人老病多，由沈娘照顾料理。但沈娘对待其家婆不是好好敬重的，凡是买鱼做菜，沈娘吃鱼肉，家婆吃鱼头。蔡生每次回家，母亲就将沈娘虐待自己的情况说给儿子知道。蔡生便好意教育妻子，孝敬家婆，使家庭幸福。可是事与愿违，老婆顶嘴，家庭争吵，蔡生每次回到家里都是苦闷的。

又过半年之久，蔡生买了一条沙甲鱼回家，沈娘见丈夫回来，便欢喜地做饭整菜，在开始吃晚饭时，蔡生发现不见鱼头了，便故意对沈娘说："一条沙甲鱼，最好是鱼头，为什么不见沙甲鱼头？"沈娘说："鱼头先给亚奶吃去哩！"蔡生说："最好是鱼头，为什么你给亚奶吃去呀？"沈娘说："冇几好物啦！鱼面肉我都吃去了。"

眼看好言好语教育是没有收效的了。过了两夜，蔡生安慰母亲并叮嘱说如果吃到有砂石的鱼头，便攒积起来，随后就回广州做生意了。他离开家之后，心里老是闷闷不乐，日思夜想，总是想着怎样解决家庭事。过了一段时间，有一位老朋友名叫张斌的来探望蔡生，在倾谈中，发现蔡生心情不好，便问缘故。蔡生将

风物人情

家庭情况说给张斌听,并要求张斌帮助解决家庭事。张斌说:"你家的事就等于我家的事,但我却想不出办法解决。"蔡生说:"我已经想出一条办法来解决家事,不过必须要你帮忙。"张斌说:"不管天大的困难,我都为你去干,请仁兄吩咐。"蔡生说:"我母亲每次吃石头鱼,都把鱼头的两粒砂石保存起来。现我给你银子五十元,你到我村收购鱼头砂,能把我母亲的鱼头砂收购回来,问题就解决了。"张斌说:"仁兄妙计!妙计!"于是张斌接受任务到蔡生村宣传收购鱼头砂。村中群众互相奔走相告:一粒鱼头砂,价钱一毫银,可是全村群众没有鱼头砂卖,唯有蔡母才有鱼头砂出卖,鱼头砂总共 350 粒,值银 35 元。全村群众都为蔡生母欢喜,沈娘心中可气恼了,自言自语地骂道:"老鸡疤,你吃鱼头还有钱收入,今后你想发财都难了,我吃鱼头,留你吃鱼肉吧!"

自此以后,蔡母开始有好鱼好肉吃了。

寻子奇闻录

杨 岳

袂花江、东江环抱着的水乡北浦，历来以水上运输、烧砖瓦、捕鱼、捞花、养鱼苗为业。北浦的汝街有个张宗祥，娶妻雪霜冷，生得三男一女，长子张土德，次子张土贵，三妹张土娣，四子张土福。张宗祥因放养鱼苗出名，方圆百里的人都把他夫妻俩叫作鱼花佬、鱼花二奶。久而久之，连邻舍、男女老少都忘记了他俩的真名。

1946年，阳春三月，春雨绵绵，春水回塘。鱼花佬携同挑夫坑九，各挑两箩鱼苗到湛江、铺仔圩、湖光、麻章、遂溪、志满等地卖给养鱼佬来放养。他连日来因风餐露宿，积劳成疾，病倒于西营，鱼花二奶闻讯拉着最小的儿子土福赶来，他已不省人事。奄奄一息的鱼花佬无力地拉住土福的小手，发出微弱的"喃喃"的声音后，两眼一瞪，两脚一伸，撒下儿女和妻子便与世长辞了。二奶受到这突然的打击，感到身凉半截，眼前一黑，晕倒在地。待众人扣着其人中唤其醒来时，她便抱着土福哭成一团，那凄凉悲惨的哭声，令众围观者也陪着落了泪。不知何时，有一妇女向二奶提议道："二奶啊，人死不能复生啦，再这样哭下去，把身体哭坏了。现在你家男小女细呀，最紧要的是想办法料理好你丈夫的身后事啊！"听到这里，二奶更泣不成声，哭诉说："现

风物人情

在家徒四壁,举目无亲,生借无门,我一个妇道人家,叫我如何是好啊?"有位少妇建议道:"我有一个远房亲戚是个大户人家,在西营逸仙路做百货生意,膝下无儿,想领养一子,你儿子聪明伶俐,如果同意,我便去同他们商量。"二奶听了心绞得支离破碎。但众人齐声道:"好啊!这是个两全其美的事呀!二奶呀!你答应吧!这样不但可以解决你的燃眉之急,还为土福找一条生路,同时,又可减轻你今后的负担,养大仔还不是你的吗?"坑九便附耳跟二奶嘀咕起来,二奶便含泪答应了。卖子葬夫,悲痛欲绝,二奶肝肠寸断,踏上了生离死别的归途。

1949年,北浦解放了,鱼花二奶领到了房屋、土地,政府免费供她的孩子们上学。几年来,二奶一家节衣缩食,日耕夜织,母子相依为命,她最终把孩子拉扯成人。二奶虽然熬出了头,但心头常挂着那小儿子土福。她经常到西营赤坎去打听寻找土福的下落,时时顶风冒雨、忍饥受饿,穿街过巷,鞋底都磨穿了,可仍杳无音讯。

1957年5月的中旬,经过数天奔波查找儿子无着的鱼花二奶,经受了暑热饥渴折磨,回到麻斜车站的茅棚候车室候车。因回首往事,触景生情,她不禁暗自悲伤,啜泣成声,这惊动了车站的旅客和工作人员,他们遂问她因何事悲伤。鱼花二奶便将家世和早几年所发生的不幸一五一十哭诉给旅客们听,众人听得感动,多人落泪流涕。鱼花二奶把十几年的积郁发泄了出来,倒觉得舒服了,谁料到招来日后一番风风雨雨。

一个酷暑的六月天,鱼花二奶居住的有八户人家的古屋,忽然间沸腾热闹起来了。人们奔走相告:鱼花二奶的小儿子土福从湛江港务局寻母回来了,还有一个朋友陪同他回来呢!消息一传开,人们从十里八乡如潮水般涌来,把古屋外三层、内三层围得水泄不通。鱼花二奶对这个突然出现的儿子,有些怀疑,总觉得不似从前的土福,从外貌、表情、印象上好像和原来的土福不对

版，上看下看左看右看都高兴不起来。二奶便考问他关于家中的成员的名字及家庭状况，他也对答如流。但当问到一些家中琐事以及一些亲戚情况，对方一点印象都没，她正在继续考问时，在旁边的媳妇林少珍很不耐烦地说："二奶啊！你朝思暮想，二十几年来受尽千辛万苦，不就是为了今天么？叔仔今日回来了，反而不高兴。"林少珍话未说完，崩牙三嫂接着大声道："人说疑心生暗鬼，我看你的疑问是多余的。人会随着地位环境变化而变化啦！你不是说，有钱人家请保姆都要请靓的，何况土福那时也才五岁呢！再者人家如今是大城市里的人，港务局工人，一个城市工人阶级要假冒来认你这个穷母亲，贪你什么？你若不要，我认啦！"鱼花二奶想想，觉得也有道理，就一把抱着土福，母子两人悲喜交集地大哭起来了。"儿啊！娘对不起你呀！那时是迫不得已呀！"此情此景可把崩牙三嫂感动得哭道："你好命啊！我母子就惨了，虾仔还未出世，老豆便被国民党捉去当兵，如今生死未卜，害得我母子俩还要背上海外关系的黑锅。"她边说边号啕大哭起来了。由于鱼花二奶的悲喜交集，又加上了崩牙三嫂的哭诉，人们都感动得热泪盈眶。

不知是谁，指责了崩牙三嫂："三嫂呀三嫂，今日是人家的好日子，人家母子团圆，你好意思在这里哭什么？要哭你回家哭个够吧！"这一喊，果然见效，连鱼花二奶都反哭为笑了，笑得合不拢嘴，加上进进出出的人奉承，可把二奶乐坏了。

晚上，亲戚朋友们，还有大队干部、学校的易秀云老师围坐在余热未散的地堂上，静静地听着土福和他的朋友邓明说着那神话般的城市生活和美丽繁华的大都市的新鲜事儿，把穷乡僻壤的人们引进了人间天堂般的梦境中。情窦初开的易老师听得如痴似醉，如魂游仙境，心中不由得对土福萌发了一种爱慕之情。

鱼花二奶一夜之间成为家喻户晓的新闻人物，而且令人敬佩羡慕得五体投地。土德、土贵兄弟一夜身价升了十倍，人人见他

都会奉承几句。在这十几天里,为了侍候好细佬土福,可把兄弟两人害苦了,土德在砖厂当出纳的一个月工资只有29元,土贵在砖瓦厂当制瓦工的33元,不够一个回合,便花光了,还得东凑西借,债台日日筑高,一家人食完鸡蛋又食母鸡,日日都像过节一样。

易秀云老师和土福一见钟情,每日两人出双入对,日久生情,还山盟海誓。易老师一想到找了一个城里工人做老公,心里就充满了甜蜜和幸福。

一个沉闷的夜晚,天空响着闷雷,电光闪闪,一阵狂风,飞沙走石,洒落了几滴黄豆大的雨点后,很快又恢复了平静,天气却变本加厉地热得使人喘不过气来。夜深了,土德不知是因为臭虫的猖狂叫喊,还是因为蚊子的疯狂叮咬,翻来覆去总不能入眠。他突然想起当天晚上未见土福和他朋友邓明的踪影,不由感到奇怪:为什么外出也不打招呼?他心感不测,立即打开保险柜检查带回的公款,啊嘀!2600元的现金不翼而飞了!惊叫声把梦中的老婆林少珍惊醒了,把古屋人都惊醒了,邻居也惊醒了,时间正是午夜零时二十五分。人们都骚动了,在朦胧的街头巷尾,在那屋前檐后,人们纷纷议论开了。

蹲点驻队的梅录派出所杨指导员赶到了,立即组织了民兵群众几十人,兵分三路,向梅化路、梅广路、梅湛路搜索前进,深夜2时10分于塘尾公路林中把两逃犯人赃并获。经审讯,原来两人均是来自广西合浦县的流窜犯,冒充土福者叫罗明,冒充朋友邓明者叫连家声,捕前5月份两逃犯曾在麻斜车站作案,刚好鱼花二奶哭诉之事让他们听到了,他们又查问了一些关于二奶的家庭情况,当即起歹心策划冒充土福寻母,目的就是针对着土德而来的,演出了一幕令人啼笑皆非的闹剧。

善有善报

孙健生

康熙年间,苏州来了一个新县官,姓陈名爱民,是扬州人氏。他为政清廉,正直无私。由于是初到任,为了对本县的人情风土进行详细调查了解,所以他常与随从微服私访。

有一天,他经过荒山野岭,见路边开设着一间粥茶摊店,就与随从进店喝杯茶,吃个便饭。此后他常在此落脚,成了该店的常客。

店主是个四十多岁的中年妇女,还带着一个十岁的小孩。他们穿着的衣服是补了又补、钉了又钉的。从表面看,她是个极其穷困的人,但从言语和举止来看,她是个有教养有知识的良家妇女。县官每天经过此地都必在此逗留;店主人见这位客官相貌堂堂、文质彬彬、礼貌周全,生活也很俭朴,见他是常客,所以每天都做两个较大的粑留给他吃。

这天大雨连绵,县官无法上路,只好在店里避雨,他便与店主人拉起了家常。女主人含着泪说:"我姓吴,是江苏梅里人。十年前我与苏州城李木结为夫妇,孩子刚出世,丈夫就不幸病故了。我只有带着小孩,母子相依为命,总希望他成人长进。为了生存,便在这山野路边搭起凉棚,做这一小本粥茶生意。可恨的

是那些官兵与山贼,吃了东西不给钱反而还要勒索。现在本钱已被吃光了,客官明天你再来时,我已不在这里了。"

县官问:"你不做生意,又做些什么?"

妇人答:"现在我是走投无路了,上无亲,下无故,不知何去何从!"

县官听了深为感动,便叫随从取白银五十两赠给她,叫她回苏州城里做些小生意维持生活,同时好好地把孩子培养成人。县官还暗中派人保护她。从此母子俩的生活天天地好了起来,儿子也上了学。

几年后,苏州城在陈爱民的治理下,无兵贼之灾,风调雨顺,人人安居乐业。当爱民离任时,百姓挥泪相送,说陈爱民是真正的爱民好官。吴氏为了纪念爱民大恩,把儿子的名字改为敬民。

时间过得很快,转眼十五年过去了。李敬民在母亲的教育与关怀下,勤奋好学,学业猛进,这年京试高中了进士并被委任为扬州知府。

敬民高兴地回到家中告诉母亲,并带母亲到扬州上任。一路上,母亲对敬民说:"你的第一件事,就是找到恩人陈爱民。"敬民对这件事也念念不忘。他上任后,叫左右在扬州地方查了半年,但毫无头绪。后来通过当地地保,从二十年前的户籍上查到"陈爱民,原籍扬州人,康熙年间中了进士,任苏州府吴江县知县,后调任扬州府江都县知县"等内容,他又向群众了解,知其为人正直,廉洁奉公,得罪了权奸,被奸人所害。陈爱民尚有妻儿,儿子陈英落魄无依,沦为乞丐。后来敬民的左右在扬州河边的土地庙里找到母子俩。左右及时报告老爷和李夫人。夫人便叫备轿和儿子一齐到土地庙,请他们母子俩跟着回衙。母子俩起初很害怕,不知是怎么回事,心想:难道我们乞食都有罪吗?敬民说:"别怕,你老爷在苏州做官时赠银给我母子俩,是我们的大

善有善报

恩人,今日我是特来报恩的。"回到衙内,他立即吩咐下人收拾好厢房,安排好住处,两位夫人都谈了前后的遭遇,又互相安慰。

陈夫人留在府中住宿,儿子陈英也长大成人了,留在衙里工作。后来敬民还帮他找到对象结了婚,两个家庭合在一起,和和睦睦。陈夫人晚年过上了幸福的生活。

"实心木" 奇遇

黎国魂

"实心木"原名林实,是湛江市坡头区海边一条林姓村人,父亲林受益是个渔民,母亲杨氏。父亲在世时,林实读过三年私塾。当他十三岁时,父亲出海捕鱼,遇上台风死于海中。家里靠母亲替人补织渔网为活,林实也不能继续读书了,只好帮渔民收晒渔网来帮补家用。

有一天傍晚,他收完渔网,在回家路上,看见一个钱包掉在路上,便拾起来,打开一着,里面装着五文大银圆。他抬头张望,见四处无人,心想:"这人掉了钱一定心急了。"于是,他站在原地等候失主。15分钟后,便见邻村一鱼贩低着头慌失失地找来。林实见他便问道:"你找什么?""我失落一个钱包。""钱包里有钱吗?""有!五文大银圆,是我从圩上贷来的,还要三分利呢!我是要来做本钱的。"林实听后,即从身上拿出钱包说:"这是不是你的?"鱼贩一看忙说:"是!是!"林实便把钱包交给鱼贩,说:"是你的你便拿回去罢!我妈在家等我吃晚饭了。"他说完便跑步离开了。这鱼贩接过钱包打开一看,五个大银圆一个也不少,正要多谢这位小哥,可是抬头一望,林实已经跑出百米以外了。后来村民们知道此事后都说他是"实心木"不开窍。从此"实心木"这名字便传开了。

"实心木"奇遇

"实心木"十七岁那年,母亲因病去世,他从此孤身一人,靠给人做长工过活,一做就是十多年,三十岁的人,只剩一身气力和一间廿多平方米的旧屋。

1946年春,很多人出外谋生,村中有几个青年也要去广州、香港等城市谋生,因此,林实也跟着他们出外去。几经辗转,他于1947年春才转到了香港。在香港也没有什么好工作,只好和一些乡亲在码头做苦力,一做又是一年多了。

一天,一艘美国大轮船靠码头,一大批苦力争先恐后地蜂拥而去为轮船上的客人接送,林实也在人群中,但由于他老实,不和别人争抢,只可排在最后。这艘船,客人很多,客人们也争先恐后地上岸。但奇怪的是,有一位穿着蓝色唐装的中年妇女,守着一个大皮箱站在船边,呆呆地想,却不急着上岸。原来这女人是一中年寡妇,她姓李名素月,原是珠江三角洲人,十多岁时跟人过香港打工,日本侵占香港时,又跟人去美国,嫁给一个无儿无女已五十多岁的富商,以为自己可享受一生,谁知好景不长,1945年冬的一天,丈夫驾车出外办事,车祸死了。丈夫死后,她孤身一人,在异国他乡,觉得不够安全,不如回香港,寻找乡亲戚友,期望有个照顾。于是她把家产变卖转换成美金十多万元和珠宝,全放在这皮箱内,随身带回来。现在船已靠岸了,她见到码头上黄皮肤黑头发的人,觉得很亲切。

这样望下想下,不觉客人已走光了,她才想起自己也应该上岸了。这时码头苦力也没有了,她才急起来,恰好这时林实刚去小便返回,见船上妇人招手,便急步走上船去问道:"太太是不是要人搬行李?"素月说:"是!帮我送这皮箱到天南大酒店,要多少钱?"林实说:"随太太心意就是了。"说着便一手提起皮箱,一手护看妇人上岸向市区而行。

林实托着皮箱前面走,她紧紧跟在后面,到大街时行人渐多,素月怕走失,便用手拉住林实衫尾,到过马路处人更多,恰

风物人情

"实心木"奇遇

巧又遇红灯,等过马路的人,越来越多,到绿灯一亮,人们即争先恐后蜂拥而过,林实也被人流推拥过去,这时有个冒失鬼从素月身后抢先过去,一脚踩脱素月的鞋,她赶紧蹲下抽鞋,但由于人多拥挤,推推拥拥,好不容易才把鞋抽好,站得起身,又是红灯了。素月这时面色都变了,急得乱跳。这时林实被挤过马路后,回头一望,不见素月,也急得四处张望,见前面几十米远有个妇人的衫裤和素月一样,以为她走在前面了,于是急急追上去,追近身边一看却不是,这时林实想,现在人这么多,不知怎样才能找到她,不如到天南大酒店等她算了。

　　再说李素月急得欲哭无泪,好不容易才等到亮绿灯,她急忙挤过马路,便叫辆人力车拉她去天南大酒店,到酒店门外时,望见林实守着皮箱在石狮旁等候,素月这时欢喜到不知大哭一场还是大笑一场好。于是她急忙跑上前去,拉着林实的手问:"你到这里多久了?""大约有二十分钟吧!"素月说:"好,好。"正在此时,有一苦力从酒店里面出来,见林实和客人说话,便叫一声:"实心木!今天有客了!"林实笑着应道:"有了!"这时李素月不管三七二十一,即叫林实把皮箱托上四楼401号房。

　　酒店小姐打开房门后,林实即把皮箱安放在桌上,便站一旁,等候素月给人工钱。这时素月却重重地坐在床上,大大地松了一口气,然后问道:"你叫什么名字?""我姓林,单名一个实字。""先时你的朋友叫你作'实心木'是什么意思?""他们叫我花名的。""为什么叫这样的花名?"林实不好意思地把他小时候拾钱还钱的事略说一下,李素月听后,笑着说:"你真是够实心了,我今天幸好遇着你这个实心木,否则我只有死路一条了。"林实听后惊愕地说:"为什么?"素月说:"你知道吗?我全副身家性命都在这个皮箱里,如遇着一个贪心人,趁我不在身边拿走,他一走也不做苦力了,而我只有投河吊颈了。你却在酒店门口等我二十分钟,你真是救了我一命。"林实听了,笑笑说:"我

风物人情

没那么想,我只知道别人的东西应当还给别人。"说完又说:"太太,你也辛苦了,应休息一下罢?"林实意思是要素月给他工钱,好另找工做。可是素月却不急着给钱而是问道:"你一天能挣多少钱?""有多有少,大概十多二十元。""住在什么地方?""和人合租一张床位。""两人挤在一张床?""不!他上夜班白天睡,我夜晚睡。"素月想了想说:"我看你牛高马大,又有气力,想请你做保管,每月 300 元还包你食住,你愿不愿意?"林实想一想说:"好是好,不过我识字不多,不会做什么工作。""我不叫你做难做的工作,只要每天为我看着门口不让别人进来和早晚做两餐饭就得了,你会罢!"林实听了忙说:"会会。"

就这样,素月第二天便租了一个套间连着一个单间,素月住套间,林实住单房,素月为了林实方便买菜,连自己的套间和钱柜锁匙都给了他。白天素月吃完早餐后便出外寻访亲友,晚上六七点钟才返回吃晚饭,中午少返来。因为素月的亲朋,在日本占领期间,多年没联系,同时她想了解一下商场情况,看看有什么生意可做,所以她总是早出晚归。而林实每天除买菜做好早晚两餐外,打扫一下两间房的清洁卫生,余下的时间,便在自己房中行行坐坐,踏踏实实地看好门,只有晚饭后,素月在家时,他才有机会出街散散步,或找朋友饮夜茶。如此又是半年之久了。

有一天晚饭后林实出街散步,在街上遇着做苦力的狗仔。狗仔一见林实便叫道:"实心木,好久不见了,听说你近来很得意,傍着个富婆,休闲得很!富婆叫你做些什么工作?"林实说:"买菜做饭睇门口,工作确实清闲。"狗仔说:"她每天支几多钱给你买菜?"林实说:"不是。是我每天从钱柜拿钱去买菜的。"狗仔惊奇地说:"她把钱柜锁匙也交给你?"林实说:"是呀,她怕麻烦,所以把锁匙交我,还说要多少钱便拿多少去用。不过我每天用多少钱我都记清楚,晚上向她汇报的。"狗仔说:"她的钱柜没多少钱吧!"林实说:"她全部钱都在柜里。"狗仔听了叹息一声

"实心木"奇遇

说:"你这个实心木、真笨,你都三十多岁了,你不想一想,难道你一世就为她守门口吗?""不这样又点样?""你不会把她的钱拿回家,娶老婆起大屋,叹世界吗?她一个女人,又找不到你,就算找到你,她也奈何不了你,有这样的好机会,你都不会捞,我真为你可惜,你就等着苦命一世吧!"林实听后说:"这些话早些时候也有人对我说过,不过我认为,这是没良心的事,是会害死人的,我是不会做的!"狗仔听完大骂:"你这个实心木,大笨蛋,你就留下来为她做一世看门狗好了。"狗仔骂完,头也不回走了。林实摇摇头,苦笑一下,心安理得地行他的街,散他的步。

又过了一个多月,一天中午,李素月不高兴地回到宿舍,叫林实出街买云吞回来做午餐。她边吃云吞边说:"我今天被扒手扒去钱包,连午餐都没钱吃,唉!"她叹一声又说:"世道艰难,过去亲友,好容易才找到一个,不是向你借钱,就是想法骗钱,不如回美国去还好些。"林实听后说:"在香港这个复杂地方,你一个单身女人,确有很多困难的地方。"素月吃完云吞略为休息一下,拿了钱又出门去了,出门时还交代林实今晚买些好菜返来做晚饭。林实应一声"知道了",便回自己房睡午觉。他刚睡下床,突然想起,她如果真的回美国,他又要去做苦力了。在香港这地方,也不适合他生活的,他不如回乡下捉鱼。想到这里,他又想起狗仔说的话,回去捉鱼也要本钱,不如就这样……于是即刻起床入套间开钱柜拿了钱,锁好门,回自己房间,收拾自己行李,连自己的房门都忘了关,便急忙地到码头搭船返回坡头老家了。

李素月当晚七点回到宿舍门前,不见林实在门口等她。往时晚晚都是林实开着套间门站在门口等她,她以为林实睡过觉不知起床,便走入林实的房间,开灯一看,吓呆了,林实的行李不见了,他跑了!她又想起他有钱柜锁匙,于是急急开门入屋,打开

· 261 ·

风物人情

柜门一看,见珠宝一件不少,一查现金却少两万多元,素月见此情形,一下坐在地板上,叹口气道:"林实呀林实,你真的够实心木了,你真是天下第一个老实人,你如开口问我要三两万元,我都会给你的,为什么要偷呢?就是偷也应偷多一些,偷这两万多元能做得什么?"她又想一下,林实一向都很安心在此,为什么忽然间又偷跑呢?"唔!是了,怪我今天中午说,想去美国,如果我去美国,他又要去做苦力了,他一定拿着钱银回乡下了。"她知道林实的乡下在哪里,当素月想到这里,回头又想下自己。"一个人,尤其是一个单身女人,在这花花世界闯荡,不是长久之计,说不定还有生命危险。林实此人,如此忠厚老实,我不如带着钱去找他,和他做夫妻,安安静静地过一生算了。"她做此决定后,第二天便开始准备,处理一些外面事宜,买一些必要东西,过十多天之后,便搭船去了湛江。

她来湛江后,先找间旅店住下,查问坡头姓林的村子的方位,了解一些当地风土人情。随后,为了扮成当地人,她便改换衣装,扮成一个农村妇女的模样,皮箱也不要,把钱财和一些必要衣物装在一个背包里。那天早上天气晴朗,她背着背包,过麻斜渡向姓林村走去。中午,她到了姓林村头,向一中年渔民问道:"你村是有一个人叫林实吗?"渔民想一想说:"林实?是不是实心木?"李素月忙说:"是!是!"渔民说:"他半个月前才从外地回家,现在在家整渔网。他屋在村尾,是一间小旧屋,你去找他吧!"李素月按渔民指的方向找去。这时有几个儿童知道这女人来找实心木,便带着路,望见小屋时,便叫:"实心木!有个女人找你来了!"林实正在低头整理新渔网,准备出海捕鱼,听儿童叫喊,抬头一望,李素月已到门前,弄得他慌慌张张、不知所措。素月见他如此惊慌,便笑笑地走入门口,顺便拉一张凳子坐下来。这时林实忙说:"我对不住你,不应该不问过你便拿你钱。我想你如果不去美国,我捉鱼有钱了,我会去香港还给你的。"李素月笑笑地望着林实,心想:"如此诚实可靠的人,总算自己没找错人。"于是她说:"你不要慌,我这次不是追究钱的事,而是打算来此长住,和你一齐过日子,你愿意吗?"林实听了,半信半疑地说:"是真的吗?""真的!真的!你喜欢吗?"林实确信是真的后,跳起来说:"喜欢!喜欢!"说着急忙把渔网搬开,打扫厅房,抹净台椅,请素月入屋坐,又忙煲开水,准备做午饭,忙得团团转。儿童们知道这女人是来做实心木的老婆,便欢叫起来:"实心木有老婆了!实心木有老婆了!"叫得全村人都知道此事了。

之后,李素月拿出钱来,叫林实买砖瓦,请来泥水工,重新建一间一百多平方米的新屋。经过两个多月,新屋建好了,他们便择日拜堂成亲。他们成亲当日摆酒请齐全村大小老幼一百多人共聚一堂。在大家欢快地饮酒时,有人提出,要林实讲一讲他怎么遇着这样的好老婆。林实无奈,便把外出谋生遇到李素月的经过一五一十地讲出来。村民听了,都说:"谁说老实人吃亏?你看林实这个实心木,老实一世,好人有好报,他才有今日的良缘啊!"

割他六斤肉

孙健生

某日,知县与师爷外出,当走到一条江堤上时,遇到一老妇直朝江堤上爬。她爬呀爬呀,又滑下去了,几经努力,都没成功。

知县叫师爷过去问明情况,却见老妇一边哭着一边说道:"我做人没中用啊,快让我死了吧!"

后来知县叫师爷带那老妇回府,再细问情由。知县听后,十分愤怒,即叫来衙役,把老妇的儿子、儿媳抓来。

儿子和儿媳双双跪在厅下,县官问道:"你家可有老人?"

儿子回答说:"有。"

"哪里去了?"

"不知道。"

"怎么不知道?"

"她养了我十八年,我也养了她十八年,后来谁也不理谁了。"

县官怒气冲冲地说:"你出世时几多斤重?"

儿子答道:"六斤重左右。"

"那从你身上割下六斤肉,还给你母亲!"

县官即令:"众左右,割下他身上六斤肉!"

割他六斤肉

　　这时儿子恐慌起来,那老妇也从后堂叫了出来:"县官不可!都是我老妇不好。割了六斤肉,他还有命吗?"

　　县官看着老妇与她的儿子,媳妇也连声求饶,最后说:"大胆小民!把你母亲领回去好好抚养,休得刻薄。否则,我再找你们算账!"

　　儿子、媳妇双双叩头,带着老人朝家里去了。

妹争姐夫

林永钦

相传,竹家村有个诚实善良、聪明伶俐的姑娘叫桂梅,桂梅五岁时母亲病死,其父亲娶回后母,生个女儿,起名桂花。桂梅和桂花同父不同母,却容貌相似,不过,桂梅左耳侧有粒红痣。后母对亲生的桂花,非常宠爱,如掌上明珠。桂梅十岁时其父也死了,后母对她更加刻薄,一日三餐,白盐伴粥,寒冬腊月,北风刺骨,她只穿件薄衣,冷得像个落水鸡全身发抖。当她十四岁,后母草率地将她许配给家贫如洗的李光。李光跟桂梅初次见面,就把母亲遗下的一对玉镯给她。她年纪虽小,但很懂事,用红绸紧紧包好收藏。

李光是个孤儿,年幼父母双亡,庆幸有叔叔的照顾,才长大成人。他从小失去家教,任意逍遥,过去赌博成风,对他影响极大,他逐渐走上赌博邪道。不过,他并不因赌输而去偷去抢,他在人们的心中还保留正直诚实的形象。后母常刁难桂梅,一心欲把她赶出家门,紧锣密鼓追逼李光迎娶。李光想:身无分文,如何立家?他要求外母继续延长婚期,最后,外母不管三七二十一,粗声大气地扬言,一定在短期内,最迟不超过半年迎娶,否则解除婚约。李光束手无策,无计可施。俗话说,穷则思变,要把穷变成富,不是那么容易。李光沉思,赌虽然不是正道,但如

妹争姐夫

果手气好发财快，因此把祖父遗下的三十多平方屋地发卖，趁"四方圩"，博个命运。惨哉，一连几注是纸宝入庙，只剩下两毫银，李光哀叹一声："还有乜博，破产了。"他浑身冷汗淋漓。不料，苍天有眼，祖父显灵，结果，他转败为胜倒赢三百两白银。本来贫苦人家将此笔钱办婚礼是够用的了。可是他心头大，于是将三百两白银做本钱跑到集市旁开间布匹杂货铺。因货真价廉，童叟无欺，顾客如云，生意越做越兴隆。他又扩大经营，原雇工三人增到十多人，生意更加火红，不到二年，他腰缠万贯，成为大富商家，名震遐迩。

李光的兴旺发达，震动外母和桂花的心灵，桂花对母亲说："姐姐的姑爷很好，让我嫁给他吧！""我也有此想法，这不是那么容易的事，要认真考虑才行。"于是母女密谋精心策划，拉开了"妹争姐夫"的序幕。

一日，桂花拍个照片，改名桂兰，叫媒婆牵线。后母贴近媒婆耳边轻轻地嘀咕几句，媒婆说："遵办。"媒婆拍拍屁股找李光了。李光正同客商洽谈生意，媒婆到了。客商走后，媒婆抹抹汗珠，笑眯眯地对李光说："恭喜大老板，万事胜意，给你介绍个淑女，好吗？"李光听罢，深知自己有未婚妻，又想作弄她，说道："情况怎样？""竹家村人，名桂兰，年方十八，你看！"媒婆小心翼翼掏出照片给李光看：鹅蛋的脸儿，含情的眼睛，唇红齿白，身材苗条，真是貌若天仙。李光聚精会神地边看，边回忆，桂兰的住地和容貌跟未婚妻桂梅基本一样，他有些疑惑，用试探的口吻问道："桂兰在竹家村，此村有个桂梅，认识吗？"

"何止认识，我对她还很了解，竹家村村子大，一条田垌之隔，东边的叫东家村，西边的叫西家村，总称竹家村。桂兰在西村，桂梅在东村。"

"桂梅情况怎样？"

"说起桂梅呀，话长啰，她左耳侧有粒红痣，据睇相先生说，

风物人情

乃是克夫痣,她很伤心,为免至伤害别人,投河自尽了。"顿时,李光犹如触电,浑身猛一震,眼冒金花,天昏地暗。桂梅之死,令他如万箭穿心,肝肠欲断。他含泪地想:既是克夫痣,跟她订婚几年,早把我吃掉了,可是我越来越兴旺发达,没有道理,应该是护夫痣,要不如今怎有出头见众的世界!再转念:桂梅的情况,为啥媒婆那么清楚?是否内有文章?他于是问媒婆:"你何故对桂梅那么了解?"

"我摇了二十多年的葵婆扇(摇葵婆扇:做媒人之意),东奔西跑,方圆百里的未婚男女青年状况基本掌握,我曾几次为她说媒,可就是不成功,都是男家嫌她有粒克夫痣。""她多少岁了?"李光问。此时,媒婆支支吾吾回答不出,搔搔脑袋说:"她十五六岁……哎,年老了,记忆力差了。"李光沉思,真相已摆现眼前,他与桂梅十四岁订下婚约,双方也未解除婚约,既有头主,又怎能再说媒?不符合事实。此刻,媒婆察看李光的神态,转过话题:"李老板呀,你既是富商,又海量胸怀,谁都羡慕,桂兰这个姑娘,确实不错,天生丽质,百花之王,个性温柔,聪明伶俐,你跟她真是天生一对,同意否?"李光吸口香烟,放口粗气:"我已有对象,你不要多说了。"媒婆灰溜溜地离开李家向后母汇报实况。

后母听媒人汇报,骗谋不成,仍没死心,沉思半天,又心生一计,自言自语:"好……如此行事。"于是她亲自出马,用商讨的口吻对李光说:"时光宝贵,青春易过,你何时迎娶桂梅?""容我考虑考虑。你不是说超过半年不娶,就解除婚约的吗?""你胸怀广阔,不要见怪,桂梅生是你的人,死也是你家的鬼。"李光闻听鬼字,心惊肉跳,又疑惑桂梅已逝,不禁向后母问道:"桂梅死了,叫我娶鬼?"

"大吉利是,桂梅身体越来越健壮,相貌越来越漂亮,她希望早日成亲。"

妹争姐夫

"既是如此,就按原定的办。"李光说,"不过,待择定迎娶吉日才通知你。"后母得到李光同意,心花怒放。

后母走后不久,李光找个著名的日子先生,择定迎娶吉日,派自己最信任的二婶完成该项任务。

"大红包有三百元大洋礼金和一份日子书,这是给外母的,小红袋有三十元大洋和一幅我的近照,你要暗中给桂梅。不要弄错,她左耳有粒红痣。"二婶遵命行事,翻山涉水,好不容易来到竹家村口,恰巧见一个身材苗条的靓女迎面而来,二婶信步上前问道:"姑娘,这是竹家村吗?"

"正是。"

"你认识桂梅吗?"

"找她做乜?"

"送李光迎娶桂梅日子书"。

"我正是桂梅。"桂梅微笑地说。二婶仔细地打量她,果然左耳侧有粒红痣,自言自语:"珍珠都冇咁真,确是桂梅。"桂梅热情地带二婶回家。

桂梅和二婶到家了,桂梅对后母说:"妈妈,这位是李光的二婶,来找你的。"话音刚落,二婶就对后母说:"你女儿桂梅对人很有礼貌,很热情,难怪她能配一个既有财又有德的夫君,真是命中有福,岳母也光荣啦!"大家喜笑起来,桂梅有点害羞,含笑低下了头。接着,二婶把大红包递给后母,说:"这是三百大洋礼金和一份日子书。"说完转身把小红袋给桂梅,不料,后母也转身看见了。二婶走后,后母追问桂梅,二婶给她什么,桂梅默不作声。事后,后母乘桂梅外出之机,进入其住房,翻箱倒柜,发现一幅李光近照,拿给桂花说:"小心保管,到时这是个有力凭证。你也做粒假红痣啊。"桂花微笑点头。

光阴流逝,转眼是桂梅出阁之际,李光迎鸾之时。当迎鸾花轿临门时,后母速促桂花梳妆打扮上轿,派个媒婆陪送,并接近

风物人情

桂花耳朵嘀咕几句，桂花眉开眼笑点头。桂梅觉得奇异，情不自禁地问："妈妈，今天是我出嫁，为啥叫桂花上轿？日子书不是写得一清二楚是迎娶桂梅吗？"

"日子对你不利，怎能忍心白白放弃这么好的郎君？不准多话。"桂梅听罢，非常气愤，怒火冲冠，理直气壮地说："真是乱吃乱做，我要在李郎面前揭穿桂花的阴谋。"桂梅也穿上新衣，租顶花轿相随到男家。

李光人面广阔，亲戚朋友较多，纷纷前来庆贺，满堂宾客，热闹极了。一会儿，新娘花轿临门，鞭炮声震耳欲聋，新郎迎接新娘。紧接着又来了一顶大红花轿，鲜艳夺目，这下子热闹极了，引来不少人围观、议论。两顶花轿岂不是两个新娘？有的说，一个新郎同时娶两个新娘。还有的说，有钱能使鬼推磨，时兴嘛，何足为奇。宾客们也觉得稀奇，一个新郎同时娶两个老婆，如何洞房？世上罕见。新郎更感惊讶，不禁向媒婆问道："两个新娘吗？"媒婆随口答道："不，一个新娘，另一个是……"新郎健步上前将后来的新娘迎接出来，仔细地打量，颜容基本一样，同样左耳侧有粒红痣，到底哪个是桂梅新娘？难以辨别。新郎追问："谁是新娘？"先来的那个跑到新郎跟前，握住新郎的手说："李郎，我身穿红裙，头戴凤冠，我是新娘。"后来的紧接着跑上前也握着新郎的手说："她是我妹妹桂花，我是桂梅，我是新娘。"

"放屁，我是桂梅，李光是我夫君。"

"不知羞，我是桂梅，李光是我夫郎。"

她俩各执一词，越争越激烈，互相指手画脚。新郎及时制止，不然，她俩就要打起架来。新郎眼看两个争斗不休，劝导说："争打不是解决问题的办法，应好好讲清楚呀。"戴凤冠的新娘，满怀信心，边把照片给新郎看，边说："此幅是李郎照片，是李郎近日叫二婶给桂梅的，我正是桂梅。"没穿红裙的新娘接

妹争姐夫

着说："你做贼不知羞,这是后母偷给你的,二婶送日子书的那天,她给我小红袋时,内有该照片,不料,后母看见,乘我外出之机,进入我房间,把该幅照片拿走了。试问,小红袋还有什么?"戴凤冠的新娘,支支吾吾回答不出,理屈词穷。没有红裙的新娘继续追问:"还有啥?"身穿红裙的新娘答不上。"有大洋银,"没穿红裙的新娘说。

"不错,一下子忘记了。"戴凤冠的新娘说。新郎哈哈大笑,心中已有分寸。近日的事,新郎记得一清二楚,即向戴凤冠的新娘问道:"里面有多少大洋银?"她回答不出,又问没穿红裙的新娘,她胸有成竹地答:"三十元大洋,租大红花轿,用去十元,还剩二十元。"她从袋里掏出给新郎看,新郎微笑点头,没穿红裙的新娘含泪地继续说道:"我十四岁跟李郎订婚,已有四个春秋,初次他跟我见面,对我很好,送我一对玉镯,我也觉得他不错,把玉镯小心保管。而后母对我非常刻薄,四年前李郎家贫如洗,逼我出嫁,追他迎娶,如今,她眼看李郎生意红火,不想让我过好日子,想移花接木,叫妹妹桂花嫁给李郎,享受荣华富贵。事真难假,事假难真。"说完,她从袋里拿出玉镯给李郎看,新郎点头。接着她把桂花的假痣撕下。顿时,当场爆出阵阵的怒吼声,在场数百双闪光的怒目,投向桂花。"鱼目混珠迷乱眼,枉坏肺腑事难成。"新郎牵起桂梅的手说:"拜堂!"便同桂梅一齐步入厅堂。

桂花用手掩住脸哭哭啼啼向海滩走去……

三眼二面喜成亲

黎国魂

丁家村有个丁大伯，丁大伯生了一个独生女，名叫丁苗苗，小时候眉目清秀，谁知到十岁那年年初一烧炮仗时，被炮仗炸伤右眼，由于处理不当，不但右眼盲了，而且眼尾处留下一个大疤痕。自此以后，她成天躲在家中，到了十八九岁时，父母曾请媒说亲，但媒婆说男家要当面相亲时，女家就是不愿意，故此现在还待字闺中，今已二十多岁了。父母万分着急，但也无可奈何。

再说丁家村南边隔江二十多里有个南天镇，镇内有一姓金的母子两人开一间小卖部。儿子名叫亚容，人都叫他金容，面貌长得不错，但他在七八岁时，因爬树从树上跌下来，跌断了左手和左脚，虽然医好，但由于医术差，左手伸不直，左脚短了一寸，从此得名曲手跛仔。现在年将三十，母亲虽多次请媒，但一到相亲就告吹了，母亲非常着急。

一天，跛仔对面街的丁兰嫂从省城回来，跛仔妈知道了，便过来探望，丁兰嫂见是跛仔妈便招呼道："亚容妈你好吗？到屋里坐。"容妈入屋坐下即说："丁兰嫂，你乜时候回来的？""昨天回来。""你已有很多年没有回来过了。""是啊！因为我两公婆在省城开了间小食店，又没钱请工人，所以没时间回来。""你今次为乜事回来？""今次因我外家丁家村外侄结婚，我是他唯一的姑

三眼二面喜成亲

妈,不回来就不近人情了。"原来丁兰是丁家村人,嫁到南天镇已有十多年,一直跟丈夫去省城做生意,很少回外家,在南天镇时与容妈是好姐妹。丁兰问:"容仔如今恐怕有二十多岁了吧?结婚了吗?"容妈见问到儿子的婚事,叹气说:"讲到容仔婚事,我还在忧心呢!都是因为手跛脚跛,女仔一见,就没回声了,恐怕他今生注定做光棍了,我也不知如何是好。"丁兰安慰道:"是呀!一个单身女人带着个仔,谁都盼个仔长大成人,成家立室,生仔发孙。容仔妈,不要灰心,容仔还年轻,或者还有好姻缘呢。"容妈听了说:"望就.望啦,时候都晏了,好了,不再打扰你了,你还要去外家,等你返来时再坐了。"容妈离去后,丁兰收拾齐礼品,便动身去外家了。

丁兰下午到了丁家村,左邻右里都过来闲聊,问长问短,苗苗妈也在其中。丁兰一见苗妈便招呼道:"五嫂,你家人都好吗?苗苗怎样了?嫁人了吗?"苗妈应道:"还是因为那只眼和那个疤痕,找对象,人家要当面看过,这死女又不肯相睇,已二十多岁了,还是整天躲在家里,都不知如何是好。"丁兰听后说:"苗苗原来是个靓女,搞成这样,也真够可怜。食完晚饭,我过去看她。"

饭后,丁兰便来到苗苗家,苗妈一见便叫道:"苗苗!丁兰姑来看你了。"苗苗这时无可奈何,便低头行出房门叫声"兰姑",便站定在房门口,丁兰见她站定不肯出来,便走过去拉着她的手问:"怎么啦?连姑妈来看你都不欢迎吗?"丁兰一边说一边用手去扳高她的头,见她的右眼窝深陷,右边面又有一大疤痕,确实有些难看。这时苗苗却一头扑在丁兰身上大哭起来,丁兰揽着她,拍着她的背安慰着。这时丁兰猛然想起金容跛仔,于是对苗苗说:"我的乖侄女,不要哭,姑姑都知道,姑姑帮你找个好人家,好吗?"苗苗停了哭,丁兰离开苗苗回到屋厅坐下来对苗妈说:"五嫂,附近的南天镇有一间小商店,老板娘的仔今

· 273 ·

风物人情

年已有二十六七岁，生得不差，还打得一手好算盘，生意还可以，吃穿无忧。如你有意思我明天就帮你牵线。"苗妈忧道："人家要不要相睇？"丁兰说："这自然要相睇。""那肯定又要吹了。"丁兰想了想说："到时你们听我安排，保证成事。"苗妈母女高兴地说："那就拜托你了。"

第二天，丁兰回到南天镇，故意从容妈铺门经过。容妈一见便打招呼："丁兰，这么快就返来了，不多住几天？来，入屋坐坐！"丁兰顺势入铺，坐定后便说："我因记挂省城生意，过两天就要回省城了……"讲着讲着，见容仔从外边回来，便故意说："哟，差点忘了。你不是为容仔亲事烦吗？刚好我外家有个侄女，今年也二十出头了，托我给她找个人家，现正好介绍给容仔，你说好吗？"未等容妈接口，她又道："我这个侄女，生得也不错，人也聪明，家务事一眼看了便会。"容妈母子听后高兴应道："真的太好了。但容仔的事你知的，人家同不同意呢？"丁兰说："相睇时你们听我的。我侄女很怕羞，我安排他们不靠太近，在远处看。我家后门有路，并且有步级，到时你容仔如此如此……我侄女怕羞，不敢正面看，我安排她在后门站着，那不成了吗？"容妈母子见丁兰安排得妥妥当当，非常欢喜，说："我们没意见，请你尽快和女家说。"

两天后，下午二点左右，丁兰通知容妈："半个钟大家在我家后门相睇，赶快做准备。"

约半小时，只见丁兰后门对面小路边有一青年，一只脚踏着上一级步级，另一只脚站在下一步级，左手夹着一根香烟，神情潇洒自然，眼睛一直望着丁兰后门的女子。而这女子一扎短发盖着右边面，另半边面露出门外，斜望着对面的青年。一会，他们的身后都多了一个妇女互相对望。这时丁兰站在他们中间说："你们两家已三眼二面见过了，同意这门亲事吗？"两边齐应"没意见。""既然这样，你们尽快过礼，筹备婚事吧。大后天我要回

三眼二面喜成亲

省城了,后天便是黄道吉日,趁这两天办妥,以后有什么长短,与我无关了。"容妈即回家拿出一千元作聘金,第二天礼饼送到女家,第三天大红花轿把新娘抬进容家。当日新娘有红头巾盖住,没人见到她的面。洞房时,新娘侧面向内,熄灯后谁也看不清楚对方,只有尽享鱼水云雨之欢。

次日起床后,新娘要给长辈敬茶,这回真是"丑妇终须见家翁"了。这时容妈见媳妇的真面目,苗妈也看到女婿曲手跛脚,便一齐去找丁兰说理。

丁兰早料有此一着,便装作若无其事问:"你们这么早就来送我了?"容、苗两人责问:"丁兰,你为什么骗我们?"丁兰说:"两位婶嫂,进来喝杯茶慢慢说,别发火。"客厅里早已安排好茶水、糖果之类,坐定后丁兰便说:"我早已将你们的情况说清楚了。男的打得一手好算盘,我说的是一手,没说两手。女的聪明,家务一眼看了便会,我说是一眼,没说过两只眼,你们没听准吗?"两婶嫂无言以对。丁兰又说:"你们两家在相睇时,我已说过,'你们两家三眼二面看清楚,以后有什么长短与我无关,'你们都同意了,我没骗你们呀。"

丁兰开解道:"你们两家一个是笋疏,一个是米碎,你不嫌他笋疏,她也不嫌你米碎,况且大家年纪也不小了,生米已煮成熟饭,大家互相体谅;再者,两人的伤残皆是后天意外所致,不会影响生育,也不会遗传的。"两家听了,觉得丁兰这番话有道理,就没意见了。从此,两家相敬相亲,成为好亲家。

后来有人编了几句打油诗以赞这段姻缘:

　　　　三十春秋男子汉,廿载岁寒女儿身。
　　　　手足伤残叹命丑,伴侣难求更伤心。
　　　　幸得媒娘施巧计,三眼二面喜成亲。

善 报

谭若鹏

相传很久以前,鉴江河岸的高凉郡住着一户姓周的人家。周家世代书香,且为人厚道,扶危济困,修路放生,积德深厚。到了周家仁一辈,更是慈善为怀,乐此不疲。在高凉一带德高望重,盛名远播,深受乡邻们的敬仰。

一天,周家仁到圩市买菜,邻村的张六叔硬是要把自己捕捉的一只一斤来重的青蛙王,以三十文铜钱的平价卖给周家仁。周把青蛙王拿回家,放进一只小坛子里,只见青蛙王直眨眼睛,眼角渗出丝丝的泪水,似有很大的委屈、痛苦和无助,不禁脱口问道:"青蛙呀青蛙,你感觉委屈和痛苦吗?"

只见青蛙王很有灵性地点下头。周接着又说:"明早我放了你好吗?你乐意的话,答应我。"青蛙王这回连点三下头,眼角的泪珠也渐收敛了。

翌日早晨,周家仁把青蛙王带到鉴江边,特地请来一位道士做了一场法事,事毕,周小心翼翼地放了青蛙王。青蛙王朝周叩了三下头,然后转身跳进清澈的鉴江水中。

一会儿,青蛙王从江中爬上岸,嘴里叼着一只碗口粗的雕花青瓷碟子,恭恭敬敬地放在周家仁跟前,再点三下头,然后跳进江中。如此精美绝伦的瓷碟子,周家仁从来未见过。他明白这是

善 报

青蛙王刻意酬谢自己的一份珍贵礼物，便十分爱惜地用丝绸裹好珍藏在自己的书柜里。

转眼到了年关，周家仁清扫整理书柜时，拿出这只碟子，想：让这只精美碟子闲置着不如使用，且随时可以欣赏。自此，这只精美的碟子便成了周家仁装烟丝的容器，成了周的私房伙伴。

不久到了盛夏，一晚，电闪雷鸣，狂风暴雨交加。未及子时，周家仁的烟丝抽完了，碟子里只剩几根烟丝。因风雨太大，无法上圩市买烟。周本来习惯挑灯夜读的，因无烟可抽，打不起精神，便把装烟丝碟子放进书桌柜里，提早熄灯安寝。

周家仁次日一早起床，习惯地拿起水烟筒，拉开放烟丝碟子的书桌柜，一看，吃惊地发现，昨晚空着的碟子又有一碟子满满的烟丝。周家仁赶忙问老婆翠玉是否昨夜冒雨帮他买回烟丝？老婆回答说不是。周家仁即领悟个中奥秘，心中暗喜。当晚，周家仁特地把这一碟子烟丝抽光，只留下几根烟丝，照常放回书桌柜里，并刻意上了锁，藏好钥匙。他次早打开书桌柜一看，又是一碟子满满的烟丝。周喜出望外，即刻把这装烟丝的碟子擦拭干净，然后放上两枚铜钱，放回书桌柜里。过了一夜，打开书桌柜一看，一碟子满满的铜钱呈现在周家仁眼前，周不胜自喜。

此后，周家仁照样行事，日日收获一碟子铜线。铜钱攒积多了，兑成银圆，银圆积多了，再兑成金子放进碟子里，周家仁每日获得一碟子黄金，不到一年工夫，便富甲一方，建了一幢深宅大院，添置了百亩田产，还开了两间商铺。当然，周家仁更忘不了行善布施，赈灾济贫，附近村邻街坊，深受其惠。故此周家仁名声大震，威望益高。

周家仁原有田地不多，除经营自己的田产之余，便是居家攻读诗书，深居简出。他的突然暴富，引起了乡邻好友的惊奇和猜测。乡邻好友们深知周家仁忠实厚道，良善可嘉，其发迹绝非歪

 风物人情

善报

门斜道，损阴缺德，见不得人的。不时，一些好奇的乡邻好友问及周家仁怎么突然发迹，周只是嫣然一笑，回答道："恕不奉告，迟早你会知道的。"问者感觉周有难言之隐，也不便寻根究底，只是对周增加几分神秘的敬意和庆幸。

光阴荏苒，日月如梭，弹指间，周家仁已逾古稀，他的两个儿子也已长大成人，功名垂范，创了家立了业。周家仁虽然风风光光度过了这三十多个年头，但对他隐瞒自己的发迹史，时时感到深深的内疚。

戊巳冬的一日，周家仁特地叫回在外履职的两个儿子，在家设了百余桌丰厚的宴席，邀请乡邻街坊、亲朋好友欢聚一堂。席间，周家仁满怀歉意请乡邻好友谅解其三十多年来隐瞒发迹真情，最后说："如果父老乡亲戚朋好友要知内情，明早到鉴江边我告诉大家好了！"话音刚落，博得满堂喝彩。

第二天一早，乡邻们一心想着知道周家仁的发迹史，早早来到了鉴江边。此时，像端午节看龙舟一样人山人海，热闹非凡。只见周家仁请来道士，做了法事。事毕，周家仁便把三十多年前在此放生青蛙王，得到聚宝碟子的事告诉大家，最后，周满怀深情，语气庄重地说："本想把这个碟子留给子孙后代，但我有两个儿子，留给哪一个都偏心，弄得不好还使其兄弟相争。况且，儿子孝顺懂事的话，他们日后多行善事，多积阴德，自然亦有好报。我蒙受青蛙王恩惠三十多年，也理应物归原主，今日就此了却一番心愿。"说完，把青蛙王所赠的这只聚宝碟子抛入江中。

周家仁此举，深得其两个儿子的赞许，也引得围观的村邻街坊的扼腕叹息。有个别贪图者，更是立即潜入江中打捞碟子，可惜任捞不着，徒劳无功。只是，每到秋冬江水清澈，人们每每见到江底放出一道道耀眼的金光。

周家仁临江还碟遂心愿，更怀念青蛙王赠碟之情。是夜，周家仁梦见青蛙王领着一群青蛙，在自己身旁欢欣雀跃，"呵、呵、

咽"地歌唱。魂牵梦绕,一往情深。第二天一早,周家仁满怀思念来到了放蛙的江边,只见江水涌动,一群群青蛙从江中跃起,边跳边"咽、咽、咽"地欢歌,会心地笑了。

此后,周家仁每到江边或田垌,总听到一群群青蛙"咽、咽、咽"的欢歌声,这欢歌,伴随着周家仁怡养百岁。

周家仁放蛙发迹的消息不胫而走,很快传遍了高凉一带。人们深晓得这是周家仁行善积德、善有善报的因果报应,引起了高凉一带信男善女和民众的效法,一时间,高凉一带的民众修德向善,蔚然成风。

乐哥打老婆

梁 周

乐哥是庆伯的独生子。庆伯是一个很风趣的人，并有一个富裕的家。乐哥是在蜜缸里成长的，少年时候不是一个等闲之辈，在学校里读书，虽占不了第一第二，却也不甘居第四第五。在村里武馆习武，他十套拳路打得虎虎生威，一杆棍棒在手中舞得闪烁如电，真是一位调皮而聪颖的人。他十七岁时与邻村玉娥姑娘定亲，十八岁便结了婚。玉娥是邻村茂伯的女儿，茂伯是一个武术师，常年在外地开武馆，可惜中年丧妻，故玉娥从小便随茂伯学文习武。玉娥十六岁时，茂伯觉得女儿年事已长，不宜长期在外流浪，便把她送回家里和老母亲一起生活，两年后与乐哥定亲。玉娥比乐哥年长一岁，结婚时已是十九岁的少女。她青春靓丽，与乐哥很匹配，熟识的人都称赞他俩很有夫妻相。这样一对年轻夫妇，两情相悦，日常出双入对，互相嬉戏，更羡煞邻人。婚后一年，大孩子出世，他俩有时也闹些矛盾。乐哥由于小时娇生惯养，容不得玉娥唠叨，不时地对玉娥使出拳脚来。但玉娥在乐哥打她时，从不出声，也不还手，唯有闪避和用手化解，还常常哈哈大笑，因而乐哥也知趣而罢手。他们一会儿又和好如初，真叫人摸不着头脑。乐哥打老婆似乎已成惯性，不时要出恶习。村里有的人称乐哥有男子气概，也有不少人为玉娥经常被打

而惋惜。风言冷语传到了玉娥的耳里,她总是一笑置之。庆伯公婆知道儿子横蛮经常打媳妇,就常常安慰玉娥,责备乐哥,但由于乐哥禀性难改,也无可奈何。乐哥打老婆也就远近闻名。

随着时间的推移,庆伯夫妇相继仙逝。乐哥的孩子相继出生,家庭生活的重担压得乐哥夫妇喘不过气来。乐哥为了生活做起了小生意,玉娥在家种地,家里内内外外都是一把手。乐哥有时心情烦闷,常常借酒消愁,喝醉了酒,就拿玉娥出气。有一次,他无故打玉娥,玉娥狠狠地说:"乐哥,乐哥,你不要恃你懂得几套拳路,一股牛性,想打我就打。如果有一天遇到有人敢打你,你真的不堪一击!"说着瞪了乐哥一眼,背起小女孩扛把锄头向田里去了。

秋收季节,割禾、晒谷、收禾草,一揽子的工作忙得玉娥直不起腰来。可乐哥跑生意回家,不但不帮忙,而且在家里饮起酒来,小女儿在家哭哑了嗓子,他也置之不理。

一日正午,刚好玉娥挑禾草回家看到此情景,就对乐哥说:"我忙得不亦乐乎,你却在家醉酒,女儿哭哑了也没有拉一拉,垌里还有两担禾草未挑回。孩子们快放学了,饭未做,菜未炒,你这样做是太不应该的。"乐哥听了这句话,就大吼道:"你几时学会教训起我来了?真的是'泼妇泼妇,三天不打变老虎',我要教训一下你了,说着他一跳而起,抓住玉娥的头发往地上按,想把玉娥摔倒在地。可他正在用力时,竟觉得自己的身子轻飘飘地浮了起来,四脚朝天,重重地摔倒在禾地的草垛上。他还未回过神来,只见玉娥一只脚已踏在他的胸口上。他这时清醒了,惊慌失措地大叫:"老婆高抬贵手,我知错了!"在侧边的小女儿吓得哇哇大哭起来。玉娥急忙用手抱起女儿,笑着对乐哥说:"你知错了?你以为世上无敌手,今日如何?"她放下女儿,随手把屋里天井边的一截石磨轻轻地举起来,又轻轻地放回原处,脸不红,气不喘。她继续说:"我自入你家十又五年了,五个孩子相

乐哥打老婆

继出世，长子已读了初中，一家人的生活担子重如大山，我一个人支撑着。十五年来你常常无故打我，我一直忍着，俗话说：'老婆打老公，老公无中用'，我给你面子，想你在社会上抬起头，让人看得起你，故我从不肯动你一根毫毛。但你却越来越不讲理了，现在孩子已长大，如果让你继续打下去，对孩子影响有多坏！"乐哥急忙地从草垛上爬起来，知趣地打了一个鞠躬，扮个鬼脸，拿起禾枪，向田垌里走去。

拜错天地

袁帝童

顾名思义,"错",就是不对。"拜错天地",就是说这"天地"不应该拜。这是流传于民间的一个"吴川狗"与"化州猫"争老婆的故事。

一条通往吴川化州两县的大路上,阵阵的喜笛声、锣鼓声,此起彼落,两顶八人抬的迎亲大红花轿,抬着两个新娘一前一后,相随而至。

两个新娘,一个叫翠花,一个叫彩霞,她们同是高山城里的姑娘。翠花姑娘嫁吴川亚九,她是吴川籍来高山城里开黄金首饰店铺的大商贾李老爷的千金,她文雅温柔、知书识礼;彩霞姑娘祖籍化州,随父亲到这里经营生猪,当起屠夫来,她粗犷有力、朴实大方,今天嫁给与父亲有着生意来往的"化州猫"亚苗。

两个新娘同一天同一个时辰出嫁,同坐城里花轿馆同一款式的大红花轿,两个新娘穿一样的丹凤朝阳的大红新娘礼服,盖一样的红头盖。两个新娘一样的打扮,她们坐在花轿里,谁也不知道哪个是翠花哪个是彩霞。

彩霞家住在城边的小村庄上,翠花却住在城里闹区,大家同一时辰出门,同一时辰起轿,还是彩霞先走。

花轿一前一后地在大路上走着,走着,走到吴川、化州分界的三岔路口时,风云突变,低空飘过一片乌云,一阵稀疏的过云雨,"噼噼啪啪"地下起豆一般大的雨点来。彩霞花轿的轿夫为了不被雨水淋着,不管地面平整与否,丢下的花轿还晃了两晃,就一股劲地冲入路边的茅寮避雨。化州轿夫前脚刚入茅寮,翠花的吴川花轿后脚跟着也来到,吴川轿夫寻找一个平整的地面,把花轿抬到比彩霞花轿前几步的地方平稳放落,然后,也和媒婆新郎一同走进另一间茅寮避雨。

雨过天晴,化州媒婆见雨停了,走出路边,瞧瞧两顶花轿,就走到吴川翠花花轿旁,大声催促新郎和轿夫上路,轿夫走在两轿之间,前看看后看看,发觉两顶花轿相同,不知哪一顶是彩霞的。快嘴的媒婆见轿夫还在犹豫,就一手叉着腰一手拿着方帕指着轿夫说:"死蠢,像你们这样的轿夫哪能揾得到吃?我们先来,前面的花轿肯定是我们的嘛。"说完,令轿夫抬着吴川翠花的花轿,向化州的方向去了。

吴川翠花的花轿被化州轿夫抬走了,剩下的花轿自然就是化州彩霞的了。吴川媒婆和新郎出来,见路上只剩下一顶花轿,很自然地觉得这就是翠花的了,他们也不查看,吩咐轿夫抬起花轿向吴川方向走去。

约莫申酉时分,花轿到了各自家门,免不了按照当地的习俗,鸣炮庆喜,高燃红烛,祭祀拜堂,宴请宾客亲戚朋友,送新娘入洞房。

酉戌时牌,大开筵席,化州亚苗继续和贺喜的宾客猜拳喝酒,喝得酩酊大醉,席上一片狼藉。洞房里,盖着红头盖的新娘,冷冷清清地靠着圆台端坐着,台上的两盏红烛灯把洞房照得通红,揭红头盖红红的小棒子就搁置在红烛灯的旁边,单等新郎来揭红头盖。揭下红头盖新娘见新郎,新娘就是先要和新郎相见,才算礼毕。揭红头盖也有规定,一般来说,新郎揭红头盖就要拿起放在圆台上的红红小棒,面向新娘,把红红的小棒伸到红

风物人情

头盖的下方,从下而上,慢慢挑起,再把挑起的红头盖放进圆台上的笸箩里。

宴请宾客时,饮得满脸通红的亚苗心里乐滋滋的,送走亲朋戚友,就进洞房想和新娘亲热亲热。可是,现在饮酒过量的他借着酒劲进入洞房,跌跌撞撞,全然不知做新郎的礼节,他也无法顾得那么多的礼节。见到新娘,东摇西摆,一个踉跄扑过去,用力一把抓起盖在新娘头上的红头盖随意一丢,低头就想托起新娘的脸来亲几口。一阵熏天的酒气,呛得翠花连连闪避,差点跌倒。亚苗的胡乱举动,大大地出乎翠花的意料。翠花是大家闺秀,知书识礼,新娘的红头盖代表了新娘的尊严,岂容亚苗粗暴乱来?当亚苗抓开红头盖时,翠花就发现这个新郎不是和自己朝夕相处三年时间的亚九。更糟糕的是亚苗刚才抓红头盖时下手太重,竟把翠花头上的凤冠抓丢,凤髻抓散,凤钗抓落,他的粗鲁行为使翠花无法忍受,顿时怒从胆边生,双掌推出,只见一双纤纤弱手竟把一个把醉眼蒙眬、脚步飘浮的亚苗推了个趔趄,跌倒地上。翠花推倒亚苗,随即从笸箩里拿起一把剪刀,"霍"地站了起来,用剪刀指着在地上亚苗道:"你是何人?为何扮作我的新郎?"

亚苗被这厉声质问,酒醉已醒了一半,这时才发觉新娘不是彩霞,觉得很尴尬,但一时也无法说得通,口吃地连忙解释说:"我是人称的'化州猫','化州猫'就是我,我是……我真的是新郎,今天我……到高山镇迎娶我……的新娘彩霞,上轿前我……我还揭她的红头盖,谁知道现在却……却变成了你……"跌在地上的亚苗一边爬起来,一边回答翠花的问话。然后,亚苗把回想起在三岔路口的一幕讲给翠花听。

翠花听完了,将信将疑,沉默思考。亚猫望着这默不作声的犹如仙女似的翠花,内心有说不出的高兴,以为拜过了堂,就是生米煮成熟饭,夫妻名分已定。你看,这靓丽的新娘,肌肤嫩

拜错天地

滑，白里透红，像一团粉儿，像一朵出水芙蓉，就连刚才怒气的样子也是那么的靓丽。想着，想着，这时的亚猫越看越忍不住了，见翠花好像没有什么反应，就大着胆子走近她的身边，一个冷不防地将翠花抱上了床，讨好地说："娇妻啊，现在很晚了，我们睡觉吧！"

翠花奋力地推开压在自己身上的亚苗，怒目圆睁，严厉地说："我不是你的什么'娇妻'，我的夫君是吴川亚九，我要嫁的也就是吴川亚九，不是你这'化州猫'。"

亚苗不死心，说："我们拜过了天地，已是夫妻了，为什么不能同床共枕？现在你的'吴川狗'和我的那个彩霞新娘拜完天地，早就入了洞房，现在已经做了夫妻。"

"我了解我的亚九，我和他相处三年，山盟海誓，忠贞不移，你死了这份心吧！我始终是不会和你这'化州猫'走在一起的，你快拿你的被服到厢房去睡，如果你胆敢鲁莽行事，我就自当了断。"说完，拿起剪刀向着自己的心窝戳下。

刚被推到床边的亚苗见状，惊出一身冷汗，生怕为此闹出人命。亚苗一个转身，一把抓住翠花拿着剪刀的手，恳求翠花不要这样，答应以后再也不找翠花的麻烦，卷起自己的被服到厢房去了。

翠花和亚九相处三年了，彼此又是那样的相亲相爱。

早在四年前，李老爷的管家回老家吴川省亲，回来时还带来一个当学徒的青年亚九。亚九的父亲和李老爷是同行老友，交往甚密，他们同是经营金银珠宝的大商贾，他想亚九将来能做一个有作为的人，特托李老爷的管家带亚九来当学徒。

亚九个子高挑，肌肤嫩白，看上去斯斯文文，弱不禁风。实际上，他是一个刻苦耐劳、勤奋能干的人；他还写得一手好字，打得一手好算盘。自从他来到李家，白天，不单照看好铺面，就是李家里里外外的杂活，他也争着做。后来，因为他的珠算好，

风物人情

他还常常到账房帮忙,管家也常带他外出办货;晚上,他不管是在李家狭窄的小房子,还是外出办货,也不管是严寒或酷暑,都一直坚持习作,坚持把每一天重要的事情一样一样地记录下来。

李老爷很赏识亚九对生意的投入,有时还和亚九谈及一些生意上的事,亚九每次都出乎李老爷的意料,并独有见解地一一作答,每次的谈话都使李老爷感到满意,李老爷对亚九刮目相看。

亚九不但办事认真,更会体贴人。自亚九到李家的第二年,某一日,突然,李老爷觉得周身软绵绵的,卧床不起,经郎中诊断为得了伤寒。李老爷一向身体都是很硬朗的,他每天都坚持打太极健身,以为这天是健身过度才身感不适。家人见他卧床不起,给他找来郎中,可他偏不相信自己有病,郎中开的处方他不肯服药,拖了几天,病越来越沉重。老爷不肯服药,家里人和郎中都拿他没办法。聪明的亚九看得明明白白,他知道得了这种病的病人口是苦的,吃什么都没有味道,他为了李老爷能吃上药,亚九向老夫人要求照顾老爷。每次,他把老爷的药煲好过滤之后,再将药汤用来熬粥,熬好了粥就端到老爷的床前,扶起卧床的李老爷,把粥一匙一匙地往老爷口里喂。一连几天,老爷在亚九悉心照料下,病情天天好转。再过几日,李老爷的病就好了。

老爷痊愈后,很感激亚九在自己得病时无微不至的照顾,他征得老夫人的同意,允许亚九像管家那样与老爷、夫人、小姐一起同台就餐,可以出入大厅、后堂、花园,对待亚九简直像对待自己的儿女一样。

老爷见亚九年纪轻轻,聪明能干,很有能耐,在短短的时间里,他不但掌握了生意往来的业务,还经常帮账房结账,跟管家一起到外地进货,表现得十分干练,遇到问题总有一种独特的见解,使出现的问题很快得以解决,老爷觉得他真是一块做生意的好料子。

从此,亚九可以进出大厅,可以经常和翠花小姐在一起。亚

拜错天地

九和翠花年纪相仿，两人投机默契，无事不谈。翠花小姐喜欢亚九直爽的性格，喜欢亚九写得一手好字。天长日久，两人产生爱慕之心，后来奉父母之命，媒妁之言，直至今天的结合。

再说亚九拜完天地，宴请亲朋好友，直至到他送走最后的宾客，夜幕降临，亚九惦记着翠花，生怕冷落了心爱的新娘，急急忙忙地走回洞房，在圆台上拿起掀盖头的红红小棒，甜蜜蜜地叫着翠花的名字。

可是，在洞房的新娘不是文雅的翠花，而是一个平时坐凳不着的、粗犷朴实的彩霞。这个彩霞新娘待在洞房里很不耐烦，天生好动，一会儿靠圆台坐着，一会儿又坐到床缘，还时不时地撩开红盖头偷偷地看，不停地来回走动。当亚九一边叫着翠花一边走到她身边时，坐在床缘的彩霞听着亚九甜蜜的叫声，她以为这个新郎是自己的"化州猫"，还另有恋人，在结婚的大喜日子里还惦念着她，甜甜蜜蜜的，不由得怒火中烧。"死猫！今天你还敢惦念你的什么'花'，老娘就给你一点利害看看，看你还敢什么'花'、'花'什么的没有……"说完，一把抓下自己头上的红头盖往地上一掷，恶狠狠地站起来，准备教训一顿"化州猫"。

当她张口想教训刚进来的"化州猫"时，却发现进来的不是亚苗，而是一个肌肤白皙、英俊潇洒的文弱书生。这下白面书生的出现可把彩霞弄傻了眼，她伸长脖子，连忙把吐出口边的话硬邦邦地吞回肚子里。然后，满脸堆笑地讨好亚九说："哎呀！你是谁？……怎么……新郎是你。嗨！你可英俊呵！我们都拜过堂了，我们都是夫妻了呀！好啊……"粗犷的彩霞一边挪开位置，一边拉住亚九的手同坐在床缘上。乐滋滋的她，开心地望着亚九，把亚九的手放在自己的大腿上，不停地抚摸着。

亚九被这突如其来的变故弄得一头雾水，拿开彩霞的手，站了起来。想着，今天自己与翠花结婚，而且是一直看着翠花在媒婆撑着的红伞下走进了花轿，可是，现在的新娘却是另一个陌生

女人，内心很不是滋味。

他在沉思，在追忆……

……两顶花轿抬到吴川与化州交界的地方，大家为了避雨，之后的粗心大意，方才把花轿抬错。当时，化州的花轿放在一个不是很平整的地方，翠花的花轿最后在彩霞花轿前面平坦的地方放落……想到这里，一向办事细心的亚九里心觉得非常内疚，悔恨当初起轿不检查，直至出现这样不该出现的差错。

亚九的脑海中出现了寻找翠花的想法，就把自己的想法和彩霞商量，想让她回到亚苗身边。

彩霞知道亚九想让她离开，心想：这样一个俊俏、性情温柔、有事肯与自己商量的一个好郎君，怎肯白白地在自己的手中溜走？反正我和亚九都拜了堂，嫁谁都是嫁，不如嫁一个疼自己的郎君。

彩霞一个转身，搂住亚九的脖子，撒娇地说："我们拜了天地，成了夫妻，你想丢下我去找你那个翠花，这就不对了。我嫁猪随猪，嫁你这个'吴川狗'就跟定你这个'吴川狗'了。"

亚九见彩霞不同意，一时间没了法子，他拿开彩霞的双手坐在床上。彩霞见亚九不开心，也坐到床上劝解，可是，亚九总是默不作声。彩霞劝亚九睡觉，亚九要拿被服到厢房睡，彩霞不肯，一下抱住亚九睡下，用身体压住亚九不肯放开，亚九只好翻身推开彩霞，只身走出洞房去了。

亚九要送彩霞回化州亚苗身边，彩霞不肯，她嫌亚苗粗鲁乱来。她明知亚九是不肯要她的，但是，这样一个俊俏温和、重情重义的如意"郎君"，她又怎么舍得离去？

三朝，新娘是要于归回娘家的，亚九要送彩霞回高山，彩霞也不肯，生怕离开亚九的家，以后就再也得不到亚九了。

三朝，翠花思念亚九，要回娘家去，"化州猫"不同意，怕翠花离家就也不再回来了。亚猫把翠花软禁在家里，大门也不得

拜错天地

走出一步,他想用"拖"的办法把翠花"拖"到心软心淡,然后下嫁给他。

三朝,两个新娘,一个得回娘家却不肯出门,一个想回娘家却不得出门。

亚九思念翠花,他告知彩霞自己要到高山找翠花去,不知什么时候回来,亚九把彩霞的一切安排妥当,嘱咐她保重身体,自己出门去了。彩霞含着热泪依依不舍目送这位有情有义的郎君出门远去,冀望他快去快回。

亚九到了高山,在岳父家等了一天还是等不到翠花回娘家,第二天,他就到化州亚苗家寻去。

三天来,化州亚苗见翠花不肯和他结合,他决定去吴川找彩霞。为了不让翠花逃跑,吩咐家人把门锁上,不让她随便出入,自己却到吴川亚九家查找彩霞。

晌午过后,亚苗到了吴川找到了亚九的家,鲁莽的亚苗一时想不到找什么理由进去找彩霞,他只好在店铺门前徘徊。忽然,亚苗望见一个熟悉的身影在离亚九的家不远的水井汲水,赶紧走过去一看,正是彩霞。彩霞见到亚苗,十分愕然,两人相对良久,一阵久别的悲欢,彩霞丢下水桶,走到亚苗面前。但又不知如何是好,一阵埋怨,最后在亚苗身上乱捶一通,委屈地哭诉起来,亚苗好言相劝,并相约夜里相见。

入夜,彩霞在家里等候亚苗的到来。

"笃、笃、笃",屋后的窗户响了三下,这是彩霞和亚苗相约的三声,彩霞开了窗门,亚苗双手按在窗台上,双脚轻轻地一缩,就已经跃过窗子进了房间。

亚苗翻窗爬椽是那样的熟练,真的不愧为一只"化州猫"。

亚苗进了房间,彩霞关了窗门转过身来,一对不应该分离的夫妻,在这个小天地里,再也抑制不住内心的情感,他们紧紧相拥,他们窃窃私语,他们熄灯上床……

风物人情

　　五更时分,正是黎明前的黑暗,彩霞借着夜幕,开了窗门让亚苗从原路返回化州。

　　这天,亚九也从高山到化州找翠花。亚九在化州找到了亚苗的家,饱读诗书的亚九,拜见了亚苗的父母,并言自己是翠花的表兄,相求与翠花见面。

　　亚九和翠花在客厅相见,他们互诉思念,互诉忠贞,互盼重逢。亚九、翠花一致认为两人要团聚,只有通过衙门调解才能解决。亚九、翠花正在商量,亚苗回到了家,见到靓仔亚九和翠花坐在客厅上,语气温柔甜蜜,妒忌之心油然而生,心有怨气地嘲讽:"我'老婆'这硬骨头,不要你这'吴川狗'来啃。"说完就送客。

　　亚九径直回到高山与岳父商量,把抬错花轿的前前后后写在状纸上。翌日,亚九把状纸呈上公堂。只见一个矮小的县官,活像个不倒翁似的,摇着一把写着"当官不为民做主,不如回家卖番薯"的折扇,不紧不慢地从后堂走出,他就是人们称为断案神速、公正的青天知县。

　　知县升堂,一拍惊堂木,师爷急急呈过状纸。知县见过状纸,立即签发令牌,命衙役传彩霞、亚苗、翠花一干人到堂听判:吴川亚九与翠花结为夫妻;化州亚苗与彩霞结为公婆。"化州猫"见县官把翠花判了给亚九,心里不快,他抗诉,不肯娶彩霞,说自己与翠花拜了天地,是为夫妻;吴川亚九却说抬错花轿造成的一切后果应由亚苗负责。他们各抒己见,据理力争,没个了结。彩霞听了亚苗要翠花不要自己,一阵怒气,走到亚苗的面前,用手拧住他的耳朵说:"死你的'化州猫'就只会偷吃,三朝那晚半夜你到亚九家找我,并赖着和我过夜,说什么'一日不见如三秋'……好了,现在见人家老婆靓就不要我,你这死猫以为有腥就可以吃?快和我一齐回家拜过天地。"彩霞拧着无言对答的亚苗的耳朵走了。

拜错天地

  这时的矮知县右手摇着折扇，左手捻着那下巴的山羊胡子，从堂上走下来绕着亚九和翠花转了一圈，唱着粤剧"白榄"："当官不为民做主，不如回家卖番薯。"
  亚九和翠花双双叩谢知县，欢欢喜喜携手回家，再燃红烛，重拜天地，设宴庆贺，真是有情人终成眷属。

因祸得福

郑庆云

梅菉近郊有条秀茂村,濒临大海,人们素以打鱼为业。村中有一渔民叫陈生,年纪四十三四岁,生得五官端正,肤红体壮,小时念过书,粗识文字,为人心地善良,性格爽朗,家中已有妻儿。

一天,他出海捕鱼,从早到晚,一鱼未获。到了最后一网,只捞起一个大螺,大如谷斗,长尺许。陈生觉得当天没彩数,有点纳闷,只得收网回家。晚上,大螺放出光芒,能照见墙壁的字画。陈生惊奇地想着:"螺这么大,又能放光,这定然是个异物,不如放它回海,以免伤害了它。"次日,陈生便将大螺放回海里。大螺好似懂得人性,浮在水面,不断叩头,然后,慢慢地沉没下去。

再说梅菉有位商人,载了一船货物运往福州,雇请陈生作水手。航行大海,遇上台风,风狂雨骤,巨浪滔天,全舟覆没,人货俱空。陈生沉没海底,迷迷蒙蒙中见有三位少女,轻裘玉带,飘飘如仙女,上前招呼:"陈恩人,跟我们走!"陈生跟着三位少女往前行走,不多久,来到一座晶莹洁亮的大院门前。大院门外,怪石嶙峋,珊瑚玉树,罗列前后。三女引着陈生踏上台阶。陈生入门,早有一位老妇上前迎接。三女说道:"陈恩人,这是妾的亲娘,她已在此等候多时了。"她们说罢,作揖而退。老妇让坐,命侍女奉茶,接着说道:"陈恩人,你有所不知,我这里叫沧浪洲,乃暹罗属地。

因祸得福

我的老翁修炼五百多年，已颇有道行。那日因闲游海边，不慎被君所获。幸君心地善良，得以释放，深感活命之德，无以图报。近知君有风波之险，他本想前往恭迓，因奉东海尊主之命，往迎宾客，佐理阴阳之化，并须守职三年，才能更替，迫于赴命，故失远迎。他临行前，嘱三女前往营救，迎接恩人回府，并嘱以长女娟娟许君，请邻翁蚶伯为媒，以报活命之德，幸勿见却！"陈生听罢，感到十分高兴，但思绪很乱，犹豫不定。他说道："多承尊翁与夫人热情接待，就感激不尽了。至于与令爱成亲之事，陈生很难从命，因家有妻儿，而且又高攀不起，请另择佳婿为好。"老妇说道："你家之事，我也知道。但请恩人不要多虑，也不要推辞，以便成其美事。"她说完，即命侍女设宴洗尘，并安置陈生于东厢歇息。

次日，府堂张灯结彩，喜气盈盈，一位浓眉白发、红脸银须的老人前来做媒。一群侍女扶着身穿吉服、头戴凤冠、披红挂绿的新人，出堂与陈生参拜天地，参拜老母，相互交拜，礼毕，大摆筵席宴候宾客。是夜洞房花烛，二人极尽新婚之乐。

娟娟貌美贤良，工诗善书，还爱作画，陈生与之成为伉俪，互敬互爱。年余生一子，儿子自幼聪明伶俐，天真可爱。但陈生常常挂念家中子女，不时叹息苦恼。娟娟知其心事，也时常劝说："君思家心切，自是人之常情。妾本想送汝归去。但相君之面，寿已无多。今君四十五岁了，限数已终。苍穹念你从善，延寿三年。但君之福未艾，尚可遗之子孙。"陈生听罢，归心更加迫切，要求迅速遣送返家。次日，见有巨舰一艘泊于岸边，问之，知是暹罗进贡开往天津之船，便要求乘搭回去。娟娟依依不舍，但又不可强留，即取出珊瑚二支，粗如臂，长尺许，赠予陈生。

娟娟还勉励陈生归里以后，多积阴德，他日尚可相会，遂洒泪而别。

陈生回到天津，买棹返粤，将珊瑚出售，得金二万两。归里次年，无病而终，其后子孙多有发达者。

远亲不如近邻

孙亚胜

俗话讲"远亲不如近邻",明叔和四爹两家,一个在上屋,一个在下屋,可谓近邻中的近邻了,但两家人相视如仇敌,路中出入相遇,怒目绷脸而过。

外人不用了解内情,只要从他们的屋边走过便知道这两家是一对冤家了。你看,明叔这座刚建起不久的两层火砖楼房,靓是靓,可惜门口左边这一涡沟渠涬,蚊蝇围了个里三层外三层,臭气熏天,真是大煞风景!有什么办法呢,人向高处走,水向低处流,你明叔屋在上,四爹屋在下,他要在自家屋背角筑起一条"堤坝",看你倒的水又向哪里流?

明叔的名字叫鸿明。他的形貌与他的名字很不相称:瘦小的身材,面容什么时候都是一副弱善的微笑,你无事给他两巴掌也没多大反应。他常常穿着一条过肥的"国防装",不过在寻常中还露出几分庄严。确实,村中有谁会说他做事过分?如此说来,定是四爹"恶交易"的了?嗨,也不能这样定论。不过,四爹确是有点自私,脾气也不小,且死要面子。明叔和四爹是本家,年龄也只是相差几个月,小时候一样淘气,常一起上树掏鸟窝;成家后也曾是一对好邻居,时常互相帮衬。两家结怨,那是后来的事。

远亲不如近邻

这事得从"穷过渡"时期说起。

那一年，明叔接任生产队的会计。有一天，生产队分配番薯，轮到四爹了，他却要违反规定，故意从番薯堆的四周挑拣大只的放进箩筐里。他当然知道这样做不对，但是裤带不知加几个孔也扎不紧了，谁都会为一点小便宜去绞尽脑汁的。四爹认为这分番薯的机会难得，心中老早就盘算起来了。正在打算盘的明叔见他做得碍眼，便善意地对他说："四爹，你要遵守规定呀。"四爹本来对明叔做会计就不满了——他是富裕中农嘛！现在却说起自己来，哪能忍受！要是别人指责还不敢怎么样，可偏偏是你鸿明！你能对贫下中农多话吗?！于是四爹瞪起了那由于眼皮肿得松弛而珠子显得深陷的眼睛，蛮不讲理地吼起来："什么？我是让你管的么？现在是什么时候了！"明叔一听，气得难受，立即回敬道："什么时候能够乱做？""就是乱做，你亦无权干涉，你这些'危险分子'安的什么好心？"四爹使用了不知是从哪个驻队工作队员口中学到的这个名词，并捏紧拳头在胸前晃几晃。弄得在场的社员抿嘴偷笑。

在那以"阶级斗争为纲"的年代里，这些危险分子的确只有老老实实地劳动，"改造思想"，别的话是不可多说的。明叔有自知之明，他们有这块"红牌"在身，无理也是有理的，也就作罢了。

可是四爹并不知足。当晚收工回家，明婶像往常一样把洗刷锅盆的废水"沙"的一声倒在屋前的小巷处。只见四奶倏地从屋里蹦出来，一手叉着腰，一手指划着明婶骂起来："喂喂，你睁开狗眼哇，臭水要揾个地方泼咯。"

"鬼才泼你的灵屋！"明婶怎会像明叔那样怕事！再说，她是地地道道的贫农出身，腰杆也硬，怕你么？于是，两个"长毛"各站在各家的屋角，你一句来我一句去，各人的隐私、痛处，能够让对方"吐血"的毒话一齐轰了出来。激烈咒骂到最高峰的时

· 297 ·

风物人情

候,四奶便在四爷的指使下出头在自家的屋角处筑起这道"堤坝",并声言:"看你还恶不恶!"

明叔小时候读过几年"私塾",知书识礼,当然不会同他计较这些,每次争吵,只是责备自己的老婆儿女罢了。

三中全会后,农村实行了生产责任制,两家的利害冲突相对减少了,但这个"仇"一直未消。

可喜的是,政府号召一部分人先富起来,明叔就自筹资金,与另外两人进城搞起了个塑料鞋厂,把责任田交给爱人管。现在搞得甚是红火,不但生活水平迅速提高,穿着装扮焕然一新,还兴建起一座两层钢筋水泥的火砖楼房。

然而,四爷的家境变化不大。有什么办法,三个女儿嫁了两个,还有两个儿子读高中,家中经济紧张,还是住土改时分的那间泥砖屋。不用说,这就使四爷对明叔的兴旺添了不少妒意。但也只有暗中眼热罢了。唯有这截"堤坝"有时候还可以消解他的嫉妒。

明叔并不是那种心胸狭隘、心地肮脏的人,他"捞到世界",何曾不想着乡邻里故?就说与四爷结下的怨,一直让他睡不安稳,他过去也不止一次主动和解,如今先富起来了,更加伤脑筋!无奈家里的"长毛"一点也不体谅他。

一天晚上,明叔从城里跑回来,脚还未跨入门口就对老婆说:"明天我买几包水泥回来,到时你要准备出来帮手卸下来。"

"还用水泥做什么呀?"

明叔指指四爷墙脚那涡滓和四周。明婶立即瞪大眼睛骂:"你有闲钱了,给人家筑墙脚?说不定他还不领情呢,哼!就是拿钱抛进水中也有一声响!"

"我们自己出入也方便许多,再说指望解决家门口的水沟问题,有何不好?"明叔是经过深思熟虑后才这样做的。他要用实际的行动去打动四爷,于是带有责备的口气对老婆说:"你以后

远亲不如近邻

不要多嘴了,冤家宜解不宜结,人家拿钱买邻买里,我们有钱,更应该要注意搞好邻里关系。现在同四爹搞得这么僵,门口摆着这涡涟,外边人看来,还以为是我们过分呢。"

老婆用心想想,觉得也是,但口中还是嘟囔着。

吃过晚饭,明叔来到四爹家里打招呼说:"大家都吃晚饭了?"

明叔亲热地打招呼。四爹只用鼻子"嗯"一声,绷着脸,跷着二郎腿,坐在矮凳上,身子一动不动。四爹以为他是来讨好,从而叫他挖开水沟的。"没有那样便宜!"他心中狠狠地想。

明叔慢慢地坐下,边拿水烟筒"嗒嗒"地抽烟边挖些无关紧要的话说。四爹只是"嗯""唔"着,多半只字也不说。"你现在捞到钱,还会把我放在眼里?这条沟对你无利,才厚着脸皮找上门来,要不,你会天天屙屁熏我。"

"四爹,有两件事,想征求你的意见。"坐了一阵,明叔开始转入正题。

"我看中你是想这条猪尾的。"四爹无动于衷,脸上掠过一丝不易察觉的幸灾乐祸的冷笑。

"我同你来算一算,你屋后的墙脚的路巷一截,一共需要几多水泥、沙和石头?"

"倒水泥?给我的墙脚倒水泥?"四爹出乎意料地一震,心想:"这样就不用年年担泥填塞了,但是你屋前的沟渠,……哼,铺水泥我就睬你了?"这样一想,便摆出不屑一顾的样子,不无讽刺地说:"我的烂屋不用你操心!"明叔却不计较,顺着他的话柄说:"你这间屋的确是跟不上形势了,应该想办法积累些资金,再建一座了。"四爹一听,以为他是自恃钱多,今晚存心寒碜自己,心中那把无名火顿时烧起来,禁不住大声吼道:"你有钱关我乜事,我穷未见饿死!"

"四爹,你讲到哪里去了,我……"明叔碰了一鼻子灰,急

· 299 ·

得不知如何是好。

四爷却站起身，走入屋里。

明叔只得怏怏回家，后悔自己太过直率，不想想讲话的后果。老婆知道此事，又骂了他一阵"死龟"。"做人都几难啊！"明叔万分感慨自叹。

过了几日，四爷见明叔同他的女儿三妹在村边的榕树头说了一阵话，心里又生怀疑，待阿妹一回家，就迫不及待地追问："鸿明对你讲些什么鬼话？"

"爸爸，我正想把这件事讲给你听。明叔是一片好心呀！"

三妹慢慢地坐在四爷身边说："他对我讲，他的鞋厂现在还需要两个工人，想叫我进厂做工，刚才征求我的意见，并叫我讲给你听，问你同意不同意。"

"啊，这是真的！"四爷大感意外，……唉，怎么不同意呢！四爷不单眼红他捞钱，眼看他在村里一批批地招工，心里好不舒服。

"人家那晚就想对你讲了，你却丢他的脸，太无情了。"三妹撇着嘴，愤愤地说。四爷默不作声，想想过去，感到有点内疚了。

晚上，四爷的思想生平第一次出现了激烈的斗争，偏见和粗暴的脾气完全被明叔的善意和宽宏大量击碎了。这二十年来确实对不起他呀。道歉吧，面子又丢不开。怎么办才好呢？他想了很久，终于拿起锄头悄悄地走到屋后……

明叔在门口一见这情景，惊喜得难以形容，情不自禁地招呼："四爷，快来坐坐，天黑了，待明日再掘吧！"

"天黑我也看得见！"

阻隔两家人心灵沟通的"堤坝"终于掘掉了！

在明叔不断的热情招呼下，四爷犹豫了好一会，还是放下锄头，走向明叔家门口。

二十年来,这一步多难跨过啊!

"阿明,我过去难为你了……"好久,四爹才吐出这几个字,每一个字都在颤抖。

"算了算了,过去的事别提了。"

四爹只有呆呆地站着,羞愧、感激、拘谨得不知所措。此刻,两人都思绪万千,不过,有一点是相同的——兴奋、激动!

"坐下来聊聊呀,四爹,我今晚随便谈,你都不会见怪了吧。"明叔见气氛过分紧张,故意开一下玩笑,然后,像同惯熟人拉家常一样谈起来:"我们这地方村乡密集,地少人多,单靠种田的一些微薄收入是很有限的。你现在还有两个儿子读书,经济开支紧手就不用提了。我想叫你三妹到鞋厂做做工,每月赚几十元回家,就可以解决一些实际问题了,家里的责任田,你完全可以管得过来的,这样就可以攒积些钱了。你讲好吗?"

明叔望一望四爹那憔悴、不安的神态,心中一阵负疚,喃喃自语:"三妹去年高中毕业了,我如果知道她不准备补习,早就叫她进厂来了,都怪我那阵少回家啊!"

"不要讲这些了,明叔,你这样诚恳帮助……我永远也不能赎回这罪过呀!"

"咳,隔离邻舍的,何必讲这样话。"明叔看到往日的仇怨烟消云散,心里的疙瘩也解开了,兴奋地说:"古老人讲'远亲不如近邻',我们家里有什么事,不也是要你们邻舍帮忙。如果是救火,到十几里地去叫亲戚,那什么都完了。谁不知道'远水救不了近火'呢!"

四爹心里翻滚着,嘴唇翕动几下,像有很多话说,一时却说不出来,那久已干涸的眼眶湿润了……

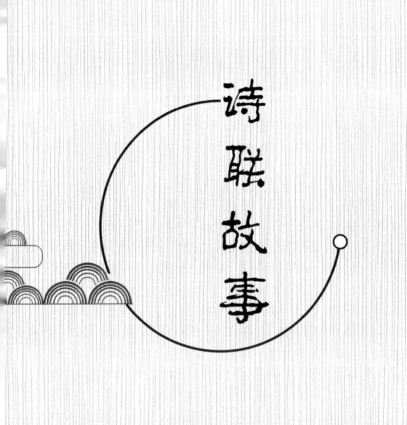

张少爷即兴 "白马诗"

梁 周

清光绪年间,直隶省万昌县有一位姓张的财主,名唤张百得。他祖先遗留下来家财万贯,栋宇连云。他虽广有钱财,却为富不仁,对人吝啬克扣。由于他连斗大的字也识不满几箩,却又假装斯文,故村里人给他起个花名叫白肚财奴。他娶了几个老婆,只生得一个儿子,起名叫张文贵,是以文为贵之意。但这位张少爷名与实违,在张员外的宠爱下,从小衣来伸手,饭来张口,养尊处优,骄横任性,秉性顽愚,无心向学。虽请了几个先生教他念书,由于资质愚劣,故读了几年书也分不清牛午丁子。张百得看着人家的儿子中举入学,自己的儿子愚劣无知,心中未免嫉妒和苦恼。而张员外不思教诲自己的孩子,反而认为是先生教学无能,于是连连换新老师,故当地没有读书人肯教他的孩子。张员外派人到外地聘请了范自然老先生入府来任教。这位范先生,博学多才,应对自如,可由于命途多舛,家贫难达,故以教书为生。当年他被东家解雇,也只好到张家来坐馆子,以谋升斗之粮,济肚皮之急。

张员外与范先生订条约,教书一年的工钱是白银十两,若能学会做对联,赏银二两,学会作诗,赏银三两。如半年不会,扣银三两,一年不会,扣银八两。开学伊始,范先生为使张少爷学

张少爷即兴"白马诗"

会作诗对,教之学《声律启蒙》,可今天刚教完"云对雨,雪对风",张少爷明天就忘得一干二净。范先生为了生活,对张少爷严加管教,故半年下来,张少爷也真的能背出"春对夏,秋对冬,暮鼓对晨钟"了。为了讨张员外高兴,以及时支取薪金,先生常常在张员外面前称赞张少爷资质过人,学业有进,使张员外心里乐滋滋。

春去秋来,秋高气爽,月朗星稀,中秋佳节到来了。中秋之日,张员外设宴招待范先生,张少爷陪同。席间,张员外说:"听范先生说小儿学业有进,我不胜之喜。"又对他儿子说:"我现在出一字、二字、三字、七字对让你应对,你可尽量对好啊。——'天',对什么?"张少爷听罢眼睛瞪着先生,范先生急用脚踩地,刚好踩到一堆鸡屎,张少爷即回答道:"天对鸡屎。"张员外听罢说:"呆儿无知,天怎能对鸡屎?"范先生答道:"令郎此对,对在对根,古语有道:'天有五行,鸡有五德,以五行对五德,正好对在根呢。"张员外真的以为对了,又说:"那么,'纸鸢'对什么?"张少爷更不知对什么好,眼巴巴地看着范先生。此时刚有一个老鼠从张少爷脚上走过,张少爷惊得失声叫道:"老鼠!"张员外说:"纸鸢与老鼠如何为对?"范先生说道:"少君此对,对在对肩,俗语有道:'纸鸢飞之弥高,老鼠站之地低',以高对低,正好成对。"张员外说道:"先生说你对在对肩、以高对低,可以讲得过去。现在你对三字对,饭台上有'黄榄仔',那'黄榄仔'对什么?"张少爷想不过来,用手拉范先生的衣袖,刚好被张员外看到,笑着说道:"傻儿,请先生偷卷吗?"范先生站起来贺道:"令郎不但才思敏捷,而且还懂得礼貌,因为我花名叫绿豆公。以黄榄仔对绿豆公是对得最工整的,但先生的花名,学生怎敢当面叫呢?所以拉我示意。"张员外听罢喜形于色地说:"先生说得好,那七字对是'今晚月圆人又圆',你怎对为好呢?"本来张少爷对上面三个对已手足无措,现在又听到

· 305 ·

诗联故事

出这个对,更惊得屎流尿撒,所以失口说道:"现时尿流屎更流。"此时范先生不待张员外开口,躬身说道:"想不到少爷的对,是长于七言。以今晚对现时,时令对时令,以流对圆,动词对动词,屎尿为名词,月人也是名词,正好成对,月圆月缺,天之道也,人有屎尿,人之道也,以天道对人道,更显高明无比,真是可喜可贺!"张员外听罢,真觉得儿子才高八斗,学富五车,于是作对子也就作罢了。

　席散之后,张员外对范先生说:"你对我儿教导有方,学思有进。但我不知其诗才如何?九月初一是我生日,我宴请亲朋,叫小儿作诗一首,当众即兴而吟,题目是咏我的白马,你可教我儿写好,到时咏读。"范先生即给张少爷写了一首白马诗:"白马白如雪,四蹄硬过铁,被我打一鞭,奔驰不停歇。"他一字一句地教张少爷,并叫他背得滚瓜烂熟。

　九月一日张家张灯结彩,亲朋满门,鼓乐喧天,欢声雷动,宴席开始后,酒过三巡,正在酒酣兴浓之际,张员外举杯对众亲朋道:"宴会无以为兴,我叫小儿即席咏诗一首,以助酒兴,望诸位赐教。"他叫道:"文贵儿听着,今日你就以我心爱的白马为题,即席咏一首七言白马诗。"本来范先生为他准备的是五言诗,当日不说清楚今日要作七言诗,每句差两个字,如何去补上呢?张少爷只好望着范先生提示了,先生见状,本想第一句给他加上亚爹二字,第二、三、四句再加其他两字。可张少爷没有理解诗意,以为每句都加亚爹两字,加上原来背得很熟,所以范先生刚说出"亚爹"二字,他就随口地咏道:"亚爹白马白如雪,亚爹四蹄硬过铁,亚爹被我打一鞭,亚爹奔驰不停歇。"张少爷摇头晃脑地念,范先生急得满头大汗,欲纠正不能,张员外气得口哑眼呆,众亲朋听罢,心中甚觉爽快,大家本来对张员外久已不满,今日听到其儿把他作为畜生在众人面前咏出,于是齐声喝彩,拍掌叫绝。

张员外一气之下，血冲脑门跌倒椅下，众人急忙抢救，范先生趁着人乱之际，急急地跑回书房，收拾好几件衣物，溜出大门，口中不住叫苦："顽儿不化，顽儿不化，饭碗倒了，碗倒了……"

塾师自寻没趣

邱石麟

据说过去有个陈员外,家有一女一男,女儿才貌双全,年届妙龄,尚未出嫁。儿子还是幼年,聘请了一个赵老师来教儿子,这位赵老师偏爱教学生作对子。有一天赵老师出一联对的上联:

有客登堂,惊扰半宵清梦。

学生几天也想不出下联,行坐不安,姐姐问弟弟是何原因,弟弟说道:"因为老师出一比对联,几天对不上来,故心情不安。"姐姐听完,便代作下联:

无人共枕,枉费一片痴心。

赵老师看了,询问学生知是他的姐姐代笔,便又出一上联,有意难他的大姐:

纸上画龙龙不动。

塾师自寻没趣

学生再求姐姐，姐姐又对下联：

鬓边插凤凤难飞。

老师知又是姐姐代笔，认为学生的姐姐才华可羡。老师继续出上联：

书窗有客沾春暖。

学生给姐姐看后，姐姐对了下联：

锦被无霜带月寒。

老师看了姐姐回联，心想深闺绣阁，枕冷衾寒，岂不是蕴玉思迁。老师又出上联：

分明幻玉迷青嶂。

姐姐接看完后，又回下联：

轻薄红颜伴画帘。

老师接到回联之后，想过学生的姐姐写这些下联，可能是她对我有意。认为从前人结婚要彩绫三尺给新郎，三尺给新娘，于是老师想试探她，又出上联：

六尺彩绫，三尺系腰，三尺坠。

诗联故事

小姐看完，对了下联：

一床锦被，半幅遮体，半幅闲。

老师一看，高兴极了，认为小姐是向他暗中表示爱意，于是心急与小姐见面而表示情愫，又写出上联：

平坡硬石，君子栽花难入手。

小姐看完之后，想想觉得有问题，问弟弟有没有告诉老师是姐姐代笔。弟说曾对老师讲过。小姐想到其中有了误会，马上回下联：

大海狂涛，渔翁撒网早回头。

老师看完，回联解释：

竹本无心，节外偏生枝叶。

小姐回下联：

藕虽有孔，心中不染污泥。

老师看得半懂不懂，以为还有孔可钻，又写了上联：

桃梅李杏，这些花哪时开放？

塾师自寻没趣

小姐见老师痴心不死，自寻没趣，生气地答复下联：

稻麦黍稷，此杂种是何先生？

老师看后，才知是自作多情，只好罢了。过了不久，小姐出嫁。又过一年多时间，生了一对双胞子，满月请客饮酒，也请赵老师来做客。当两个孩子抱出来的时候，老师故意问："请问小姐的两个孩子，到底哪个是先生的？"小姐听出赵先生说话想占便宜，她就回答说："不管哪一个，先生是我的儿子，后生也是我的儿子。"弄得赵老师面红耳赤，无言可答。

四秀才联句

李德隆

　　从前，一和尚好色，除了日常在寺里坐蒲团，敲红鱼青磬和拈香礼佛诵经外，一有空，就偷偷地离开禅林，到城里的青楼妓馆去寻花问柳，好不快乐。

　　一天，他到一家叫"惜红院"的有名妓院狎妓。正在寻欢作乐之际，突然来了两个衙差，带着手铐，走到他面前，不问青红皂白，便给他戴上手铐，直接到县衙去。县官升了堂，把惊堂木一拍，他就不打自招，供认不讳，并求大老爷从轻发落。县官心想，出家人竟敢流连风月，败坏佛门清规，本应重罚，但他只是嫖娼，未敢污辱良家妇女，犹可稍加恕谅，于是也就从轻发落，只判处他戴枷游街示众一个月，并罚做轻微的苦工，以儆效尤。

　　这天辰牌时分，太阳正从东方冉冉升起，衙差押着这个戴着枷锁的和尚到了街上人群密集的地方站立示众。许多看热闹的人把他围得水泄不通。大家正在议论纷纷的时候，人群中突然闪出四个秀才来，其中一个秀才建议："今见了这等奇事，我们四人何不各人吟诗一句，联成一首五绝，以纪其事呢？"其余三个都非常赞同。于是，甲秀才便洋洋得意，不假思索地吟出第一句：

　　　　"知法还犯法。"

塾师自寻没趣

看热闹的人听了,都齐声喝彩,说他吟得好。接着,乙秀才也接口吟了第二句:

"出家又戴枷。"

看热闹的人见他接得天衣无缝,大为赞赏,于是又把视线转移到丙秀才来了。不料丙秀才本就是肚中无物,在众目睽睽之下,他只好左望望,右望望,憋得满头大汗。这时,周围看热闹的人都焦急地注视着他,他更如热锅上的蚂蚁,急得要命。突然他见到东边的朝阳正照到和尚的头上,于是,顿生"灵感",便吟第三句:

"东方红日出。"

看热闹的人一听,都大声哗笑起来,因为这句诗简直和前两句风马牛不相及。丁秀才为了挽回丙秀才的面子,便接着吟出第四句来:

"板上晒西瓜!"

看热闹的人听了,个个都啧啧称赞道:"这个结句真是接得好!接得好!"

财主生日，儿子赛诗贺寿

谭古今　伍权中

传说，梅江村有一个大财主，名叫伍福来。他在生日的那天，大摆酒席，赛诗贺寿。他有四个儿子，长子伍富，次子伍贵，三子伍荣，四子伍华，他叫四个儿子各以"富贵荣华"四字排头，即席各吟诗一首，表示贺意。

大子伍富是进士，善于吟诗作对，于是当即摇头晃脑先吟起来："富裕常思压石崇，贵人贵子出无穷。荣身荣国多荣幸，华苑华庭尽笑容。"次子伍贵是举人，也善于吟诗作对，于是当着他爹的面摇头晃脑吟唱起来："富时食用不忘穷，贵品珍珠莫撒空，荣耻分清明志向，华奢生活世难容。"三子伍荣是秀才，亦善吟诗作对，于是他接着吟唱："富人不要压贫穷，贵日常思贱日容，荣耀有因耻有故，华庭寿筵祝仙翁。"四子伍华是农民，不会吟诗作对，不敢在其爹面前吟诗。平日，他爹见他贫穷没有才学，看不起他，缺衣少食也不照顾他一下，还整天像狗一样"空空"地在他面前不停咒骂。他思前想后，就愤而壮胆地在他爹面前，也摇头晃脑地吟唱起来："富爹不要太欺穷，贵者临门露笑容。荣耻不知亲不顾，华庭老狗叫'空空'。"他爹听完，当场气得口开眼白，说不出话来。

豆腐佬妙计考秀才

孙健生

从前某日，有和尚、秀才、婢女三人同时来到菜市场买豆腐。豆腐所剩无几，大家都要争着先买，一时令豆腐佬好为难。稍顿，他心生一计，既能趁机考考那位秀才，又免得与他们啰唆，便对三位客主说道："莫着急，大家先来比一比。你们每人都拆一个字，来表明自己的身份和先买豆腐的理由。拆字要贴切，道理要充分，哪个说得好，就先卖给哪个。"和尚佬觉得胸有成竹，于是先开口道："有水是清，无水亦是青，青山峙立佛院静。清清静静谁不爱？豆腐滚菠菜。"

秀才心想，自己有文有墨，无论怎样都能赢得二人，随即一摇一晃地吟起来："有口是和，没口也是禾，禾生苗长斗新科。新科状元谁不爱？豆腐滚菠菜。"

旁边几位看热闹的群众，发出一阵掌声。秀才微张笑口，现出胜利者的喜悦。

最后轮到婢女。只见她不紧不慢地说着："有木系桥，无木亦系乔，乔老爷身边有个女'娇娇'。娇娇女子谁不爱？豆腐滚菠菜。"

话音刚落，四周响起更加热烈的掌声。

豆腐佬见小女子口齿伶俐，天衣无缝，出乎自己所料，又加

诗联故事

上她确实可爱,于是把豆腐先切给了她。自以为一肚子墨水的秀才先生,觉得竟然敌不过连字还没识几个的小妹丁,又气又急,称了豆腐便急匆匆地走了。和尚佬险些连豆腐也买不到,更加没了那开头时的神气。

妙联破寄案

凌世祥

相传宋仁宗期间,一日包公和护卫展昭两人外出,途经南大村。这时天色已晚,包公决定进村找户人家投宿。

他们走着走着,忽然见前面有位白发苍苍的老人,正蹲在门前抱头痛哭,好不悲伤。包公急忙上前,低声问道:"老人家,因何事伤心?"老人抬头看了包公一眼,只是摆摆头,又抱头抽泣起来。包公见这情景不再追问,便提出想在他家借宿一宵。老人听后,连忙摆手说:"不行,不行,家里前几天死了人呀!"包公一听,问道:"老人家,死者何人?因何故而死呢?"老人抬头看了包公一眼,觉得来人心地善良,态度诚恳,便把家里死人的前后经过说了出来。

原来,这位老人姓余,夫妻俩生得一子,没有女儿。儿子余生,年方十八,正在攻读应考。不久前,老人为儿子娶了媳妇,新娘聪明贤惠,生得如花似玉,美若天仙,全家人都满意。

新婚之夜,新娘听说丈夫目前正在书房攻读应考,便开玩笑说:"余郎,我出个对子,对不上不准进洞房。"新娘说完,便拿起一张椅子朝窗外望着高高的月亮,说出了上联"移椅倚桐同玩月",余生一听,想了很久也答不出来,由于书生气太重,他低着头跑出新房,竟然回书房去了。

诗联故事

第二天早晨，新娘发现丈夫愁眉苦脸，便问道："你怎么愁容满面？"余生苦着脸说："我正为答不出你的对子发愁呢！"新娘一听觉得奇怪，急忙追问道："余郎，你昨夜不是对上了吗？"余生一听，也感到奇怪，说："我昨夜睡在书房里，并没有回过家，怎么答出对联呢？"新娘顿然醒悟，自知被别人钻了空子失去贞操，对不起余郎，悔恨交加，上吊自尽了。

新娘一死，县衙门立即派人把余生捉拿归案。文弱书生经不起糊涂县官的严刑拷打，被逼供认，判了死刑，秋后问斩。老母亲闻讯，也投河自尽。

包公听了这位老人的诉说后，心里很难过。他心里暗想，到底是谁促成这位新娘冤死的呢？他觉得要破此案，首先要对出这个对子才行。

这天晚上，包公和护卫展昭就投宿在老人家里。夜深人静，包公亲自来到余生房中，想着那个"移椅倚桐同玩月"的下联，不知过了多久，包公突然想出了对子："点灯登阁各攻书"。

天亮后，包公赶到县衙，叫护卫展昭写了一张榜贴了出去。榜上写着：欲在本地挑选一些有才学的人，带进京城做官。条件是：能对出"点灯登阁各攻书"的上联者。

榜贴出不久，一个姓张的书生揭了榜，他得意扬扬地来见包公，说："愚生看过榜后，欲随大人进京，望大人多多栽培。"接着念出"移椅倚桐同玩月"。包公冷笑一声，说："好，我就带你进京！"说罢，把惊堂木一拍，命令道："把他捆起来！"话音刚落，左右官差一拥而上，马上把张书生捆绑起来。

正做着官梦的张书生，想不到当场被捉拿，吓得魂飞魄散，连喊冤枉。包公厉声说："歹徒，你居心不良，乘夜奸淫人妻，害死两条人命，我岂能饶你！给我掌刑！"张书生一听，吓得浑身发抖，魂不附体，连忙跪下呼喊："小人愿招！"

原来，那天晚上新郎余生赌气跑回书房后，几个同学开他玩

· 318 ·

笑，说他放着如花似玉的新娘不伴，却回书房来守夜。新郎余生口白心直，便将新娘考对联的事向同学们说了出来。谁知言者无意，听者有心，张书生乘深夜之机，偷偷潜入新郎家里去答对子，新娘不辨真假，竟与之同入洞房，以致酿成了这场悲剧。

包公当堂叫张书生画供，打入死牢，并让护卫展昭叫姓余的老人把关在监狱的儿子领回家去。

就这样，一宗冤案，被包公巧妙地破了。

老师可敬

陈章应

清末年间,有一位老师姓朱,名叫尚儒,他为人正直,学识渊博,颇受人们的尊敬。但他碰上一个调皮的学生,被众人称为马骝王的,已经是一个十三四岁的男孩了,整天却无心向学。"偷鸡"是他的家常便饭;偷老师的钱、米,也时有所闻。因此,老师特别关心他。听说他肚饿了,老师就把饭给他吃;白天在课堂上耐心教导后,夜晚又登门给他补课。老师的所作所为委实令人感动,而这位学生还是依然故我。其母亲流着泪激动地说:"老师啊!天下的父母心也比不上你这名师啊!"有一次,大家聚精会神在听课,他竟迟了半个钟才大模大样地走进教室来,真把人都气坏了。朱老师气不过来,就咬紧牙关把那浓浓的墨汁涂在他的脸上。他满脸染黑,十分难看,全班同学都向他投来异样的目光。这次,老师算发了前所未有的大火,他自己也很难过。说来也怪,从此以后,这位学生也开始变化,平时沉默寡言,学习也像样了。

光阴似箭,转眼间这位同学也是一个三十出头的县官了。有一次,他威风凛凛地回家探亲,并备办酒席,派专人去邀请朱老师饮酒。朱老师收下请帖,即笑眼眯眯地捋捋胡须,甚为高兴。他打开请帖一看,怔住了,内里特有一副对联:"当年墨涂面,今日玉环腰。"这显然要戏弄老夫一番了,但他并不急躁,只见他顺手提笔,在这上下联前头分别加上"如无""哪有"两字。就打发来者收帖回去。后来,其主人打开一看帖联——"如无当年墨涂面,哪有今日玉环腰",即仰天长叹一声,便策马前去向朱老师下跪,并诚挚地说:"真是学无止境,今天我才真正懂得。如果不是老师当日的教诲,哪有我今日的成就呢?老师的恩德真大如天啊!"

黄先生选女婿

甘达海

话说,从前吴川有个黄先生,有女名金凤,年方二八,聪明贤惠,容貌出众。先生把女儿看作掌上明珠,一心想为她挑个如意夫婿。四乡八邻的官宦少爷、富豪公子,一个个托媒送礼,登门求婚,踏破门槛,好话说尽,却没有一个被挑上的。

这天,又来了三个求婚人。一个是有权有势的官家子弟金少爷,一个是巨商大户钱公子,还有一个是出身贫寒的文秀才。

金凤在帘子里听了他们三个人自荐,相中了才华出众、眉清目秀、温文尔雅的文秀才,但当着他们三人的面又不好直言。她眉头一皱,计上心来,便对爹爹耳语了一阵。爹爹点了点头,于是开口说:"我出个题目,看你们谁回答能合我女儿的心意,她就跟谁成亲。"三个人你看我,我看你,猜不透黄先生葫芦里卖什么药,便都答应了。

黄先生出的题目是:"什么最贵?什么最重?风吹什么动?什么里面能藏风?"

金少爷目中无人,不假思索,抢先答道:"官位最贵,官印最重,风吹官袍动,官衙里面能藏风。"钱公子财大气粗,不甘落后,接着答道:"金子最贵,元宝最重,风吹银票动,银房里面能藏风。"

黄先生选女婿

文秀才胸有成竹，不慌不忙，最后答道："诗书最贵，情义最重，风吹秋波动，哥心深处能藏凤。"金凤听罢，十分高兴，对爹爹说："请文秀才留下，我还要和他商量我们的婚事呢！"

金少爷、钱公子大跌眼镜，大失所望，傻愣了一会儿，便夹着尾巴溜了。

卖菜仔考书生

郭学昌

从前,有一间名叫"天地香"的和尚庙,有个卖菜仔经常担菜去庙卖。一天,有甲乙丙三个书生去和尚庙游览,见到卖菜仔摆的菜,就走近前要买菜,当时菜箩里只有卖剩的两把菜。三个书生都争着要买,三个人两把菜,怎么卖?卖菜仔想一想,就对三个书生说:"你们几个都是读书人,是否可以就庙名'天地香'这三个字,每人选一个字吟一首四句诗,谁吟得好,就把菜卖给谁,不过吟的诗要按如下规定:第一,"天地香"三个字由各人自选一个字,吟一首四句诗;第二,诗的开头一句要把选的字分拆开为一句;第三,诗的内容要有历史人物和情节;第四,诗的第四句末尾那个字,一定是分拆开的那个字。

三个书生听了卖菜仔说的话后,一致表示同意。书生甲抢先选个"天"字去吟,他这样吟道:

"一大就是天,拐李问李仙。洞宾何处去,今日去西天。"

书生乙选个"地"字吟,其诗是:

"土也就是地,张飞问刘备。关羽何处去,镇守荆州地。"

书生丙最后吟个"香"字,其诗是:

"禾日就是香,张生问红娘。莺莺何处去,入庙里烧香。"

卖菜仔听了三个书生吟的诗,觉得都很好,都能按四条规定去吟,文理通,声韵对,谁高谁低很难分,最后他也吟一首诗作评判:

"半斤对八两,大家都一样。我菜难送出,只留自己尝。"

财主教子

梁华驹

古时,吴川某村有一户财主人家,夫妻俩只生得一个儿子。不知是什么原因,几代人都是独苗单传,人丁总是旺不起来。财主老伴早年患了绝症,经多年医治,回天无术,眼睛一闭,腿儿一伸,撒下老头子父子俩便驾鹤西去了。

这些年来,可苦煞了财主,既要当爹又要当娘。光阴如白驹过隙,日月似闪电掠空,转眼间,儿子到了上学的年龄。财主请了一位塾师到家里教儿子读书识字,一心只盼望把儿子抚养成人,将来能延续香灯继承家业也就心满意足了。他的儿子长大后,虽然也略懂只字片语,模样儿也长得有几分眉清目秀,但却很没有出息,整天游手好闲、不务正业,在外结交了一帮狐朋狗友,日醉酒肆,夜眠青楼,挥金如土,钱当纸烧,常常数日不归家。看到儿子如此不争气,财主心痛得要命,经常把儿子骂得狗血淋头。

一日,财主对儿子说:"你不好好念书,不学会打理家业,日日在外边醉生梦死,我百年之后,你如何混日子呢?"儿子却说:"老窦,您怎能说我不读书识字,我现在就写一句话,请您猜猜到底是什么意思,如何?"

财主听后高兴地说:"很好,看你有什么新鲜离奇的玩意儿

财主教子

能难倒我。"

于是，儿子用笔在纸上写上三个吴川地名："老巴山""吴阳""坡尾"。他写完后，双手呈上给财主看。财主仔细看后，百思不得其解，只好叫儿子揭晓答案。儿子颇为得意地说："这是一句谐音话，我写给您看就会明白了。"儿子在纸上写了七个这样的字："老爸生吾样颇美。"然后说："这是人家夸赞老窦给我生了一张模样俊美的脸面儿，明白了吗？"

财主看了儿子写在纸上的字后，如梦初醒，茅塞顿开，高兴地说："原来如此，难得我儿想出如此妙句，待我用其人之道还治其人之身，也写一句让你猜猜到底是什么意思。"财主经过一番思索后，也在纸上写了三个吴川地名："长岐""兰石""大山江"。

儿子看后，也是丈二和尚摸不着头脑，对着纸上的字时而摇头摆脑，时而搔首挠腮，绞尽脑汁，搜遍枯肠，好似黄鼠狼遇上了乌龟不知如何下手，最后还是向老父举起了白旗，缴械认输了。他唯有请求老父指点迷津，揭开答案。

财主得意地说："这也是一句谐音话，我这里写出给你看，希望你能领悟出其中的真正含义。"说完后财主用笔也在纸上写了七个字。儿子没花多少时间终于看明白了老父亲的用心良苦，心里震撼很大，良心受到了强烈谴责，非常愧疚，马上跑到老父亲面前"扑通"一声跪下说："老窦，我完全读懂你写的意思了，今后我一定要谨记你老人家的教诲，决心改邪归正，生生性性地做人。"

请问："财主写的三个地名的意思是什么？"

答案："长期滥食大山光（粤语谐音）。"其意是：长期地大吃大喝，大山也会吃光的。

少年吟诗表志

张志达

古时候,一些有文化、懂得吟诗作对的人,往往以诗联的形式互相交谈,表达自己的意向情感,饶有风趣。

广东粤西的吴川是文化之乡,人才辈出。该县雍裕村有一位叫王思敏的少年,家境虽穷,但也念过几年私塾。他禀性聪颖,出口成章,十三四岁就能写诗作对,颇受乡邻的称赞。

思敏未到弱冠之年,因为父亲早逝,家庭的重担就落在他身上了。有一年,眼看年关已近,家里还是空如水洗,少柴缺米,一家六口,如何过年?

村里有个叫刘梅生的塾师,很赏识思敏的才智,也同情他家境穷困,于是领着思敏去拜访当地一户书香之家。

这家户主叫杜广界,是大财主,十分富有;也书深墨黑,很爱吟诗作对,但为人却不可取,花名叫悭死鬼。刘先生和思敏认为,大家都是识字人,此行以诗会友,倾诉衷情,或可博得杜财主的同情,借贷三两担谷,以济燃眉之急。

两人满怀希望地登程了,踏进杜府大门,寒暄一番后,三人就面面相觑,沉默不语。思敏心情急切起来。成竹在胸的刘塾师抢先开口:"今日诗友相逢,机会难得,不如各人吟一首诗,消遣消遣吧!"杜财主点头赞同。

少年吟诗表志

只见刘先生离座作揖,手握毛笔,一挥而就。诗曰:"节届年关百事忧,囊如秋水对谁谋。但祈鲍叔高风在,管子虽穷畅意悠。"

杜财主一看,知道两人来意,他起座踱步,沉吟一笑,也执起笔来依韵奉和一首:"随遇而安何必忧,多文为富是良谋。今无鲍叔贤人在,那得西江济水悠。"

年轻的思敏涉世未深,但熟读诗书,知晓事理,心想:自古有道,"为富者不仁",今日亲身感受到了!又何必卑躬屈膝,过多饶舌呢?只见他泰然自若,挥笔疾书:"生逢此世正堪忧,朝野纷纷起乱谋。筹策问谁匡世局,息戈解甲乐悠悠。"王思敏才思敏捷,随机应变,以诗回敬财主,维护了自己的尊严,也表达了他胸怀大志、关心时局、忧国爱民的理想。

两人婉言告退,杜财主并不感到难为情,还假惺惺地说:"两位有空再来,再来。"

为分减思敏的困难,刘塾师从自己的学俸中挪出一石谷相赠。

正是:先生爱才,以诗求助,济人之急;财主不仁,咏句拒友,吝啬可恶;少年吟诗表志,正气凛然,不受羞辱。这个故事,一直为当地人津津乐道。

一联独脚对的故事

易光远　陈　凡

很早以前,大树村有一个老财主,绰号叫棺材老鼠。他仗着儿子当了地方官,欺霸一方,无人在他父子眼里。

一年,这老财主请了一位老教书先生入屋专教他的儿孙。年关到了,先生就找东家,准备领工薪回家过年。东家说你到书房等,我送去给你。

过了一会,见东家孙子拿着一张白纸,上面写了个井字,里面加了个人,递给先生说:"爷爷叫我来问先生,这是什么字。"先生看看后,找齐所有字典都没有井里加人这个字,便说:"没有这个字。"

东家明知是没有这个字,是自己有意造出这个字来刁难先生的,就走到先生面前说:"字都不识,怎么教别人,你既不识这字,就不发给你工薪了。"先生无可奈何,恨恨地离开了。他边收拾行李边叹气说:"井里有人,我的工资无望。"就用白纸写了"井里有人,呜呼!教师工资无望。"贴在书房外路边的大树上,空手回家去了。

这时,村里的人都涌出榕树边围观议论。恰巧,这时有个长者见了这么多人围观,以为是出了什么事,就挤进来看,了解后,便派随从叫来东家。

一联独脚对的故事

诗联故事

一会儿,东家到了,长者二话没说,便叫随从:"你们先给他重打二十大棍!"随从们就把棺材老鼠按倒在地,打了二十大棍后,示出钦差令牌,就地审理!

老财主见了,惊得站立不稳,跪在地上连叫:"大人饶命,大人饶命……"

钦差问:"井里有人,是什么字,出自哪书哪典?老实招来。"

东家说:"我也不识这字,是我为了不想给先生工资而造出来的,我错了,以后不敢了,现在我就叫人到账房取银来给先生是了。"当时有人报知先生,先生也来了,银也收到了,先生高兴地谢过钦差大人……钦差说:"此案到此为止,但这联对还没完成,谁来对下联。"旁观者都说:"也应由先生对回吧!"先生高兴地在行李包中取出笔墨写上:"肉上加棒,快哉!老板白银送来。"

豁达儒生膺重任

梁　周

清朝中叶，广东出了一位巡抚，名叫李鼎华，是一位豁达大度、恢宏雅怀的贤才。此人原是举人出身，未显达时，才高八斗，学富五车，况其生性敦厚，气量恢宏，有姜太公之智、娄师德之忍，平日藏锋露拙，喜怒不形于色。可惜身处穷乡僻壤，加上家境清贫，故虽有经天纬地之才，可通达无门，只得在乡下设帐度日。如此年复一年，月复一月，岁月蹉跎，华发添霜，不觉已届不惑之年了。俗语云："三十不高是矮仔，四十不富是穷人。"况运交华盖，这一年过了元宵，仍无东家聘请，眼看设馆无门，三餐难继，真如日暮途穷，只好终日漫步街头，一者为消愁解闷，二者希望或幸遇故友知交，推荐一个西席。

有一天，他无目的地在街头闲步，忽见一个看相先生摆摊街头，旁边挂着一副醒目的对联："定祸福，助人济困；说时运，为你分忧。"他举目细望，只见这个看相先生相貌堂堂，高坐案头，目中睨视街上行人，却不招揽生意，傲岸地正襟危坐。虽有一两个人走近，但他亦不动声色，于是尽皆行散，因而门可罗雀。李鼎华见此，心想：看来此位看相先生是个读书人，精于玄道，今既薄而摆相摊，却羞于招徕客人，今日无人光顾，囊涩袋空，难免家里又要烟凝灶冷，妻儿号饥了。"同是天涯沦落人，

诗联故事

相逢何必曾相识？"这时，他不觉动恻隐之心，于是，便走近案头，长揖道："先生有礼了！"

那先生微微举手答礼说："先生请坐，有何事赐教？"李鼎华道："我看先生非常人也。根据你摊头联语，故特来向你请求教诲。"看相先生说："先生是看相？还是测字或看八字呢？"李说："只要先生示我迷津，那就任随尊意吧！"看相先生说："那么请公先报贵姓尊名和贵庚八字，并伸出你的左手来。"李鼎华依次报上姓名和生辰八字之后，伸出了左手。先生看罢左手，继而用手从头一直摸到脚跟，沉吟半响，说："先生名讳与相格俱佳，且博学多才，我也早有所闻，你何故困顿若此？"李鼎华说："先生之说令我汗颜。我本来举人出身，但家境清贫，通节无门，故只有设帐训童度日，不期时运不济，今年没馆，至今仍无门路，真是愧对世人，愧对先生矣！"看相先生说道："不然，人之贫富，随德而变。方今世风日下，仕晋之门无钱不足以敲开。但目前圣主英明，唯贤唯德是用。世上岂独有唯钱才可使鬼推磨的？你如今正吉星高照，或有幸相遇明主圣君，当一品官不难也。"李笑着说："先生说话，只可聊慰我心。但我对仕晋之途实望而生畏。按现在捐一个八品小官也不下一二万银子才得到手，如捐知县、知府就不下一二十万银子，教书每年收百把银圆，这样的身家，何能步入仕途呢？"看相先生笑道："你藏拙山野，如龙之潜形，容忍海量，以此观之，正所谓是真人不露相也。你姓名李鼎华，以此观之，三字俱现吉兆：木子逢春、日照当头、花开富贵，前途无量。况你相格清奇，襟怀宽畅，耳大鼻直，丰颐河口，应是食禄万钟。你应离开此地，即刻赶赴京城，明年大比之年，必当飞腾，一品大官可期也。"李鼎华听罢哑然失笑，说："你说得舒服，但念我一介寒儒，上要孝敬奉养，下要体恤抚育，而今缺食单衣，履破帽残。冬虽暖而儿号寒，年虽丰而妻啼饥。今年西席无门，不作饿鬼，也邻丐夫，哪来百把两银子作盘缠上京呢?"看相先生离座而起,说:"先生如有心上京,我一定解囊相助。我借给你二百两白银,权给你作安家和上京之资如何?"李鼎华听罢以为听错了耳,于是问道:"先生此话当真?"看相先生说:"大丈夫一言既出,驷马难追,白银立即兑现给你,你可在三日内进京吧!"

李鼎华接过白银,简直如在梦中,喜悦得竟忘记询问这位慷慨的大恩人的姓名,疯狂般地抱着白银跑回家中,把事情的始末告诉妻子。妻子问及这位恩人是什么姓名时,他才如梦初醒,急忙跑回原地找寻恩人,哪里还有看相人的影子?问及旁人,大家异口同声地说,看相人已在半小时前离开。鼎华无可奈何,只好返家。当他夫妻把银包打开看时,只见在雪白的白银之下,夹着一张纸条,写了四句话:"倜傥量宏阔,志雄才亦高,春风得意日,相会在益州。"鼎华夫妇看罢,百思不得其解。李鼎华只有把纸条收藏,把看相先生的音容笑貌永铭在记忆中。

李鼎华得了白银相助之后,第三日即登程赴京。一路上风餐露宿、跋涉艰辛,他终于到了北京城。在京城里举目无亲,居之不易,只能寄居于相国寺。他本来字体漂亮,日常中除温习功课准备秋闱考试外,常常帮助寺内的和尚抄写经文,有时还写点字画让小和尚拿到街上出售,以补贴日用。由于他性格平和、厚德敦实,故深得寺内和尚的青睐。岁月如梭、光阴似箭,李鼎华上京将近一年了。年关将至,自想离家将近一载光景,说什么一品大员,春风得意,实际是水月镜花,可望而不可得,因而未免产生了"觉昔是而今非"的念头来。众和尚见他郁郁不乐,提议他写春联出卖,一者可消磨光阴,解闷散愁;二者多少可赚点钱作补贴之用,挨到春闱过后再作打算。鼎华此时也无可奈何,只得如此办了。于是他拿出二两银子请和尚买来年红纸,购进笔墨,写起了对联来。本来他写字造诣较深,又加上其所写的对联意义超群脱俗,故他的对联一拿到街上便成了抢手货。于是他日夜兼

程写起了对联来。

一日,他写的对联晾晒满了寺门的地堂。突然有两位身穿白铠甲骑白马的青年人到寺门来。两位青年准备下马,但突然马前蹄竖立起来,如脱缰似的长嘶咆哮,跳了起来,把满地堂的对联踩得粉碎。待他俩勒住马,地上已成为一遍碎墨残红。几个和尚大叫,要求赔偿。李鼎华忙阻之说:"这是无心之过,何劳赔偿?"他走到两位青年身边,抱拳作揖道:"先生受惊了,真是对不起,请进内饮茶压压惊!"两青年忙赔不是,说:"这对联是先生写的吗?今日马眼生花,毁了先生的对联,待点过数目,自当加倍赔偿。"鼎华笑道:"这处本是众人参禅游玩之所,我写对联在此晾晒,已有碍了,今日先生马受惊、人受怕,已对不起,理应请求原谅,至于赔偿,何敢言之。"鼎华陪两青年一直进入寺内,相揖而坐。其中一位青年开言道:"先生的语言,应是闽粤人氏,不知何以来此卖字画为生?"鼎华躬身答道:"先生所见甚明。我本是广东人氏,青年时曾中举入学,由于家穷,只能在乡下设帐度日。今年初遇着一位看相先生赠银,并指引我入京城来,故在此读书。今正是年终无事,写点年红以谋蝇头之利。"一位青年说道:"请问先生高姓大名!"鼎华答说:"小人姓李名鼎华。"青年人说:"先生德才在广东早已有名,我亦慕之久矣,今日相见,实三生有幸!先生才高八斗,应是学门中人,你所写的对联字迹飞龙舞凤,更是难得。我今出一对联,请你赐教如何?"李鼎华答道:"承蒙赐教!"那青年即出上联曰:"笔底诗联能盖世。"鼎华答道:"胸中肺腑可容天。"那青年又出联道:"心神欲静,骨气欲动。"鼎华答道:"意志宜定,胸怀宜开。"那青年听罢,击掌大笑道:"先生胸怀广阔,肺腑坦荡,确是俊杰之士。先生的容忍功夫非常人所能及也。如先生不弃,我当介绍你到一处教馆,未知先生同意否?"李鼎华拜谢道:"初次谋面,深得同情,足见高谊,请提携扶持以求得安身之所。"那青年又道:

豁达儒生膺重任

"我的朋友家园广阔,人员众多,你到他家坐西席,只宜在书房及花园任事,不许逾越家门,以免招非议。须知京城复杂,应慎言谨行。我定于正月初八日接你,你自做好准备,免到时匆忙。"那青年吩咐完毕,上马而去。

过完春节,到初八日早上,只见一顶四人抬着的轿子,直入相国寺来接李鼎华就馆。李鼎华上轿,只见轿门窗严密封蔽,不能看见外面光景。经过半晌时间,忽听有人叫道:"书房已到,请李先生下轿就馆。"李鼎华下轿细望,只见书房红墙绿瓦,环境幽美,金碧辉煌,他便知道这是一个富贵之家的书房。他正在凝神细看,原来聘他的那青年人在里面迎了出来,高呼"欢迎",便携李鼎华之手入书房坐定。书房五个小孩早在等候,参见老师。那青年说:"这五个孩子平时调皮,今日得李先生到此执教,务要严格要求,按馆规办事,不得姑息。期望先生传之以德,育之以才,使其德才兼备,学业有进。你每年的束修,我家自有规定,将派人安排妥当贵府,你不要挂心。至于日常生活,我自派人送到。如有要事,即着来人告知。"说毕青年人又对五个学童说道:"李先生德才过人,此是我亲自派人物色,并亲自从广东请来的,你们要谨守家规,听从李先生的教诲,如有违背,即按家规严惩,你等知否?"五学童齐声答道:"谨从教!"那青年说毕,还吩咐一些话给内外侍仆后,离书房而去。

李鼎华就这样地在此当上了西宾。自后,他每月都接到家中平安信息。李鼎华在此教书,与从前在乡下坐馆的生活完全不同,每餐吃饭都是琼浆玉液、山珍海味;晚上住宿,重褥锦被,真是享受人间富贵。而五天一假,李鼎华在广阔美丽的花园里游玩,园中的花卉山水,只有在画卷上见过。于是他安心教学,也不问身在何处。那青年人每月也到书房一两次,征询李先生的生活起居及教学情况,但往往都是来去匆匆。自古以来都是一样,人从贫贱而骤然富贵则容易安于现成。李鼎华从一个清贫的教书

· 337 ·

 诗联故事

匠进入这个衣锦玉食的环境里也安心地过着繁华的生活。真是富贵嫌年短、饥饿恨日长。光阴似箭，日月如梭，曾几何时，三年届满了。李鼎华离家三年多了，也想返家团聚，但又想到，返回家中又不知前程如何，况淡茶粗饭，尚未卜能否保住。于是他欲对东家说明返家而又怕失去机遇，心中矛盾重重，细想起来，原来看相先生所说的一品大官，却是欺人之谈。他越想心中越是举棋不定，心中无限的惆怅！

十二月初，那东家青年又到书房来。李鼎华与之谈完教学情况之后，对那东家说："我自入京，已三年有余。在东家的关照下，三年来，锦衣玉食，享尽人间富贵。但在此三年中我却不知妻儿如何，想值春节之际，返广东省亲。但来年容身何处？恐与先生难有相见之期了。"那青年答道："客久思亲，孰人无之。先生如欲返家团聚，当奉送返家。至于明春如何，先生之意若何？"鼎华说："我初到京，看相先生说我可达一品。但我一介寒儒何敢奢望。只是东家在京，未知有否关要人物可为引进，谋一职业，能免饥饿足矣！"青年笑道："先生想着任职，我尽可帮忙。我在京师，朝中之要人，也略有一二知己。如宰辅和珅、吏部纪昀、尚书刘墉等。如先生必欲谋个出身，我当帮你打听关节，谋个前程不难吧！"李鼎华当即避席下拜说："承望大人提携！"青年又笑道："先生才高学广，心意旷达，一生谨慎，我欲想你到四川当差，你愿意吗？"鼎华答道："四川乃天府之国，如能到那里谋个府县之职，安身立命足矣！"青年说："如此，你静听好音可也。"说毕，青年与之握手笑别。李鼎华听到青年的话，细思这个东家说与朝中要人是知己，不是寻常之辈，但是否可靠？他心里还未踏实，也只有听命而已。

十二月十五日，书房给学生放假。李鼎华无事在花园欣赏梅花，由于心绪重重，不觉触景生情，唱起了元朝张翥的《东风第一枝》词来："老树浑苔，横枝未叶，青春肯误芳约。背阴未返

豁达儒生膺重任

冰魂,阳稍已含红萼。……云淡淡,粉痕渐薄;风细细,冻香又落,叩门喜伴金尊,倚栏怕听画角……"正在这时,只听到门外有人声传呼:"请李先生登轿。"李鼎华不知就里,急忙回馆草草收拾行李,在来人的再三催促下出门来。李鼎华对来人说:"我在京城无容身之地,你们叫我上轿,到哪里去?"来人答道:"你从哪里来就到哪里去!"此时李鼎华肚里明白,又要回到相国寺去与和尚们相伴青灯黄卷了,要享受那粗粝菜汤了。想到此,心中不寒而栗。但身不由己,深悔不该为想家而离开尊荣之地,去求那杳如白云的东西了。

一会儿轿到了相国寺,他正想拿行李下轿,只见寺门外的和尚们排列两旁,如迎接什么达官贵人似的。这时有两人走近轿边,一个帮他拿着行李,一个手上抱着一个大包袱,一直扶他出轿向寺内走去。他刚走到寺门,先见正厅上供着香案,一位官员肃立在上。内中有人传呼说:"太子少傅李鼎华接旨!"李鼎华尚未听清楚是怎么回事,还径直向厅上走去。寺门的方丈在门首大叫:"李鼎华快下跪接圣旨!"李鼎华当时只听到叫他"下跪",心里不由得害怕了起来,心惊肉颤地跪在地上!堂上和案前的几位达官贵人,护着一人直到香案前展开一幅黄卷,朗声宣读:"奉天承运,皇帝诏曰:李鼎华任太子少傅三年,竭忠尽力,有助朕躬,有功于国。兹着外任,钦点为四川巡抚,明年正月底前到任,钦此!"李鼎华此时不知是高兴还是激动,也不知是否听清楚,犹如木偶一样的跪在地上。寺内方丈又大叫:"李大人还不谢恩!"李鼎华只得道:"吾皇万岁,万万岁!"这副状态,令在场的人都大笑起来。他听到笑声,才如梦初醒,心里才踏实知是好事,于是接过圣旨,再跪下,道:"谢主隆恩!"

此时的情况作为笑话,在后来很快就传遍京城了。

李鼎华接旨,回到原住的西厢内,房中的布置已不再是那草席棉被,而是重锦绸铺了。皇上所赐的物品,由钦差大臣一一交

· 339 ·

代数目。所赐的金银珠宝，绸缎绫罗，是他一生所未敢想过的也是一生所未见过的。三天后，在一批侍卫人员护送下，他回粤探亲。一路上驿马传达，官员接待，春节前夕回到了家乡来。官员们把他送到一所高墙广院的府第面前，门上一个匾额写着"太子少傅府"。李鼎华如堕入五里雾中，不敢向前迈进这个家门。这时，其夫人雍容华贵地在众侍婢的拥簇下率子女出来迎接，他才相信这府是自家的，也确信自己在京三年当教师，所教的学生原来就是皇太子，自己已曾任职为太子少傅的达官了。

在家休养过了春节，选定吉日赴四川上任。车骑刚入剑阁，四川官员已到此迎接。其中一位大官自报为吏部侍郎黄得功迎见。李鼎华一见，觉得很为面善。只见黄得功笑着说："故人别来无恙，恭喜大人荣膺重任，大人曾记起相逢在益州的诗句吗？"李鼎华猛然醒悟：他就是三年前赠银给他上京的看相先生！当晚黄得功与之同住一府，把当时的情况和盘托出，李鼎华才知道自己上京和在皇宫里当太子教师之由。

李鼎华听到黄得功的说明，他深感乾隆皇帝的知遇之恩，而又觉得自己在京三年被拢在乾隆的术中而不觉。他表示一定要殚精竭虑，治好四川，做到为官一任，造福一方。

他后来政绩显著，深得乾隆的器重，也得到四川人民的爱戴，这是后话。

讽刺故事三则

郑庆云　陈自强

一

清朝有个财主，只生得一个儿子，从小就娇生惯养，财主疼之入骨。老财主专门请一位名师培养教育他。可这个财主仔，生性刁顽，无心向学，成绩很差。他还倚着父亲财势，经常外出欺压群众，人们既怕他又恨他。

老财主望子成龙，虽花了不少心血，但收效不大。每当大比之年，都强迫儿子到府城应试，考取功名。谁知儿子是个白腹书生，笔下涂鸦，每试都是名落孙山，空手而归。老财仗着自己家中有的是钱，儿子既然考不上，就花开一千几百两白银给他捐个监生。捐监这天，老财大摆宴席。猪亲狗戚、"社会名流"都来贺喜。贺礼很丰盛，有的是红包，有的是绫罗绸缎，有的是珍贵物品，有的是书卷画轴，琳琅满目。县内有位举人老爷也送来了一幅匾额，匾上横书"犁驾蓝星"四个大字。老财得此匾额，眉开眼笑，认为举人老爷看得起他，增光不少。

匾中四个字怎样解释呢？众说纷纭，总没人猜得透。有的说，"'蓝星'，可能说少爷是星宿降世的吧！"有的说，"'犁

驾'，是不是引用孔子《论语》中，'犁牛之子马辛且角，虽欲勿用，山川其舍之'的典故呢？"

一天，老财主将这幅匾上的字照样抄好送到邻村一位老先生处要求帮助解释。老先生想了半天都想不出其中奥妙，他提起水烟筒想抽口烟，忽然一阵清风吹来，他顺手将戒尺握住字条上端，一看，恍然大悟，戒尺下端则变成"牛马监生"了。老财主看了，气得直吹须。

二

李志毅，出身贫寒，少年时，曾以演木偶戏为生，后来参军当官。在他调任吴川县长时，县城的乡绅士子都瞧不起他。但他既是县老爷，有权有势，别人又如之奈何呢？为了出口气，乡绅士子们于是给他赠送一块匾额，横嵌着"学优登仕"四个大字。李志毅得匾，得意扬扬，认为吴川名人士绅看得起自己，赞赏自己。但还是他的秘书聪明，他素知吴川街乡绅不大好惹，心想："他们对你这个不学无术、出身贫贱的县长，能看在眼里吗？又怎能送匾褒扬你呢？"他仔细推敲这四个大字，于是玄机一悟，便对李志毅说："学优登仕"四个字他都仔细推敲过了，其中学、登、仕三字都好解释，只有这个"优"字，它可解作"优良""优秀""优等"的"优"，又可解作演戏的"俳优"的"优"。秘书语重心长地说："李县长呀！你少时演过戏，他们是否借此来讽刺你呢？以后遇事要小心点啊！"李志毅听了，闷气心中生，可是又奈何不了他们。

三

过去，坡头有位穷秀才，以砚耕为活。由于穷，衣服、被褥补了又补，加上卫生搞得不好，他发了一身虱蟖，因此人们给他

讽刺故事三则

起个绰号叫作"虱㜒楼",从此,他的真实姓名就被人们遗忘了。

　　虱㜒楼先生在乡下教私塾,因书房接近水塘,一到夏天,蚊子成群结队飞来叮人,虱㜒楼先生蚊帐又烂,被叮得似小孩出麻疹一样红红肿肿,因此,他深有感触,便以蚊为题材给学生出上联:"矮屋近簕蚊子薮。"学生们搜索枯肠,搜不出合适的对子对上。其中有个姓钟的学生,回家后,眉头紧蹙,无心食饭,其父钟文,是位前清秀才,见儿子如此苦闷,追问原因,儿子只好实说。钟秀才笑了笑安慰儿子道:"快点用膳,这比对包在我身上。"当即取来纸笔,写了一比对,用信封封好交给儿子说:"回书房后交给老师,说我代你作的。"钟同学将信交给老师,老师拆开一看,上面写着:"烂衫蔽体虱㜒楼。"当即一拍案台,"哎呀"一声,眼睁睁地坐在椅子上,久久喘不过气来。

陈瑸为祖庙撰对联

郑庆云

梅箓头祖庙门前,挂着一副"未立圩场先显圣;重修庙宇更英灵"的木刻大字,署名陈瑸敬撰的对联。这副对联虽带有迷信色彩,但远在雷州的陈瑸,为什么会来梅箓头写下这副对联呢?其中是有一段小故事的。

陈瑸,雷州人,传说他是吴川乾塘村(今属湛江市坡头区)人,小时随母亲改嫁做一位姓陈的继子,继父对他很好,把他抚养成人,供他读书,培养他成才。当然也是由于陈瑸从小聪明颖悟,勤奋好学,以致后来高中进士,出仕台湾。他在任期间,廉洁奉公,勤政爱民,深得台湾人民的爱戴,这是后话,暂且不提。

接上文说,陈瑸为什么来梅箓头给祖庙写了这副对联呢?原来,清康熙皇帝开科取士,全国士子都想大显身手,一展才华。陈瑸知道考期将近,也想赴京应试,希望丹桂高攀。可因家贫如洗,生借无门,要想筹措数百元盘缠费,是难之又难的事。他心急如焚,一筹莫展,正在踌躇之际,忽然来了一位客人。这位客人姓董,乃是经常贩运菜种来此地出售的商人。他热情好客,陈瑸与董老板经常来往,故很熟识。陈瑸招呼董老板进屋,寒暄几句,便闲谈起来,谈着谈着,就谈到缺乏盘缠之事,董老板问明要多少钱后,当即答应借给他白银二百两,并嘱陈瑸于某时某日

陈瑸为祖庙撰对联

到他家取款。陈瑸十分高兴，千谢万谢他。

考期届近，陈瑸辞别母亲，启程前往梅菉，先找董某，再赴京师。梅菉那么大，经过一番询问，陈瑸好不容易才找到了董家。他踮脚入门，见了一位中年妇女，便上前问道："请问大嫂，这里是不是董老板的家？"妇人说："是的。"她接着说："先生从何处来，尊姓大名，找董老板干什么？"陈瑸说："我是从雷州来的，姓陈名瑸，我与董老板是朋友，因我上京考试，他答应借我白银二百两，约我前来取款，请大嫂转告一声吧！"妇人说："董某是我的丈夫，他外出不在家了，请先生不要在此等他。"说完，她进入房内。

董某是否外出了呢？不是，他正在家中。因为上次他从雷州回时，便将答应借钱给陈瑸上京考试的事一五一十地告诉老婆，老婆顿时冒火三丈骂道："你这个有用的死龟，二百两银，白白就这样送给人家？人家上京考试，不中了，怎么有钱还给你呢？一句话，就是不借。"董老板说："我已约好时间叫他来取了，怎么办？"老婆说："到时说你不在家不就万事大吉了么！"老公拗不过老婆，便远远避开了。

天色已晚，夜幕降临，举头一望，四野灰黑，况且又人地两生，饥肠辘辘，如何是好呢？想往梅菉圩住店，又因囊中无钱，想到别处投宿，又不识去向，想着想着，忽见东面不远，约有一里之遥，有盏明亮灯光。他想：那里必有人家，何不按着灯光方向走去，找个人家，寄宿一夜，再作打算。陈瑸按灯光方向走了里把路，来到祖庙门前，抬头一望，朦胧中见到"祖庙"两个大字。庙里点着灯光，照射出来，陈瑸清楚看见在这盏灯前还有几位乡亲和庙祝公在那里围坐聊天，见有生面人进来，仔细一看，是一位文弱书生，便招呼他坐下，问道："先生，夜深了，你从哪里来的，想找谁人呢？"陈瑸说："诸位乡亲，晚辈姓陈名瑸，是从雷州来的，因董子园村董老板是我的老朋友，他答应借两百两银子给我上京应试，约我前来取款。谁知我命途多舛，他的妻

· 345 ·

诗联故事

子说他不在家,找不到人,天色晚了,人地两生,饥渴交迫,无从去处,幸好在黑暗中见到光明,我跟着祖庙这盏明灯来到这里。敢问贵村是什么村,各位尊姓大名?可否让我在这里寄宿一宵,明天一早就走?"其中有位姓卓的大叔说:"本村叫梅菉头村,我姓卓,大家都叫我作卓大叔,我们村是条有姓陈姓李姓卓等好几姓人家的大村。既然你是个知书识墨的人,远道而来,又是如此遭遇,我们都很同情你,不若随我返家吃过晚饭,再作道理。"陈瑸随着卓大叔回到家里,卓大叔嘱咐家人做饭,家人忙了一阵,便做好饭菜,让陈瑸饱食一顿。

再说卓大叔家中比较富裕,有田十余亩,除自己耕作外,还雇了数名长短工。他自己还管理公堂,是该姓的头面人物。因为他自己知书识礼,故平素敬重知识分子,爱惜人才,尤其对陈瑸这种能上京考试的有才有学之人,更加敬佩。陈瑸吃过晚饭后,卓大叔便安顿他歇息。次日一早,陈瑸见了卓大叔,便千恩万谢,想辞别而去。卓大叔说:"别忙上路,你多住几天吧。你上京的盘费,包在我身上。京师路途遥远,二百两银圆恐怕不够用,我就给你三百吧!"

卓大叔陪同陈瑸来到祖庙,一同拈香神前,叩首礼拜,祝愿一番。陈瑸表示他日功名成就,金榜题名,必将重修祖庙。他俩又到"卓氏宗祠"观赏一番,然后回到卓家。

过了三天,卓大叔叫人取出三百两白银递给陈瑸,并挑选一名精干的年轻工人伴随陈瑸上京。陈瑸感激万分,依依不舍,洒泪而别。

今科,陈瑸果然高中进士,衣锦还乡,但他念念不忘梅菉头祖庙,念念不忘卓大叔这位大恩人。他回到梅菉头这里,实现他的诺言,重修祖庙,并为祖庙亲自写了上述这副对联。为了报答卓大叔的知遇之恩,特为卓氏祠堂写了一联:"左长山,右大山,正接土地山,三面有山皆顾祖;前河水,后海水,旁引池塘水,四围无水不朝宗。"

社会百态

十个小伙子

李文廉

很久以前,在一个贫瘠的穷山沟里,住着二三十户人家。他们的祖辈,原来都是因为在原籍受不了大官老爷和地主老财的压迫剥削,逼得逃租躲债,先后避居到这里来的。这些人家,赵钱孙李,姓氏各异,他们在这穷山沟里,主要是靠开荒垦地,勤苦谋生。

有一年,逢上了大旱灾,地里庄稼颗粒无收,林间的树木也枯萎半死,没有野果可摘。不到两个月,他们中的老弱残疾都已相继饿死,剩下的人,觉得在这穷山沟里再也无活路可走了,于是只好也像他们的祖辈那样,结伴儿望着南斗星的方向,沿途乞食逃荒。

这伙人一路上颠沛流离,最后逃到了南海之滨时,只剩下十个年轻力壮的小伙子了。他们看到前面是茫茫大海,再无路可走,加上个个都已肚饥乏力了,便只好停住脚步,休息一下,再作打算。

这里海边,原来住着一位姓丁的老头子一家。几年前,丁老头的独生儿子因出海捕鱼,不幸淹死。他的老伴因丧子悲痛过度,不久也死去了。如今只剩下丁老头一个人,靠在海边摸螺捕蟹和种两亩番薯,孤苦度日。

十个小伙子

一天,来了十个青年人。丁老头听到这十个小伙子诉说的悲苦遭遇后,非常同情,便煮了一大锅刚刚从地里收获回的番薯,让他们饱吃一餐,又安慰他们道:"小伙子们,天无绝人之路,你们个个人都有一双手,只要能勤苦劳动,在这里是不用愁肚皮饿瘪的,依我看,你们还是在这儿住下吧!"

小伙子们听了这个善良的老头子的话,又看看这儿气候温和,地势背山面海,土地肥沃,果然是个好地方。于是,便听从丁老头的教导,到附近的山上去伐木割茅,邻靠着老头子的小屋旁,另盖了一间简陋的大草房,十一个人合成一家,相依为命,共同生活。

这十个小伙子姓氏不同,能力各异。年纪最大的叫张金刚,身材魁梧;其次的叫陈亚猛,勇如猛虎;其余随着年龄大小排次:王硬颈自小曾跟过父亲练气功,颈硬如钢;李大力则力大如牛;孙长手手长过人;赵高脚脚高八尺;郑铁头头可碎石;钱长鼻嗅觉灵敏;周尖耳听觉最好,猫鼠走路的脚步声不但可以听到,就是数里以外的喧闹声也听得一清二楚;最小的吴大眼虽然只有十五六岁,但视力惊人,胜过鹰隼。他们患难相怜,十个小伙子不但亲如兄弟,而且都尊称丁老头为"老爸爸"。大家每天分工合作,一起劳动,一起生活。

张金刚和陈亚猛两人造了一辆笨重的大车,由王硬颈替代牛,套上轭子在前面拉,叫李大力在后面帮着推,四个人每天一同上山伐木砍柴,拉到市上出卖换钱。孙长手和赵高脚日里则到海边去捕鱼摸虾,挖螺捉蟹,大家吃不完,还拿到市上出卖。丁老头就带领了郑铁头、钱长鼻、周尖耳、吴大眼四人在海滩附近一带开荒种地。由于这异姓一家人人都辛勤劳动,生活也渐渐好过了。

一天,天刚蒙蒙亮,孙长手和赵高脚到海边去,正要下网捕鱼,忽然看到离岸两百步远的浅海面上有个巨大的家伙,掀起了

社会百态

一股白浪,在那里游来游去。两人心中异常惊奇,便跑回家去告诉各人,一齐到岸边来看。

吴大眼眼力虽好,但因身材矮小,站在低处却望不清楚,便跨上到赵高脚的肩头上,睁大眼睛,向海中定神一看,便惊喜地嚷道:"哎呀!那是一条好大的鲨鱼呀!"

孙长手一听是条大鲨鱼,便连忙跑回家,拿来了一个大秤钩和一条长长的大麻绳。他把麻绳的一端系上了大秤钩,另一端让李大力攥着,自己跨上了赵高脚的肩头,叫他驼着涉水下海,直向大鲨鱼走去。

那条大鲨鱼正在水面迂游觅食,忽见有人送到口边来了,便把尾巴一掉,昂头张口,向两人冲过来。孙长手不慌不忙,高举大秤钩对准鲨鱼头猛力戳下去,"啪"的一声,一下子就把大鲨鱼钩住了。赵高脚驼着孙长手立即跑上岸来,大家一齐用力,终于把那条大鲨鱼拖上岸来了。

大鲨鱼虽被拖上岸,还是生猛异常,张金刚和陈亚猛两人忙从家里拿来了木棍、扁担、砍刀一类家伙,每人拿了一件,一齐围上去,向大鲨鱼乱戳乱砍,终于把这条龇牙咧嘴、乱蹦乱跳的大鲨鱼弄死。接着,大伙儿又把大鲨鱼装上大车,运到市场上出卖。

刚把鲨鱼运到市场,码头的鱼霸就追来了,要勒索"码头捐"。接着,市霸也闻讯赶到,要强行征收"铺位"租。张金刚抗议反问道,"这条鲨鱼是我们从海中徒手涉水捕来的,并不由你的码头下船上岸,为什么要我们交码头捐?"陈亚猛也说:"我们卖鱼并不去租用你的摊位,凭什么要收我们的铺位租?"

鱼霸和市霸蛮不讲理,一齐动手,结果鱼霸抢割了大鱼翅,市霸也把一副百来斤的鱼肝抢走了。

他们的鲨鱼肉价钱便宜,称码又足,不多久,他们便卖完大鲨鱼。卖鱼得来铜板,足足装满了十箩。他们正想拉回来,不料

· 350 ·

十个小伙子

一个豹眼凸肚的差头,带着一伙差役走了过来,指着丁老头骂道:"你们卖完鱼不交税,就想溜走啦?老子非重罚你们不可。"他回过头来,命令差役道:"把所有的铜板都抬回衙门去!"

丁老头忙上前哀求道:"官老爷!你们要收税,也该打个合理的数目啊!怎么把所有的钱都拿了去?"

差头恶狠狠地把丁老头推了个趔趄,圆睁豹眼骂道:"死老鬼,你敢抗税啦?再啰嗦,老子就把你们都绑回衙门。"

丁老头不顾一切扑上去,紧紧扯住箩筐不肯放,一面仍苦苦哀求。

"死老鬼,你活得不耐烦啦。"差头飞起一脚,把丁老头踢倒在地。

王硬颈见了,怒不可遏,一个箭步飞身过去,一拳把差头打倒。那伙差役见状,一齐拔出腰刀向他们砍来。

张金刚和陈亚猛怒吼一声,顺手各自从身边拔起一株碗口那样大的松树,撕掉枝叶,当作棍子,向差役们横扫过去。李大力也跳到旁边的神庙前,把台阶两边一对石狮一手一个举起来当作武器,向拥上来的差役乱砸。此时,赵高脚抬起长腿就踢,孙长手伸长两手就打,郑铁头低下铁头,向差役的裤裆下就撞,其余几个小伙子也一齐从地上捡起砖头石块,向差役们砸去。结果,那伙差役被打得喊爹唤娘,狼狈奔逃。小伙子们见差役逃去,也不追赶,扶起老头,把那十箩铜板装上车,回家去了。

回到了家,丁老头对小伙子们说:"你们此次闯了大祸,官府怎肯罢休?今后必须提防他们报复啊!"

小伙子们安慰丁老头说:"老爸爸请放心,今天我们痛打了这伙狗东西,不但我们泄了愤,也替惯受他们压迫的穷哥们出了气。俗语说,一根筷子容易断,十根筷子折断难。只要大家同心合力,是不用惧怕他们的。"

话说那伙差役抬着受伤的差头逃回衙门,将经过情形禀报县

社会百态

官,县官大怒,便要派出兵丁马上捉拿小伙子们问罪。旁边的狗头师爷连忙上前献计道:"大老爷暂请息怒.这伙凶徒人多力大,如发兵捕拿,恐怕被其伤害,不如让小人略施小计,何愁不把他们一网打尽?"他又附在县官耳边,如此如此地授计。县官连连点头称妙,便依计行事。

第二天,狗头军师坐着骄子到来海边,只见小伙子们正在用草药给丁老头治伤,便装作一副笑脸对他们道:"各位好汉捕捉了恶鲨,为渔民和过往船只除害,劳苦功高,理应重赏。想不到差役们不知好歹,多有冒犯,县太爷已将他们重责了,今天再派我来向你们谢罪。县太爷并在衙堂排备酒宴,专诚邀请好汉们前往赴宴领赏,请好汉们马上前去。"

狗头师爷走后,小伙子们议论纷纷,一致认为他们是黄鼠狼给鸡拜年——没存好心,不可轻信,免得上当。

丁老头说道:"可能他们自知理亏,既来邀请,你们不去,怕他们老羞成怒,会另起陷害之心,不如应命前去,乘机巴结讨好,希望以后得过安静日子。"

丁老头的说话,小伙子都不以为然,大家合计道:"他们既要使阴谋,我们也不妨将计就计。凭我们同心合力,不怕他们的,只要小心防备就行。"说完,留下丁老头在家,小伙子们一齐到衙门去了。

到了衙门,县官装出满脸笑容,接见了小伙子们,狗头师爷更是嘴滑如油,尽意奉承。小伙子们早已从他们虚伪的表情中,看透了他们的狼心狗肺,便加倍小心。

酒席间,狗头师爷向小伙子们敬酒,邀各人举杯。钱长鼻刚端起酒杯,便闻到酒里有一股浓烈的毒药味。他马上把酒杯直向狗头师爷摔去,"当"的一声,毒酒泼到地上,溅出了一道火光来。这时,张金刚一脚踢翻酒台,其余各人拿起椅子,向县官和狗头师爷砸去。那两个家伙见阴谋败露,便忙逃进后堂去了。小

· 352 ·

十个小伙子

伙子们正要冲进后堂,周尖耳忽地大声叫道:"哥儿们!不好了,我听到门外正有几个狗差役,在唧唧哝哝地商量,要到我们家去为难老爸爸呢,让我们赶去截住他们吧!"

小伙子们赶出衙门时,再也看不到那几个差役的影子。原来,他们已奉了狗头师爷的密计,坐了快艇从海边抄捷径,早一步到了小伙子们的家。等到小伙子们赶回家时,丁老头已被差役踢倒在地昏迷了。他们正想放火烧屋,将丁老头一起焚尸灭迹,忽见小伙子们已经赶回,便再顾不上放火,慌忙上船逃命。

小伙子们一见,个个怒火冲天。赵高脚大吼一声:"丧尽天良的狗东西,你们逃不了啦!"说着,他迈开长腿,下海赶到船边,按住船头用力一掀,那条小船登时船底朝天,差役都被淹死。接着,一大群鲨鱼马上游过来,把他们的尸体很快就吃掉了。

小伙子们回到家里一看,丁老头将要咽气。临死前,他对小伙子们说:"你们今后只要辛勤劳动,就能丰衣足食。同时要永远相亲相爱,紧密团结,提高警惕,免上那些狗东西的当。我……我……"他话未说完,两腿一伸,就合上眼睛了。

小伙子们埋葬了丁老头,正想回家,钱长鼻四顾一看,突然叫起来:"哎呀!王三哥到哪里去了呢?"众人环顾四周,果然不见了王硬颈。吴大眼道:"王三哥肯定是到衙门去为死去爸爸报仇了。他独自一个力量小,让我们大伙一齐去援助他吧!"各人听了,立即飞似的向衙门跑去。

原来,王硬颈见到丁老头这样惨死,便怒火烧心,迫不及待地独个儿跑到衙门,要捉住县官和狗头师爷,为丁老头报仇泄恨。他冲进衙门,虽然打伤了十几个差役,但终因寡不敌众,最后被捉住了。

县官见捉住了王硬颈,便命刽子手马上把他斩头示众。王硬颈毫不畏惧,破口大骂。刽子手举起雪亮的鬼头刀,对准王硬颈

社会百态

的脖子砍去，只听得"当"的一声，王硬颈仍然直挺挺地站着，刽子手的鬼头刀却已崩了个大缺口。刽子手又惊又气，忙换了刀，加倍用力又砍过去。同样地，这口刀也被砸坏了。他一连换了十几口刀，不但不能伤损王硬颈一根毫毛，反把那些刀都毁了。

县官吓得摇头咋舌，忙又命刽子手改用绞刑。刽子手立刻又竖起绞刑架，把绳环套在王硬颈的脖子，吊了起来。王硬颈的身体虽被悬空吊起，但他已运起气功，仍是丝毫无损，反凭着悬吊着的绳索在"荡秋千"啦！县官无法，又命令刽子手将王硬颈改用火刑烧死。正在这个时候，小伙子们已一齐赶到。赵高脚飞起一脚，先把刽子手踢翻在地，再替王硬颈松开绳索，接着张金刚走过去，一手扳下绞架上面的横梁当作棍子，陈亚猛也拔起了一根绞架柱作武器，两人同来个"双龙出海"，直向那伙差役横扫过去，把这伙狗东西打得断腰折腿、血肉横飞。郑铁头跑到衙堂前，用他的铁头向檐沿的柱子撞去，那根水桶般的大柱一下子被撞成两截，李大力紧接着一掌，把衙堂东墙推倒一角，"哗啦"一阵巨响，整座衙堂都坍塌了。

那县官和狗头师爷见到小伙子们打进来时，早已吓得尿流屎滚，从侧门逃了出去。可是，他们刚逃到县衙外面的一个大粪池边，回头一望，看见小伙子们已追赶上来，吓得双腿一软，"扑通！扑通！"两声，都跌落粪池中去了。那两个家伙在粪池中挣扎了一会，就不再动弹了。

小伙子们站在粪池边，鼓掌大笑。直看到那一串串的长尾蛆从这两条"死狗"的鼻孔耳孔钻进钻出时，才高高兴兴地回家去。

后来，小伙子们紧紧记住丁老头临终的教导，大家更加同心合力，辛勤劳动，每天依旧开荒垦地，捞江捕海，渐渐地把这块偏僻海隅开发成为一个富饶的鱼米之乡。

学做皇帝

谭桂荣

元代,粤西有一个人名叫钱守用,他继承祖上丰厚的产业,加上善于经营,俭于持家,家财越聚越多,到他晚年时,竟然成了地方上的一个大财主。

钱守用一妻一妾,但只生得一个儿子,取名大亨,目的是想他继续创业,使钱家雄压一方,以光耀门庭。大亨小时娇生惯养,到长大成人,横蛮任性,经营劳作一无所知,嫖赌饮吹却样样通晓。他日间或邀朋友游山玩水,或带奴仆钓鱼打猎;夜间或是赌钱,或是嫖娼,或是饮酒,把他父亲活活气死。

父亲死后,大亨更是耳根清净,家中再也无人敢约束他,因而更加胡作非为。由于已有三妻三妾,兼之外出寻花问柳,大亨渐渐觉得人世间已无有趣之事。一日,他问一个心腹的跟班:"到底世间还有乜爽事?"跟班想了一下,说道:"大概是做皇帝最爽吧!"大亨一听,高兴得跳起来,大笑地说:"那就试着做皇帝吧!"于是,他交代下人布置厅堂内为金銮殿,赶制龙袍皇冕。

一切准备就绪,钱大亨选了一个黄道吉日,五更三点,头戴皇冠,身着龙袍,登上龙椅,让各人跪拜,三呼"万岁"。他坐定之后,便开始封文武各官,册立正宫娘娘和太子,并封各位妃嫔,整整忙了两个时辰,众人再次三呼"万岁"。由于各人都不

社会百态

知礼节,丑态百出!钱大亨见状,笑得有牙无眼,大声喊道:"过瘾,过瘾,做皇帝真是世间第一爽事!"

为了大显威风,钱大亨继续招"贤"纳"士"。听说到来当"官"有吃有乐,邻近的游手好闲者蜂拥而来,钱家皇朝的"文武官员"日渐增多。

古话说:坐吃山空,成百个人天天大吃大喝,钱家的钱财如水般外流,不久便吃空积蓄,开始典当家产。钱家建立"朝廷"之事由州县官府报到大都。元王朝震动,皇帝生气,下旨抄钱家,捉拿钱家的人格杀勿论。

圣旨下来,钱大亨被就地正法,其"朝"中"文武官员"和"宫娥妃嫔"部分被杀,部分幸存者都鸟飞兽散,钱家田产尽皆充公。

阿克的婚事

王维洲

阿克生长在离吴川县城较近的一个乡镇上。该镇地处鉴江平原，水道纵横，农业发达。小镇虽离县城近，但却有一条鉴江阻隔，镇民出入县城全靠渡船，交通很不方便。

20世纪80年代初，阿克当时已三十又六岁了，他个子高瘦，还未成婚，原因与江河阻隔、出入不便有一定关系。外镇女子怕过江搭渡，不愿嫁进来，所以该镇有不少男子年龄很大了，还未能成婚。

有一天，阿克的远房亲戚前来说媒。阿克父母高兴极了，又是杀鸡又是打酒，忙个不停。几天过后，媒人带了一个家在边远乡村的女子前来相亲，顺便睇屋舍。该女子名叫阿秀，相貌一般，但勤劳，人也老实。阿秀生长在土地贫瘠的山野旮旯，第一次见到这般平坦广袤且土地肥沃的地方，农业生产还有水渠自动灌溉，真是大开眼界，心里满是高兴，很快便答应了这门亲事。

阿克见亲事已定，便放心出门到外省去做生意了。阿克这一去就是大半年，当时通讯落后，全靠寄信或者拍电报联系。信寄出去后，有时是一个月也收不到。眨眼间就到了年底，阿克的父母准备筹办这桩婚事，他们很快便选定了吉日，便拍电报通知阿克按时回家。

社会百态

　　婚期临近,家人忙于为阿克的婚礼筹备各种结婚物品。可是直到婚期的前一天,还不见阿克回家,这时大家都慌了神,不知道阿克出了什么事!大家心里又担心又着急。此时,宴请亲戚朋友的请帖都发了出去,婚宴的酒肉菜肴也全备好了,如果宣告取消婚礼,那岂不是作弄亲戚朋友吗?家里人左右为难,骑虎难下。这时有人提议,向女方家里说明情况:由于阿克未能按时回家,但为了在已择定的吉日完成婚礼,可按旧俗用鸡公代替新郎与新娘拜堂,这样就能在原定的日子里办成这桩婚事。

　　但媒人到女方说明情况后,女方的父母坚决反对,他们绝不同意这种做法,他们说要么延迟婚期,要么退婚。因为他们担心其中有诈,他们不知道阿克是否已经死了。旧时女子一经订立婚约,生便是夫家的人,死便是夫家的鬼。这种野蛮的旧俗虽已破除,但他们还是害怕阿克的家人骗自己的女儿嫁过去为阿克守寡——望门寡。那种守寡的苦日子,何时熬得到头?阿克的家人也不知如何是好,他们也不知道阿克的生死,于是打算将酒肉挑到圩市去出卖了……

　　再说阿克,这几天上眼睑总是不停地跳,心感不安。他想:快到年了,为何家里毫无音讯?心里烦躁,晚上总睡不好觉,日间行坐不定。于是他决定提早回家,反正工作做不完,又快过年了。真不知是天意,还是心有灵犀,阿克正好在他婚期的前一晚赶回到县城,因深夜船工下班回家,渡船开不了,只好到县城的姑妈家过夜。当阿克摸黑敲开姑妈的门时,姑妈大吃一惊,她以为是见到鬼了。

　　姑妈颤声问道:"你是谁?你是人还是鬼?"
　　阿克焦急地说:"姑妈,我是阿克,为乜讲我是鬼?"
　　姑妈埋怨地说:"你真的是阿克?你家人十几天前便拍电报催你回来完婚,怎么现在才回家啊?"
　　"电报?"

阿克的婚事

等阿克把未曾收到电报和近几天的事情说清楚了,姑妈即催阿克马上回家准备明天迎亲。她带着阿克和几个人,深夜赶到渡口,同时派人到船工家里乞求,并答应给他们三倍的渡费,船工才肯开渡。

第二天一大早,新郎阿克和迎亲的"大叔",还有几个送酒肉的壮汉,组成浩浩荡荡的一大队人马,骑着自行车春风得意地去迎亲了。到了女方的家里,女方家人眼都睁得大大圆圆的!婚礼的前一日,姑爷还不知在哪里,此时却同迎亲队伍浩浩荡荡地来了!如今一点结婚的准备都没有啊。外父回过神来,既高兴又埋怨,急急忙忙派人去请厨师,派人去买菜,匆匆忙忙打点嫁妆。到了中午时分,酒菜还未做好。等到宴席开始时,大家请新郎上席,可就在这时,阿克感到眼前一黑,突然昏倒在地了。

大家慌了神,阿秀的父亲生气地说:"我就觉得这个新郎的身体不对劲,怪不得他们家要阿秀和公鸡拜堂,看来我们阿秀同姑爷真是没有缘分,这门婚事是不能再办下去了。"

有人说今天的日子不好,犯冲了。这个时候,男方的"大叔"说:"救人要紧。"在忙乱中,"大叔"稳住了大家的情绪。他派人去请医生来。医生忙了一阵,经过诊断,才知阿克是因低血糖加上疲劳过度而晕倒的。经过医生的抢救,阿克终于苏醒过来。

原来阿克坐了几天长途客车,昨晚又没睡好觉,本来就无精打采了,加上一整夜和大半天没吃过东西,肚皮都贴到背脊去了,村里还有很多人来睇姑爷,阿克忙于应酬,实在是顶不住了,便晕倒了。

好不容易熬到了下午,阿克终于迎接新娘回家了。正是:自古姻缘天定,何用人力谋求?有缘千里相会,任你曲折沉浮!

大胆吓走大鼻

李文廉

一次，大鼻贼帮又外出抢劫了。这伙贼帮过了那泗渡，首先冲入平泽村，洗劫完毕后，意犹未尽，又呼啸而出，浩浩荡荡地向相隔三里外的岭头村进发。当时，正值初夏，岭头村的群众事先毫不得知贼帮又已迫临眉睫，全无准备。直到正在村北蕉根峒中除草耘田的人，远远见到贼伙前队随风扬曳的骷髅旗和迎光耀目的刀枪时，才气急败坏地奔回村来报知凶耗。消息传开后，全村群众顿时像沙岗上翻倒十箩螃蟹似的，接着村中爹喊娘唤，女哭儿啼，鸡飞狗跳。这一阵阵惊慌失措的嚷闹哭喊声，却惊动了村中的一名好汉。这位好汉名叫亚四，年纪二十六七岁，自幼就父母双亡，也无兄弟姐妹，至今仍是单身一人，未曾成家。他童年时，只靠给村中的叔伯们铲草牧牛过活，一年到头日日都是在牧场野地里，和村中邻家那些牧童小兄们一起厮混打闹惯了，自幼便有了一副矫健活泼的身手。他长大后，更是魁梧伟壮，力大如牛，而且性格刚勇豪爽，爱讲义气。平时村中有哪一家遇上红白婚葬或是急难事儿，他总是义不容辞，毫不犹豫，主动上前竭力义务帮忙。在帮忙时如果抽不开身，至多也只肯在主家吃上一餐两餐，事办完就走，绝对不肯收领主家一分一毛的工钱。每天晚上没事，他都爱到村中舞狮班功夫馆去，跟随教功夫的师父练武术。此时听到了大鼻贼又到来侵

大胆吓走大鼻

扰劫掠，村中神嚎鬼哭，人人都惊得手腾脚震，他想："我自幼就没父母，却幸得村中叔伯婶嫂把我拉扯周济长大，才得有今天这几斤力气。眼下村中大难临头，大家惊惶无措，我亚四虽然不济，没有什么功夫武艺，但自问也是个热血汉子，对此岂能坐视？如能凭我这颗包天胆和几斤笨气力，拼此颗'七斤半'冒个险儿，摆一次空城计，能吓退贼人，保住全村安全，也不枉村中叔伯兄弟们平时看顾我的一番乡情亲谊。"于是，他马上挺身而出，一面大声地宽慰各人不可乱哭乱喊，自相惊扰，应力求镇定地赶紧收拾细软，扶老携幼逃出村去暂避贼徒，一面急如奔马，向着村中的功夫馆跑去。

不多一会儿，村中的群众大都已仓皇地逃出了村，朝着与贼伙进犯不同的方向走避去了。与此同时，亚四也已全身装束好，雄赳赳、气昂昂，从功夫馆里大踏步地跑出来。只见他一身上下全副是游神时狮班的技击武装：上身是一领密扣窄袖的杏黄色英雄衫，另加牛皮护腕；下身是一条鹦哥绿条纹镶边灯笼裤，外扎齐膝的绣花绑腿；脚下蹬着一双彩带缀有绒球的八耳麻鞋；额上缠系一条猩红英雄巾，上方一颗拳大的绒球迎风乱颤！腰间紧勒着一条绸纱英雄带，带上悬着功夫馆旁伏波神庙香案上供奉的那柄"神器令剑"，剑柄兽头吞口，黄铜剑鞘闪闪发光；右手执着游神时走在狮班队伍前头、作为领队的那柄三股托天大神叉。他走出功夫馆后，把大神叉斜荷在肩上，一股风似的直向北大塍尾路口奔去。

这时，贼帮已经由蕉根垌穿过面先坡，踏进塘底垌，向北村口大塍尾小路走来了。亚四把手中那柄大马叉叉尖向下，用力向地下一戳，竖插在路边，又向路旁那眼大水井走去。这眼水井泉水很旺，可供半个村子的群众饮用。井旁还放着一个口宽三尺、深一尺多、用花岗岩雕琢成的大澡盆，平时可供村人洗澡或洗衣服之用。亚四从井中汲起了两桶水倒进石盆里，勒了勒腰带，蹲下身来个"坐马式"，奋起神威，大喝一声"起"，便把盛了水的

社会百态

大石澡盆端起来,搬到路口才放下。

这伙贼帮有四五十人,已快来到路口了。贼首"大鼻"骑着一匹高头长鬣的黄骠马,手中挥舞着一柄四尺来长的大腰刀,狰狞地走在前头。据说"大鼻"这匹黄骠马异常骠骏凶悍,很爱吮喝人血。一次,贼帮在洗劫某个村庄时,一个来不及逃避的小孩子冲撞了贼帮,被"大鼻"一刀砍倒在地上,这匹马马上走上前,连撕带咬,把那孩子扯分几段,尸体流出的血全部被吮干净了才肯罢休。亚四见到"大鼻"已走到离前面二十来步的地方了,便不慌不忙地上前一步,躬身拱手对"大鼻"作了个揖,然后抬起头,紧望着"大鼻",仿效戏台上做戏的武生口吻朗声道:"小人恭候大王虎驾光临敝地,不胜荣幸之至。""大鼻"往常劫村,村中总是先自逃避一空,进村后往往连人影也见不到一个。此次到来,却见有人居然敢拦在路口,不禁大出意外。于是他便大声喝问道:"你是何人?如此大胆,竟敢拦住本大王马头,却不逃避?"

亚四又拱了拱手,回答道:"小人是少林寺俗家弟子亚四,系本村人氏,自幼即爱好习武,虽说也曾在武当山三清观门下吃过几餐夜粥,后又在少林寺混过几年,算得上是个少林俗家弟子,可惜由于小人粗头笨脑,毛手毛脚,根本就谈不上懂得什么三招两式武艺。小人素来是非常崇敬英雄好汉,久闻大王威名远震,小人万分仰慕,早想拜识大王,或投在麾下执鞭随镫,只恨未有机缘。今幸得亲瞻虎威,无限荣幸,故特地恭候路旁迎接虎驾,先汲此盆水以给大王坐骑宝马饮用,以表寸心。"说罢,亚四把脚旁那个盛水的大石盆端至"大鼻"的马前轻轻放下,再拱手作了一揖。

这个大石盆加上盆中所装的水共有四五百斤。

"大鼻"看到亚四却像毫不费力地便端起来给自己的马喝水,心中倒是吃了一惊,便又接口问道:"你今对我如此恭敬,究竟意欲何为？"

亚四又躬身一揖道："敝村与大王本属友好乡邻，大王此次虎驾到来，敝村弟兄父老，本应立即尽心筹凑粮饷，宰猪杀牛以恭迎大王及贵部下各位总爷的。怎奈只因敝村连年频遭水旱灾患，村内家家都衣食困难，缸无隔夜的米粮，箱无替换的衣服，所以有心无力，大家万分惶恐抱歉。小人本不敢冒犯虎威，不过今既相问，故小人斗胆恳求大王，这次是否暂给宽限？待今年晚稻获得丰收，小人一定带同全村兄弟恭备应纳之粮饷，赶猪牵牛，亲送至大王宝寨献纳，绝不敢少纳分毫升斗，敢求大王体谅恩准。"说完，他又深深作揖三下。

"大鼻"刚才见到亚四能手端盛水石盆，气力惊人，心中先自一颤，现细看此人身高八尺，虎背熊腰，臂粗如腿，两颊虬髯，体格魁梧惊人，恍似神庙里的护法金刚，威风凛凛，全副武装，腰悬宝剑，倒插在他身旁的那柄三股托天马叉，也有二三十斤，再听了他此番说话，心想："武当派是剑术鼻祖，素居峨眉、昆仑、崆峒各派武林之首，少林寺的武艺绝学，历代更是名扬天下。此人既曾在武当山三清观亲过师父习武，又是少林寺俗家弟，其身手武艺，自是非同小可。今此人胆敢单身等待路口，虽说是恭礼相迎，但很可能就是仗着惊人武艺，才有恃无恐哩！刚才我们众兄弟洗劫前村，已是大有所获，得了彩头，何必再冒危险，轻率又冒犯这尊天神呢？还是见好就收吧！"于是，他用鼻子"唔"了一声，一面又丢出几句找面子的话："好！听你壮士所说，亦是很够朋友，今次，本大王就算交上了壮士你这位朋友啦……"他一面勒转马头，手中腰刀一扬，贼帮马上就后队变作前队，便浩浩荡荡地呼啸退走了。

"大鼻"贼帮退去后，岭头村全村的人对亚四是如何的感激和敬仰，自是毋庸细表了，但自后这一带村庄，至今仍流行着这么的一句俗语口头禅："勿可睇小亚四，大胆吓走大鼻！"

尿壶命

孙亚胜

梁柱系广东人,乾隆年间,官至朝廷太师。某年,梁太师奉旨微服深入民间,了解民情。梁柱打扮成算命占卦的老先生,一日,他来到一小县城,投宿在一间小客店,店主盛情地接待他。从此,梁柱白天便化装成算命占卦先生,走村串巷,借算命体察民情,晚上便回店休息。

这天,梁柱来到某一村中。其时,有一个粗眉大眼、虎头熊腰的大汉,后面拥着一群人,前来要梁柱给他算一支命。梁柱一看此人便猜出他是个独霸一方的地头蛇,就有心奚落一下他。梁柱问过大汉的年庚后,屈起手指头甲乙丙丁、子丑寅卯一番后,对这大汉说:"你命中推来本应曲折奔波,但耳大口阔,这一相弥补你命运之不足,男人耳大装风、口阔吃四方,风流快活。你很有福气,三更有得饮,半夜有得醉。"大汉情不自禁地夸赞道:"先生高见!我这个人就是走到哪里吃到哪里,常常是一醉方休。""你一生有五个儿子,三个在身边,两个在外面。""对呀对呀。"大汉不停地点头。"你百岁归老时,坐得很高,而且很有排场,高声响亮。"算完命后,大汉喜气洋洋,口中不断说这先生算命"很灵",说自己很有福气,命好。

来到大榕树下,大汉又向在树下乘凉的人们重述刚才梁柱算

尿壶命

他的命理的情形，大吹大擂自己如何风光行运。此时，一个文弱的年轻人瞟了他一眼，鄙视他说："哼！你高兴得太早了，算命先生说你的命是尿壶命，你还蒙在鼓里。""尿壶命？尿壶命是乜个命？"大汉止住笑，瞪大眼睛疑惑地问。年轻人继续说："尿壶的耳和口很大，让人在夜里方便提起来屙尿，这不是三更有得饮、半夜有得醉？这就是尿壶的口福。一个人的手掌有五个手指，提壶时是三个手指握住壶耳，拇指和食指离开壶耳，这不是三个儿子在身边，两个在外面？你百年归老就是尿壶被砸烂的时候。尿壶只有放在高处落到低处才被砸烂。尿壶是缸瓦做的，砸烂时当然是很响亮了。这就是你百岁归老时，坐得高，高声响亮的结局。"乘凉的人听了，都觉得算命先生替自己骂了一通这地头蛇，哄然大笑起来，心中感到痛快。

这地头蛇听了，气得胡须直竖，七窍生烟，鼓着腮说："这老不死的算命佬，我就去收拾他！"

大食懒阉死鸡

孙振儒

长颈村有位大食懒,他素来是勤吃懒做,即使是苍蝇吮眼他都懒赶,但是非常嘴馋,贪吃贪喝,真所谓是"无肉不乐,无醉不休"。他家里除了养着几只各有一斤重的母鸡及一个刚已长成的小公鸡外,还有一个留作啼更和配种用的、重有六七斤的红冠彩羽大公鸡。这天是圩期,他老婆叫他捉那个小公鸡到圩上阉割,打算作阉鸡养肥了,待过年宰去敬菩萨。大食懒听了,心想:"这小公鸡只有一斤来重,现宰了,还不够一餐,唯有这只大公鸡又肥又壮,如果宰了,恐怕两餐都吃不完哩!"于是,他等老婆吃过朝饭,到地里去拔草后,便捉了那只大公鸡装在笼内,藏在园中稻草堆后面,趁圩去了。

下午趁了圩返来时,他先进园去,从稻草堆后面的笼子里捉出了那只大公鸡,再从衣袋里掏出一把小刀,在大公鸡的肋部捅了一刀,捅死后放回笼内,提回家来。当时,他老婆正在家剁猪菜,见到大食懒手中提的笼子,装着的是只血淋淋死去的大公鸡,不由得吃了一惊,忙问道:"喂!老东西!吃早饭时,我是叫你捉那个小公鸡去圩上阉的呀!为什么现在提回家的却是这个血淋淋的大公鸡呢?"

大食懒假装糊涂地惊嚷道:"什么?你是叫我捉小公鸡去阉

吗？可能是我听错了，却捉了大公鸡去阉啦！大约又因它已又大又老，不受阉了，所以，阉鸡师傅阉完放回笼后，在回家途中，它扑了两下，便死去咧……"他一面说，一面从笼子里拿出死去的大公鸡，指着它肋上的刀口，让老婆看。

他老婆是个老实善良的人，她记得其娘曾说过："嫁猪随猪，嫁狗随狗。"其娘又说"丑丑猫儿得捉鼠，丑丑老公得做主。"几十年来都是夫唱妇随，她从不敢顶撞丈夫一言半句，现在大公鸡已死，她虽然心痛，亦是无可奈何，只好摇摇头叹了一声："唉！既然鸡已死了，还有什么话可说？"

大食懒听了，忙接口连声道："有！有！我还有话说哩！"

他老婆莫明其妙，望了他一眼。

"我不但有话说，还替它做好了几句祭文呢！"大食懒指着死公鸡，口里高声念道：

"生乎！高啼闹街！

死也！岂不葬埋？

我之肚腹，是你棺材！

呜呼哀哉！酒酱拿来！"

大食懒念完，又笑着命令老婆："老婆子听到了吗？快点去把准备好的酒酱拿来，待我把它挦毛煮熟，咱们好大吃一顿吧！"

这时老婆子才明白，原来大公鸡的死，就是这个老头子馋嘴滑头，弄鬼弄马，诈懵耍花招，好得让他大享口福的缘故。她被气得愤愤连声骂道："该死！该死！你这馋嘴的'死龟'，真真该死！"

大食懒对着死去的那个大公鸡，呵呵笑道："死鸡呀死鸡，你听到了吗？就因为你平日太嘴馋，一日要吃三餐，致使我的老婆子每餐都要少吃几口粥，省来喂养你，所以她现在也骂你是'馋嘴的死鸡'呢！你真该死哩！你今已死！也该死得眼闭闭咧！"

他说完就烧开水准备刲鸡了。

只信一半也不得了

孙振儒

相传清朝的时候,吴川林木村有个青年,名叫林青,为人老实勤劳。他父亲原是个小商人,素来在外经营小本生意。林青自小跟随父亲在外,也读了好几年书,后来他父亲死后,就回家乡务农了。他的妻子名叫日英,他们虽已结婚几年,尚无子女。妻子生得柳眉凤眼,齿白唇红,有沉鱼落雁之容,闭月羞花之貌。夫妻俩相亲相爱,感情非常融洽。不幸近两年来,他家乡接连水涝旱灾,农业失收,因此家中生活,也越来越困难了。林青心想:家乡田瘠地瘦,加上连年失收,似此长困家中,终究不是好办法。他想起父亲生前有一位姓王的经商好友,现正在高州开着一间经营日用杂货商店。不如去投靠他学学生意,在他店中当个伙计,希望将来也能继承父亲的职业,岂不胜过如此死守家中,靠一柄锄头,一担粪箕找生活?于是,他便将此意向妻子日英说了。她平日和丈夫朝夕相亲,形影不离,今丈夫欲出外谋生,夫妻分居两地,她怎能放得下心?但为了家庭生计,她也只得同意了。她同丈夫约定:高州与家乡两地相隔颇远,林青虽然不可能每月都请假返家一次,但最迟到了年底,除夕前的十天,一定要请假回家过年,团聚半月廿日,才再离家返店。林青因日英年轻貌美,两人素来恩爱缠绵,原也舍不得远离久别,今听了娇妻如

只信一半也不得了

此多情嘱咐要求,便连声答应,到时一定践约返家度岁。夫妻商定后,林青择了八月廿八日这天黄道吉日,便动身离家了。

到了高州,那位王老板故人情重,对林青非常欢迎,把他当作世侄看待,留在店中当一名亲近的店员。林青得到王老板这样关怀重视,心里也暗地告慰自喜。

光阴似箭,日月如梭,不经不觉,又快到年终了。打腊月初一那天起,林青就天天暗中屈着手指,计算着归期,一心待到腊月十八九那天,就向这位王老板请假返家度岁。本来一般的商行生意,每年的年底就是旺季,特别是日用杂货商店,越近年关,生意买卖就越发兴旺繁忙。王老板的店中,除了他自己和林青外,只有一个陈姓伙计。近来店中顾客如云,三个人都应接不暇。不料到了十七这天,那个姓陈伙计忽接家书,说家里久病在床的父亲,已病濒临危。据医生说,至多也挨不过三天了,急盼儿子返家,以见最后一面。如此一来,王老板店中生意虽然正值最忙,也不能阻止他返去为父亲送终了。

陈姓伙计一走,林青日前和妻子约好返家度岁的日子也随着到来了。他更加焦急地欲依期请假回家,与妻子团聚。但见到店中生意,因少了一个伙计帮忙,更是越发忙不过来,只有心里暗中着急。好不容易挨到二十这天,晚饭后收市关门了,他嗫嗫嚅嚅地向老板表露出他也想归家过年的意思。王老板一听,便立即拦住他的话头,亲昵地拍拍他的肩头道:"老世侄!你父亲生前和我亲若兄弟。你这次到来,我作世伯的,亦视你如同子侄,未曾亏待过你,想你心中也必定明白。目前店中生意正是年关繁旺季节,在此情况下,你怎能离店返家?俗语说:'出外经商莫带家',当日我和你父亲在外经商时,经常也是一年半载,才返家看望一次。你在八月底离家来店至今,亦不过是四个月左右。依我说,你还是先写一信,并把一些钱寄回去安家,安心留在店中过年。待明年清明节,生意淡季的时候,才回家十天,去看望娇

· 369 ·

社会百态

妻,并为你父扫墓,岂不更好?"说完,从账柜取出二十两银子递给林青,又好言善语劝慰一番后,才回账房休息。林青自到店以来,亦深感到这位老世伯的关爱照顾,内心是感激难忘的。他是一个老实诚朴的人,现在听了王老板一番恳切的劝导,心中虽是紧记归期,惦念妻子,却也不好意思再说什么,只好唯唯低头答应,接过银子,便回到自己的卧室去写家信了。

却说日英在家,自八月丈夫离家后,虽曾前后接到了三封家信和寄回一些银子,知道他在高州王老板店中,颇蒙青睐关照。但她总是挂肚牵肠,茶饭无味,日日都想着丈夫的音容笑貌,深夜闺中,独个自孤衾冷枕,暗数归期。一日过一日,一宵过一宵,个中凄凉况味,她只盼丈夫回家过年时,衾底枕畔,向他倾诉。好不容易盼到了腊月二十那天,她一早起来,剃了面毛,又补了一层薄薄脂粉,换了一套合身的半新衣服,坐在家中等待丈夫回来,再打酒杀鸡,专为丈夫接风。可是,一连两天,她盼到深夜三更,落月屋梁,依然不见夫归来,心里不禁更加思念。直盼到廿三日傍晚,她才接到丈夫寄回二十两银子和一封家信。她急喜参半,忙把信拆开,从头到尾细看读完,又见信后还附着一首诗:

日出东方一点红,老板留我过残冬。
等到来年清明节,返家扫墓俩相逢。

日英出嫁前在娘家,也曾读过了三四年书,肚里也有两点墨水。她把信连诗共读了两遍,不由得非常失望,只有连声怨叹,无可奈何。她想起丈夫在家的时候,两口子如胶似漆,情深意密,从未稍离;自丈夫离家后,真是朝思暮想,度日如年,原以为盼到年底丈夫回家,重温旧梦,再亲热廿天半月。不料盼至今日,丈夫未返,只是接得此封家信,知道又要等到明年清明时

只信一半也不得了

节,丈夫才能返家团聚;思前想后,怎教她不情丝缕缕,绕断柔肠?不觉间,两行酸泪,早潜挂腮边了。她在又急又怒又怨又恨之下,便马上写了一首诗,回寄给丈夫:

月升中天一片白,夫君有回我接客。
一日有回接十个,十日有回接一百。

两天后,林青接到妻子的回信,忙拆开来,只有妻子这首诗。他是一个老实拘谨的人,读后心中又惊又急,连忙把此信送给王老板阅看。并要求他能准假,让自己明天离店返家,以安慰娇妻。王老板接过信,漫不经意地草草看过一眼后,就随口说道:"老世侄!你可不用着急害怕。大凡妇人家个个都是头发长见识短的,而且往往惯会弄是生非,危言耸听。她们的话岂可尽信?至多,你只信一半就够了。"

林青一听,惊急地嚷了起来:"哎哟!世伯!就算只信她说的一半也不得了,每日她也接五个客人呵!那还了得?如此一来,我头上的绿帽,岂不是比店中那'牛二'特大号铁镬还要大得多了?"

王老板顶不住林青的苦苦哀求,只得准他回家过年了。

屙个屁引发几条命案

文达超

这并非危言耸听,是我孩提时听大人讲的一个故事。

话说从前吴阳有一妇人,有一天,去黄坡趁圩。因当时交通不便,主要交通工具是木头船,一、四、七日是黄坡圩日,自然乘船者众。这天下午,趁圩者都纷纷返家,但因天气不好,时有阵雨,乘船者进船舱里避雨。其中有一个女人叫月娥,约莫四十开外年纪,徐娘半老,风韵犹存,丈夫在外做生意。本来她很少出门,这天因要给丈夫寄信才来黄坡一趟,草笠下有一副姣美的面容,羞答答地坐在船舱外,她本来就不想和众多的男人挤在船舱里。突然,大雨倾盆而下,只好进舱避雨,几十个人挤在一两平方的船舱里,空气本来就很闷,这妇人进舱的时候,鬼做似的屙了个屁,使本来已接近窒息的船舱更加难熬,因此那些粗野的男人便七嘴八舌粗言秽语地骂开了:"是谁吃了死老鼠,专登来船舱里放屁,熏死这帮人。"有的指桑骂槐,有的甚至刻薄讥讽:"呀!真是睇冇出,面儿白白,好眉好貌的,可肚子里都这么臭……"妇人的面一阵红,一阵白,恨不得戳穿船板钻到河里去。这时坐在妇人邻位的一个憨厚的男人站起来说:"大家少骂几句好不好,我承认,这屁是我屙的,难道你们就没屙过屁?难道你们屙的屁就是香的?你们还要不要讲点社会公德,讲点人生修养。"这憨厚男人说得大家哑口无言，一场屙屁风波才算平息。

船驶回到埠头了，雨还是下个不停。天色将晚，有些回家心切的人冒雨走了，妇人对这个为自己替"罪"的男人自然有一番感激之情。雨稍停一点的时候，他们也赶路了。妇人终于鼓足勇气，开口问："大哥，你回家还有多远？"男人说："我回家还有二十多里哩！"妇人吃惊地说："还有二十多里？天已晚了，又下着这么大的雨，你今晚怎么能归家呢？"那男人显露出无奈的表情。妇人沉思良久，说："我家就在前面了，雨越下越大，要不暂时到我家避避雨再作打算吧！"男人看看天色，勉强地点了点头。妇人到家的时候已是上灯时分了。妇人对男人显然是一般的礼貌性的招呼，吃过晚饭，雨还是下个不停，男人还是坚持要走，那妇人也不好意思挽留。刚一出门，一响霹雳的雷声在那男人头上爆炸，男人几乎跌倒。这个憨厚的男人本来就害怕雷响，怎么也不敢再赶路了，只好又回到妇人的家里。正是：落雨天，留客天，人不留人天也留人。于是妇人忙着打点男人留宿的事儿。

话说妇人一家四口，丈夫在外谋生，膝下一女一男，夫妻十分恩爱，家庭幸福。女儿已年方十八，长得比母亲还好看，已是一个已经成熟的怀春少女，儿子尚小，是个三四岁的小胖子，两岁以后习惯跟姐姐一起睡，为了安顿男人的留宿，母亲对女儿说："这个人是跟我同船的路人……"接着把船上"屙屁风波"的过程给女儿说了。"今晚留宿的原因，你也知道了，这实是无奈的事，今晚你就跟妈一起睡，让弟弟和那男人睡在一起。"女儿有点支吾说："我怕……"话到嘴边又吞了回去。此情此景，也只能这样了。经过一番打点之后，大家安睡无事。

三更时分，雨还滴滴答答地下个不停。夜黑得伸手不见五指，偶尔一道雷电的闪光，划破这漆黑的夜空。这时，一个黑黑的影子慢慢地向妇人的住宅移近，用手轻轻地叩了几下门，不见

社会百态

屋里有什么动静和反应,黑影就用小刀剔开门闩,闪进屋里,摸到妇人女儿睡的地方,伸手一摸,吓了一惊——不摸犹自好,一摸不得了,怎么在床上睡的竟是个男人?他偷欢的强烈欲望一下子降到零点,马上有一股无名的怒火烧到头上。他想,这么一朵美丽的花朵,怎能让第二个男人从自己手中夺去?丧失理智的黑影很快摸到厨房,找来一把菜刀,再次摸到床边,对着床上男人的颈部刀起头落,动作是那么熟练,一刀把床上男人的人头拿下,解下自己的衫把人头包住,马上离开这个曾经是自己难舍的地方,向街上走去。

吴阳这个临海的小镇,过去的夜生意是很萧条的,什么大排档根本就没有,只有高脚六兄弟俩晚上在临街热闹的地方做铺鱼生粥。这天,天气不好,生意自然冷淡,到四更时分,一大锅粥只卖出了几碗,夜深了生意又不好,自然兄弟俩都打起瞌睡来。杀了人,用衫包住人头的黑影经过高脚六粥铺时,发现兄弟俩人都在打瞌睡。黑影对高脚六兄弟本来就有私怨,加之自己心急要处理人头自己好脱身,黑影立即揭开锅盖把人头放在粥锅里,黑影很快地消失在夜幕中。

过了一会,有两个瘦小的睇街兵,伸着冷腰,打着呵欠,来到粥铺前,揭开锅盖敲打,边打边喊:"买粥喂!"兄弟两人从梦中惊醒,客气而恭敬地招呼睇街兵,熟练地用勺子捞起才卖了几碗的大锅粥。哗!大家都惊呆了,一个人头在锅里翻滚,龇牙露齿,甚是可怕。睇街兵定神之后,马上要拉高脚六兄弟俩到衙门问罪。兄弟俩一头雾水:粥锅里怎么会有人头?真是祸从天降!他们向睇街兵苦苦哀求。这个不白之冤,真令人有口难辩。"望兄弟包涵,我给你们些银两使用如何?"睇街兵知道,这是个发财的大好机会,便答应了他。高脚六说:"我们几人赶快把这人头拿出岭头埋好,再请两位兵大哥到我家里喝杯酒压压惊。"睇街兵并无异议,于是几个人匆匆来到一处岭头,兄弟俩拼命挖坑,边挖边用眼神合谋说:"挖深点,埋深点,免得这冤鬼日后又来缠扰。"花了很大会工夫,这个埋人坑足足挖有一人多深,两个睇街兵不耐烦地说:"够了够了,只是埋一个人头,又不是埋你们两兄弟,何必挖这么深?兄弟俩从坑内爬上来,叫睇街兵到坑边看看深浅,兄弟俩使个眼色,一下把他们推下坑里。睇街兵虽然有一番挣扎,但哪是高脚六兄弟俩的对手?一会儿工夫,就把两个睇街兵活埋了。

第二天早上,吴阳街上爆炸了两大新闻:一是妇人陈月娥家里有一男人被砍头杀害;二是衙门里有两个睇街兵失踪。

衙门里开堂审案,自然先审陈月娥。县官问:被砍头的男人是谁?陈月娥一五一十把和那个素昧平生的男人同船,以至回家留宿的经过如实说了一遍。县官见问不出什么情况来,后审月娥的女儿,她却一问三不知。聪明的县官留下月娥三岁的胖小子,整天和胖小子到街上玩。一天,县官和胖小子经过卖猪肉的档口时,胖小子叫了肉档主一声"叔叔"。县官问:"你认识那个叔叔?"胖小子指着一个貌似潘安的劏猪佬说:"他经常在夜间来我家。"县官回衙后,立即派兵丁捉拿那个白面劏猪佬。开堂审问,白面劏猪佬自知抵赖不过,便坦承了如何和月娥的女儿偷欢,那个夜晚误以为月娥的女儿另有新欢乃至报复杀人,把人头放在高脚六兄弟的粥锅里的经过。县官又下令立即捉拿高脚六兄弟。经审讯,高氏兄弟也不得不承认说,人头在粥锅里被睇街兵发现,担心日后生意难做,睇街兵会经常来敲诈勒索,难以生活,就只能用此杀人的下策想一了百了。

各位看官,案情到此已真相大白,至于谁是罪魁祸首,该如何判罪,相信大家已经知道开堂审判的结果了!

讨茶乞丐

李材济　文达超

　　一日，吃过晚饭后，赵老板听见门外吵吵嚷嚷，便追问家人："外边发生乜事？"家人答道："一个乞丐，钱不要，饭不要，指着老板茶杯，要饮茶，真荒唐！"老板想了想：竟有乞丐乞茶的？究竟是何人？必有蹊跷，遂命家童把此人带进来。家童不解其意，行动迟疑。老板再三催促，家童不得不把乞丐领到厅堂。乞丐抢先禀报："请老板勿怪。我一生爱茶如命，方才我在门外窥见老板你在品茶，我全身发软，实在忍不住，才斗胆乞求赐茶。"赵老板仔细端详一番眼前乞丐，听其言，察其貌，料想此人必非凡辈，于是亲手把一大盅茶递给乞丐，乞丐如获至宝，品尝过后，似有悦色。老板问他："茶如何？"答曰："正品马骝槭，名茶！多年未饮了！名茶，名茶。可惜泡茶的水用湿柴烧火，其味有损了。"老板转头问侍童是否真有其事。侍童答道："因连日下雨，柴未干透。"老板命侍童拣干柴烧开水，再泡一盅。很快，侍童从厨房端出一盅茶来。乞丐饮后说："极品，极品，虎丘铁观音。可惜泡茶之人使用左手提壶，冲茶太慢，茶色稍逊。侍童连忙认错，说是烧水时，灼伤右手，不得不用左手提水壶。面对现实，赵老板对乞丐敬佩不已，尊为上宾。问乞丐："请问先生是何地人，品茶竟有这般独到工夫，又因何落到这般光景？"答

讨茶乞丐

道:"本人当日家财百万,比老板你还要丰厚,只为饮茶,耗费而尽。才落得今日这个困境,请老板不要见笑。"老板对眼前的乞丐深表同情,说:"先生既喜品茶,且对茶艺有深入研究,何不经营茶货,以谋生计?""早有此意,无奈缺本钱,难以如愿。"赵老板当即吩咐账房取出白银百两,赠给乞丐,并说:"相赠微资,聊作本钱。"乞丐作揖告别。

光阴荏苒,事隔五年,赠银之事赵老板已忘却一光二净。一天,乞丐听说赵妻身患重病,专程来探访赵老板。赵老板因妻子之病,百医无效,危在旦夕,没有心神去接待乞客。乞丐为报深恩,专程而来,表示愿意为之分忧。老板只好把妻子病重之事直说,乞丐说:"吉人天相,夫人之病,也许有起死回生之药,我虽不懂诊脉,但望、闻、问病是有八分把握的,可否让我探望一下?""先生既然有心,请吧!"乞丐看、问一下病情后,即对赵老板说:"我经营五年茶货,连老本也花光了,原因是我终日潜心研究茶之药效,今我配制茶饼三块,请老板用一块泡水一盏,让夫人慢慢饮下,若有转机,半小时之后,再将第二块泡水半盏,让夫人一口饮下,一个时辰之后,准可康复;第三块茶饼留给老板,以备不时之需。"赵老板遵照嘱咐,给夫人饮下第一块泡的茶水之后,病者脸色由苍白转红润,微微开眼,饮过第二块泡的茶水后,神智清醒,能思饮食。未到两个时辰,病态全消,行动如常,赵老板惊喜万状,夫妇双双下跪叩头谢恩,起来之后,乞丐已无踪影,不知何去。

原来人不可貌相,乞丐是茶仙也!这就叫作好心有好报。

失主不认赃物

麦新荣

一日,四品带刀护卫展昭擒到一名窃贼,赃物摆满公堂,三台彩电、四部投影机、两台冰箱、三部冷气机和一套高级瓷器,还有金链、金表、茅台酒、人头马酒、现金上百万等。窃贼垂头丧气俯爬地上。包公怒斥:"下跪的窃贼姓甚名谁?这些赃物是否你之所偷?"

"包……包大人在上,小民姓……姓王名六,这些赃物都是小……小民所偷的。"

既然窃贼招供,还须追问失窃之人。包青天一指对方又问:"大胆王六,失物之主又是谁?"

"上禀包大人,失主是住在寒舍西对面别墅的姓菲的局长。"

"王朝、马汉,速传菲局长到堂!"两人接令,飞一般而去。

公堂上挤满人,面对一大批高档物品,一沓沓钱,记者忙着拍照,众人议论纷纷。张龙走近展昭,羡慕地说:"展护卫,你发了,失主若赏你一件……也顶上几个月的薪酬。"

展昭说:"到时请你饮茶……"此时,王朝、马汉领着菲局长到来。菲局长迈着方步走近公堂,双手一拱说道:"见过包大人,不知大人有何指教?"

"指教不敢,菲局长,本府请你细看这批赃物,是否属于你家中之物。"又转而对窃贼说:"大胆窃贼,赃物从何处盗窃,从

失主不认赃物

实招来。"

"包大人，这批财物是我昨晚十时进入菲局长家中偷出的……小人纵有天大豹子的胆，也不敢欺骗包大人呵！"

菲局长一看彩电、冰箱等物，又惊又喜，说："正是——"但此时，看到记者的"长枪、短枪"一齐伸到嘴角。他猛地一震，冷汗淋漓，眼珠一转，改口说："这……这批东西不是……一件都不是本局家中之物……"此言一出，众人哗然。

包青天对着王六一拍案台，怒吼："失主不认失物，你在说谎——张龙，给他掌嘴！"张龙一听令下，捋起衣袖，挥掌噼噼啪啪就打。

"包大人，你不要听他胡言乱语。本局非开电器店、银行，哪有这么多财物。本局为官清廉，近年还获得'无过失''不受贿'两个大奖；而且，本人只是科级待遇，加上各种补贴也没有多少钱，子女又在外埠读书，花费很大，每月还靠局里'困难'补助，局里小李可以作证……"菲局长一番话感情丰富，合情合理，包大人也频繁点头。如今赋税收入不多，食皇粮的多如蝼蚁，不贪污索贿，生活必然捉襟见肘……于是，他大喝一声："大胆刁民，气煞本府，是否要掌嘴？"

"小民不敢。此物实是菲局长家中的。他夫人子女已移居外国，平时只有一个靓女看家。昨天，一位商人送给他一件名家陶瓷，请小人搬运。因此看到他家中财物，便起了盗窃之心，事先在窗门做了手脚……昨晚，菲局长九时回家，马上又与靓女外出，我乘机盗窃……"王六陈述得头头是道，情真意切。一个记者便问菲局长：

"菲局长，昨晚你九时离开电视台，九时半我想到你家采访，刚到门口看见你开车外出。与王六的作案时间吻合，你有何解释？"

菲局长面对记者追问，愕然得不知所措，不过，马上腰一挺，手一挥，说："包大人，各位先生、记者，要想知道王六的

· 379 ·

社会百态

说话是否可信,让本局问你们,当你失去一部彩电或是一百万,当失而复得,你们认不认领?"

果然,堂中众人纷纷说:"当然认领。"

包青天此时大怒:"王六,你好荒谬,岂敢信口开河?"

"这窃贼确实可恶……"展昭眼看一番辛苦将成泡影。他越想越气愤,浑身内功不觉运转到了掌上,迈步上前,朝王六就是一掌。这一掌,恰似龙卷飓风,山呼海啸,打得王六天旋地转,三魂七魄几乎出窍,口吐鲜血。

"窃贼,本府再问你,赃物从何而来?"

包青天又是一阵雷鸣,震得王六天昏地暗。他想回话,又张不开口。菲局长乘机对青天说:"包大人,此人装聋作哑,藐视你青天包大人,还不叫狗头铡侍候。"

王六一听,吓得魂飞魄散,爬到公孙策脚下,一边不停叩头,一边喃喃说道:"公孙……大人,既然菲……菲局长不……不认……就当赃物是我……"正说着,"扑通"一声栽倒地上,昏死过去。公孙策大惊失色,走到包青天身边:

"包大人,卑职认为此案宜改日再审。"

"公孙先生,何故改日?"

公孙策俯首附耳对包青天悄悄说:"大人,既然菲局长不认赃物,内里大有乾坤,必须细细查访。如果等到王六醒来,我怕他狗急跳墙,说赃物是自己的——岂不棘手……"

"王六一个小市民,何来如此多金钱与物品。"

"如今尘世一夜暴富的人知多少?又有几户讲得清财产来源?失物必有主,但这物件既无人认领……万一王六占为己有,你岂不是成为冤枉别人的罪人了?加上这批牙尖嘴利的记者,恐怕到时翻云覆雨,说是展护卫抢劫民财……"

"这……"包青天惊出一身冷汗,一抹汗珠,喝道:"先将窃贼收押大牢,改日再审——退堂!"

吹牛佬的故事

甘达海

吹牛佬本来叫作李诚实。他生就一条如簧之舌，喜欢吹牛，夸夸其谈。凡事经他一吹，没有不走样的，小的变大，矮的变高，假的变真，臭的变香。因此，大家都叫他"吹牛大王"，又称"吹牛佬"，他的真名实姓反而忘记了。

吹牛佬有两怕：一怕老婆，二怕领导。一次，一些男人走在一起，谈及身边的男人，谁是"真正的男子汉"，里里外外管得着；谁是"模范丈夫"，连老婆的底裤都得洗……这时，只见吹牛佬"霍"地站起来，拍着胸脯，气势不凡地说："一个堂堂的男子汉，竟愿做老婆奴！哼！如果是我，我就——"正当吹牛佬吹得起劲之时，适逢老婆大人驾到，她一把抓住丈夫的耳朵，喝道："你就什么？快说！"吹牛佬一见老婆，早已瘫倒在地，即跪地求饶，道："我就一跪跪下去！"

又一次开干部大会，局长做报告，简简单单，做了两个钟头，下边听众有的讲话，有的打瞌睡，有的织绒线衫……吹牛佬则借故小便到外边兜了一大圈，回来报告尚未结束，于是大发议论："局长呢个报告呀，又长又……"他掉转头一眼瞥见后面有一位领导注意到他，便赶快住口。但那位领导偏又耳尖，又想听下去，道："诚实同志，怎么不讲下去？"吹牛佬看风转舵，道："局长的报告又长又全面！"

虚　惊

凌世祥

　　海滨镇河边村有位叫阿生的青年,是海滨供销社的职工。今年三十六岁,为人老实善良,工作热情积极,是位好职工;他的妻子叫阿兰,年方二十八,勤劳俭朴,待人热情,深受邻居们的赞扬,但天生小气。夫妻俩思想进步,响应党的号召,晚婚晚育,婚后三年仍不要孩子,是村中计划生育的好榜样。他们夫妻恩爱,生活过得比蜜糖还甜哩。俗话说,"天有不测风云,人有旦夕祸福",一点不假。一个星期日下午,不料突然刮起风波,夫妻俩因家庭一些小事,顶起嘴来。平日两张欢乐的笑脸,一下抹上一层乌云。这时,阿兰把红润润的脸儿一扭,跑回房间,把被一蒙,便哽咽地哭了起来。阿生见妻子抽泣,好不痛心。

　　不知过多久,太阳快要落山了。阿兰一直躺着不起床。阿生只好独自到厨房生火做饭。上灯时候,阿生把饭菜端到桌上后,便轻轻走进房间,关切地说:"阿兰,你起来吃饭吧。"妻子把身体翻过去,赌气不吱声。阿生只好悄悄退出房间。天渐渐地黑起来了,阿生又打来一碗瘦肉汤,端到床前,低声地说:"阿兰,你饿啦,吃碗汤吧。"这时,阿兰转过身,不好气地说:"我冇饿,我吃气饱啦!"

　　深夜,窗外一片宁静,竹梢风动,月影移墙,天边挪动的月

虚 惊

影,悄悄地爬入窗棂。夜风吹动竹林,发出沙沙的响声,像是呜咽地抽泣。这一夜,夫妻俩像年三十晚贴错门神,谁也不理睬谁,各自想着心事。墙角处,有只蟋蟀、壁虎叫着,他俩好像没有听见似的,只听到两人呼吸的鼻声。这时又有一只老鼠从床顶的棚架扑扑地跳过,他俩也不叫一声,只是睁着眼睛静静地躺着。不知是疲劳还是夜深了,他俩不知不觉睡着了。

不知过了多久,邻居三奶那只不懂事的大公鸡,突然"喔喔"地啼叫起来。阿生醒后,天快亮了。他急忙爬起床,不多久,把早餐做好了。他盛好一碗热腾腾的鸡蛋粥,端到妻子床前,低声说:"阿兰,你吃粥吧,我要回单位上班啦!"说着,他匆匆吃了两碗粥,骑上自行车离开家门,直朝海滨镇飞去。他一边骑车一边想,想呀想呀,可是怎么也放心不下。常言道,女人最小气,一哭二闹三上吊。想到此,不禁心里一震,突然想起房间墙角处有瓶新买回的农药,心儿忐忑地跳了起来,他急忙转弯,骑车往回跑。阿生刚到家门,立即跑入房间,瞅见妻子仍在床上躺着,才松了一口气。这时,睡在床上的妻子阿兰,被丈夫这突然而来的举动,吓得一跳。她把头上的被子轻轻地掀开,偷偷看着丈夫,只见他走到墙角处轻轻地弯下腰寻找什么,因为两瓶同样大小的农药和煤油都是放在一起。他不知那瓶是农药,便顺手拿起一瓶往鼻子闻闻。谁知这瓶正是农药。妻子偷看得清清楚楚,阿生刚拿到鼻子上,阿兰吓得一跳,以为丈夫想吃农药自杀,慌忙爬起床,拼命地扑向丈夫,一下子把农药瓶抓住,使劲要夺回来。这时,阿生慌了,怕妻子抢农药吃,死死抓住瓶子不放。就这样你争我夺,各不相让。俗话说,三个肥婆,斗不过一个瘦叔,妻子怎能斗得过丈夫呢?阿生气力大,一下把瓶子夺过来,愤愤地把瓶子揽在墙上,随着"拍!"的一声,农药瓶被揽碎了。顿时一股刺鼻气味充满整个房间,阿生刚跑到屋厅却不慎跌倒了。阿兰急忙往外跑,大声呼救:"救命啊!快救命!"喊声

社会百态

惊动了河边村广大邻居。

不一会儿,邻居们蜂拥而来。阿兰边哭边喊:"阿生吃农药了,快救命啊!"大家一听,七手八脚要把阿生抬上车,阿生忙摆手:"我没有吃农药。"话音未落,阿兰又大声说:"我亲眼见他吃农药,快救命啊!"

这时,邻居们硬把阿生抬上一辆"三星"牌四轮简易车,拉到海滨镇卫生院抢救。刚到医院,阿生再想解释,但也无人听他的。几个医生立即动手,强行给他进行洗肠洗胃。一场紧张的战斗过去了,经过医生化验检查,肠胃都没有农药。这时医生感到奇怪,笑着说:"他没有吃农药呀?"阿生从床上坐起来,也苦笑着说:"我都讲过是没有吃农药哪!!"乡亲们一听,禁不住笑了起来,阿兰抿着嘴扭向一边,禁不住也笑了。

斩藤安井耳

赖尊荣

从前，某村有个花名叫"石头"的乡巴佬，为人忠厚老实，每天日出而作，日入而息，风里来雨里去，辛勤耕作，一家人上和下睦，生活倒也过得愉快安乐。

一天，石头适在农闲，无事散心，偶从某"大话馆"经过，正逢本村有名的无赖——花名叫"挆事理"的在轰天说地。一见石头到来，挆事理立即停止车大炮，眉头一皱，计上心来，要寻石头来开心，便向石头大声斥责："你撞断我话柄，快些赔来！"

石头被斥责后大惊，连忙赔笑，又是解释，又是道歉，仍无济于事。

挆事理恐吓石头："你无赔我话柄，明日揾你睇数！"

石头无计可施，只得闷闷不乐地回家，晚饭不吃，不断唉声叹气。媳妇李氏，最是孝顺，人又聪明。一见家翁此状，心知有异，忙查问根由。石头一五一十把经过说了。

李氏笑道："吥，我以为有什么大不了的事！您放心吃饱晚饭，睡好觉，明天他若来，我自有解决的办法！"

第二天，挆事理果然又来纠缠，人未到大门，声到屋里："你爹去边处了？又未赔话柄，想赖账吗？"李氏在纺纱，爱理不理地答道："我爹很早上山斩藤去了！""斩藤做乜？"

 **社会百态**

"斩藤安井耳。"
"废话！井有耳吗？"
"话都有柄，井怎么无耳呢？"
"这……"
拗事理自知理亏，无言而退。

咬文嚼字没有饭吃

梁 周

市区郊外，有一个大酒店名曰"溢香海鲜大酒店"。这里临近大海，旁靠大江，出售的海鲜——虾、蟹、鱼类生蹦活跳，远近闻名。而且酒店远离城区，这里成为一部分人会友、请客、开会、娱乐的好场所。可想而知，到这里吃饭的人，当然是有点名气或有点来头的了。我有一位老朋友姓黄，他在外地经商多年，我和他已有十多年不见面了。早听说他已发得不清不楚，在我记忆中，我这位朋友是一位有胆识而少文化的人，因为我喜爱写点东西，他有时也读点书，有时他叫我帮一下忙，故我俩以往来往较频。后来他离家到外地去做生意，才一直没有相见。今年春节，这位老板返家，荣归故里，也找到我这个老朋友来，我这个家门一向都是冷落车马稀，这天有一辆奔驰轿车到门口来，我真有点惊慌，后来知道是老朋友来访，则又受宠若惊。我惊喜地把他迎接到家里来。他出门多年真的有点文化气息，一见面就说："十多年不见，你精神、英气不减当年，今日得见，实为万幸！"我很高兴地说："朋友，你真的变了。不但钱财广了，才学也广了，可喜可贺！"叙了一会儿旧，他一定要请我去吃顿饭。我很高兴地接受了。故友重逢，他滔滔不绝地说他的创业之艰辛，我很羡慕和赞许。

 社会百态

坐进一辆这么高级的轿车,恐怕是自己一生中不容易享受的荣幸。我说:"老朋友,你请我去哪里吃饭呢?"我心里想:能走远一点路坐长一点时间享受这么高级的轿车就好了。果然是这样,老朋友似乎看穿我的心事,慢条斯理地说:"我带你到'益香'去。"我不知道"益香"在哪里,听说覃巴路边有个"溢香"饭店,我说:"你带我到覃巴去,不要走这么远吧!"黄老板不作声,车风驰电掣地向前飞去,一会儿,车戛然停了下来。我在享受的遐思中醒过来,抬头一望,原来是"溢香海鲜大酒楼"。我说:"老板,这不是'益香',而是'溢香',这'溢'字读'逸'音。"(吴川音,"益"读"忆")黄老板举眼看了看我,又看了看金光闪闪的"溢香海鲜大酒楼"的招牌,叹了一口气对我说:"老朋友,请你不要咬文嚼字,太过固执了,你要知道,读作'益香'的人天天在这里叹世界,而像你这样读作'溢香'的人在这里没有饭吃啊!"我听了他的话,心中不觉愕然!

进入餐厅,桌上已摆上了满席的鱼、虾、蟹、鲍。我也管不着什么"益"或"溢"了。肚子填饱了,不就是最大的"益"吗!好朋友,你的话很现实,有什么事比现实好呀!

一间瓦砌成墙的屋

麦新荣

兴建房屋,一般是用砖或石砌墙,但是,你见过用瓦夹灰砂浆砌成墙的屋吗?在粤西的袂花江边一条村庄,曾有这样一间房屋……

传说是清末年间,村中有两位情同手足的青年,年长的叫林贵,年幼的叫杜亚生。两人外出合伙做生意,长年上走广州、香港,下走湛江、海口,风餐露宿,艰辛操劳了大半生。一年秋季,积劳成疾的林贵在广州病倒,险些进了鬼门关。林贵病好后,决定回家休养。杜亚生舍不得搭档,但想到对方已过花甲之年,恐怕一朝客死他乡,于心不忍,只好结账分摊钱银,送林贵回乡。

杜亚生依旧经商,却少了一位知己搭档,旅途奔波分外寂寞,决定在香港定居。一年后回乡,亚生拜过祖宗后,叫妻儿收拾细软,便去向林贵告别。

这一日,亚生找到林贵时,又见他在村外兴建一间平房。林贵回乡后,用积累银两买田置地,已重建了一幢堂皇的房屋。再多几个人也住不满,为何又建房?更使亚生奇怪的是,这间房的墙是用瓦块夹着灰砂浆砌的。他禁不住好奇地问:"老兄,你我半生走南闯北,砌墙用什么材料没见过?从未见有人用瓦砌墙哪。"

 社会百态

林贵听后苦笑,叹口气,一会才说:"老弟,我家可能用瓦砌墙的房屋比砖石砌的耐久呢。"

"如果是这样。我给你五亩地耕种,不收租。"

"真的?"

亚生暗想,可能是林贵想标新立异,也可能是与儿子斗气吧……因行程匆忙,没时间追问。当向林贵告别时,看到对方流下泪水,心里感到隐隐作痛。

光阴似箭,眨眼过了十年。杜亚生也老了,便将生意交给儿子,他搁下肩上重担,思乡之情涌上心头。

一日,杜亚生步履匆匆回到家乡时,得知林贵夫妇早几年已去世,林家威风不再,堂皇的房屋也消失得一干二净,荒草萋萋。他寻到村外,看到十年前瓦砌墙的房屋,住着林贵的儿子林土成一家人,穷困潦倒,惨不可言。

原来林贵仅得土成一个独子,自小娇生惯养,懒惰好赌,长大禀性难移。林贵回乡后,土成叫父亲给钱去做生意,父亲问:"做什么生意?"土成拍胸说:"不必问做什么,明年保证赚三倍给你。"当时,沿海一带刮了一场特大的台风,所有房屋的屋脊几乎倒塌,瓦的价格上涨三四倍。土成想将本钱全给了窑主,订购了瓦,以为明年的价又是像今年一样,等着来年赚回三四倍的银子。不过,虽然地处沿海,但特大的台风也是一二十年才遇上一次,明年还有如此强台风吗?林贵看到儿子带着这种侥幸赌博的心态做买卖,气得捶胸顿足。儿子不是做生意的料,生在农村却又五谷不分,人总不能游手好闲,林贵只好在村口开一间百货店,让他打理。

土成当了老板,却无心打理生意,把店铺当赌场,招呼猪朋狗友日夜赌博。一次,土成与他人赌了两天两夜,深夜送走赌徒,疲劳倒在门口,呼呼大睡。半夜,贼人把他扛下水沟,搬清店里百货,土成却如死猪睡到天亮。

社会百态

这一次,林贵气得大病一场。他病刚好,便请来泥水工匠用瓦砌墙建房屋……正是十年前,林贵与杜生辞别的时候。亚生回忆当时林贵流泪的情境,原来对方的心比自己更痛。

后来几年,土成依然狗改不了吃屎的本性,嗜赌如命。一次,土成带老婆给岳父拜寿,回来时遇上暴雨,两人躲进一间店铺避雨。店里正好有一班赌棍搓牌赌博,土成挤近一看,顿时热血沸腾,三魂有二魂半跳下赌场。他刚开始大脑还清醒,赢几两银,一会,连身上的银两输得一干二净。他习惯下了赌场,犹如吸了鸦片烟,越瘾赌越大,结果越大赌脑越糊涂。这天,他脱了身上的长衫来赌,也输了。他输红了眼,向赌徒借钱。赌徒说:"我凭什么借钱给你?"

土成说:"我是江边村林贵儿子,林贵……大财主……"

"林贵大财主,我听说——你回去,我若去你家追债……更无人相信你欠我赌债。好汉不吃眼前亏,最好有人有物抵押……"

土成左盼右顾,最后目光盯着妻子,说:"有人……我老婆,你不用怕了吧。"

赌徒盯着如花似玉的土成妻子,说:"可以,要借多少?"

"三十两。"

"我给你五十两……若你输了,今晚不拿银两来,你老婆就是我的。"

"一言为定,永不反悔。"

"若然反悔,天打雷劈。"

……

土成放出十二分精神来赌,自以为稳操胜券,谁知他遇上高手,不够一个时辰,输得冷汗直流,两眼发黑,五十两银一钱不剩。土成单身赤膊回到家,急急向父亲要银两。父亲听原因,气得当场吐血。土成赎得妻子回家时,父亲已倒在床上,一病不

一间瓦砌成墙的屋

起,最后挺不过年关,一命呜呼。林贵死去,不久妻子亦跟随而去,林家如倒塌的瓜棚,一蹶不起。

土成依然游手好闲,不务正业,花光家中积蓄,便变卖田地财产,最后竟然拆屋卖瓦卖木料,拆墙卖砖块,带着妻子儿女住进父亲用瓦砌成墙的屋子。这瓦夹灰砂浆砌成的墙,拆下没有砖,瓦也会成碎片,一文不值,才得以保留。

杜生了解到这一切后,更佩服林贵的聪明——再起十间砖砌墙的房屋,也不够儿子拆,儿孙媳妇一样日无瓦遮头,风雨无安身之所。杜生履行当年诺言……林贵后代有了杜生送的五亩田地耕种,一家才得以生存。

这间瓦砌成墙的屋在经历百多年风雨后才倒塌。传说至今,只要挖开土地表面,还可以看到瓦砌墙的痕迹。

两个傻子

李材济　陈观德

　　过节之日,老公公给孙儿两个碗,四枚铜钱,嘱咐说:"去村口铺儿买两个铜钱豉油,两个铜钱花生油,快去快回,等着用。"孙儿接过钱和碗连声说:"是,是。"孙儿走到大门门口,若有所思,走回来问:"爹(此地人叫祖父为爹),哪个碗装花生油,哪个碗装豉油呀?""两个碗都是干净的,怎么装都可以。"老公公答道。孙儿走出大门,又转回头问:"爹,爹,哪两个铜钱买花生油,哪两个铜钱买豉油呀?"老公公有点不耐烦,说:"傻孩子,都是一样铜钱,哪两个买花生油,哪两个买豉油都一样嘛。"孙儿走出大门,复又回来问:"爹爹,哪边手捧豉油,哪边手捧花生油呀?"老公公忍不住气,把孙儿打了一巴掌,"滚蛋,看你傻到这个地步!"孙儿哭着脸去告诉父亲。孙儿的父亲睁圆眼睛,走到老公公面前,举起双手,左一巴,右一巴直往自己脸上乱打。老公公忙上前去制止儿子并说:"你怎么作践自己?"岂料儿子竟破口大骂:"你敢打我的儿子,我就是要打你的儿子。"老公公听罢气得手腾脚震,长叹一声:"原来我的儿子,你的儿子都是傻仔。"

灵爆天

赖尊荣

有一天,一个夫娘婆(吴川方言,对已出嫁且年纪偏大的女人的通称)同旁人唠叨:"唉!我屋真是行衰运,畀人偷口镬未几耐,昨日晒在那边坡的一张大网又畀人偷去,牛儿仔不知为乜跛了脚,无法犁田插秧,眼白白睇着清明过去,真是激死人,有乜算命佬来我都要算支命,睇下有乜解救!"刚巧,东边村的一个叫"游好闲"、花名叫"脚冇离地"的人从此经过,听见了。

游好闲,此人心术不正,一不耕田,二无手艺,专靠一把嘴混骗揾两餐,别无所长。

这天,游好闲正愁无处下手揾一餐吃顶顶肚皮,得此机会不禁喜上眉梢。歇会,游好闲在村里吆喝:"算命啰,灵爆天,不灵不会问你要钱!"喜欢唠叨的那位夫娘婆听见了,连忙把"算命先生"请到屋里。一番讨价还价之后,她报上了丈夫生辰八字。游好闲装模作样地捏了一会手指头,然后煞有介事地念:"丑运五年间,贼佬偷只镬,坡头晒网人偷去,四脚牛儿驶冇行……如无解救法,着实难过关!""算命先生"每说一句,夫娘婆点一下头,及听到"着实难过关"时,慌得"扑通"一声跪倒求道:"先生,有乜办法解救?尽量修好心,帮一帮我渡过难关!"游好闲道:"有!家中有腊肉,定是火烧屋,如能送畀先

社会百态

生,我一定替你作福!"原来游好闲一跨进门就闻到香味,抬头一望,见主家屋架轩挂有香喷喷的腊肉,已一连滴了几滴口水,心里一直盘算如何用计,既然她上钩,非得弄到手不可!游好闲拎着腊肉,又说:"老公回来千祈勿讲,否则,三拳头、两脚板,无死你骨都散!"命算完,游好闲欢喜地走了。

夫娘婆的丈夫回来了,起初她还想忍着不说,后来口痒忍不住说:"喂!我今日算命真灵!件件都讲中。"接着,一五一十把经过全部说出。丈夫见钱赔上了,腊肉又被骗走了,无名火起三千丈,大骂:"你这衰婆,有咁蠢,冇教训你冇精神!"就向老婆手打脚踢过来。

夫娘婆受了皮肉之苦,还在念念不忘:"唉!个只算命佬真是灵爆天,我多嘴讲一讲,就三拳头两脚板,无死骨都散!"

想不服也得服

陈　凡

相传清末年间，光绪为了振兴文化，选拔人才，开科取士，三年一届，在各省省城举行考试。凡本省生员与监生、荫生、官生、贡生，经科考合格者均可应考。逢子、午、卯、酉年为正科，遇庆典加科为恩科。考期为八月，分三场。考中的称为举人。

是年八月，考期到了。广东省各县的考生都按时应试。考试开始时，监考官宣布试场的规则后，接着读今科的试题是"子钓而不纲，弋不射宿"。这时，吴川的考生都兴高采烈地说："这科吴川连傻佬都能中了。"原来，这道题老师是指导学生练习过的。

监考官把听到的话，一一向主考官汇报，并说："是否有失密了？"主考官说："不可能失密。这恐怕是个巧合。"主考官咬紧牙根说："他们高兴得太早了吧，我有办法让他们一个都不会考中的。"

当天晚上，主考官在审阅卷时，凡是吴川考生的卷都放在一起，然后用罂装好，以盖封固，埋在花园里。

一天夜里，试场突然失火，主考官见火势很大来不及带走卷，火后查看时，所有的卷全部被烧掉了。

主考官几天来坐不安、食不落，心想："卷已烧光了，我空

社会百态

着手回朝,虽然不死,也是罪责难逃的。"随从的人提醒他说:"老爷,你当时不是藏了部分卷吗?"这么一提,真是使主考官喜出望外!就急急地走到花园,挖起这罨试卷,兴冲冲地说:"这是救星,这是救星啊!"连夜展开审阅。份份真是字迹清楚,言语流畅,立论明确皆大可观;但看到一卷却是与题目风马牛不相干,成了笑话。

该考生是黄坡人,懒写文章,但写字却很认真,自认为"字是门楼,书是屋",所以他的字写得不错。此外,他每天都要去南宫渡或白头婆两处钓鱼,所以听到宣读这道试题,正中他日常的钓鱼生活情景,于是就很认真地写了以下几句话:"钓哉,钓哉,拂扶拂扶,或钓南宫渡乎,或钓白头婆乎!子钓鱼不竿亦不射乎。"主考官看了,只附之一笑而丢开了。但是,全部卷数起来可取的只有七十一卷,这次取录的任务是七十二篇卷,就尚欠一篇卷。主考又不得不再拿起这钓鱼卷重看。主考想,这考生是为钓鱼而误了学业,就给他录取报上,有可能鼓舞他日后勤奋学习……

不知是天意还是命也,主考最后感叹了一句:"我们避过一劫,吴川也真是地灵人杰,写离题文章也考中进士,想不服也得服!"

妇唱夫随的州官

许 贵

古代有一位州官,叫胡继宗,不要小看他文化不高,而且其貌不扬,但他善于拍马屁,所以官运一直亨通,由一名县令爬上州官的宝座。因他文化不高,处事相当粗鲁,故同僚们都看他不起。

某日,他奉旨调到定州去上任,这次上任他的思想有很多矛盾。去吧,那个地方是穷山恶水,不是什么好去处;不去吧,又有抗旨之嫌,将来对己不利,最后还是硬着头皮去。结果不出所料,上任已一年多了,什么油水都捞不到。

一日,他自言自语吟道:"奉旨千程到定州,穷山恶水日悠悠。杏花村里无赊欠,怎得醇醪化解愁?"吟罢低头踱来踱去。这时,其妻见到这种情景上前说道:"官人何苦呢,有事和老娘说出来,长日忧郁于事无补。说出来了,也许老娘有妙方可化解。看来官人是为了这个(在地上画一个钱字)。"州官看后,说:"卿卿善解我意,但有什么办法?"其妻接着说:"穷地方,也有穷办法。你听说过,糠头会榨出油吗?只要方法对头,会有油水可捞的。"但用什么办法呢?其妻不肯暗示,只是出一道题让老公猜。其妻认为这样做是逼使老公去猜,去动脑子,这样会好一些,想出的办法会周到一些。她和老公约好,让老公每日看

社会百态

看枕头边就会有锦囊妙计了。

一日,州官在枕边看到"政坛整顿"四个字。州官就猜,猜来猜去,最后悟出一条道理,老妻是叫我把下属官儿互相调动一下。某日,州官召集下属大大小小官儿开会,高声地说:"为了工作需要,有必要调动一下岗位……"结果,一经宣布,震动很大。原来在好的地方、好的岗位的人,思想紧张了,纷纷到州官那里求情不要调动,当然带上……原来在差的地区或岗位的人,也想调动一下,以图得到好处,也去求州官,当然也带上……经过这番"政坛整顿",收获甚丰。

其妻暗地里观察,看到"整顿"已近尾声,接着又出一题曰:"明察秋毫"。某日,州官见到枕边的新题,知道又要动脑子。很快猜出,娘子是叫他考察下属官儿的工作好坏。过了几日,州官向下属公布说:"我们有的人工作很有成绩;但有的人成绩差一些,很不理想。因此,要发扬优点,克服缺点,以利再战……从现在起,要派人下去考察好坏……"结果,这次震动也不比上次小。因为下属不少人怕揭出自己短处,也就相继上见州官,做了大量手脚,以期不要揭短。这期考察收获更丰。

还是妻子高明,暗地里听出怨声,说州官是鲨鱼口,食肉兽,长此下去不得了……这时其妻审时度势,又及时出了第三道题,名曰"宦海引舟"。某日,州官捡起枕边的新题,一连几日思考,最后悟出"安全"两个字。州官想,对!在这里当州官,难免得罪一些人,产生积怨,如果不很好反省一下,想想办法,终归要沉舟!但怎样得到安全?州官也有州官的办法,首先在下属提拔一批,让提拔者去宣传州官是父母官,体察下情,关怀备至,为群众办了不少好事,改变作风,改变落后面貌。下边基础打好之后,就携带一些贡品去拜访上司,目的是在上头找保护伞。这样,下捧、上保,果然稳坐州官宝座,立于不败之地,当地一些人不明其故,就推测"风水"上来,说定州是风水宝地,

妇唱夫随的州官

凡是到定州当官的,从来没有一个失败……但一些有识之士,则不是这样看的,归根结底是金钱掩盖了丑恶!

古训有一条叫"夫唱妇随",胡继宗真正实践了"妇唱夫随"。

牛屎糠医生

张伟超

民国年间,长岐某村有一户大富大贵、金钱万贯、遐迩闻名的人家,主人名叫苏百万。

苏百万虽然良田万顷,高楼数间,子孙满堂,家丁几十,但其妻长年累月有病。表面睇来其妻长得面红耳赤,肥头大耳,体形健壮,但不知患的是何病,时觉肠胃不适,心胸闷痛,出恭艰难。四邻八乡大夫请过,切脉配方,仍无济于事,急得苏百万无计可施。只好再叫家丁四处打听,寻名医,访良师。

一日,偶然访到一个化州同庆山塘的柯大夫。柯大夫并非一个名副其实的大夫,而是胡混度日之江湖术士。家丁急报苏爷,苏爷即唤家丁礼请"柯大夫"。柯大夫一到苏家,即叫苏妻将病情详细说一遍。听后,即从袋中取出已炮制好的药递与苏妻,并嘱其每日食药一次,连服数天。

不知不觉,时隔半月,家丁又来柯家,说苏老爷叫他走一趟。此时,柯见家丁腰带短枪,又不说明何因,吓得魂不守舍、心惊肉跳,只好硬着头皮,随家丁往苏家。一路上,柯大夫自言自语:"难道牛屎糠医死人?"连说数遍,直至苏家。家丁急报老爷,柯大夫依然手脚抖颤不停。片刻,家丁传话:"老爷有请。"柯大夫即步至堂前,老爷请他用茶。香茶用过,老爷唤家丁打赏

牛屎糠医生

社会百态

柯大夫白银五百两,此时的他才恍然大悟。原来,苏妻患的不是什么病,而是山珍海味食得多了,加上以前的大夫配的全是大补药,故使肥壮的身体越食越滞,产生肠胃消化不良,成为病因。后服了柯大夫的土方土药——牛屎糠配草药,积滞全消,肠胃畅通,消除病源,苏妻得以康复。

柯大夫拿着五百两银票走出苏家大门,对天长笑,说:"估不到一包牛屎糠加山草药粉能换五百两银!"

怪　花

凌帝江

　　从前，传说有一商人，因古代用的货币流通是大银，同时，也没有银行机构，故他做生意的流动资金只好用袋来装着，出入一袋袋带在身上，不仅很不方便，而且他和家人出门时都提心吊胆。

　　果然不出所料，他的担心不是多余的。不久，他神秘失踪了。他的妻子回忆起，丈夫平常隔日就回家一次，这次一别就是一月有余。因丈夫出远门，又没有现在的通信设备，她无法与丈夫联系，她不免担心起来了。她赶紧报官，又等了一个多月，还是不知丈夫的下落，她愈想愈觉得伤心落泪。然而，她还是自我安慰，希望丈夫是出远门了，次日就会出现在自家门口，那该多好啊！由此，等呀！等呀！一等就是一年。一年的时间过去了，她估计丈夫凶多吉少了。她唯有把希望寄托在刚满周岁的儿子身上，把儿子抚养成人，就是对丈夫最好的报答。

　　这样，过了十八年。某天早上，邻村拥有一大型商店的一户人家，其围院的瓦缸里长出一朵怪花，该花不但奇形怪状，而且晚上发出五颜六色的光泽，十分好看，因此，周围男女老幼都争着观看，说来也怪，到过这里看花的人，回家后都发财，这更引起人们的兴趣。因看花的人多了，故该老板想出了一条发财门

社会百态

路,把围院围起来,进入看花的人收门票钱。因为来看花的人视其为吉花,为了今后该花能给自己带来好运,所以,男女老幼并不计较门票钱多少,都争着观看。

这花的传奇很快就传到原失踪商人的儿子的耳里。一日,他亲自来看,不看则已,一看却招来"麻烦",他看花时,该花慢慢凋谢,甚至不到一刻钟就死去。这可惹恼了店主的一家人,要商人的儿子赔偿。他哪能赔偿得起,争吵之下,只好告到县官处。县官审问青年为何毁别人的花。青年说:"我只是观看,手又未曾接触过花,岂有赔偿之理?"县官觉得奇怪,别人看花,个个都无事,回家后还发财顺利,唯独该青年看花时出现问题。县官问该青年家里还有什么人时,青年说家里还有一个母亲,母亲还说父亲十八年前失踪了,至今还不知下落。于是,县官叫人把瓦缸打碎,拨开泥土后,发现缸底存放着一个人的骨头。县官又叫人抽取青年少量的血滴在骨头上,发现青年的血全部渗到骨头里。此时,县官已明白是怎么一回事了,即刻下令把店主捉起来审问。在铁的事实面前,店主只好低下头来招供。

原来,十八年前的今天,该店主就是失踪商人的打工仔。由于他看商人财大气粗,自己只能挣得少量的打工钱,在他与老板出差的途中,因老板带了大量的银圆,于是心生邪念,为夺得银圆,故亲手杀死老板。店主生怕别人怀疑,将尸体埋在自家围院的瓦缸底,并用泥土填满,以为神不知鬼不觉了。

然而,意想不到十八年后的今天,家里长出的怪花竟将他谋财害命的阴谋暴露了。这便是冤花,一朵报应花。对于此事,人们深有感悟:天有眼,多行不义必自毙;生怪花,伸张正气还天理。

曲说直巧答偷牛状

郭学昌

　　从前，有个花名叫作曲说直的人，他目不识丁，却能说会道，有一套说话和争论技巧，很多不通情理、不合逻辑、曲曲弯弯的话和事，经他一说，就直了通了，使人信服。四周围的村庄，很多人告状打官司，都请他出庭作答辩，并十拿九稳取胜。曲说直这个外号也就因此而得名，他成了远近闻名的辩护人。

　　与曲说直一河之隔的河边村，有个专门从事帮人搞诉讼写状文的人，名叫包叔，他看不起曲说直。有一天，有个人对他说："那边江的曲说直很有本事，替别人告状作答辩次次取胜，看来，你那碗饭要同他分食啦！"包叔听到那个人讲后，气愤愤地说："我不信，一个无文化无知识的人，有那么大的本领，我要设法斗倒他。"于是，就假设一宗偷牛案，写一份状文送给县官审理。用五十文白银请曲说直做原告的答辩人，状文内容不讲给曲说直知道。

　　县官收到偷牛案状文后，拆开细看，状文说："某日深夜六更，贼人走入我家偷去二只半牛，从干涸池塘里赶去，我跟着尾追，黑夜里看不见人，只听到赶牛过水的泡泡水声。情况千真万确，请县官大人，明察审理，为民破案。"县官看完状文，即传令原告，明天派人前来核审。

　　曲说直接到原告转来传令后，第二天按时到堂候审。县官见

社会百态

到曲说直到堂就问:"你是什么人? 姓甚名谁?"曲说直回答说:"我是原告请来的代理答辩人,姓曲名说直。"县官接着说:"本官今日传令你来,主要是同你核实状文,你这封状文很糊涂,情况不明,文理不通,同你对审核实,如果说得直,讲得通,情况属实,本官就同你受理破案;说不直,讲不通,就以你作玩弄本官论处,打你五十大板。你听清楚没有?"曲说直回答说:"听清楚了,请大人提问。"县官捧着状文,堂堂正正地坐在厅堂上,严肃地问如下三个问题:

一问:"你知道吗? 一夜是五更,状文却写着深夜六更,哪里有六更,真是胡说八道。"答辩说:"县官大人,你有所不知,偷牛盗马,是个大案,有打探及偷窃一个过程,我的牛被偷窃的过程是,贼人在前夜三更来我家打探,后夜三更偷我牛,两个三更合起来,就是六更嘛! 这有什么胡说八道呢?"

二问:"状文写被偷去二只半牛,被偷去的牛,是两只就写两只,是三只就写三只,你为什么写偷牛二只半呢? 哪里有半只牛计算,真是奇谈怪论。"答辩说:"县官大人,你又有所不知了,我家养一只母牛,一只公牛,母牛怀孕了,过几天就生牛仔。牛仔未生出,就被贼人偷去,如果我写两只牛,那个未出世的牛仔不计数,我就吃大亏。所以,我把未生出的牛仔作半只牛计数,天公地道。这样,合计就是偷牛二只半,是合情合理,不是奇谈怪论。"

县官又问:"状文说,贼人赶着牛,从一丘干涸池塘赶过,听到牛过水的泡泡水声,塘干涸了没有水,哪里听到牛过水的泡泡水声呢,这使人听起来越听越糊涂呀!"答辩说:"县官大人,你误解了,状文说的干涸池塘,不是无水塘,而是那丘塘的塘名叫干涸池塘,塘里有满满的一塘水,贼人和牛从水面赶过以及听到的水声,都是千真万确。"

县官听了曲说直的答辩后说:"你的答辩有理有理,状文所说的情况属实,请听候审办破案,退堂。"

小女童机智擒盗

汉 杰

广东省高州府吴川县北五都水谭村，地处平原，四面环绕着小河溪，村里住着两百来户的人家，村边的东北角，历来是人烟稀少的地方，住有几户人家。在这几户人当中，有一户是传礼房十三世的子孙，名叫吴连魁，他的屋，是一座一厅两房、泥砖墙上盖着稻草的房子。

吴连魁是有名的驶船好手，长期在外，家里只有他的妻子李小凤、年仅五岁的长女吴小玲，以及尚在襁褓的次女吴小俐。

有一天将近黄昏的时候，突然有一个驼背老婆子，头裹着蓝黑色的头巾，手扶木拐杖，冒着呼呼的北风，来到吴连魁的家。李小凤乍见一个不请自来的老婆子走进自己的家里，忙问老婆子说："老婆婆！找谁人啊？"那老婆子由于耳聋，经李小凤问了几次，她才回答说："我是东海人，吴连魁是我的外甥孙，你和我外甥孙举行婚礼那天，我曾经到过你家，以后就没有来过，难怪你不认识我了。我来黄坡圩我女儿家住好几天了，因为我挂念你们，所以吃完晚饭，便动身来了。"李小凤一面听，一面暗想："从来没听丈夫说过有这么一门亲戚，她究竟是不是上代亲戚呢？若拒绝不接待嘛，又怕真是自己的亲戚，况且像她偌大的年纪，天快黑了，而且天气又这么冷，怎忍心拒之门外呢？不如

社会百态

既来之则安之。"主意拿定了,她忙招呼客人坐下来,抱着女孩小俐,耐心地和老婆子攀谈起来。一会儿小俐已经在怀里睡了。李小凤抱小俐走进卧房安置她在床上睡好后,走出屋厅来,指着小玲对老婆子说:"小玲怕小妹夜啼和撒尿,干扰她的睡眠,不愿意和自己的妹妹同床睡觉,她父亲在家时,她便和父亲同床睡,她父亲不在家时,她就在我邻床自己一个人睡,她已经习惯了。今晚你就和小玲同一起睡吧!天气这么冷,你也累了,请早点休息吧!"

老婆子经李小凤反复说明后,才点点头,站起来,扶着木拐杖,在李小凤的陪同下,慢慢地踱进了卧房。经李小凤指点她到床尾便桶里小便完毕后,走近脸盘架,在脸盘中洗了手,慢慢地回到床来,神情好像很疲惫的样子,和衣甚至连头巾也不解除,爬上床倒头便睡。

李小凤从房里出来关上大门,见长女吴小玲呆呆地坐在小凳子上,知道她不愿意和一位陌生的老婆子同床睡觉,只好耐心地哄了一阵,她才同意。吴小玲虽然答允妈妈,可是思想上还是转不过弯来,索性也和衣爬上床里边睡下。

李小凤待自己的女儿睡好后,吹熄了油灯,和衣睡下,不多久,便听到邻床那位老婆子熟睡的鼾声,李小凤由于一天工作的劳累,不知不觉地也入了梦乡。

吴小玲由于不习惯和陌生人同床睡,内心上十分烦躁,在床上翻来覆去,很久很久老是睡不着觉,无意中自己的小手触及老婆子腰臀部有一把似乎是刀柄的硬东西,吃了一惊,忖思着这老婆子身上这东西分明是刀柄,既是刀柄,她身上肯定藏着刀子,意识到这个老婆子一定是个心怀不轨的大坏蛋,自己母女三人,危在旦夕,怎么办呢?这时如果偷偷爬过床告诉妈妈知道的话,恐怕坏人醒觉,趁机加害,除了这样,还有别的什么办法能让妈妈知道呢?用什么办法能摆脱危机呢?她想呀想呀!小小的心房

小女童机智擒盗

也随着急促跳动,时间过了很久,聪敏机灵的吴小玲终于想到了擒盗的好办法。

于是吴小玲便玩弄小孩子发脾气的惯伎,故意在床翻来翻去,用脚把床板蹬得咚咚响,不管吴小玲怎样用力蹬,那老婆子始终鼾声如雷。可是李小凤却被震醒了,说道:"小玲!乖乖地睡,不要闹呀!"小玲不但不停地蹬,甚至哭了起来,李小凤见软的一套制服不了女儿,便改用硬的一套,大骂起女儿来,企图征服她。

岂料小玲不但不被压服,反而索性边哭边从床上跳下地,跑到屋厅去放声大哭,这样更激怒了李小凤,她霍然翻身起床,点亮了油灯,准备寻找鞭子打小玲,小玲知道妈妈要找鞭子打她,她立即打开大门逃出去,李小凤手里拿着鞭子大喝道:"看你走到哪里去,不打断你的腿我就不是人。"边骂边追出屋外,追到离屋稍远的地方,小玲不走了,待妈妈走近时,连忙低声说:"妈妈!不要打我。"李小凤见女儿态度反常,不觉一愣!小玲抱着妈妈,悄悄地把自己发现的情况告诉了妈妈。李小凤听后大惊,随即计上心头,边转身回屋,边自言自语说:"这死女,原来是发高烧,怪不得大哭大闹,现在三更夜静,唯有去拍三叔婆的门,向她要点生草药回来煲给你吃,消除高烧才是。"李小凤走进卧房,从床上把熟睡的小俐背在背上,乘机在屋厅木桌上摸着锁大门的大铁锁,走出屋去,迅速把大门关上后,锁上了铁锁,立即和小玲大声喊道:"捉贼啊!捉贼啊!"叫喊声震动了寂静的夜空,惊醒了邻居们,个个急忙起床赶来,问李小凤到底发生了什么事,经李小凤说明情况后,大家立即包围李小凤的屋,然后叫人拿来手提灯笼和武器,开了李小凤大门的铁锁,一拥而入,老太婆无路可走,终于束手被擒。从她身上果然搜出一把锋利的刀子,当众人掀开她的头巾时,方知这老太婆是个男子汉。李小凤立刻认出他是两天前那个自称铁嘴张的算命先生。

· 411 ·

 社会百态

经审讯，铁嘴张交代了经过。两天前在李小凤家算八字时，见船工友拿了一袋四十两白银交给李小凤，贪心顿起，归家后想出了伪装老太婆探亲的办法，企图骗取李小凤的信任和同情，让他留宿，打算夜深人静威逼李小凤把白银交出来。当时他尚未入睡，发出阵阵鼾声便是伪装的。当小玲触到他身上藏着的刀柄时，他认为小玲小小年纪不会觉察，同时夜还未深，不敢贸然动手，对于小玲玩弄的大哭大闹的孩子惯伎，信以为真，原本想骗别人反被小孩子骗，机关算尽反被擒。

从此，五岁女孩吴小玲机智擒盗的消息，很快传遍了吴川。

"李佛爷"与"超人"

麦新荣

如今，一些人时兴养宠物，他们豢养猫、狗、龟、蛇等，比抚养父母还有耐心。海滨区李区长也养一条狗，叫"超人"。超人原是警犬，公安局老友送的，经过李区长苦心驯养，静如熊猫，机灵如狐，勇猛如虎。一次，两名持枪歹徒夜里窜入李区长家中，超人跟随歹徒不哼不咬，当歹徒拿起一部手机放入衣袋时，超人飞身将歹徒扑倒。另一个歹徒正想开枪，超人转身如虎飞到，一口连枪带歹徒一根手指也咬下来，吓得两个歹徒乖乖地缩成一团，等着巡警来捉去。

李区长家在市郊，依山傍海的一幢花园式别墅。他家与其他别墅一样有围墙、铁门、遥控锁，但是大门口日不关门，夜不上锁。亲朋来客不用拍门，不惧狗吠，无形中，人们对主人增加了平易近人的好感。再说李区长管辖的是南海的一个重要港口，论实权，不低于市属下边任何一个职位；论政绩，李区长从不专横独断，办事稳重，加上一贯乐哈哈弥勒佛的举止，声誉较好，大家都称他"李佛爷"。如无意外，李区长是下一届市长的优秀人选。李佛爷喜欢的超人，不仅是一条精明的看家狗，往往做事超人一等。上个月某个晚上，市长说第二天早上陪省委有关领导到他区里看看，虽然是"看看"，说明市长有意让他在省委领导面

前表现表现。他紧急召集了秘书等一帮人到家中，商量对策，整理材料，忙了一夜，黎明前才合眼，司机小曾叫醒他时，匆匆就走。他到了区政府办公室门口，才记起随身带的手提包未带来，忘记了今天必备的记事簿。他正想叫小曾回头取时，超人飞一样冲到他前面，叼着手提包送到他手里。他激动地搂住超人，没有哪位漂亮的女性能让他如此动情。超人更是远近闻名。

一位台商得知李佛爷养了一条如此精明的狼犬，许诺用五万元买下。李佛爷摆摆头，心里说，十万也不卖。他为自己拥有超人沾沾自喜。但是，超人毕竟是畜生，难以理解尘世中人的天才演技。正应验了老子所言，福兮祸之所伏，李佛爷终于栽倒在自己驯导的狼犬之下。

如今不少在官场行走的人，不仅与白道上有千丝万缕的关系，而且与黑道上亦有奇妙的关系。近年，中央三令五申要严厉打击走私，新来的市委书记召开几次会议，地方缉私部门也捉了几个。李佛爷认为大家都是例行公事，走私不同于其他杀人放火的刑事性质，上边催得急，下边就抓几个，大事化小，小事化无。谁都怕拔萝卜扯上泥，扯到自己或顶头上司来，那就自掘坟墓了。这天清早，李佛爷的手机收到了一条讯息：台风马上到。他知道是谁发来的，马上删去。

李佛爷意识到陈书记果真是"包黑子"时，感觉到时间就是生命了。他不是企业头头，办公室及家中不可能有犯法账本，要命的是几十本存折及一些钻石戒指，如果被搜去，他就是当十代区长的工资也凑不够数。为了预防万一，他急急将存折及戒指塞进随身的手提包，悄悄埋藏在屋后的花园，再用一盆花压住，神仙也察觉不到有异样。

李佛爷洗干净手，也没有告诉家人将发生什么事，走到厅中，已看到检察院的车停在门口。李佛爷依然神情自然地走出门，超人走近他，他拍拍超人脑袋，假装不知道情况地问林检察

"李佛爷"与"超人"

长:"林老兄,有何贵干,请入屋里饮杯茶。"检察长说:"李佛爷,请你到我处协助一下,请多多原谅。"李佛爷笑了:"既然是公事,我就陪大家走。他同来的人一一握手,最后说,今天大家办完事,我请客……说完便坐上检察院开来的车上。

意料不到这时超人像箭一样从屋里冲出来,跑到车门前。李佛爷大吃一惊,超人竟然叼着他刚刚埋在花园的手提包,手提包上还沾着湿泥。他惊慌叫妻子,快,快拿手提包回去……

李夫人看到丈夫一贯弥勒佛的脸,吓得面如土色,明白事关重大,仓忙上前抓住手提包。谁料忠心李佛爷的超人不肯放,屹起如猛虎一般的头一摆,把李夫人甩倒,手提袋即裂开了,几十本存折及钻石戒指似天女散花般,洒满一地。

李佛爷钻出车门,随即昏倒,像个死佛瘫在地上。

梦断私彩路

谭日保

21世纪之初,一股猜测六合彩十二生肖特码的私彩赌博黑潮,铺天盖地地向小梅城袭来。

庄家以1赔40的赔率,吸引、诱惑着众多求财心切的人们,本来善良、纯朴的人心被扭曲了。私彩赌博进入梅城,很快便向农村蔓延开来。在机关、街道、商场、村落甚至学校,到处可见三五成群的彩民在研究、猜测、投注六合彩十二生肖特码,参与私彩赌博活动。

私彩就像一场战争的洗劫,大地震的灾难,演绎一幕幕人间的悲剧。

话说,小梅城有一户人家,夫名施光,妻名吴颖。夫妻俩均四十来岁,在小梅城经营一档粥摊。十多年来,夫妻俩辛辛勤勤,积攒了20多万元的家底,虽然不算富裕,但生活也还算比较殷实。近年,他们本想用积蓄建幢新房,但又考虑两个儿子正读中学,要供他们上大学,期望以后出人头地,还要一笔钱开支。因此,犹豫未决,未敢倾尽家底建房。

初夏一夜,天气闷热得发慌。施光夫妻俩久久不能入睡,便谈起了六合彩。他俩觉得辛辛苦苦经营粥摊,折腾了十多年也积累不了多少钱,不如试试投注私彩博博运气。如果投入两万元赌

梦断私彩路

社会百态

注中特码，一下子便可赢得80万元，这样，建房、儿子读书便不愁钱财了。谈到想靠私彩赌博发家，夫妻俩不谋而合。

次日，施光夫妻俩便投身私彩赌博黑潮中。开始，施光夫妻俩不敢玩大的，只作投石问路，第一次投注56元，买了8个码，输了。第二次投注85元，买了12个码，中了一注10元，赢了400元，除投注本钱外，还赢了310多元。真想不到钱来得这么容易，辛辛苦苦做几日生意也赚不了这么多钱。于是，夫妻俩乐不可支。

自此，施光夫妻俩的精力渐渐地向六合彩十二生肖私彩赌博倾斜，不到几日，输了不少钱。

自古道：赌，赢也发热，输也发热。施光夫妻俩大概是输红了眼，欲罢不得，越发疯狂地陷入六合彩私彩旋涡之中，整天到处打听、搜寻可中特码的线索、信息和资料。一天，施光听说可通过香港白小姐透露特码情报，便和老婆吴颖斟酌一番，然后，拨通了白小姐的电话，乞请白小姐提供六合彩特码。白小姐不阴不阳地问："你输了钱想赢回是吗？"

施光答："是！"

问："你有几个儿子？"

答："两个。"

"你就把一个拖出去埋了吧。"白小姐说完立即挂机。

听了白小姐的话，施光夫妻俩顿如堕入云山雾海之中，一片茫然。真玄！施光夫妻俩苦思冥想，总理不出一个头绪来，但又总觉得白小姐的话一定有玄机。想着想着，突然，施光略有所悟地说："埋人，不是要用锄头吗？锄头不是像7字吗？白小姐一定是叫买7字尾的号码！"

吴颖听了老公的话，也像恍然大悟，笑笑说："还是你的脑瓜灵敏些。"

于是，施光夫妻俩又斟酌一番后，当日，便投注包买下7、

梦断私彩路

17、27、37、47 等 5 个号码，每个号码投注 5000 元，打算一次把钱赢回。

结果，当晚开出特码 24 号，施光的 2.5 万元又泡了汤。特码一出，施光夫妻顿觉五雷轰顶，脑海一片空白。

又经一番搏杀之后，施光夫妻的存折仅剩下了 1.5 万元。这时，他俩才尝到了私彩的滋味，赌耶非耶，进退两难。

一天，施光的手机突然嘀嘀作响，按下按键，一条醒目的短信息映入了眼帘：香港六合彩公司特派方先生、唐小姐为大陆彩民提供特码信息，联系电话 1353XX49349。苦苦挣扎在私彩滚滚黑潮中的施光，犹如获得一根救命的稻草，即刻拨通了唐小姐的电话。对方说要付费 250 元才能提供一次特码。

施光夫妻想，要付费才提供特码，这是有偿服务。他们明白：别人不会白白送特码的，世界上本来就没有免费的午餐！于是确信不疑。施光很快便按唐小姐提供的账号，从邮政储蓄所付去了 250 元，然后打电话向对方要特码，唐小姐说今晚开的特码是 26 号。

施光夫妻商定，今晚投注 1 万元，可算孤注一掷。赢了，就有 40 万元到手，除本钱赢回后，还白赚 10 多万元，而且以后通过唐小姐财源还会滚滚流进来。如意算盘打得啪啪的响。

1 万元赌注投下，施光夫妻俩便早早在家等候六合彩开奖消息，恨不得把时针、把地球拉得像发动机转轮一样快。左等右等，好不容易等到晚上 9 点响过，消息传来，特码开 14 号，施光夫妻俩当即像头上挨一闷棍，死不去却喘不过气来。

家底输光了，生意也一落千丈，怎样维持生计呢？施光夫妻俩想，还是要博一博，除此之外，别无他法。施光知道妻子的哥哥吴有财，近年积蓄有 6 万多元，便以做生意要本钱为借口，叫妻子去找其哥借钱做赌本。谁料妻子回来说其哥的钱也早因买私彩输得一干二净，还拖欠了别人一屁股的债。这下，施光只得跑

社会百态

往乡下向他的朋友余寿联求借。余说前几天他的亲戚也向其借了两万元,听说是还私彩赌债的。现在仅剩 1 万多元。施光好说歹说,余才借给他 5000 元。

5000 元借到手,施光夫妻俩好像又看到了一线生机,一线希望,并商量这回一定要认真猜,认准之后才投注。为此,施光找来了一大堆各种各样的六合彩报纸资料,苦苦琢磨,猜测了 7 天。一日,施光对老婆说:"我猜今晚可能开鸡,我们包齐鸡的 4 个号码好吗?"

吴颖觉得无十足把握,便说:"说不准,听说拜财神求特码很准,早几日隔壁的招婷去拜财神中了特码,我们不如去拜拜财神求个特码好吗?"

施光:"也好,怎么原来没想到这点子呢?"

吴颖拜完神回家对施光说:"财神说今晚开 29 号,还求了个上上签,说以后我们财自四方来。今晚就买 29 号吧!"

施光拿不准主意,便随着老婆,将 5000 元一注买了 29 号。又是左等右等,好容易等到了晚上 9 点响过,开鸡,23 号,又给了施光夫妻当头一记闷棍,气得他们脑袋嗡嗡作响。施光回过神来,狠狠责怪老婆信神信鬼,不听他的话买鸡生肖。为此,夫妻俩大吵一场,施光气不打一处使,"啪啪"地给了老婆两个耳光。

吴颖绝望了,钱输光了,还受气挨打,她方寸乱了,理智乱了,当夜,含泪服毒自尽。

第二天一早,天还未亮,施光发觉妻子自尽,顿即两眼发黑,昏死过去。施光苏醒过来,迷迷糊糊地,不知是因为输钱的缘故,或者是料理妻子后事,或是供儿子上大学急需钱,或许是什么更深一层的原因,施光口头只是反复地喃喃自语:"钱,钱,钱……"摇摇晃晃地步出了家门,向昏暗的小巷走去……

真是:施郎图赌兴家业,赔了夫人又折"兵"("兵",吴川俗语,把"钱"说作"兵")。

胜养十年"猪斗"

李若愚

话说某县,官场腐败,卖官鬻爵、贿选争官之风盛行,已到了官无大小皆论价而沽的地步。

某村,有一老农,姓朱名运财,世代农耕,为人老实。村民们认为他不会"吃民",就推选他为村主任(俗称"村长")后又推为人大代表。

一年,上级来了通知,大凡村主任,都到县城选县级的官。朱村长接到通知,就拾好行装,别了老妻,径往县城而去。

当晚,住在某招待所,都是单人的房间,软床锦被,绣枕香巾。朱村长哪里住过这样的地方?正是有生第一次如此享受。将近晚饭时分,忽听有敲门声。朱村长忙开了门,见一小姐立于面前,原来是叫朱村长到楼下乘车去吃晚饭的。一辆小车早已候于楼下,一人扶朱村长上了车,车便开动了。朱村长不辨东南西北,但凭感觉,好像是向东边驰去。

不久,到了一个叫碧岩湾的去处。这是个近海的地方,据说是什么旅游度假区。进入区内,只见一幢幢别致的小洋楼,成组地排列。内有花圃,奇花异卉,草木繁茂。偶见女子来往其间,皆浓妆艳抹,此地气氛似乎与别处不一样。

转了一弯,小车在一幢可观大海的小楼前停下来,便有人出

社会百态

来招呼他们进去。和朱村长同来的还有另一辆小车，一共是八个人。都下了车，上到二楼，进入一精致的小房。只见里面已摆着一桌酒菜，两位标致的小姐侍立于门内。为首的那人便招呼他们都入座，接着两小姐便来斟酒，热情地为各人夹菜，并不停地介绍：这是龙虾，这是膏蟹，这是鱼翅，这是海参……朱村长哪里吃过这样的珍肴？他虽然吃过不少农村的喜酒，但都是些鸡鸭鱼肉之类。今天有此时机，岂不尽情享用！不久，众人便都已酒足菜饱，耳热面红了。

饭后，尚有一个安排，就是海水浴。听说要到海里游水，朱村长很是害怕，他长在山区，原是个不识水的"山龟"，江河也未曾下过，怎么敢下海呢？

此时，只见来了八个穿三点式泳装的小姐，每人都掮着一个充了气的车胎，朱村长知道这东西是浮水的，人只要抓住它，就不会沉下去，他的心略定了些。

朱村长正在迟疑，一个小姐走近来，不由分说，一手拽住朱村长，直把他拉进齐胸深的水里。

朱村长旱鸭子下河，只觉得头重脚轻，一个浪打来，已灌了两口海水，幸有那双温柔的手按住，让他紧紧地抱住车胎。还有那娇滴滴的语言和那甜美的笑声，还有那时隐时露的光滑白嫩的躯体。朱村长那胆怯之情早已飞向九霄云外了。他尽情地爬着、摸着、笑着，直玩到口唇发紫，身起鸡皮，才唤着"顶唔顺"要上岸。

那小姐都是说定了全套服务的，见朱村长已快不支，便扶他上了岸，回到了原先吃饭的小楼。进入一个住宿的小房间。小姐陪朱村长冲了淡水，此时已是华灯初上，夜莺觅食之时了，朱村长便今生头一次在这样香衾美人的拥抱中度过了一个销魂蚀魄的良宵。

次日返回县城，他仍住在原来的房子，又有一些老板请去唱

胜养十年"猪斗"

歌、跳舞、吃饭、按摩之类，直把个朱村长乐得飘飘然，累得软绵绵的，竟忘记自己的祖宗是姓什么的了。

一天的应酬，待回到招待所时，朱村长早已累成一团烂泥了。人就是这样，往往激情一过，其神经就会复原。经过昨夜和一天的折腾，此时的朱村长已是蚊叮懒赶了。

朱村长躺在床上，正在重温旧梦。约莫二更时分，似有敲门之声，朱村长忙爬起来开门，只见进来一人，来人尖嘴猴腮，一进门就拉住朱村长的手，不住地问好，接着把一个信封放在床上，说声："请多多关照！"说完便出门而去。朱村长不明就里，忙拿起信封打开，往床上一抖，只见滑出一叠崭新的百元大钞来！他正在惊奇，想数一下，忽听得又有敲门之声，他忙把钱藏好，才开了门，不待招呼，又闪进一个人来。只见来者肥头大耳，满面红光，似是有身份之人。朱村长忙打招呼，那人说了些好话，便在皮包里取出一个信封来，塞在朱村长手里，然后匆匆离去。朱村长已知道其中内容，用手掂了一下，似乎比刚才的那个还重些，不觉欢喜得心跳起来！正待查数一下，只听得门又响起，朱村长忙把信封塞入被内，开了门。只见又来了一人，此人矮如木桩，大腹便便，手提一个公文包，坐下说："朱村长，劳驾你多多关照！"然后掏出一个信封，放在台上。此时的朱村长已是心领神会，见惯不怪了。三言两语之后，那人便离去了。

朱村长这里也不打算数那些钱了，多少反正都入了自己的荷包。

他正想睡觉，实在太倦了。不意先后又来了两个人，都是如此动作，他又来了神，继续守株待兔，希望不断有人送"信"来。然而直到下半夜，再也不见有人来了。他似乎有点失望，便把五信封都拿出来，排在床上，一个个地把钱拿出来点数。最多的一个竟有五千元，其余的三千、两千不等，而最少的一个只有一千五。望着那些花花的百元大钞，他的手颤了！他的心醉了！

· 423 ·

社会百态

这是天上掉下来的横财啊!

这些信封里除了钱之外,还夹着一张字条。上面写着要求投票的人的名字。朱村长明白,这些都是"钓饵"!他把钱和字条都放回了原来的信封,然后全部装进了行李包。

他躺下来,无法入睡,一阵高兴之后,他犯难了。他约略知道,到选举时只能选三个人,而他已领了五个人的红包啊!到时该投谁的票呢?他思来想去苦无良策。如果在家,可以和老伴商量,说不定老伴能有好主意呢,她是专门为人睇花的呢!但现在既无手机,家里亦无电话,回去是来不及了,他只有自个儿苦思冥想了一夜。

天亮了,他洗过脸,突然想出一个办法来。他高兴得一拍脑袋,自言自语道:我为何这样笨?那些钱不是有多有少的吗?神享用福物,都是看谁的三牲重就保佑谁呢!我怎么就不会投钱多的人的票呢?于是他再拿出那些信封来,紧紧地记住三个钱多的人的名字,决定到时投他们的票了。

投票时间定在上午十点钟,但还未到九点半,参加投票的人就到齐了。即将开始时,一个主持人发话说:"各位代表,今天你们肩负着神圣的使命,你们要按照选举法的规定,公平公正地为选举人民的好官投出庄严的一票!"下面响起了稀稀拉拉的掌声。

接着,投票开始了,朱村长偷偷地瞥了一下左右的人,只见各人都是遮遮掩掩的样子,好像那些人和自己一样。他心想,管他呢?谁知道他们吃不吃饵!

他再看清票上的说明,然后选到了打算投票的人的姓名,便用笔在下面打圆圈。但不知是老了还是其他原因,手中的笔老是不太听使唤,圆圈的口子就是不肯合拢。最后画出的那个圈儿,倒像一粒被虫子啃了几个缺口的绿豆。朱村长又补了一下,还是很不满意,最后费了好大的劲才把三个圆圈画完。这时好多人已经投票了,朱村长匆匆把票对折起来,把票面掩在中间,生怕让别人看见,然后用有点颤抖的手塞进了投票箱。

投完票,代表们陆续离开会场。他的心也觉得轻松了一些。按规定,还要吃午餐才回去。就餐时,就是简单的四菜一汤,比起刚来时吃的差远了。据说,这叫工作餐,这样的饭菜是廉政建设规定的。

吃完饭,朱村长恨不得飞回家里。他匆匆赶回招待所房间,取出了行李袋。这时服务小姐的面也变长了,说他没把被子弄好,又说他把便缸塞了,原来朱村长口福不受用,吃得多拉了肚子,便纸用了好几卷,但又不会冲水。

朱村长哪理她这些!在回程车的位置上,他双手紧紧地揣着那个沉甸甸的旧行李袋,生怕它飞了去!一路上,他盘算着这些钱如何使用。他心想,这下我不会再穷了,我要买一部手机也威一下,然后再到碧岩湾玩一次。我要先给老伴一个惊喜,让她猜钱是怎么来的,是天上掉下来的?还是捡到的?他不好意思往下想了。但无论如何,碧岩湾那晚的事是绝对说不得的!

不久便到了家,老夫妻三天不见,倒有点久别似新婚的感觉。老伴迎出来,接过了行李袋。朱村长说:"你猜猜袋里有乜东西?"老伴说:"还不是那两件旧衣服,能有乜好东西,难道有金戒指买给我?"

朱村长拿回袋子,神秘兮兮地拉着老伴进了房间,然后一个一个地掏出那些信封来。老伴觉得奇怪,忙问:"谁来这么多的信?这么秘密?"朱村长说:"你看里面是什么?"

老伴忙拿起一个信封就往外掏,掏出来的竟是一叠崭新的钞票!老伴以为是自己眼花看错了,待看清时,结巴巴地问:"是……是哪来的呀?"朱村长于是将前前后后的经过都说给老伴听,唯独碧岩湾那晚的事给隐去了。

两口子把钱过了数,还差五百就是一万五!老伴望着那些崭

社会百态

新的钱,她欢喜得快疯了,她一生从未见过这么多的钱啊!

朱村长说:"孩子他娘,这事可千万不要对别人说呀!那些当官的想咱投他的票才这样做的,平时他可识得咱们!他们花钱弄了个官,然后再慢慢地刮回来,这是获利亿万倍的投资生意哩!想不到我活了这么大把年纪才发了迹!当时叫我当代表时,我还以为这差事无用,不想做呢。想不到发了大财,这点钱对那些官们算不了什么,可对咱却是个大数目,胜过养十年猪斗呢!"

诸位,养十年猪斗为何意?原来朱村长是个养母猪的,母猪生的小猪作为猪苗出卖时,当地人叫"猪斗"。一窝"猪斗"一般可赚几百元钱。

这话本是朱村长在房里对老伴说的,但后来,不知是隔墙有耳,还是老伴舌长,或是朱村长无意中说出,在当地乃至很远的地方,便流传了这么一个典故,那就是:当一任代表,胜过养十年猪斗。

不信,有《调笑令》一阕为证:

投票,投票,投票深藏奥妙。谁知此物生财,张贿李贿有钱。钱有,钱有,胜养十年猪斗。

故事四篇

林永隆

跳神

王三妹跟巫师学跳神，已经学了两年多，每次都是打鼓、敲锣、唱歌。有一天，她问："师傅你什么时候教我请神的真诀？"师傅说："你功夫还未到家，还需要多加修炼。"

一天，邻村张大爷有病，叫人前来请师傅跳神捉鬼，王三妹说："师傅不在，我代他去跳神捉鬼吧！"到了病人家，她就请起神来，闭着眼睛摆摆头，口里念着："天灵灵，地灵灵，王母娘娘快显灵，捉鬼降妖好本领，保佑张大爷身体康宁。"念了几遍都求不到神来，没奈何，她只好胡喊一通，乱跳一阵，周身流着热汗。疲倦了，坐在地上歇息，口中还一张一合地念着，好像有神请来了，她站起身来说："多谢大仙捉鬼救命。"磕了三个响头。

过了两天，张大爷的病好了，其家人送来很多礼物酬谢她。后来巫师知道，便问三妹是怎样给人家请神的。三妹说："我就是闭着眼睛胡喊一通，乱跳一通……"巫师听了，点点头说："不知你什么时候把我的请神'真诀'偷学去了。"

社会百态

仨妯娌

从前,有一户人家,家公生病,躺在床上。三个儿媳本应去探问公公的病情,但是又忌讳,怕同有病的公公说话,只好各打各的小算盘。大媳妇戴着顶草帽,到公公卧室走了一趟,公公不知所为,很是气恼;二媳妇抱着孩子也到公公卧室走了一趟,公公又是疑惑不解,火气更大;三媳妇趁着姨妈来看望公公时,也陪着她到卧室走了一趟,姨妈还在和公公谈话的时候,三媳妇自个儿先走出去了,公公更加责怪三媳妇不懂礼节,气得他红着脸喘着气。

后来公公的病好了,请来了族长、乡绅品评儿媳妇们的不孝行径,依次质问三个媳妇。大媳妇说:"我戴了顶草帽去看望公公,意思是女子戴帽是'安'字,就等于我向公公问安了。"二媳妇说:"我抱着孩子去看望公公,有子有女就是个'好'字,即是向公公问好的意思。"三媳妇说:"我陪着姨妈去看望公公,我先走出房来,'姨'字离去女字旁,是个'夷'字。我是祝愿公公病情能化险为夷,安然无恙。"

公公和众人听了三妯娌的答辩,无不拍手称好。

狗官

狗看见有的人当起官来,那么威风架势,出入前呼后拥,有人左右跟随,还坐小轿车到处旅游,吃喝玩乐样样有。

狗不满自己的身份,于是就向玉皇大帝请求,给它一个小官儿当当。玉皇大帝念起狗平日做事既勤快又忠心,便有心提拔,于是对狗说:"先给你封个小官儿当当吧!不过要先断你的尾巴,当官若有尾巴拖在后边让人踩着那还得了!"

狗一听慌忙跪下,启奏道:"玉皇大帝,断尾巴万万不可呀!我若断了尾巴,不能在上司面前摇头摆尾,叫我靠什么向上爬呢?"

玉皇大帝点头说:"你说得有理,尾巴的确很管用。"

"1、4" 和 "多发"

李屋村亚福从市场上买了一辆摩托车,心里十分高兴,立刻去办车牌照,号码为1414,内心觉得不快,他认为"4"与"死"谐音,不吉利,因此他每次骑车外出都是提心吊胆,脑海中存在"4"的印象。花开花谢,寒来暑往,转眼一年多过去了,亚福骑车安然无事,于是心里十分疑惑。

 社会百态

一日,他见路旁有卜卦算命先生,能知过去未来之事,便上前请卜一卦。他用手指着车牌号码,询问号码以晓知祸福凶吉。算命先生用眼盯着车牌,掐着指节一算,口中念念有词,拍掌称赞道:"你的车牌为'1414'很好,'1414'在乐谱音阶中为'多发多发',大吉大利,是指多多发财的意思。"

亚福听了算命先生的话,疙瘩解开了,没有顾虑,心中大喜,忘乎所以,马上骑车飘然回家去,一不留神,撞正路边的电线杆上,车翻人倒,他好不容易挣扎起来,一看,车碰坏了,自己受伤不轻,再一看"多发多发"的车牌也撞得七弯八扭了。

曹县令尝屁

谭若鹏

花川县曹县令闲来无事，苦思冥想寻求开心，后得一法，令衙役出一榜文，大意曰：如有于堂前献上香屁者，赏银五十两；放屁不香，戏弄本官者，重打五十大板，然后没收其家产云云。

榜出一旬，没有回应。说实话，谁敢在曹县令面前放屁？

却说，花川城有个叫董乍仁的青年，聪明英俊，慷慨善良，只是命运不济，家境贫寒。一天，董从外地打工回来，听说曹县令出榜求屁，立即上街揭榜直抵县衙。

董乍仁在曹县令面前直言善放香屁，但今日腹空，得明日前来奉上。

居然求得放香屁者！曹县令满心欢喜，便一口答应董乍仁次日前来。当日，董乍仁上山采集了一大箩的百花香草，连夜熬成浓浓的汁液，用三重涂了腊的牛皮纸袋包装妥当。

次日早晨，董乍仁将包装好的香液藏在屁股后面，直登县衙献屁。曹县令即刻升堂领受。

升堂礼毕，曹县令迫不及待地下令将屁奉上，同时离案径直来到董乍仁身边。董忙说放屁好响，怕近前吓坏大人，请求离远点放。曹县令觉得董聪颖心细，说得有理，便让董离远点，走到公堂的石柱旁站定。

社会百态

董乍仁背靠石柱,臀部用力一压,"啪"的一声,香液袋破裂,清香扑鼻的香汁立即流出,香味散满公堂。董同时跪地:"禀告大人,香屁放出,请品尝。"

曹县令恐防有诈,先令衙役上前检验,待衙役启禀大人实属香屁后,曹县令才急急步下案台走近董乍仁。

走下案台,曹县令远远闻到了一股沁人心肺的清香,愈走近董,香气愈怡人。曹县令绕着董左闻闻右嗅嗅,然后站定,眯合双眼,做了一遍又一遍的深呼吸,越吸越觉心旷神怡,恨不得非把满公堂的香气一下子吞下肚子里不可。

香屁,世所罕见,真可谓是"独天上有,恐世间无"!能闻到如此神往的香屁,真也不枉我曹某的一生了。曹县令一边尝屁,一边遐想,足足过了一刻钟,然后步回案台,一拍惊堂木板,大声说:"果然香屁,赏银百两!"

榜上定价五十两外加五十两,放一屁获百两大银,此事一霎那便在县城沸沸扬扬传开了。

此消息很快传到了县城大财主邓荫实的耳朵。邓是远近闻名的大恶霸,为人险诈、刻薄、凶狠、贪馋。他坐道四十年,不知克扣了多少人的工钱,不知打伤打残了多少工人、顾客和邻里,实是恶贯满盈。听说董乍仁一屁换百银,邓荫实馋心顿起,立即找到董,死纠活缠,定要董授予他放香屁的秘籍。

董乍仁对他的到来露出一丝不易觉察的冷笑,心想自己过去受他迫害不少,这次可借机给他一点颜色,一泄心头之恨,自己本来就是一个四海为家的人,怕什么。于是,他便传授给了邓荫实放香屁的方法,最后,还郑重其事地说:"我今日胃口不好,吃不够分量,倘若吃得饱些,放的屁更香。"说完告辞。

过了三天,邓荫实匆匆来到县衙,向曹县令陈诉:"禀告大人,董乍仁所放香屁之法,实属老朽所授,奈何这小子生性懒惰愚拙,学艺不深,竟然敢在大人面前献丑。老朽放屁艺术高超,

曹县令尝屁

技压群芳,一屁流芳千古。若蒙大人不弃,老朽愿显身手,将此绝技献大人。"

刚得一名"射香"高手,又来一名放屁大师,曹县令喜出望外。一口约定邓荫实次日前来献艺,并拍板:"如果当真,本大人自有赏赐。"

"自有赏赐!"这真的把邓荫实的胃口吊上了半空。当晚,邓不遗余力地依照董乍仁所授之法,将早日捡来的一只瘟死鸭煮熟,和早三日煮熟的十来只鸡蛋饱餐一顿。半夜,又喝了大碗浓浓的巴豆汤。一来因为吃得胀鼓鼓的,二来想到明天,这一百两,至少一百两的白花花的银子就要从自己的肛门喷出来,邓荫实真的非常的开心,整整一夜睡不着。

次日一早,邓荫实便迫不及待地打轿赶赴县衙,曹县令照例升堂尝屁。

曹县令尝过一次舒心悦肺的屁后,深信"人间自有香屁在",就不避嫌了,直接凑近邓荫实,即令:"放屁!"也许是邓吃下的"精品"未发作,他的高超绝技一时未能爆发出来,急得他团团转,满脸涨得通红。曹县令也越来越不耐烦,不断令:"放、放、放!"满脸也涨得通红。

过了大半个时辰,邓荫实的肚子突然像闷雷一样阵阵作响。有了!邓顿即转忧为喜。又过了一阵子,刚好过了一个时辰,邓荫实深深地吸了一口气,招呼曹县令:"大人,请尝屁!"然后,再作一次深呼吸,运足力气。

"啵——沙——"一股浓浓的凶猛气流,夹杂着浓浓的粪水,从邓荫实的肛门汹涌地喷射出来,顿即,邓的裤裆湿透,县衙通堂臭气熏天,呕心刺骨。

衙役一片哗然,曹县令直发呕,气得全身筛糠,满脸发黑;邓荫实惊恐万状,也吓得全身筛糠,满脸发黑。

一阵骚乱过后,曹县令噔噔噔走回案台,手执惊堂木板狠狠

 社会百态

一拍,愤愤地吼道:"呔!大胆狂徒,竟敢当堂欺藐本官!来人,给我拿下,重责五十大板,然后依照榜文法例,没收其家产!"

邓荫实放屁招灾,身被打残,家产被"依法"没收,还赔上了两个爱妾悬梁自尽。

真是"流芳千古"!是不是机关算尽自太聪明,反误了卿卿性命?

警世故事三则

李若愚

假妇

张七家贫，无亲，四十而未娶。一日，一老妇带一女入其村，女约二十许，玄衣黄发，体态轻盈，面貌颇佳。妇人口操国语，谓人曰："吾湘籍也。此吾甥女，家逢水灾，父母皆亡，屋亦毁，亲故全无，愿求一男以妻之，不论年龄，但得五千银可也。"

有好心者，荐与张七。七欣然往见，女半遮其面，间以目窥七，秋波荡漾。七汗出，语无伦次，但求妇允之。良久，妇乃曰："吾甥年轻貌美，务须足钱而后娶。"

七辞归，然家内无钱，遂四出往借。有人语之曰："当今之世，无事不假，须防其诈！"然七志已迷，何信人言？仍百计筹钱。幸亲者支持，得以凑足。七喜不自胜，唯望女速归矣！

翌日，七邀妇及女来家，酒肉盛待之，言明钱已备足。妇乃曰："明晚送女来，但付足礼金，吾甥永为君妇也！"

七甚喜。次晚，妇果依约，欣送女来，但见其女，轻施薄粉，红衣素裹，貌益娇艳。七似醉如痴，取钱付妇人。妇好言慰

社会百态

之，又对女附耳片时，遂相辞而去。

约二更许，女邀寝，七卧里，女和衣而外。初近女人，不敢稍动。及夜半，七难忍，以手悄摸之，女不动。七探其衣下，触其体，然任摸之，皆无应。但觉其肌肤软如气囊，似非人肉，继摸其头，发皆自脱矣！七大呼女名，终不应，七惧，急起烛之，原一塑也！

七大呼，邻者皆来，见状，或骂或笑，攘攘然直至天明始散。

七无措，哭报于简，缉查旬日，了无二女迹。七哑者食黄连，又自出寻之，时经半年，终无所获。乃罢。

买金

张甲过于市，一妇拦之曰："欲买金砖否？"甲好奇，驻足街边。妇人环顾左右，于袋中取出一物，色金黄，长大约三指许。示甲曰："此吾家祖传，纯正金砖，今因家乡受灾，欲卖之得钱以解困，尔如欲买，价可贱议。"甲取观之，与金无异。掂之颇重，心窃喜。自忖，余该发财矣！遂问："其价几许？"女答曰："若他人，必二万，见君厚道，一万八千可也。亦算尔我有缘，吾家祖传之宝今归君所有矣！"

甲信不疑，欲回家取钱。妇人曰："君须留定金，免余空等。"甲取二千钱付妇人。妇亦取出一镯付甲，曰："此亦吾家祖传，价值五千，君暂收为押，以免君疑。"甲受而归。

及取钱，返原处，四寻不见妇迹，甲异之，自思始悟。取其镯往验，原为伪者，价仅数钱而已。

甲惧人讥之，事隐三年，后始告其友。期以己之历而诫贪者。然今世之人，性皆婪，见利而志昏，而骗者之术亦常异，张甲之事，得为鉴乎？

· 436 ·

养猫

一富者家苦于鼠患，养一猫欲治之。主人喜其毛色之美，日饲以珍肴，从无稍缺。故猫腹满肠肥，懒性随生。冬日则卧享暖阳，秋夜则乐游清野，从不理鼠之事。时历一年，富者家鼠患益剧。

主人恼而弃之，另择一猫而饲。然此猫惧鼠如虎，不敢与敌，尽改其性，与鼠结好为朋。夜临则与群鼠相嬉戏，分享主人所供之食。众鼠乐之，招朋引伴而来，富者家鼠患愈甚。

主人无奈，又弃而另择一猫。然此猫性怠而馋，不捕鼠而偷鱼肉，倒钵翻盆，其之为害，又成一患也！

一日，富者之友来，谈及鼠患及养猫之事。其友曰："养治鼠之猫，但观其性，无论其色。养猫之法，宜饿其腹，勿胖其体。若使之日饫肥鲜，其尚食鼠乎？余家正养仔猫一窝，待其稍大，可送君一只也。"

月余，友送一小猫来。但观其毛，黑白相杂，目光有神，戏之，则虎虎生威。主人喜谢其友，遵友嘱之法饲之。及三四月，猫已长成，已能捕鼠矣。观其日伏鼠洞之侧，夜巡粮囤之间，有时一夜捕鼠数只。自此，富者家鼠迹渐稀，未及半年，鼠患悉除，仓廪之谷再无鼠耗之虞矣！

打米增的故事

郑庆云

梅菉人骂小孩有句毒话:"你想死么,等我托你去打米增吧!"意思是骂孩子做死仔包的。这句毒话,待我慢慢地道来。

民国年间,梅菉要建市,但又因人口不够建市条件,故省里即批准为"梅菉市政管理局",直属省管。所以人们都将梅菉圩改称为梅菉市。既然是市的格局,就得"麻雀虽小,五脏俱备"。

除了市设警察局外,还设一支自卫队。警察局的警察是政府供给,而自卫队即自筹自给。可他们是怎样自筹自给的呢?他们绞尽脑汁,挖空心思,巧立一个"打米增"的名目来。所谓"打米增",就是在籴米中增加饷税,来豢养这批自卫队。

一次,街坊有位亚叔死了一个儿子,请来了万安街土工佬康某,康某将死仔尸骸用一个麻包袋装好,然后托上膊头,准备拉出圩外荒坡埋掉。刚刚踏出圩口,被自卫队队长李鉴宏瞅见,他回头对队员陈帝水说:"有嘢捞了,快去截住他。"陈帝水立即上前大声喊道:"打米增,才能放行!"

康某见自卫队追了过来,必然敲诈勒索,便急急忙忙放下麻包袋,撒腿就跑。陈帝水心想:"好吧,人走了,米还是在这里,哈哈!"他迫不及待地将麻包袋拉回部队,轻轻地放下,解开一看,大吃一惊:"哎呀,原来是个死仔包嘞!"大家见了也都眼白白地睇着。

打米增的故事

就这样,后来人们骂调皮的小孩子道:"你想死么,等我托你去打米增吧!""打米增"的故事,成了梅菉人骂孩子的口头禅。

有钱有理

张志达

话说民国期间,粤西某县黄花村有两兄弟,大哥花名叫猫毛,细佬花名叫狗骨,兄弟俩由于家庭不和早就分家了。分家时各人都有一些家产。猫毛为人狡诈刻薄、善于钻营,不久家财百万,富甲一方。狗骨不学无术,游手好闲,嫖赌饮吹四艺俱全,家产很快就败清光了。他为了活口经常向大哥伸手要钱要粮,开始三两次,猫毛还给他十文八斗,但后来厌恶上心,便反面相讥,大骂狗骨是败家子,扬言兄弟一刀两断。

狗骨哪里肯断,还一味纠缠着猫毛。他看到大佬粮仓谷堆到顶,垂涎三尺。一天,他乘猫毛去趁圩,花言巧语欺骗家丁,打开粮仓闸口,出谷五、六担,立即卖了,钱入口袋。猫毛回来发觉后,大发雷霆,马上到乡公所状告狗骨。

乡长叫李百由,是个地地道道的贪官,一贯玩弄权术,两面三刀,出尔反尔,贪赃枉法,鱼肉百姓。猫毛憋着一肚子气踏进乡公所,先给乡长塞了八个大洋,然后毕恭毕敬地将状纸呈上。百由看罢,拍案大骂:"狗杂种,包天胆,光天化日,竟敢开仓偷谷,管他什么兄弟,依法办事,马上传讯拘留,严惩不贷!"

乡长惯例派个心腹通风被告狗骨。狗骨心领神会,及时赶到百由家,从口袋里掏出十个大洋,装出一副可怜的样子哀求道:

有钱有理

"小子家贫如洗，无米下锅，昨天向大哥求借两担谷，并不敢入仓盗窃，望酌情体量，包涵，包涵！"百由先是哈哈大笑，旋即一本正经，振振有词地说："细佬向大佬借两担谷，以济无米之炊，算什么行窃！难道做人就不要一点兄弟心？真是岂有此理。你回去，什么事也没有。"

狗骨如释重负，长长吁了一口气。他立即到菜市买了瘦肉、鲜鱼、丝瓜等一大篮菜，得意扬扬地回到家里，晚上与老婆子女大吃一顿。

猫毛一直在家窥听，看乡政府是否前来捉人。不料看到狗骨大摇大摆，若无其事，一打听，原来他也串通乡长，比自己多送了两个大洋。

猫毛恼羞成怒，火气冲天，在院子里踱来踱去。忽听到外面传来小孩嬉戏、齐唱歌谣的声音："官府大门日日开，有理无钱莫进来。"一语道破天机。猫毛被触痛了神经，喃喃自语地说："番鬼佬推车，钱银作怪，钱银作怪。"随即软绵绵地瘫卧在沙发上。

特码王

黄汉业

夏水莲,今年四十多岁。老公叫张土荣,两人耕种三亩多地。家中鸡鸭成群,还养猪、养牛,生活过得还算不错。张土荣偶尔参加六合彩赌博,买一下特码。夏水莲是个勤恳本分的女人,知道老公买"码",自然要管他。

有一次,张土荣的朋友透来一个特码"3"号,说是开蛇头的。张土荣是个粗通文墨的人,他对夏水莲说:"我在码报看到'今期必中汉高祖',汉高祖刘邦斩蛇起义,开蛇不会错的。"晚饭后,他悄悄打开衣柜取出两千元准备去买特码,谁知老婆早已在监视他,夏水莲扑过去抢钱,骂道:"你家底有几厚?敢买这么多钱!"张土荣火了,把钱撒在地上,说:"该饿,到口的肥肉也不要!"说来也巧,那晚果然是开"3"号,眼白白不见了八万元,张土荣鼓着一肚气,一声不吭。夏水莲说:"叫你不要买这么多,怎么连两三百也不买了呢?就是买两百都赚八千了!"张土荣火了,说:"买你个死人头,你硬扑过来抢钱,叫我怎么买?"夏水莲说:"你真是笨人无药医,你不是有个朋友开单买码吗?你在外面用手机打个电话买两千元,我管得了你吗?"

特码王

过了一段时间,夏水莲去圩买菜,在市场边她看见一班人正围着一个长须到腹的老人。她好奇走过去,那班人正在问老人今晚开什么特码。有人告诉她,这老人简直是活神仙,他说出的特码大多数是准的。老人说:"今晚开羊,羊头的机会大些。"为证实老人的话,夏水莲去买了不少资料,回家一看,有"欲钱买长胡须的动物"。夏水莲想:长胡须的动物是羊,胡须长在羊头,

社会百态

老人说开羊头很有道理。那天晚上夏水莲买了300元羊头的号数。果然是开羊头,真是乐死人,不到一个小时她赚了一万二千元。她买了一封炮"砰!砰!"烧起来。全村人侧耳倾听,今晚谁家发达了?第二天便有很多人到她家串门,夏水莲为了炫耀自己,便吹嘘自己如何看报猜出了特码。人们一下子刮目相看,对她肃然起敬。

第二天,夏水莲一早踩单车去圩,又想找那个老人透码。可是找遍了整个圩都找不着,夏水莲有点失望,不过她发现很多铺头都有人聚集在一起研究买码。市场边的一间发廊有几个人一边看报,一边议论着。夏水莲凑过去打听消息。一位五十多岁的人指着码报上的诗句:"三顾频烦天下计,两朝开济老臣心。"说每期码报在这个位置上的两句诗都很有玄机,今期这两句是杜甫《蜀相》中的诗句,是写诗人拜访武侯祠时的感想的。这武侯祠在成都,成都在四川,四川即是"43"号,43号是牛,牛已经十多期不开了,今晚买43号肯定不会错的!

那晚夏水莲便买了8 000元"43"号,果然就是开43号,夏水莲一下子赢了32万元,也有不少人半信半疑跟着她买赢了一万几千的。这晚夏水莲家里烧一封很大的炮,足足响了半个钟头。第二天,来贺喜的,来求特码的人络绎不绝,真是门庭若市。这夏水莲便学着发廊那人的话说了一遍。吹自己如何根据那两句诗猜出了特码。人们听了觉得简直有点出神入化了。这么深奥,她竟猜出来,于是人们都尊敬地称她为"特码王"。

后来的一段日子里,夏水莲便没有这么好彩。虽然买了一部新摩托车经常开到附近的圩,去每个角落打听特码消息,也买了大量的资料日夜研究,甚至拿放大镜对着一些图案端详着,可是总买不中。一连输了十九次,三十多万元只剩下三四万了。人们怕惹她生气,不敢再叫她特码王,也没有谁登门找她透码了。人们都远远避开她,免得沾上她的晦气。因为当时赢了三十多万,

特码王

她的几亩地都不插秧了,现在输了钱,想插也没有秧苗了。

夏水莲老公张土荣见她赌得已经走火入魔,劝她不要再赌了,说:"49个码才开一个特码,等于是四十八个棺材和一顶轿,谁都想坐轿,但等着你的是棺材!"夏水莲哪里肯听!听人说广东电视台播出的《外来媳妇本地郎》节目有玄机,于是亚娇劏鸡她买鸡,亚耀送宠物兔她买兔。有一次,她来问我有没有四年级数学簿,我便叫已经读五年级的儿子帮她找。她在我家坐着等了半天,我儿子找得满头大汗。我有点不解,便问她:"找个四年级数学簿做什么?"她说:"这一期码报有'想买四年级数学簿',我想看一下这簿有什么玄机。"我的儿子生气地说:"你害我找得好辛苦,一至六年级的数学簿都是同样的。"

买特码已经很不利,后来夏水莲改为买波色。可是她这次买红波,却开蓝波;买了蓝、绿波,便开红波了。听人说包单双赚钱比较容易,她开始用两百元包双数,不中。第二次加大到六百元,还是开单数,第三次加大到一千二百。其老公张土荣多次劝她不听,便开始跟她唱对台戏,老婆买双,老公买单,也下一千二百元。第三次还是开单数,夏水莲输了,张土荣赢回九百六十元。第四次夏水莲包三千元,张土荣也下三千元。结果夏水莲又输了三千,张土荣才赢回二千四百元。

据说连续开单数或双数都有不会超过五次的,夏水莲想:已经开了四次单数,这次肯定开双数了。可惜她已经输到泥干水净,欠下了上次买的三千元赌债,庄家说:她不还清债,不准再包了。她想问老公借,但老公分明是在跟她唱对台戏,哪里肯借!为了搏最后一轮,她打电话问遍亲戚朋友借钱,可是没有人肯借给她。后来她便偷偷地把家里的大水牛卖给人家还了三千元赌债。第五次她满怀希望包了五千元双数,张土荣也买了五千元单数。结果呢,夏水莲还是输了,又欠下了五千元赌债。

赌了几年,花了不少心血,输掉了一头大水牛,还欠下五千

 **社会百态**

元赌债,夏水莲也知道自已错了,在老公张土荣的教导下,她主动承认错误,保证以后不再参加六合彩赌博,写下了保证书盖上指印,张土荣便把赢来的钱为她还清了赌债。从此,夫妻辛勤劳动,勤俭过日子。

华威的故事

王维洲

一、华威煲蚬粥

20世纪五六十年代,吴川县相当缺乏教师。那时的教师,大多是从"上六府"调下来的。

华威出生于广州的贵族家庭,从小五谷不分,大学毕业后,被分配到吴川县城某中学任教。当时所有的学校,饭堂的伙食都比较差,教师们很多是自开炉灶的。

有一天,华威出街买菜,看见街上有人摆卖河蚬,便问那摆摊者:"这是什么东西?可以吃吗?"那卖河蚬的老妇看了看华威——白面书生,一表斯文,加上一口广州音,便猜出他是从外地来的书呆子。那老妇答道:"这是河蚬,煲汤或煲粥都可以,加上生葱作配料,味道非常鲜美!"当时河蚬的价格是一角钱一市斤,华威没有讨价还价便买了两斤回宿舍。

开始煲的时候,华威请教了隔壁房间的张老师:"老张,我买了两斤河蚬,想煲蚬粥,怎样煲呢?"张老师教华威先将蚬洗干净,加上水和米放到锅里煲就行了,等煲到快要好的时候再放下生葱。华威便照张老师所说的去做,大约煲了几十分钟,便放

社会百态

下生葱等配料。过几分钟,他打开锅盖,试了一下味道。"味道的确好,清甜可口,这些蚬还张开了口呢!"他一边试味一边自言自语道。

当他试到一个蚬壳时,蚬壳还很硬,他认为还没有煲透,不够火候,又继续添柴加火。又煲了几个钟头,他的肚子已经饿得咕咕直叫了,他忍不住再打开煲盖,一看,咦,生葱和米怎么不见了,全变成糊状了,但蚬壳依然是硬邦邦的,便自语道:"算了,吃了算了。"

华威吃第一碗的时候,还能把蚬壳嚼碎咽下,吃到第二碗的时候,他的牙齿大量出血,不敢再吃了。剩下的他便捧给张老师,说:"老张,我吃不了啦,请你帮忙吃一碗吧!"华威一边说一边捂住肚子。起初,张老师以为他是中毒了,询问后才知道华威吃蚬粥是带壳一起吃的,造成了胃出血。张老师赶快叫人将华威送往医院救治,才幸免于难。后来,华威煲蚬粥的事便一传十十传百地传开了,华威为此事也羞愧得无地自容。

二、 甘蔗是野生的

由于华威在县城闹出了煲蚬粥的笑话,他的囧事被传开了,学校里所有的学生见到他,都取笑他,都对他喊:"华威煲蚬粥、华威煲蚬粥……"他在原学校已待不下去了,被迫调到吴川县最偏远的塘㙍公社某小学任教。

去报到的那天,正是大暑天,烈日当空,天气炎热得使人喘不过气来。他挑着行李一路辛苦地走过来,热汗淋漓,好不容易走到了塘㙍圩附近,便坐在路边的一棵大树下歇息。那时,他肚子又饿,口又渴,突然看见路边长着很多甘蔗,又见甘蔗下面杂草丛生(其实这是当时的生产队对甘蔗疏于管理造成的),便以为甘蔗是野生的,不禁叹道:"江南不愧是好地方。"说着就到蔗田里折下甘蔗来吃，嘴里还哼着粤语小调。

到学校报到后，校长很快给他安置好宿舍。恰巧他宿舍的背面长着很多甘蔗，这里土地贫瘠干旱，甘蔗长势很差，蔗田里也是杂草丛生，这里的甘蔗看起来更像是野生的了。华威每次口渴都跑去折蔗吃，日长月久，这块蔗田里的甘蔗已被他折了一半。群众发现这情况后，觉得奇怪：有谁这么大胆，敢偷这么多的甘蔗呢？便派人埋伏。他们终于发现是华威折的蔗，便投诉到校长处。校长找华威谈话，说："华老师，甘蔗是生产队种的，不能随便折，群众意见很大，你以后要注意了。"

华威惊奇地说："啊？这蔗是种的呀？我还以为是野生的呢！那以后我不折就是了。"

"甘蔗是野生的"又传为笑话。

三、 担梯家访

华威在塘㙟也待不了多久，就又被调到吴川振文公社某小学任教了。

有一天，他所任教的班，有个学生打了别人，他便去家访。他去家访时，家长正好到田里干活去了，华威只好坐在门口处等待。有个早已认识华威的小伙子路过，见华威坐在别人家的门口处，便走过来随便问一声："华老师，你在这儿干什么呢？"华威见有人过来跟自己打招呼，便欣喜地答道："我是来家访的。""那进屋坐嘛！"小伙子说。"家里没人呐，门锁着呢！"华威回答说。那小伙子见屋墙边有一把竹梯架在那里，便心生一计，想借此来作弄一下华威，便对华威说："华老师，你去担竹梯从天井爬进屋内，找个地方坐坐吧，免得这样坐在别人家的门口处，引来路过的人的好奇眼光。"华威想了想，认为这是个道理，便照办了。

社会百态

　　中午时分,生产队放工了,这家的主人也回来了。主人打开门,赫然看见有个人正坐在家里,不禁大吃一惊。经过盘问,知道来人是华威老师,才松了一口气。当主人追问华威是怎样进来的,华威便如实说了,那家长听罢,气得哭笑不得,不仅没有责备孩子打架的行为,反而到校长处投诉华威的行为不当,华威也被气得不轻。华威担梯家访的事又被传得沸沸扬扬。

　　华威在吴川任教时弄出的笑话还有很多,他的故事在这里只是略举一二。后来,华威在吴川成亲了,他的爱人名叫阿凤,孩子出世不久,华威便调回广州去了。

审 鸡

杨 岳

这是一个真实的故事。故事于 2000 年发生在石头镇名埠村。村中的环村路 38 号户主是个房地产建筑商章金福,而邻居的 37 号是个打工一族的汽车司机清群。

一天早上,金福之妻何桂芳见邻居清群的妻子陈少芬在喂鸡,认为鸡群中其中一只公鸡就是她家前几天走失的。她毫不犹豫地边走近鸡群边对陈少芬说:"我的公鸡什么时候走入你鸡群里来哩?"

陈少芬很惊讶,问:"咦咦……你讲乜嘢话?哪只鸡系你嘅?"何桂芳边走边说:"就系那边那只鸡啰。""你有无搞错呀?讲笑吗?我的十几只鸡喂了一世啦!我的鸡我不认得吗?你哪有鸡捞在我鸡队里头?"陈少芬耐心地解释着。

"呢!就系那只。"桂芳走近准备捉鸡。少芬说:"系边只呀?""就系里边那只最大的,佢就系几天前不见的那只阉鸡呀!"少芬见她不分青红皂白,毫无顾忌,毫无理由地就想捉鸡,急得她一下口吃起来:"老……老……板……奶……不……不……不……是吧!你千有万有,你家无见鸡来……来我家捉鸡,太不讲理了吧?你真不识丑!"这一说可把个当今大名鼎鼎的工头仔老板娘惹火啦!"我家系千有万有,你激吗?我就不准你抢我只

社会百态

鸡。"何桂芳边喊着边捉鸡。"唉也也,大家睇嘛!天光白日其跑来我家抢我的鸡,还说我抢她的。"陈少芬这一喊,惊动了邻里街坊,一时围观者不少于20人。陈少芬当众说:"你们给我评理见证,我买来20只鸡公仔,给老鼠咬死了两个,剩下18只是阉鸡炳来给我阉的鸡,不信可以叫他来作证。这些鸡我从小喂到大啊!她蛮不讲理,仗势欺人,光天化日之下来抢我的鸡,还颠倒头来讲我抢她的鸡,真不知丑……"

毕竟陈少芬是做营销员出身的,她的舌头现场发挥得很好,讲得桂芳欲言难启齿。恰好村长四叔公从此路过,随即进行调解,说:"你们为了一只鸡,无须伤那么大的和气,你们这样争下去,公说公理,婆说婆理,吵到官府衙门也审不清。依我说,桂芳你说鸡是你的,你现在就把它抱回去,最多撒抓米给它吃,如果吃了米肯在你家,那鸡就属于你啦。话又得讲回头,如果鸡跑回清群家的话,那就大家都不用争吵了,好吗?"群众一齐鼓掌赞同村长的意见,都说啱听。结果呢,桂芳把米撒好,放开鸡,谁知大红公鸡头也不回,连多谢一声都无,拍拍翅膀半飞半跑回到它的鸡群中去了。围观者一声嘿嘘,马上散开了。

羞得无面回台的何桂芳即时拨通老公章金福的电话,把刚才争鸡的事从头到尾说了一遍,当然从中免不了穿插一些枝叶,无事生非加油添醋,并死赖缠住老公说:"我们家是有名有声的人,如果今次不挽回面子,我就不想做人了,真的也无面见人了……"电话中的声音在抽泣着。"我知啦!真多事。明天我回去搞掂,放心了吧!"

第二人早上,章金福驾着皇冠,连家门都不入,径直开往石头镇派出所报案去了。易得志所长亲自热情接待了他,并叫来民警梁百分到所长办公室来记录章的投诉,即时立了鸡案。

易得志所长行动非常迅速,即时派出警员张华平带上两个治安队人员,驾着三轮警车,急急开往章清群家捉鸡去了。鸡捉到

审 鸡

派出所,不到一分钟,章清群的老婆陈少芬随到,其次就是章金福的太太何桂芳也到了派出所。

问讯了两人,笔录口供,但各人据理争辩,这宗鸡案当然是易所长亲自审理,但始终定不了案,最后易所长打发她俩回去,待他派人调查清楚后再作处理。事隔数天,易所长迫于群众的呼声,便把鸡送到章金福家,同样按照村长调解的方法在金福家把鸡放了,这种做法,使已经关禁了数天的鸡看到食物,鸡一定在饥饿中贪食,食完它就会把清群家忘记得了一干二净了,此案可以了结。这是易所长绞尽脑汁的布局。谁知当干警把鸡放开时,这只饿得半死不活的大红公鸡,却跌跌撞撞,头也不回地往清群家的鸡群里跑去了,这种视死不忘主人的精神令观众拍掌称快,赞叹这鸡真是有灵性啊!

事隔一天,有人睇见金福和易所长等人从德叔天空野味饭店出来。果然不出人的所料,禾花雀的效力真不小,清群家那只被困饿得半死,还未恢复元气的阉鸡又被无辜关进派出所的铁笼里了。

为了一个有钱人的面子,大红公鸡再要蒙受那不白之冤,牢狱之苦。看来,在"有钱有理"的人的眼中,这只鸡也只能身不由己了。

巧惩恶贼

黎国魂　杨茂生

　　正月十五元宵节，晚上八点左右，上山村全村群众都闩门闭户去祠堂空地看烧炮睇大戏闹元宵了。五十多岁的丁铁老汉，也抱着孙儿牛仔和儿媳一道，锁好了门，高高兴兴地去看烧炮、演戏。

　　十一点多钟炮烧完，戏也散了，村民们陆续回家。这时，丁铁家屋后的龙眼树上有一个夜行人，凭着一条树枝之便，轻轻地爬上丁铁的一座低矮的泥砖屋的瓦面上，并很快地从天井跳入屋内，潜入老丁房间。这时老丁一家人也回来了。老丁抱着孙儿牛仔，摸黑回到自己房间，划着火柴点着一盏火水灯。房内有用长凳架起木板床一张。床头挨墙处放有一张书柜台，台面放着几个柑子。牛仔见有柑子就喊着要，老丁便拿一只大一些的给他，并把孙儿放在床上，自己也脱鞋上床靠着床后墙躺着。牛仔拿着柑子笑着想剥柑皮，突然柑子脱手落到床下，"卜卜"响了两声，牛仔喊："亚爹！柑子跌落了。"老丁即起身，一边伸手拿火水灯，一边伸脚穿鞋，准备下床照看拾起。不料脚一伸到鞋，柑子却在鞋肚里。老丁停了一下，便"唔"了一声，弯腰拾起柑子，递给孙儿后，便叫媳妇："牛仔妈！你煲一页粉仔糖并放两个煎堆，给我做宵夜吃。"这时媳妇还在屋里执拾东西，牛仔妈应声后,便动手煲糖水了。

糖水很快煲好了,牛仔妈便一手提着煲,一手拿着碗箸送入房间放在台上,老丁见是一副碗箸,便说:"再拿多一副碗箸来。"媳妇说:"爹!你吃,我不饿。""你去拿来,我有一个朋友要吃。"媳妇觉得奇怪,三更半夜有什么朋友?又不敢问,只好回头再拿一副碗箸来。这时,儿子听到老窦(粤语,"老窦"即父亲)讲有朋友来吃宵夜,也过来看看是什么朋友。这时只见老丁向床底叫道:"朋友!蹲得辛苦了,出来吃碗宵夜暖暖肚子吧!"一会儿只见床底下慢慢地爬出一个人来。这人站起来后,见房里站着两三个人,于是无奈地低着头。老丁见此人原来是江下村的歹仔,即说:"你什么时候回来了?回来后不好好改过,还做偷鸡摸狗的事!今晚我不捉你,你吃碗糖水啦!回去好好想想!"这人听了说:"多谢丁爷。"说着便行近床,挨着床边跪下,叩一个响头,起身便向门口走去了。

老丁见他如此动作,又"唔"了一声。牛仔妈惊讶地说:"阿爹你怎么知道床底下有人?"老丁说:"回房时是不知道的,后因牛仔跌落柑子在地下,连响两声,我准备拿灯下地寻找,不料伸脚穿鞋时,柑子却在鞋肚里,我想柑子跌落鞋肚里,响声是不同于落在地板的,而且更不会有两声,因此我断定一定是床底的人怕我下地用灯照看,故拾柑子放在鞋肚里,使我不用下地。""好彩是阿爹你识穿他,比如是我真不知他今夜偷了多少东西了。"儿子说:"阿爸为什么放了他,把他捉去警察局坐监不好了吗?"老丁说:"不忙,他会再来的。"牛仔妈说:"阿爹这样对他,我想他会再来感谢阿爹的。"老丁说:"不,他明晚或后晚一定会再来报复的。""为什么?""因为我十年前曾在南湖市当警察时,他当街抢劫伤人,被我捉住,判监八年,现在出来了,必定是报复的,不过不怕,如果他真的来了,我会好好地教训他。"

第二天,老丁吃完早饭,便去趁圩,买了一尺白布、一盒五

色颜料、一支毛笔、二两棉花、两条绳和一个哨子。回到家后,他用剪刀在白布中心按面形的口、眼、鼻处剪开四个孔,用色料又画成一个恐怖面孔,用烂毛巾卷着哨子形成一布团,然后将棉花撕成一丝丝一缕缕,又用颜料染成五颜六色,放好备用。

且说这恶贼奀仔,他是江下村人,十年前在南湖市以偷抢为生。当夜,他离开丁家后想:"你这个丁警察,害我坐了几年监,我一定收拾你,现在知道你的床位和高度,我会有办法的,明晚再去收拾你。"

再说老丁一家,吃了晚饭后,老丁对儿子说:"仔呀!今晚不要睡了,带着家伙,和我在屋后禾草堆藏好,等这恶贼来挖墙时捉住他。"

正月十六晚,本应月光如昼,但因天气不好,比较黑暗。半夜十二时左右,奀仔一手拿着一支锋利的标枪,一手拿着挖墙工具。他来到墙边,便侧身挨墙跪下,作了记号后,便开始挖墙。这时老丁父子俩一齐扑去,把恶贼压倒。当过警察的老丁很快便把恶贼的双手绑紧,老丁把烂毛巾卷着哨子的布团塞入他的口,用画好鬼面布按口眼鼻孔连头包住扎紧,在头上插满雄鸡毛,又用煲好的糯糊刷匀全身,再用着色的棉花粘上去。这时,只见他呼气发出吱吱的声音,周身五颜六色,面孔凶恶,十足似一个凶恶的怪物。这时老丁说:"奀仔!你这个恶贼,在南湖抢劫伤人,不枪毙你,算你好彩,不知悔改,今次你还想来杀我!我当了十年警察,捉了不知多少贼仔,你想报复我,你真想死了。今次我也不打你,我这样做,使你回家后,让家人知道,好好教训你。"说完便叫儿子送他出村去了。

这恶贼被捆得很难受,想赶紧回家叫家人解开,因此便急急地回家去。这时云开月朗,回到家门口,便用脚急急地踢门,门板砰砰地响,口内吱吱地叫。他的大哥被嘈醒了,听到这怪声,以为有人作弄他,便顺手拿起一条木棍,轻轻地拉开门闩,突然

巧惩恶贼

打开大门，在月光下只见是一个头上长满毛、周身五颜六色、面目恐怖的怪物，嘴里吱吱地叫，向他扑来。他大哥便一棍打去，顺势一脚踢开，这恶贼由于没有准备，便仰面朝天跌倒在地上，被打个半死。

奀仔哪里是老丁的对手？他此后"规矩"了许多。

妙 计

李宇杰

　　从前有个地主,他有很多土地,雇了很多长工干活。

　　有一天,地主的谋士对他说:"东家,长工们这几年手上虽然有了点钱,但是还不够钱自己盖房子,不如你盖房子租给他们住,把每月发给他们的工钱赚一部分回来。"地主听了,觉得很有道理,确实能赚钱,于是盖了很多房子,统统租给长工们住。

　　过了几年,地主的谋士又对地主说:"东家,他们租住你的房子,每月只是交一点租子,这样挣钱太慢、太少了,不划算。反正他们永远住下去,你干脆把房子卖给他们。起个名堂叫作——公房出售!告诉他们房子永远归他们了,他们既乐意,你也可以把他们这几年攒的工钱全部收回来。"地主说:"不错,不错,好主意!但那租金怎么办呢?"谋士说:"照收不误,起个西洋名儿,叫物业管理费!"地主很快实行了,赚了许多钱,盘满钵满!长工们却被蒙在鼓里,傻高兴!

　　又过了几年,地主的村子发展成城镇了。有钱人越来越多,外来人口也越来越多,没地方住了。于是,谋士又对地主说:"东家,长工们这几年手上又有钱了,我们给他们盖新房子,起个名堂叫作旧城改造!我们拆了房子盖新的,叫他们再买回去,同时可以多盖一些卖给别人,把他们手上的钱都挣来!"地主听

妙 计

到又有挣钱的方案和措施,心里非常高兴,于是依计又实行了。这次,有些长工们不乐意了,地主就派家丁来耀武扬威,武力镇压。长工们无可奈何,只好打掉大牙往肚里咽,地主再一次赚到了盘满钵满!

转眼又过了几年,地主的村子发展成大城市了。有钱人更多了,地主的土地更值钱了。谋士又对地主说:"东家,我们把这些长工的房子拆了,在这个环境幽雅的地方建别墅,把别墅卖给那些有钱的大款能多赚一笔。"地主说:"长工们不同意怎么办?"谋士说:"我们给他们多点儿钱,起个名堂叫货币化安置,我们再到偏僻的地方建房子,起个名堂叫经济适用房!他们可以买来住。"地主说:"他们钱不够怎么办?"谋士说:"从我们的钱庄借给他们,6分利息。这样,钱生钱崽,又没风险!"地主听到这样说,两眼发光,乐了,于是又立马实行!

长工们拿着这一丁点的拆房安置费排队购买经济适用房,一等就是几年。地主的经济适用房到目前才建了一间,长工们只好排着长队等着、等着……

于是,长工们开始闹事了。地主有点慌,忙问谋士怎么办?谋士说:赶紧编造谎言并通知长工们,房子要跌价了,别买了,租房住吧!于是又把卖不出的豆腐渣工程房子租给了长工们……

梦姑爷的故事

郭学昌

清朝时，吴川有一条山脚村，村里有一对夫妇，丈夫是柴夫，天天上山斩柴卖，老婆却是老财主林百万之独女。她娇生惯养，勤吃懒做，四十多岁才与柴夫结婚，婚后不做工，专门在家里煲饭食，邻居给她一个外号"偷饭煲"。每天丈夫上山斩柴去卖，她就在家里偷偷煲饭食。这件事很快传到丈夫耳里。丈夫对老婆在家里偷偷煲饭食的事半信半疑，他为了查实，有一天，同往日一样吃完早餐就上山斩柴。往日，柴夫斩到柴担到圩卖，到下午六点钟才回家，今天他上山不斩柴，到中午十二点就回家了。他回到家里，正好老婆到邻居家里坐，他到厨房里看看，想找晏（晏，"午饭"之意）食，看到灶头里放着一个煲，揭开煲盖看一看，是一煲刚煲熟的红米饭，有两个鸡蛋。柴夫还有意地算一算饭面有36个"泥鳅眼"，看完后把煲盖盖回，就走入房间上床睡觉。一会儿，老婆从邻居家里回来，看到丈夫在床上睡觉。柴夫听到老婆的脚步声，就打着鼾声，装作睡觉的样子。是否睡熟？老婆走到丈夫身边，用手摇摇他的身，而柴夫有意装着睡熟不醒，老婆以为丈夫真睡熟了，就偷偷地到厨房准备食饭。这时候，柴夫在床上咳嗽两声。丈夫醒了，老婆怕丈夫看到这煲饭，岂不是说自己在家偷饭煲，怎么办？于是她想收藏起来，立

梦姑爷的故事

即把这煲饭放在竹箩里藏起来。她这行为被在床上的柴夫看得一清二楚了。柴夫起床后,就叫老婆拿晏来食。老婆说:"晏还未煲啊!哪里有晏食呢?"老公说:"我刚才睡觉时,做了一个梦,梦见你煲一煲红米饭,饭里有两个鸡蛋,还有 36 个'泥鳅眼',饭藏在谷箩里。"老婆听到丈夫讲这个梦很灵很真实,想瞒也瞒不过了,只得承认,并说,今天是你生日啊,所以煲饭等你回来食,我为了你生日,特放了两个鸡蛋。你说有 36 个"泥鳅眼",我不相信。柴夫说,你不信就把饭煲端出来算一算吧。老婆端来饭煲,开盖一算,确实有 36 个"泥鳅眼"。这一算,引出了梦姑爷后来的许多巧合、有趣的故事。

  这件事发生后不久,柴夫的岳父林百万家里养的一头母猪及一窝猪仔走失了,家人四处寻找,找了好几天都找不着。女儿知道此事后就去父亲家里问问情况,并同其父亲说,丈夫睡梦好灵,是不是请他睡个梦?林百万点头同意。柴夫到岳父家后,岳父特意杀鸡杀鸭,煲上好的汤招待女婿。柴夫原来是饥饿之人,这一晚有好鱼好肉好汤水,食得很饱。柴夫吃得太饱,很难入睡,半夜三更,发肚胀,要拉肚,就起床到岳父的后花园里屙屎。母猪和猪仔闻到屎腥味,就走出来食屎。柴夫发现了母猪和猪仔后,心安理得,舒舒服服地睡到第二天八九点钟才起来。岳父心急问女婿,昨晚睡梦找到母猪了吗?柴夫得意扬扬地说:"我睡梦梦见一只母猪和一群猪仔在你们的后花园里,不知是不是你的,你派人去看一看呀!"林百万立即叫家人去后花园看看,母猪和猪仔见到有人来,就一齐跑出来。林百万看到母猪和猪仔,万分高兴。

  从此以后,林百万逢人都说,女婿睡梦很灵。这消息传到遗失官印的县官那里去。县官就派出平日专为他扛轿的姓黄和姓白的两个轿夫,抬自己坐的轿去请柴夫。柴夫上轿时,要轿夫打开轿门和轿顶,好让他一路上看看风光。半途中,他看见空中有一

· 461 ·

社会百态

只白鹤口里咬着一条黄鳝,一边飞一边摇摆,好像要跌落的样子。这时柴夫很有感触地说:"我看你黄的要死,白的也要死。"这一说惊吓了姓黄和姓白的两个轿夫,因为县官的官印是他们拾到的,已丢下水井里。听到"黄的要死,白的也要死",以为柴夫指的是他们。于是停下来,两个轿夫双双在柴夫面前跪下说:"官印是县官出差时遗失在轿里,我们两个拾起来,当时想交还给县官,但怕还官印招来横祸,所以把官印偷偷地丢在县府内的井里了。请饶过我俩吧。"柴夫问:"到时要你们下井去把印找回来,你能否做得到?如果做得到,保证你们不会受罪,还会给你们发奖。"两个轿夫接受柴夫的意见,很快把柴夫扛到县府那里。县官安排好柴夫的食宿后,就要他快到房间里去睡梦找印。第二天起床,柴夫说,县官的官印遗失在水井底下,水井很深,下井找印,一定要熟水性的人。县官说,轿夫熟水性,那就叫两个轿夫下井去。柴夫说,这也好,但要给他们一点好处,他们都是穷人,每人发一百钱,让他们下井找印。县官同意,立即把钱发给轿夫。两个轿夫领到钱后双双下井去,他们在井里翻了几个跟斗,一会儿就浮上水面,两人双手捧着官印交给了县官。县官接过官印后万分高兴,立即向朝廷报喜。

朝廷百官听到睡梦找官印的事,不大相信,要县官通知柴夫到朝廷去向百官讲清楚是怎样睡梦的。柴夫听说要到朝廷去,有点害怕,不想去。县官说,这是皇上的圣旨,一定要去,不去就说你欺君,给你定罪,要满门抄斩。柴夫听到这样说,心想,去也死,不去也死,于是决定去,要求县官借一匹马让他骑着上朝。他骑着马上殿,文武百官齐齐都出来迎接。柴夫非常欢喜,并在马背上向百官行个礼,在行礼时不小心从马背上跌下,把挂在腰间的梦筒压破碎了,这是他上朝前给自己想的脱身计。他在梦筒里装了一只"知唧虫",现在"知唧虫"被压死了,他就跪在地上说:"我也快要死了。"百官把他扶了起来,问他为什么说

梦姑爷的故事

自己快死?柴夫说:"我睡梦灵就是靠梦筒里的知唧虫传递讯息,这个梦筒是我上山斩柴时,深山老人送的,老人说:'这个筒你要随身带,白天护你身,夜晚给你托梦保你发财。'梦筒破碎了,虫死了,还有什么好想啊。皇上叫我上朝睡梦,不能给皇上睡梦,不就是很快要被你们处死啊。所以,知唧虫死了,我就快死啊。"百官听到他这样说,十分同情,请求皇上不给柴夫治罪。皇上同意大臣意见,不但不治罪,还给他一笔钱让他回家去了。

借夫记

陈 凡

20世纪60年代初,某村有个人叫亚旺,他家已几代单传,他娶了妻很想生几个儿子,可是结婚几年了,妻子还不怀孕,他们到医院检查时,是亚旺的生殖器官有病。他爱人便说:"你无生育能力,我和你离婚。"亚旺总是不肯。后来,他想出一个办法来,就和爱人商量,说:"我没有生育能力,可以借个年轻的、生得好看的、你中意的男人,你就跟他睡,只要生得孩子就好了,我没有意见。"其妻想后便答应了。

亚旺在想,到底请谁好呢,那些好的青年不一定肯,后来想到了隔离村的富农仔亚卜,年纪轻轻生得又好看,只因出身成分不好无人肯嫁,请他最放心。于是亚旺就到富农家去找亚卜商量借他生仔的事。开始亚卜不同意,认为自己的成分不好,被人知道不是斗死我,就说奸污你妻,此事万万不能。亚旺还是苦苦哀求说,我不会反口,我写个协议书证明给你收着,于是连拉带推到他家,介绍给其爱人亚梅说:"这是亚卜,以后你就和他一起睡吧!"顺手关门出去了。

亚梅见到亚卜生得一表斯文,身材高大,说起话来温柔可爱,心里十分爱慕。从此,他们晚晚依时相会,亚梅经常煲饭等他。时间长了,有时亚梅也到亚卜家去,如此往来将近半载。

借夫记

亚梅终于怀孕了,亚旺叫亚卜不要再来。亚卜说:"刚刚有娠,还不知是男是女,我准备帮你生四五个仔,你就不要我来,以后你要我都不来了。"亚旺想想也是道理。可是生了一胎又一胎,一连生了三胎,亚旺叫亚卜不来了,亚卜还要来,如果亚卜不来,亚梅就到亚卜家去。亚旺急得无计可施,只好到公社派出所去报案。

第二天,派出所派人去传亚卜来,治安员批评亚卜说:"你富农仔,不遵纪守法,奸污了贫农的妻子,我要拉你去坐牢,判刑给你啊……你还有什么话好说的呢?"

亚卜说:"所长,我有话要说,我不是去奸污亚梅的,而是亚旺夫妻商议借我去帮他生仔的。"

所长说:"真有此事?"

亚卜说:"真有此事!我还有亚旺写给我的协议书。"亚卜就呈上协议书给所长看。

所长看了协议书后,知道真有此事,不知怎么处理好,只好转上法院。当天,法院就传亚旺、亚卜、亚梅三人到法院。法官心想是叫亚卜以后不到亚旺家算了,便开始说明我国的婚姻法是一夫一妻,"不能一夫二妻,更不能二夫一妻,今天你们的案可说是二夫一妻了,这是不行的,你们三人的意见如何?你们都谈一下吧。"

亚旺说:"我的意见很简单,就是不让亚卜再到我家骚扰我的夫妻生活就行了。"

问到亚梅时,亚梅说:"刚才法官说的婚姻法,我明白了,我不能违反,现在我提出要与亚旺离婚、嫁给亚卜。我的理由:一、亚旺不爱我,只想我帮他生仔,可我已帮他生了三个,他应满足的了。二、亚旺不爱我,我也不爱亚旺,请法官判决,从今天起,我与亚旺脱离夫妻关系,正式与亚卜结婚。"

亚旺本来是不同意的,但亚梅坚决与他离婚,他没办法。最后就以判亚旺与亚梅离婚、亚卜与亚梅结婚了结此案。

乡女曾玉瑶

张志达

一

话说鄂西巫山旁有一个叫野关山的镇,在古代是个人烟稀少、荒凉无比的地方。"巴东三峡巫峡长,猿鸣三声泪沾裳"这两句诗就是对该地的真实写照。山麓岭坳、幽谷白云所居住的是苗族,民风淳朴,民性贞刚。宋代的寇准相国就是生长在这里。

新中国成立前,人民生活穷困,少数民族就更苦不堪言。新中国成立后,少数民族跟汉族一样得到大翻身,特别是改革开放后,这土苗野镇也渐渐富庶繁华起来。这里有个老板开设了一所叫一条龙服务的"梦幻城",酒楼、麻将馆、卡拉OK、沐足按摩等一应俱全,夜夜灯红酒绿。

二

野关山镇曾姓是大族,说话办事很有分量,但贫富不均,有上千上万的大老板,也有不少穷困户。村中的曾土九自小丧母,父亲好不容易把他拉扯成人。但寡公带仔,名称不好听;土九相亲难上难,直到35岁才娶个老婆,婚后第二年才生下个女孩。土九心里嘀咕:我命丑都怪这个名字,在土下九层怎么得出头天呢？他仔细端详女婴，五官端正，皮肤白皙，眼珠碌碌转。"心有灵犀一点通"，土九马上跟老婆商酌，给女儿起名叫"玉瑶"。

说来也怪，女儿渐渐长大，到了豆蔻年华，身材匀称，皮肤白里透红，眼含盈盈秋水，嘴露微微笑容，真是如花似玉，娇艳可爱，更兼头脑灵活，性格柔中带刚，在校读书成绩较好，经常受到老师的夸奖。夫妇俩打心底里高兴，对女儿寄予无限的希望。

古语道："天有不测之风云，人有旦夕之祸福。"为了生活，土九到广东去做建筑工，因工地安全设施不规范，不幸失足坠楼身亡。噩耗传来，晴天霹雳，母女俩哭得死去活来。在政府的关怀和亲人的帮助下，草草办了后事。

三

玉瑶的母亲本来就体弱多病，如今突然丧夫，更雪上加霜，简直不愿做人。但她一想到心爱的女儿，就打消这个消极的意念，只好扎硬心头，与女儿相依为命，艰难地活下去。那年玉瑶刚刚升上初二，因家境困难，曾产生停学的念头，好在政府实行扶贫助学政策，才坚持读到初中毕业。

玉瑶在校学业成绩不错，是有把握升上高中再读大学的，但为了照顾母亲，她毅然弃学务农。后来经"好心人"介绍，到镇上梦幻城去应聘。老板看看她的身材相貌，当即拍板。玉瑶就这样当上洗脚妹了。

四

梦幻城有沐足女郎20多人，曾玉瑶是年纪最轻的。她一心一意跟他人学技术，从不与来客调情，收取小费。日子长了，尽管知道有些小姐以姿色换金钱，但玉瑶也从不动心。

社会百态

2009年初夏的一天夜晚，圆月高挂，灯光灿烂，梦幻城笙歌四起，来客频繁。玉瑶刚刚上班，就有三位宾客酒气醺醺、一摇一摆地踱进来。长者叫曾大富，人们都称他曾主任，是镇里招商办的主要领导；第二个叫黄智勇，是大富的副手；第三个叫曾兴，大概没有什么官衔。三人有主有从，配合得很默契。他们每天忙完公务后，经常到梦幻城大饮大喝，寻欢作乐。这次步入厅堂，大富目光一扫，就盯上了曾玉瑶。心里暗想："好靓女呀！我经常来这里，但未曾睹芳容，今天算我有艳福，快来做个'特服'，待我展展雄风，国家拉动内需，领导要走在前哩！"

黄智勇心领神会，笑嘻嘻地挪近玉瑶，恬不知耻地说："小姐，我老板有请，服务周到，红包大大的有。"玉瑶连忙回绝，声称只会洗脚，不懂什么特服。主任大发脾气："你嫌我官小，还是嫌我钱少？我日夜操劳都是为了大伙，今要轻松轻松，你竟不配合，臭丫头真不识趣了！"玉瑶听其言，观其色，知其野心，就急步退却。主任恼羞成怒，随手抓出一叠百元大钞，唰唰地在空中摇晃，并大言不惭地说："当今世界人人向钱看，你一点改革开放的意识都没有，素质太低啦！"玉瑶装作没看见，转身往外跑。主任哪肯放过？跨上前一拦，手拿钞票猛按弱女脸颊，又敲打其头颅。弱女并不示弱，怒火喷出胸膛，正色厉词呵斥狂徒。狂徒狞笑着，靓女越骂他淫火就越盛，顺势搂住玉瑶又摸又吻。玉瑶奋力挣扎，狂徒纵身往下压，纯洁的黄花细女受了莫大的侮辱。正是：乌云遮星月，狂风摧嫩苗，杜鹃啼血泪，地火石下烧。

穷女虽势弱，但人格有尊严。在危急关头，玉瑶想起母亲和老师的教导：公民遇歹徒侵袭，要勇敢还击，做正当的自我防卫。眼下已忍无可忍，宁为玉碎，不为瓦全，即使是死都要维护人权。说时慢，那时快，玉瑶挥起修脚刀，猛力一捅，淫鬼色迷心窍，毫不提防，恰恰被刺中胸膛，顿时鲜血四射，痉挛倒地。

乡女曾玉瑶

黄智勇见状，飞步上前救主。玉瑶怒不可遏，再挥一刀插入帮凶的胳膊，鲜血染红了衣襟。曾兴被吓得魂飞魄散，拔步逃之夭夭。

玉瑶睁眼一看，只见大富卧地，面如土色，奄奄一息，智勇抱臂呻吟不停。

弱女少见世面，见识不广。但她深知，国有国法，人有人权，遇害自卫是天经地义的。于是从容自若，拨110报警。二官急送医院，弱女被押上囚车。次日清晨传来消息：大富被刺中动脉，流血不止，一命呜呼；智勇经抢救保住了一条狗命。

五

梦幻城杀人的消息不胫而走，巴东一带人们街谈巷议，闹得沸沸扬扬，各地关心民事的网友纷纷发表对这一事件的看法。绝大多数人称赞玉瑶勇敢自卫，不是故意行凶杀人，评说色魔大富仗势横行，侵犯人权，死得活该。有些人认为玉瑶自我防卫过当，要负一定的法律责任；但也有消息说，已有人状告玉瑶，有关部门正在立案调查；还有人传说玉瑶患精神忧郁症，在她身上搜出安眠药。

当地政府十分重视这一案件，及时组织公安、政法等部门到现场调查取证，认真听取当地群众及各地网友的意见，最后做出结论：曾大富生前作风卑鄙，经常到娱乐场所鬼混。这次在梦幻城的所作所为完全是事实。曾玉瑶品质贞洁，不被金钱诱惑，遭人身侮辱时，勇敢反抗，自我防卫，是合乎情理，合乎法律的，不构成什么犯罪。梦幻城出现严重问题，依规责令停业整顿。

广大群众对这一公正的判决，无不拍手称快。

"一棍打死"的传说

赖尊荣

据传,明朝梁柱,贵为太师,然而后嗣很不理想,幸老年得子,一家子皆大欢喜。但这孩子就是怪,每天啼哭不停。什么奶妈使婆、什么丫鬟婢女,忙个不停,还是无济于事。唯有拿些上乘的江西料(专指景德镇产品)瓷器,在他面前一摔,"啥"的一声,孩子就笑一笑。要不就是把上好的绫罗绸缎在他面前一撕,"啥"的一声,也起到同样效果。为了孩子的笑,日费千金不在话下。

如此日复一日,年复一年,这个孩子——人称"二世祖"日渐长大,该到读书的年龄。梁太师为儿子请来名师教读,他又无心向学,周(方言,整也)日与下人们把金箔吹上竹梢尾,太阳一出,四处金光闪闪,就哈哈大笑,天天以此为乐。梁太师拿他没法,只因得一粒宝贝仔啊,反正家里有钱,玩得起,任之由之。这就是俗语常说"败家子飞金箔"的出处。一些孩子调皮,损坏东西,长辈就以此话骂他。

"二世祖"看看十八岁了,仍不务正业,四处游荡,与仆人牵(拉)绳子为乐,牵扯到谁家,谁倒霉,就拆谁家的房子。更有甚者,谁家娶新妇,都要抢来过一夜,搞得百姓怨声载道,四处告状。官府无人敢接状子,如此过了一段时间,某县换了知

"一棍打死"的传说

县。新知县李某,为人正直,不畏强权,有"铁包公"之称。是日下乡,百姓拦轿告状。知县一看状子告的是当朝太师之子,甚是为难。开口有话"一品当朝,皇帝第一,其第二",宰相门生满天下,势力很大,自己七品芝麻官,如何审理此案,但看看跪在轿前黑麻麻的一片,责任心、良心驱使他硬着头皮揽下了案子。他低头沉思,唯一的办法是直接去见梁太师。

某日,知县亲自带了一叠状纸,拜会梁太师。双方寒暄了一阵之后,太师开口问道:"贵县有何为难之事?""铁包公"回道如此这般之事,随即递上状子。梁太师看后,面目一暗,随口说道:"做得这事,够一棍打死"。县官"是!是!"而退。

李知县返县衙后,成计于胸,叫来得力衙差,暗暗下令如此这般。

一天,街口传来迎亲锣鼓之声,"二世祖"立即指挥家人围了上去,见花轿就抢。这时迎亲队伍中,很多人是衙役所扮,一齐蜂拥而上把"二世祖"扭送到县衙。李知县立即升堂,问明案情,堂供画押,判死刑斩立决。知县亲自指导刽子手把犯人双脚掰开按住,再由一人举棍尽力向犯人下阴打去,"二世祖"当场一命呜呼。

结案后,李知县行文上报。梁太师恨得咬牙切齿,也只得公事公办,批示:"办案得力,着立即提拔使用。"同时下文升李知县为某地知府。"铁包公"离任之日,百姓跪地相送,感激涕零,知县以公务在身,不便久留为由,匆匆策马而去。将到任上,文书又到,升任更远地方的官,一连几次都是如此。昔时官场规定,新官要到任上才有饷发,不到任是没有薪水的。"铁包公"心知梁太师心存报复,有意刁难,看看带来的钱粮用尽,迟早是累死或是饿死,乃自尽身亡。"一棍子打死"就成为行刑史上的杰作,成为口头禅,一代代流传了下来。

诗信也能治好单思病

李亚挺

吴阳曾是吴川县历史上的县城所在地,吴川文化中心地方。过去有许多粤剧戏班来这里演戏,有剧场买票演出的,有旦期请来的。民国中期年间,广东省粤剧团有一名花旦,名叫西施英,声色艺甚佳。她一双凤眼,秋水浓浓,脉脉含情,青春秀丽,平易近人。每年几度来吴川街(吴阳镇旧名)演出,座无虚席。

附城村有一位老财主名叫张瑞初,每逢西施英来演出时,必请她到家里做客,欢娱饮唱,快乐非常,于是对她产生了思慕之情。后来不知什么原因,西施英一年多不来吴川街演戏了。瑞初因思念西施英害了单思病,求医无效,日夕恢恢,病渐深重,时而乱语狂呼,时而梦中沉沉地叫西施英的名字。家人、朋友都无计可施,忧心忡忡,四处求医服药无效,看来真的是:单相思病是无药可除了。

城里有一位清末秀才名叫文丽秋,是瑞初的同窗好友,见此情景,反复思量,想出一个解救办法。他模仿女士的绢绢笔迹,写了一封信,请一位讲话似广州音的外地人将信送去给瑞初。信封上写着:"呈吴川附城村张瑞初先生亲启,广州市西施英托。"瑞初听闻西施英有信到,喜悦异常,从床上一跃而起,高兴得拿着信亲了又亲,然后细心地拆开反复地看。信中有这样的语句:

诗信也能治好单思病

"想公当就木之年,竟为奴担此相思之苦,恨奴为保姆所束,未能亲赴吴阳与公偷结云雨之欢,以解相处之渴,三生石上只叹缘悭耳。今生无缘,只待来生结合。请公磨利心剑,斩断情根,强饭加衣,莫为奴憔悴而死。西施英。"

瑞初看完信后,想:西施英演戏有一定的才色,但现在身为保姆,行动不便,只能作罢了。他呆呆地看着信,不停地摇头,口中不停念叨着:"可惜呀!想也没用了。"之后,他终于从房中走出厅堂。

瑞初明白思念她已是徒劳心力了。虽然瑞初还是昏沉沉想睡,但他的病情确是略有好转。隔天,他就可以在书房看书、烧烟、饮茶,与来探视的朋友聊天了。

虽然同窗好友文丽秋假冒西施英写了一封信宽慰他,使他病情有所好转,但他对西施英还是念念不忘。

张瑞初有一位好友名叫张春谭,得知张瑞初犯了相思病,就抽空来探望他。

一天,张春谭一早就来到瑞初家里,想借聊天、饮茶的机会,宽慰他一下。

当时,瑞初还未起床,见有人这么早就到来,很不开心,生气地说:"谁呀?天未光就来省(省,吴川方言,"揩油"、占便宜之意)茶饮、省烟烧……"说完对客人不理不睬,照样睡他的。张春谭见他傲慢无礼,说话还"省……省……"的,心中激怒,有意用激将法来教训他,使他清醒地做人,不要迷恋西施英而昏沉沉地睡。张春谭见书房桌面上有方便的纸笔墨,便展纸挥笔写道:

"西施英、西施英,
张瑞初为你下阴冥,
判官带到阎王庭。

 **社会百态**

阎王问道：张瑞初你寿年七十龄，
因何到此快说分明。
张瑞初曰：唉！为着西施英。
阎王大怒曰：此人太妖精，
给我打其三十颗破头钉。
张瑞初哭，判官来求情，
呼孤小鬼用药把他灌醒，
送回才得安宁。"

张春谭写完放在桌面上就扬长而去。瑞初起床后见好友写了一首骂他为女人而死的诗，甚是恼火，跺着脚大骂张春谭一顿。当他骂完了，气也出完了，胸中的抑郁也散了，顿觉全身舒服了。是的，大发脾气逼使体内血气流通是可以治好单思忧郁症的。这时，瑞初方才明白张春谭是用激将法来为他治病的。

愈后，张瑞初细想自己的经历，也觉得可悲可笑，于是，他主动地向张春谭道歉，两人和好如初。

唉！真的想不到，诗信也可以治好单相思病。

孤寒财主

麦新荣

两条黄鳝

清道光年间,粤西有一位家财万贯的财主,为人处处悭吝又贪婪,大家都爱叫他"孤寒财主。"

话说一日,孤寒财主伴夫人去探岳父。他路过自家的水田时,看到长工挖水渠捉到两条黄鳝,马上没收。黄鳝又刁又滑,拿在手中抓不住,打死嘛,又失去新鲜味,财主急得抓耳挠腮。长工看到他小气贪婪,故意说:"老爷,脱下裤子兜着嘛。"妙计,财主马上解裤——但是,他为人节约,平时仅穿一条裤子——岂不是赤裸了下身?不成。他犹豫一刻,心生妙计,叫夫人用禾草扎自己的裤脚,解开裤头放下黄鳝,再勒紧裤带。他马上招呼夫人打道回府,思考今晚清蒸还是炖黄鳝汤?

谁料,他没走多远,感觉不妙,原来被闷在裤腿内的两条黄鳝生猛无比,东钻西窜,二条黄鳝盘腿而上,一条直钻肛门……他急忙反手用手指顶住肛门,对夫人说:"夫人,我不陪你了,黄鳝直逼'后门'……"

社会百态

　　夫人看到老公为了两条几两重的黄鳝,连探岳父的计划也放弃,早已气得鼓起腮,看到丈夫反手顶住屁股的狼狈相,忍俊不禁"扑哧"笑出眼泪。当她才抹去泪水,又惊慌大叫:"救命,

孤寒财主

救命呵,老爷跌落水塘了。"原来,财主一边反手塞住肛门,一边扭转腰跑着,奔走之中,脚踢着一坨泥,骨碌碌滚下水塘。老公不会游泳,夫人怎么不大喊救命哪。

长工救起了财主,抬回家中。从鬼门关走回的财主,睁眼一看裤脚的草绳不见,摸摸裤内急问:"我的两条黄鳝呢?夫人,两条黄鳝——"

夫人又气又恼说:"你还嫌两条黄鳝害你不死!人家救你起来时,裤子也脱了一半,还有黄鳝?"

"呵,我,我跌下哪口水塘?"

"还有哪口水塘,咱家六角塘。"

孤寒财主才松口气,吐出一口水说:"这……这还好,塘是咱家的塘,黄鳝跑不到别人的碗里……"

新麻绳

话说一日,丫鬟秋菊看到挑水的麻绳断了一股,便从仓库拿条新麻绳换上,刚巧被孤寒财主看见了。他拿起旧麻绳扯了扯,心痛地责骂秋菊:"你真是替人哭丧不心痛,旧麻绳还能用,怎么要用新的!不要钱买吗?败家女。"孤寒财主大骂秋菊后走进大厅,放下新麻绳。夫人兴冲冲告诉他,自己买了八尺苏州丝绸,做件衫,正月十五逛花街时穿。他一看花绿绿的绸缎,脸上涌起乌云:一是夫人买布未经自己同意,二是这种正宗的苏州货,价格昂贵,三担稻谷才换得八尺。他一时心似刀割,痛得他暴跳如雷,开口大骂:"你真不知天高地厚,用几担谷换一块布……小的不懂,老的也糊涂,几十岁人,泥土也快埋到脖子,还扮什么靓,猪八戒戴花,似什么样……"财主骂声如雷,引来一家大小工人及丫鬟观看,捂嘴窃笑。

夫人深知丈夫为人孤寒,却想不到对老婆也是如此,竟然当

众羞辱,自己以后怎做人?想到嫁入夫门,二十年生男育女,一贯勤俭节约,如今,家财万贯,店铺十多家,可是,自己买一块贵一点的布也不能做主……她越想越伤心,越想越感到做人没意义,抓起丈夫丢下的新麻绳,直奔入后院,将绳子一甩上树干……秋菊追进后院,一看情况危急,转身跑到财主面前,说:"老爷,不好,夫人上吊了。"

财主听了,问:"夫人上吊,用新麻绳还是旧麻绳?"

"这——没看清。"奴婢急死了。

财主急忙跑进后院,抬头一看,急忙抱住妻子,招呼秋菊说:"秋菊,快拿梯来解麻绳——麻绳是新的,别弄断,好贵哪,一文钱才买到一条……"

财主夫人刚上吊,头脑还清醒,听了老公的话,活活被气昏了。

一只咸鸭蛋

俗语有话,"龙生龙,凤生凤,老鼠生儿会打洞"。按理说,孤寒财主生出的儿子,一定勤俭节约,一毛不拔,其实不是,往往是物极必反。

秋后的一天,孤寒财主带着账房李先生外出讨债。回程时,财主捂住腹,脸似苦瓜。李先生问:"老爷,肚痛吗?"

财主点头说:"唔,不知是天太热,还是刚才喝了点田沟水?"

"哪,我进村中药店,给你买止痛药丸。"

"咱家开着药材店,为何要买人家的药,真是败家子。"

"老爷,过了这条村,还要走八里路哪。"

"痛是痛,我顶得住。"

李先生只好扶住财主一步一步走。习惯第二天要外出,财主就叫伙房煮红薯，带上当饭吃，遇上这暑天，又累又渴，舍不得买碗茶水、汤水，为了节省，只喝田沟水。他毕竟年老了，肠胃受不了，肚里便"大闹天宫"。开始，财主咬牙切齿，哼哼哈哈挪步走，不到二里路，终于大汗淋漓，脸额发白，似蚂蟥一样躺在地上。李先生只好背起他，急忙赶到墟场的药店。财主吃了药，一会便好了。他刚想走，伙计却说："老爷，止痛药五文钱？"

"我是谁！你问我要药钱。"

"老爷，少爷前天与人'打麻雀'，输了这间药店和一间粮店……今天早上东家已接手药店账款，我不收钱，老板会炒我鱿鱼的。"

"真的？"财主盯着伙计拿出的契约，气得昏死过去。

李先生背着财主回家，才醒过来。当秋菊摆上一碗粥，半边咸鸭蛋时，财主说："还有半边鸭蛋呢？"

财主吃饭有规定，不是节日或接待亲友，每餐只食半边咸鸭蛋。秋菊说："老爷，那半边鸭蛋留到晚上给你。"

财主一拍桌子说："这个死龟仔，前天'打麻雀'输掉了我两间店铺，今天我一餐要吃一整只咸鸭蛋！"

后 记

粤西地区自古以来人杰地灵，涌现了很多英豪名人，盛产传奇感人的故事。吴川民间文学家协会一直致力于这一传统文化的写作和搜集整理工作，吴川市委宣传部很重视我们这项文化建设工作。

2012 年，吴川民间文学家协会让我主编一部民间故事集，主要是从吴川《民间文学》第 1 期至第 16 期中精挑出优秀的故事予以汇编。接受任务后，本人不敢有半点懈怠，即紧锣密鼓地开展工作：选稿、修改整理、打电子稿件……如今，终于得以付梓出版，与读者见面了。在编辑出版过程中，得到一大批热爱祖国文化事业的有识之士的支持和帮助。在选稿时，吴川二中《映山红》文学社的社干们多次集会研讨筛选推介，三择其稿。在电子稿件的打印和文字的修改中，林素梅、梁华弟等老师付出了巨大的劳动。我们尤其感激中国现代文化学会副会长、广东省广府文化研究会会长、广东省社会科学院研究员王杰博士，他对我们的选编工作提出了许多宝贵建议，并为本书作序，使本书增添无比光彩。对本书的选编和策划提出许多宝贵建议的还有广东省中山市"五觉斋"主人、企业家、著名雕刻艺术家郑华星先生。在整个编辑出版过程中，本书总顾问吴国崧先生一直关注及指导，同时，慷慨解囊，资助本书的编辑出版。热诚资助的还有本书顾问、广东申东建设工程有限公司董事长、总经理黄汉翔先生，本

后 记

书顾问、新世纪索普国际（香港）有限公司董事长、广东省汽车用品商会副会长孙明先生，本书顾问、广州市安达汽车座椅有限公司董事长陈康德先生，本书顾问陈真鑫先生，本书顾问、吴川市第三中学总务处主任李日光先生。关心本书的出版并予以资助的还有郭屋中学1985、1986届初中同学和吴川三中1991届高中同学（芳名见《鸣谢》）。本书副主编袁帝童、李亚挺、王维洲先生在编辑出版中出力出资，为本书的顺利出版画上了完美的一笔。在此一并向诸位表示衷心感谢！

由于本人水平有限，本书在编辑过程中难免存在不足和缺点，恳请广大读者朋友批评指正。

孙亚胜
2017年6月

鸣　谢

本书的出版得到以下热爱家乡文化建设事业的仁人志士的关心和资助，特此鸣谢！

郭屋中学 1985 届、1986 届初中同学

林　武	郭乾东	郭素娟	林　胜	郭彩萍	郭观妹	肖小云
郭彩燕	王飞梅	宁亚富	王兴贵	文肖保	郭康保	林华妹
林上娇	郭小梅	郭小容	郭岳华	郭亚分	郭帝华	陈卓明
郭金水	郭上平	郭伟钊	罗亚卜	郭上娣	郭彩玲	郭建清
郭丕明	郭青旺	郭　荣	郭柏钧	林亚奇	肖　杰	郭观振
郭植伟	林　霞	王维盛	郭木康	林明佐	黄建光	郭兰清
文日生	郭土生	郭华生	李庆超	肖华红	郭日光	林帝泉
陈国惠	郭水福	林水娣	孙水娣	郭安胤	肖宏玲	郭观德
郭华英	吴观帝	黄彩英	陈素琼	王　轩	易志娟	郭康娣
郭玉飞	肖华成	郭日康	郭晓芳	郭康娇	郭亚友	郭金凤
宁世尧	郭观水	郭亚女	王华炎	郭亚仔	郭晓兰	郭志明
王少琼	郭华生	吴春梅	林亚福	郭尚友	吴锦娟	

鸣 谢

吴川三中 1991 届高中同学

陈真鑫	李良福	梁胜弟	叶建辉	陈立辉	何 耿	陈 晓
孙土胜	梁 军	吴卫平	李 超	庞秀德	骆培战	文日康
林惠坚	陈玉兴	李成林	李永坚	陈 敏	黄延华	李一帆
曾超文	李国荣	陈 文	庄寅兴	李 文	林 川	陈路明
陈日兴	陈文周	梁 平	肖华彩	廖丽敏	林秋梅	何丹婷
黎 恒	李小兵	陈 铸	谭耀广	苏 云	李景钦	曾彩萍
吴林笋						

吴川民间文学家协会
2017 年 6 月

附： 吴川市民间文学家协会简介

  吴川市民间文学家协会是吴川市文联下属的一个团体会员。该协会的前身是"吴川民间文艺家协会",由于民间文学的创作和搜集整理工作与民间艺术创作工作性质不同等原因,经主管部门批准,"吴川民间文艺家协会"于1993年分拆成两个协会,即"吴川市民间文学家协会"和"吴川市民间艺术家协会"。吴川市民间文学家协会专门从事民间文学的创作和搜集整理工作,会员们关注社会,积极深入民间采风,创作甚丰,至今已出版了17期吴川《民间文学》。

吴川市民间文学家协会领导机构

主　　席：梁　周
副 主 席：王维洲　孙亚胜　麦新荣　袁帝童　李亚挺
常务理事：王维洲　孙亚胜　麦新荣　李亚挺　张志达
　　　　　袁帝童　梁　周
理　　事：李宇杰　李建国　杨　岳　欧景钦　郭学昌
　　　　　梁浩福
秘 书 长：王维洲（兼）